# LE PHOTOGRAPHE DES DISPARUS

CAROLINE SCOTT

# LE PHOTOGRAPHE DES DISPARUS

*traduit de l'anglais*
*par Maryline Beury*

l'Archipel

Cet ouvrage a été publié avec l'aimable collaboration
de Simon & Schuster, Londres et La Nouvelle Agence, Paris.

Il a été publié sous le titre
*The Photographer of the Lost.*

Notre catalogue est consultable à l'adresse suivante :
www.editionsarchipel.com

Éditions de l'Archipel
92, avenue de France
75013 Paris

ISBN 978-2-8098-4740-6

*À maman et papa,*
*avec tout mon amour*

# Prologue

*Emily*
*Lancashire, mai 1921*

Emily n'entend pas le facteur. C'est en passant de la cuisine au salon qu'elle remarque l'enveloppe tombée sur le linoléum. Elle se penche pour la ramasser, sûre qu'il s'agit d'un pli sans importance, une nouvelle facture qui devra attendre, jusqu'à ce qu'elle remarque le timbre-poste. Le même que celui qui figurait sur les lettres venues de France.

Elle retourne l'enveloppe en papier kraft. L'adresse est tapée à la machine, ce qui laisse plus ou moins présager d'un courrier à caractère officiel. Elle a envoyé de nombreuses lettres en France et en Belgique ces quatre dernières années, et, en retour, elle reçoit souvent des courriers ne contenant qu'excuses et redites – de la part de divers bureaux et agences, associations caritatives, services municipaux et autres cimetières.

Tout d'abord, elle ne voit qu'une feuille blanche dans l'enveloppe ; mais quand elle la prend avant de la retourner, elle constate qu'il s'agit d'une photographie. Pendant quelques instants, elle ne reconnaît pas le visage. Ce n'est que le portrait d'un inconnu qui n'a rien à faire ici, chez elle, entre ses mains. Une erreur de destinataire, probablement – quelques instants seulement.

Emily s'adosse contre le mur et se laisse glisser jusqu'à terre. Enserre ses genoux de ses bras. Dans sa poitrine, son cœur tambourine désormais tel un oiseau battant des ailes contre les barreaux de sa cage. La photo lui est tombée des mains et gît sur le motif à damier du sol. Elle bascule la tête contre le mur et ferme les yeux.

Elle se dit qu'elle doit regarder l'image à nouveau. Il le faut. Il faut qu'elle observe attentivement ce portrait et qu'elle soit sûre, car si ce sont bien *ses* yeux à lui sur cette photo, elle n'y comprend plus rien. Comment est-ce possible ? Une simple ressemblance, probablement. Cela ne peut être lui, après tout ce temps. À moins que… ? Mais au fond, elle n'a pas besoin de contempler la photo une seconde fois pour le savoir. C'est bel et bien Francis.

Elle rouvre les yeux et regarde devant elle. Elle voit les traces de ses pas sur le sol, ces empreintes qu'elle laisse quotidiennement dans cette maison. Le linoléum aurait besoin d'un coup de serpillière. Elle devrait prendre le temps de repeindre les plinthes éraflées et de battre le paillasson. Une feuille de chêne a volé jusque sous la console de l'entrée, à côté de la carte de bibliothèque qu'elle cherchait depuis un moment. Elle s'attarde sur ces détails afin de retarder le moment de revoir son visage.

— Comment ? demande-t-elle à haute voix.

L'enveloppe s'est froissée entre ses mains, mais elle doit en vérifier le contenu. Il doit y avoir autre chose qu'une photo. Une explication. Un sens. Mais non. Aucune lettre, à l'intérieur. Pas une phrase. Pas un mot. Elle retourne l'enveloppe et remarque que l'adresse a été tapée avec une machine usée. La courbe du *u* est rompue, le point manque sur le *i*, mais la marque encrée du point final est profonde. L'oblitération du timbre, brouillée, est presque illisible. Elle y repère toutefois des traits d'union – peut-être Saint-Quelque-Chose, mais l'ensemble demeure un mystère. Ses doigts laissent une empreinte humide sur le papier. Elle a fini par accepter l'idée de la mort de Francis, mais peut-être s'est-elle trompée ? Elle contemple avec stupeur ses mains tremblantes.

Emily bascule sur le flanc et sent le froid du sol contre sa joue. La photo est là, à quelques centimètres de sa main. Elle entend des pas sur le trottoir, dehors, le buddléia qui martèle la fenêtre du salon sous le vent, l'écho d'une valse sur la TSF de Mme Wilson, à côté, mais, par-dessus tout, c'est son propre souffle qu'elle entend. Elle ne devrait pas être là, couchée par terre dans son entrée un mardi matin, le visage collé à un linoléum sale, mais elle a toutes les peines du monde à bouger. Pourquoi est-il si dur de tendre la main pour prendre ce portrait ? Et de croire qu'il s'agit bien de lui ?

Le soleil s'immisce maintenant par l'imposte, dont les vitraux de couleurs vives illuminent la photographie de rouge, de vert et d'or. Le visage de ce mari, disparu depuis quatre ans.

# 1

*Harry*
*Ferry reliant Folkestone à Boulogne, août 1921*

— Emily ?

Harry la voit dès qu'il pose le pied sur le pont. Elle porte une robe de soie grise ; sa tête a beau être dissimulée sous un large chapeau de paille, à la position de son bras sur le bastingage, il devine qu'elle fume une cigarette.

— C'est toi ?

Elle se retourne. Ce n'est pas Emily.

— Pardon ?

La femme retire son chapeau et regarde Harry. Des cheveux bruns volent autour de son visage pâle.

— Excusez-moi… On se connaît ?

— Veuillez me pardonner, je me suis trompé. Je vous ai prise pour quelqu'un d'autre.

Il recule d'un pas en marmonnant ses excuses. Comment a-t-il pu se méprendre de la sorte ? Honteux et saisi d'un léger vertige, il ne songe plus qu'à s'éclipser mais hésite soudain en voyant les yeux de la femme.

— Vous vous sentez bien, mademoiselle ?

— C'est ce satané soleil.

— Tenez. Je vous en prie.

— Vous êtes très aimable.

Au moment où elle prend le mouchoir, il se souvient que celui-ci est brodé aux initiales de son frère. Ce serait dommage de ne pas s'en servir, avait déclaré Emily d'un ton peu convaincu. Il détourne le regard tandis qu'elle s'essuie les yeux. La surface de l'eau étincelle de mille feux.

— F. B. ? Est-ce Franck ? Fred ? Qui dois-je remercier ?

— Harry, en fait, dit-il en lui tendant la main. Harry Blythe.

— Rachel West.

Son visage s'adoucit comme elle sourit.

— Zut, alors… Ce serait gênant de salir le mouchoir d'un inconnu avant de le lui rendre. Même si ce n'est peut-être pas le vôtre.

— Gardez-le. Ça n'a pas d'importance.

Il sent son souffle ralentir et son calme revenir peu à peu. Le fait de pouvoir scruter ce nouveau visage, de la voir sécher ses larmes et d'échanger quelques mots de courtoisie apaise le brusque affolement qui s'était emparé de lui.

— Merci beaucoup, monsieur Blythe. Croyez-moi, je n'ai pas pour habitude de m'approprier le linge des hommes que je croise.

— Pas de collection secrète de serviettes volées ou de cravates subtilisées, alors ?

— Cette pièce sera ma première.

Comment a-t-il pu les confondre ? Elle ne ressemble aucunement à Emily : les angles de son visage sont plus aigus, et elle est bien plus brune. Pourtant, quelque chose dans son sourire, dans la vivacité de son regard, lui rappelle Emily.

— Je crois vous avoir vu dessiner tout à l'heure, je me trompe ? demande-t-elle.

— C'est fort possible. Une dame m'a demandé un portrait d'elle ce matin, et depuis, on se bouscule pour m'en demander. Jamais je n'ai eu autant de clients et de reconnaissance. Je commence à croire que je pourrais gagner ma vie pendant cette traversée.

— Eh bien !

— Ils veulent les afficher dans les bureaux de recherche, les cafés et les gares. Pour retrouver des hommes disparus.

Rachel West souffle sa fumée vers la mer et opine du chef, comme s'il s'agissait de la chose la plus naturelle au monde. Elle porte la main au médaillon autour de son cou, où sont gravés les mots *Ne m'oublie pas*. En la regardant, il se demande si, parfois, il ne serait pas préférable d'essayer d'oublier.

— Les gens affichent des photos de leurs proches et d'eux-mêmes, un peu comme des chaussures séparées qu'il faudrait réunir. Je ne pensais pas qu'ils seraient si nombreux…

Elle pose sur lui un regard surpris.

— Bien sûr qu'ils sont nombreux.

Une main sur la rambarde, elle ferme les yeux face au vent. Son profil se détachant sur l'eau évoque à Harry l'image de la figure de proue d'un navire, une silhouette de bois fendant les vagues à travers les océans, poitrine offerte, tout en boucles et courbes baroques, chérie de l'équipage. Mais c'est une Rachel en chair et en os qui se mouche maintenant dans le mouchoir de son frère et déclare trouver la mer vivifiante.

— Ça me redonne du tonus, dit-elle en se tournant vers lui.

Harry contemple l'horizon. Il sent la vibration du moteur. Le poids des vagues se fracassant contre la coque. Au loin, il aperçoit un bateau de pêche, mais, pour l'heure, les côtes françaises ne sont pas encore en vue. Il a un goût de sel sur les lèvres et se demande s'il va à nouveau être malade. Un jour, Emily lui a dit qu'il fallait rester sur le pont, respirer à fond et regarder l'eau directement, un peu comme on fixerait un chien qui pourrait vous mordre si vous regardiez ailleurs. Il repense à la carte qu'il a reçue d'elle la semaine dernière. Se tenait-elle le mois dernier là où se tient maintenant Rachel West ? S'est-elle appuyée à ce même bastingage, les yeux rivés sur les vagues ? A-t-elle été malade pendant la traversée ? Et que faisait-elle – que fait-elle – à Arras ?

— Vous êtes verdâtre, déclare Rachel. Je suppose que vous n'avez pas le pied marin, monsieur Blythe ?

— En effet, admet-il en secouant la tête.

Le bateau tangue, projetant autour de lui des paquets d'écume. Il entend Rachel inspirer profondément.

— Cela ne vous emplit-il pas de vigueur ? demande-t-elle. D'un vif sentiment de vie ? D'une vie… effervescente ?

— Oh, que si, répond-il en se cramponnant à la rambarde. Comme si j'avais l'estomac rempli de bicarbonate de soude.

— « Je dois reprendre la mer, et la vie vagabonde et bohème, cite Rachel en souriant. Le chemin des mouettes et la voie des baleines, où le vent est comme un couteau aiguisé. »

Toute tristesse disparaît de son visage comme elle récite ces vers en contemplant les vagues. Ses yeux se sont agrandis au plaisir de prononcer ces mots. Puis son regard se pose sur Harry, et son sourire s'éteint.

— Vous y êtes déjà allé, n'est-ce pas ? Je le vois dans vos yeux. Je ne devrais peut-être pas vous demander cela – veuillez me pardonner –, mais… comment était-ce, la première fois ? Vous voulez bien me le dire ? Je parle de la première fois que vous avez traversé la Manche pour vous rendre en France.

Elle en parle comme s'il s'agissait de franchir le Styx, songe Harry. Il s'imagine avec Francis sur une petite barque flottant sur des eaux où se tordent les membres des damnés. Il se voit glisser une pièce dans la bouche de son frère.

— Nous avons pris un mauvais départ, raconte-t-il. Ils nous ont mis sur un vieux bateau à aubes à destination de l'île de Man. Il avait été réquisitionné par l'amirauté, mais avait encore des boiseries, des tapisseries en velours et les horaires de Douglas à Fleetwood épinglés au mur. On a chanté « Jerusalem » en partant de Folkestone. Vous imaginez ça ? « Apportez-moi mon épée ! Que les nuages se dissipent ! »

Il la regarde. Elle hoche la tête en l'écoutant.

— Pardon, je suis un piètre chanteur. Hélas, notre épée n'a pas pu nous sauver, ce jour-là… Le destroyer qui nous accompagnait a heurté une mine, et boum ! La bombe a créé une large entaille dans sa coque et a mis le feu au bateau. Nous nous étions engagés dans une zone minée non signalée, et notre pauvre bateau à aubes risquait lui aussi le naufrage à tout moment. Si bien que nous avons sagement remis le cap sur Folkestone, où nous avons passé la nuit sur le quai.

— Avec un certain soulagement, j'imagine ?

— Jamais un sol de ciment ne m'a paru si confortable. Mais il fallait repartir dès le lendemain.

Le souvenir du métal déchiqueté et des eaux traîtres revient à sa mémoire, lui laissant un goût amer dans la bouche. Jusqu'ici, il était contenu dans une boîte de vieilles photographies – dont celle où Will, Francis et lui dormaient ensemble, les trois frères pelotonnés les uns contre les autres sur le quai. C'était l'une des photos ayant retenu son attention quand Emily lui avait donné la boîte, en mai. Il ne l'avait jamais vue auparavant, et il lui avait fallu quelques instants pour reconnaître sa propre silhouette recroquevillée. Cela avait fait rire Emily. Il ne se rappelait pas qui avait pris ce cliché, ni même ce qu'il avait éprouvé à dormir ainsi enchevêtré avec ses frères.

— Ce que vous avez fait.

— Repartir ? Oui. C'était en février 1916. Cette expérience m'a passé l'envie de faire le fou sur un bateau.

— « Tout ce que je demande, c'est le joyeux récit d'un compagnon rieur, dit-elle. Un sommeil paisible et un doux rêve une fois le récit achevé. »

— Exactement.

— J'avais appris cela à l'école.

Les mouettes planent et crient en arrière-plan de la toile qu'il compose mentalement autour de Rachel West. Le vent dans ses cheveux lui donne des airs de sirène. Mais quand les yeux de Harry se posent sur l'eau, il ne peut s'empêcher d'y chercher des mines. En dépit des conseils d'Emily, il préfère se concentrer sur cette femme qui récite de la poésie, et sur la façon dont il pourrait la peindre.

— David y est allé en janvier, dit-elle soudain.

— David ?

— Mon mari. Tenez. Peut-être pourrez-vous comprendre ceci ?

Prudemment, elle sort un papier d'une enveloppe. C'est avec un fort sentiment de responsabilité que Harry prend la lettre agitée par le vent. Il la relit deux fois, désireux de comprendre, mais ne parvient à déchiffrer que la date et le nom de Rachel. Les autres mots, si signifiants et importants qu'ils fussent pour leur auteur, sont illisibles. Ils pourraient aussi bien être écrits en grec.

— Parvenez-vous à la lire ?

— Navré. L'écriture est très difficile à déchiffrer.

— Il écrivait beaucoup de poèmes. Des vers parlant des paysages de son enfance, avec des rimes extraordinaires.

Harry contemple la page, qui ne semble recéler ni rime ni le moindre sens.

— C'était sa dernière, reprend Rachel. Ensuite, j'ai reçu une note m'annonçant que David était porté disparu. En regardant cette lettre, j'ai l'impression qu'une partie de lui avait déjà disparu.

— Oui. Je vois.

Il songe un instant à laisser le vent emporter cette triste missive et l'imagine échouer sur l'eau puis se faire engloutir, mais il la rend à Rachel et la regarde la replier avec soin.

— C'est la troisième fois que j'y retourne, dit-elle. Ça ne suffit pas, « disparu ».

— En effet.

Le bateau transporte de multiples Rachel – des femmes qui tripotent leur médaillon en parlant et se rendent d'un cimetière à un autre. C'est un bateau plein d'espoirs et de peurs. Harry a déjà réalisé cinq portraits de femmes à bord, et toutes lui en sont infiniment reconnaissantes. Il est curieux de voir ces murs couverts des images des disparus et de ceux qui les cherchent, tous ces visages n'aspirant qu'à se retrouver. Il imagine les photos d'Emily et de Francis, côte à côte, de nouveau réunis. Il se rappelle les portraits jumeaux d'elle et de lui, qu'il avait peints spécialement pour les murs de leur maison. Il se rappelle le jour où il avait peint celui d'Emily, et la façon dont elle avait d'abord enroulé ses mèches autour de ses doigts mouillés. Il revoit tout cela clairement. L'argenture s'écaillait à l'arrière du miroir, si bien que des fragments du reflet de son visage étaient comme absents.

— Voilà. Je suis prête, avait-elle annoncé en lui souriant dans le miroir.

Il jette sa cigarette alors que le port se dessine dans le lointain, et sort de sa poche la carte postale d'Emily. Le bruit et la vibration du moteur du bateau se modifient. Des dunes, des remparts, des jetées apparaissent. Bientôt, des silhouettes de cheminées, le dôme d'une basilique et les couleurs vives des cafés en front de mer. La lumière s'infiltre entre les nuages chargés de pluie et les drapeaux du casino flottent au vent. Tandis que Boulogne se révèle, il se demande si Emily est toujours de ce côté de la Manche, et si elle a trouvé Francis – vivant ou mort.

# 2

Harry
*Boulogne-sur-Mer, août 1921*

Francis était venu prendre des photos ici, il y a cinq ans. Derrière lui, Harry avait regardé son frère faire la mise au point sur la silhouette du bateau et les motifs de filets et de cordes qui se reflétaient sur le sol mouillé du quai. Aujourd'hui, les passagers descendant du navire traversent les mêmes reflets, et Harry reconnaît le son de la pluie à cet endroit, les cris des mouettes et des dockers, et le crissement des roues de wagons. Il se rappelle la masse des mâts, des chaînes et des câbles emmêlés contre le ciel pluvieux, la forme des grues, les cheminées des barges et le nom des grands hôtels, un peu plus loin. Tout lui semble familier sur ce quai, même si ce souvenir lui paraît lointain.

Ç'avait été quelque chose de voir approcher les côtes françaises pour la première fois, avant de se retrouver enfin de ce côté-ci de la Manche et de poser le pied sur ce quai, avec ses conserveries, ses cabanes à thé et ses vieux bateaux de pêche aux voiles rouges. Sur ce même quai, Harry regarde maintenant un homme empiler des valises dans un landau tandis qu'on fait rouler des barils sur le pavé. Une charrette tirée par un cheval passe avec fracas, chargée de paniers de harengs. Il flotte une forte odeur de fioul et de poisson. Beaucoup de choses sont similaires, à cinq ans d'intervalle, et beaucoup sont différentes.

Son bagage accroché à l'épaule, Harry avance vers la ville, passant devant des hangars, des hôtels et des boutiques. Il aperçoit son reflet dans les vitrines d'un boucher, d'un boulanger et d'un quincaillier, et s'attend presque à y voir Will et Francis à ses côtés. Il se rappelle la voix de Will lisant les noms des enseignes d'une voix hésitante, avant de rire ; leur surprise à constater qu'ici aussi, on vendait des choux, des corsets et des passoires. Tout leur attirait l'œil lors de cette première fois où l'étrangeté le disputait à la familiarité tandis qu'ils arpentaient les rues d'une ville extraordinairement ordinaire. Lorsqu'ils s'arrêtaient pour contempler quelque chose, tous trois se tenaient bras dessus, bras dessous, le plus naturellement du monde.

— Alors, elle est où, cette guerre ? avait demandé Francis.

— En train d'emmerder le monde ailleurs, avait répondu Will.

Harry entend presque leurs voix, leurs rires, le bruit de leurs pas près de lui, mais aujourd'hui, son reflet est seul sur les vitres des magasins. Il s'arrête pour s'en assurer. Dans la vitrine d'un chapelier, des mannequins de plâtre inclinent la tête sous un choix de chapeaux cloche ; au-dessus d'eux un panneau en miroir où l'on peut lire : *Que cherchez-vous**[1] ? Il se pose lui-même cette question et se rend compte qu'il ne saurait exactement quoi y répondre.

Il s'installe à la table d'un café à l'angle d'une rue et, par la fenêtre embuée, regarde passer les tramways. Trace ses initiales dans la condensation. Sur les murs, des affiches proposent des excursions d'une journée et vantent les bienfaits des stations balnéaires. De belles dames peintes se promènent sous leur ombrelle en souriant à la procession des parapluies, au-dehors. Il commande une *eau-de-vie** avec son café et retourne la carte d'Emily entre ses doigts.

« Pour ton album photo, dit son écriture au verso. C'est un peu le monde à l'envers, non ? »

---

1. Les mentions en italique suivies d'un astérisque sont en français dans le texte. (*N.d.T.*)

Harry voit son visage portraituré lui poser la question et entend les inflexions de sa voix. La vision se précise, et il se retrouve la veille de son retour à Londres, il y a trois mois maintenant ; sur l'image, Emily se tient près du déversoir du réservoir, encadrée par l'objectif, l'eau coulant sur les marches à sa droite, la tête inclinée comme si elle ne savait pas si elle devait le regarder ou non. Elle venait juste de lui parler des photographies de Francis. C'était un peu le monde à l'envers à ce moment-là, aussi.

— J'ai regardé les vieilles photos de Francis récemment, avait-elle dit. Celles qu'il a prises pendant la guerre, je veux dire. Je voulais les trier, les classer, mais je n'y suis pas parvenue. Je trouve qu'il devrait être interdit de tirer des photos sans inscrire au verso le lieu et la date. À quoi servent-elles, sinon ? Comment suis-je censée savoir ce que j'ai sous les yeux ?

Elle avait tourné le regard vers lui avant d'ajouter :

— Mais, bien sûr, tu dois être capable de distinguer un village ravagé d'un autre, toi... Tu voudrais bien m'aider à les classer ?

— Oui, si tu veux.

Il avait rembobiné son appareil en même temps que son esprit faisait marche arrière également, le ramenant à Épehy, en août 1917. Son frère aîné était assis à une table devant lui, en train de découper du papier photographique en rectangles. Autour d'eux, des soldats entonnaient des chants dans le bar, mais Francis était tout à son travail de découpe des angles. Deux mois plus tard, il avait disparu.

— Je ne savais pas que tu avais ses photos, avait-il dit à Emily.

— J'en ai toute une boîte. Il en a rapporté quand il est rentré en permission, et le capitaine Rose m'en a envoyé d'autres, plus tard. J'ai toujours voulu les regarder et les classer, mais je n'ai jamais eu le cœur de m'y mettre.

— Pourquoi maintenant, alors ?

— Parce qu'une autre est arrivée, la semaine dernière. Sauf que cette fois, c'est une photo de lui – son portrait. Je l'ai reçue par la poste.

— Par la poste ?

— Oui. Toute seule, dans une enveloppe. Un portrait de lui, sans rien d'autre. Je suppose que quelqu'un est tombé dessus et a voulu me l'envoyer, mais c'est tout de même étrange de ne pas l'accompagner d'un mot, tu ne trouves pas ?

— En effet. Et le timbre ?

— Français. La lettre est partie de France. Donc, tu trouves ça curieux, toi aussi ? Ça me rassure un peu de ne pas être la seule.

Emily avait haussé les épaules avant de s'enquérir :

— Au fait, qu'est devenu le capitaine Rose ?

— Il est mort à Cambrai. Je l'ai lu dans le journal.

Emily avait hoché la tête.

— C'était très bizarre de voir la tête de Francis surgir d'une enveloppe, tu sais. Ça m'a choquée... Je ne m'y attendais pas du tout. Pour tout te dire, j'ai même dû me servir un brandy après ça. J'avais presque l'impression d'avoir vu un fantôme.

L'eau-de-vie brûle la gorge de Harry et lui arrache un toussotement. Il a vu beaucoup de fantômes aujourd'hui. Pendant trois mois, il a remis la tâche à plus tard – lui non plus n'avait pas le cœur de s'y mettre –, mais aujourd'hui, il a commencé à se pencher sur les vieilles photos pour les classer chronologiquement, convoquant ses souvenirs pour tout remettre dans l'ordre adéquat. Elles sont maintenant alignées sur la table du café, en rangées et en paquets, tel un étrange jeu de patience.

La première image sur la première pile a été prise à Morecambe en janvier 1915. On y voit Francis, Will et Harry, alignés par ordre de taille et prenant une pose absurde devant leur caserne, comme un groupe de ménestrels en fin de carrière. Un journaliste les avait pris en photo dans une pose plus sérieuse quelques minutes plus tôt. Sa mère avait envoyé à Harry la coupure de presse du *Manchester Courier* et ils avaient ri de ce cliché, façon « frères d'armes ». Les trois hommes sont de jeunes soldats tirés à quatre épingles. Harry se rappelle encore la raideur et l'inconfort de cet uniforme, son odeur, ainsi que celles du Brasso pour polir les métaux et du cirage pour les bottes. Le visage de Will lui paraît maintenant extrêmement juvénile.

Il pose la carte d'Emily contre son verre et commence à placer les photos dans l'album qu'il a acheté pour elle, les ajustant une à une dans les petites équerres de papier. Sur les premières pages, ils font des exercices d'assouplissement sur la promenade, s'entraînent à la baïonnette sur un parcours de golf et creusent des tranchées à Torrisholme. Il y a des compétitions sportives entre bataillons, des bals, des concerts. Ici, ils sourient, entourant leur logeuse, Mme Faulkner, qui tord un mouchoir blanc entre ses mains. Là, une foule (et des mouchoirs) leur fait signe tandis que leur train quitte la gare. Conformément au souhait d'Emily, Harry annote, ajoute dates et détails avec le stylo qu'il a acheté pour l'occasion.

Viennent ensuite des photos de groupe à Parkhouse Camp, Will souriant avec la femme qui vendait des oranges qu'elle portait dans un panier, et des vues de colonnes marchant sur Salisbury Plain. Des biplans volant au-dessus de Stonehenge. Un portrait de lui, six ans plus tôt, adossé aux pierres légendaires, les yeux plissés face au soleil. Harry a l'impression de voir quelqu'un d'autre. Il pense à la photo de Francis qu'Emily lui a montrée, il y a trois mois. Où était-elle, cette image de son frère, ces quatre dernières années ? Pourquoi refait-elle surface maintenant ? Est-il possible qu'elle ait simplement été perdue dans les rouages du système pendant tout ce temps ?

Il regarde la rue et s'attend presque à y voir Francis et Will, encore bras dessus, bras dessous, en train de s'éloigner. De grosses gouttes de pluie glissent sur la vitre. Il imagine le nom de Francis gravé sur une tombe et se demande si cela pourrait avoir un lien avec le fait qu'Emily lui ait envoyé une carte postale d'Arras. Qu'est-ce qui l'a amenée là-bas ? A-t-elle reçu d'autres courriers anonymes ? Existe-t-il un lien entre cette carte postale et le portrait de Francis ?

Francis avait envoyé une carte à Emily le jour où ils avaient débarqué à Boulogne, se remémore Harry. La tête d'un type avec une moustache extravagante surgissait de derrière un bouquet d'énormes pensées en montrant du doigt la phrase « *Gros bisous de Boulogne** ». Francis avait couvert le verso de croix signifiant autant de baisers. Sans un mot. Ni un nom. Le message serait reçu, Harry en était sûr, mais il y avait quelque chose de curieux dans cette absence de signature, s'était-il dit. Il s'était rappelé cette kyrielle de baisers d'encre anonymes lorsque Emily lui avait montré l'enveloppe dans laquelle était arrivé l'étrange portrait de Francis.

Il sort de la poche de sa veste la carte postale qu'il vient d'acheter pour elle. On y voit des hommes décharger des mannes de harengs de bateaux de pêche, dans des teintes pastel évoquant le passé. Le ciel qui surplombe la scène est d'un bleu improbable.

« Je suis là. Je cherche. J'essaie », écrit-il au dos de la carte. « PS : Es-tu là aussi ? »

# 3

Harry
*Boulogne-sur-Mer, février 1916*

— Je croyais que tu avais arrêté de dessiner, dit Will.

Le vent faisait voler ses cheveux autour de son visage. Il étrécit les yeux sous les rayons du soleil.

— Ça fait des années que je ne t'ai pas vu peindre. Je pensais que tu avais laissé tomber.

— Moi aussi. J'ai essayé, répondit Harry en souriant à son frère. Voilà des mois que je n'avais pas touché un crayon ni un pinceau.

Un drôle de sentiment l'avait envahi en rouvrant son carnet de croquis. Pendant neuf mois, il s'était contraint à ne pas y toucher. Après avoir pris la difficile décision de renoncer à cette place à l'école d'arts, il s'était dit qu'il valait mieux laisser tout cela derrière lui ; il avait choisi d'être là, avec ses frères, et devait désormais regarder devant lui, pas en arrière. Mais aujourd'hui, le vent soufflait et sifflait sur le sable, les avions striaient le ciel au-dessus des vagues et Boulogne-sur-Mer était habillée de gris perle, de terre d'ombre et de rose. Comment résister à coucher cela sur le papier ?

— Tant mieux, fit Will. Tu étais malheureux quand tu ne peignais plus.

— Ah, oui ? Tu as remarqué ?

— Tu regardais tout le temps le ciel et les arbres avec un air mélancolique. Francis disait que tu crevais d'envie de prendre ta boîte de peinture et qu'il fallait qu'on te remonte le moral, sans quoi tu allais te faire sauter le caisson.

Harry eut un petit rire.

Le vert-bleu de la mer s'étalait sur l'émail de sa palette, se rapprochant des couleurs du sable et du ciel. Il pencha sa feuille et respira doucement tout en laissant les couleurs se répandre. Harry ne savait pas s'il regardait les arbres avec mélancolie, mais, en tout cas, il se sentait de nouveau lui-même aujourd'hui. Vraiment lui-même. Calme. Serein. Il se redressa, sourit à Will et s'alluma une cigarette.

— Regarde, j'ai ramassé des coquillages.

Will vint s'asseoir près de lui et ouvrit la main, révélant une poignée de coquilles. Il les étala par terre puis entreprit de les planter en ligne droite dans le sable. Une escouade manœuvrait sur la promenade. Harry entendait le bruit des bottes et des ordres hurlés par un chef.

— Je peux ?

— Bien sûr.

Harry regarda son frère feuilleter son carnet de croquis. Le vent s'immisçait entre des esquisses d'autoportrait, des yeux et du sourire de ses frères, et du visage d'Emily, ici, là, encore et encore. Il en eut brusquement conscience et s'en sentit gêné tandis que son frère continuait de tourner les pages.

— Ils ne nous ont pas encore dit où nous irions.

Will jeta un coquillage plus loin sur la plage.

— Pourquoi, tu tiens vraiment à partir ?

Will rit puis fronça les sourcils. Harry regarda son cadet réfléchir à cette question. Sous la vive lumière de la plage, il avait l'air d'un tout jeune homme.

— Non, répondit-il enfin. En fait, ça ne me dérangerait pas de rester ici. J'aime bien jouer au foot sur la plage et manger des glaces dans les cafés. Francis en a trouvé un où ils font des frites avec de la sauce brune, comme chez nous. On n'a pas tellement l'impression d'être en guerre, pas vrai ?

Harry acquiesça en souriant.

— Mais Francis dit qu'on rate quelque chose. Qu'il se passe plein de trucs ailleurs alors que nous, on reste peinards dans une station balnéaire… Que ça se déchaîne, un peu plus loin, pendant qu'il est là, à photographier des pêcheurs, des bicoques, des terrasses de cafés, alors qu'il a déjà fait ça cent fois.

Harry perçut les mots de Francis dans la voix de Will.

— Il y a pire.

— Va lui dire ça…

Harry contempla le paysage liquide devant lui. Une vieille dame ramassait des coques sur la plage. Des nuages couraient dans le ciel. Il distinguait le mouvement d'un groupe d'oiseaux au bord de l'eau. Il ferma les yeux, ébloui, et s'allongea sur le sable en inspirant l'odeur chaude des algues. Ses lèvres avaient un goût de sel. Le vent marin aiguisait ses sens et lui donnait le sentiment d'être profondément vivant. Il se dit qu'il ne lui déplairait pas de passer la guerre ici, à peindre la mer et son ciel si changeant, en éprouvant la douce chaleur du soleil d'hiver sur son visage.

— Viens, dit Will. J'ai promis à Francis qu'on le retrouverait sur la colline.

Ils partirent sur la plage, où de fortes bourrasques ébouriffèrent leurs cheveux et fouettèrent leurs vêtements comme des voiles de navire. Les nuages se déplaçaient à toute vitesse dans le ciel, projetant des ombres mouvantes sur le sable. De la musique et des drapeaux flottaient dans le vent. Les dunes étaient constellées de tentes kaki évoquant un camp de scouts. Se retournant vers la mer, Harry éprouva une soudaine réticence à quitter la lumière du littoral, qui se mêlait à celle de l'eau. Brusquement, il lui parut crucial et urgent de représenter les dunes, le marais salant et les pins maritimes. Il voulait peindre les falaises, les bateaux de pêche et le clair de lune répandant sa lueur d'argent sur les toits. Tout à coup, il eut le vif sentiment d'avoir perdu neuf mois, et qu'il devait vite rattraper ce temps perdu.

Francis les attendait en haut du calvaire, appuyé contre la rambarde, en train de cadrer des angles de vue sur les toits et le port en contrebas. Will lui fit de grands signes et Harry devina que Francis les regardait approcher à travers son objectif. Il sourit derrière son appareil photo comme ses frères arrivaient.

— Ce sont les fusils qu'on entend ? demanda Will. Ça paraît plus fort, d'ici. Est-ce qu'ils se sont rapprochés ?

— Pas de panique, petit frère. Ce n'est que le vent qui nous joue des tours.

Francis posa un bras sur les épaules de Will tandis que Harry enfonçait les mains dans les poches de son manteau.

— Il fait plus froid, ici, constata-t-il.

— C'est fait pour que les marins le voient en entrant dans le port ? demanda Will en levant les yeux vers la grande croix.

— Je suppose, répondit Harry. Et pour veiller sur eux quand ils reprennent la mer.

— « Tel fut le naufrage de l'*Hesperus*, dans la nuit et la neige ! Que le Seigneur nous épargne une telle fin, sur les récifs de Norman's Woe ! »

Francis surjoua ces vers en agitant les bras devant Will.

— Norman qui ?

— Laisse tomber.

— Celui-là semble uniquement se préoccuper des marins, tu ne trouves pas ? dit Francis. Il vaudrait peut-être mieux adresser nos prières de terriens ailleurs.

Le visage de l'homme en croix contemplait fixement la mer, les yeux rivés sur l'horizon, apparemment indifférent aux prières murmurées par les femmes qui s'agenouillaient à ses pieds.

Harry hocha la tête.

— Je ne crois pas qu'il les entende. Ni même qu'il remarque leur présence.

Plus loin, d'autres hommes en uniforme étaient assis sur le flanc de la colline, le regard perdu sur les eaux grises. Harry s'étonna qu'ils fussent aussi nombreux à avoir gravi cette pente par une journée aussi venteuse, juste pour contempler la direction par laquelle ils étaient arrivés, sans parler. Tous semblaient hypnotisés par la mer. Harry se dit qu'il faudrait garder en mémoire cette étrange image.

— Oh, j'allais oublier.

Francis jeta sa cigarette avant de se tourner vers Harry en souriant.

— J'ai trouvé ça dans un magasin. C'est de notre part, à tous les deux.

Il sortit de sa poche un petit paquet enveloppé de papier kraft et le tendit à Harry.

— C'est pour moi ?

— Vas-y, ouvre-le. J'ai pensé à toi en le voyant.

Sous le papier se trouvait une petite boîte en fer. Harry en ouvrit le couvercle et y découvrit des bâtons de couleurs vives.

— Ce sont des pastels gras. Je me suis dit que tu n'en avais pas, alors on s'est cotisés, Will et moi. Parce qu'on en avait marre de ton abstinence macabre.

— Ah bon ? Ça se voyait à ce point-là ? Merci beaucoup. C'est très gentil.

Francis secoua la tête.

— Tenez, mettez-vous là, ensemble. On va immortaliser l'instant.

Il recula en tenant son appareil tandis que Harry passait un bras autour de la taille de Will en s'appuyant contre le muret. Puis tous deux firent un geste obscène en direction de l'objectif.

— Allez, magne-toi !

— J'ai les doigts engourdis par le froid, se défendit Francis tout en se concentrant sur ses réglages.

— Il ne fait pas si froid que ça, espèce de chochotte !

— Hé, les gars, regardez, fit Will.

Un officier approchait dans le dos de Francis, qui se retourna, l'air inquiet, avant de paraître rassuré et de serrer la main de Michael Rose.

— Soyez un peu plus discrets, messieurs, dit le second lieutenant Rose. Vous savez que cet endroit est désormais interdit. Vous avez de la chance d'être tombés sur moi… Je devrais confisquer cet appareil, s'il ne s'agissait pas de mon vieux Kodak, avec mes propres empreintes partout sur vos bêtises.

— Pardon, chef, s'excusa Francis. Je n'aurais pas dû. Je serai plus prudent à l'avenir, faites-moi confiance. Je ne veux pas vous attirer d'ennuis.

— Cessez de vous flageller et allez plutôt prendre la pose avec vos frères, dit Rose. Je vais prendre cette photo. Vous pourrez l'envoyer chez vous, à vos copines.

Francis inclina sa casquette de travers et passa un bras autour de Harry, qui sentit la pression de la main de son frère dans son dos et partit à rire.

— Attention, le petit oiseau va sortir !

Rose sourit derrière l'objectif.

— Et voilà, c'est dans la boîte.

# 4

Harry
*Boulogne-sur-Mer, août 1921*

Francis avait aussi photographié la gare ferroviaire, mi-exotique mi-gothique avec ses empilements de sacs de sable. Cela lui rappelait un orgue d'église, avait-il dit, se rappelle Harry. En observant à nouveau les détails du bâtiment, cette fois au travers de son propre viseur, il lui paraît aujourd'hui prétentieux et surdimensionné. Le passage du temps lui donne l'air d'avoir surestimé sa fonction. On y voit des créneaux, des lions rampants et des inscriptions médiévales ; des tourelles d'angle, des flèches à crochets et des statues classiques arborant épées et couronnes de laurier. Les sacs de sable ont disparu mais, lorsque l'obturateur de son appareil photo se déclenche, Harry s'attend encore à voir Francis près de lui.

Il s'achète un café dans le hall sinistre et regarde des oiseaux s'élancer à travers les fils et les câbles.

— Tiens, mais c'est notre portraitiste amphibie !

Les pieds de la femme s'arrêtent près de sa table. Il lève les yeux et le dessin d'une jeune femme aux yeux tristes et au médaillon *Ne m'oublie pas* s'anime dans un sourire.

— Madame West. Je ne pensais pas vous revoir.

— Moi non plus, mais je suis heureuse de vous croiser à nouveau, monsieur Blythe. Mon train ne part que dans une demi-heure. Cela vous ennuie-t-il si je me joins à vous pour prendre un café ?

— Bien sûr que non.

À vrai dire, il se réjouit d'entendre une autre voix que celles qui tournent dans sa tête. Il tire une chaise pour elle.

— Désolée, j'aurais dû vous demander quelle était votre destination.

Il lève une main pour appeler le garçon.

— Arras. Par le train de 11 h 30.

— Eh bien, nous serons au moins deux. Je serais ravie d'avoir de la compagnie pendant le trajet.

Il regarde le serveur empiler tasses et soucoupes sur son plateau avant de trier sa petite monnaie.

— Je vous remercie encore d'avoir dessiné mon portrait. Comme je vous l'ai dit, j'aurais été heureuse de vous rémunérer pour cela.

— Allons donc. Tout le plaisir était pour moi.

— J'espère ne pas être indiscrète, mais je me suis posé la question après coup : avez-vous dessiné quand vous êtes venu ici pendant la guerre ?

— Oui, tout le temps.

Il s'allume une cigarette et lui tend le paquet mais elle fait non de la tête.

— Des portraits, principalement. Je les réalisais afin que les hommes puissent les envoyer chez eux, à leur mère ou à leur fiancée. On me payait parfois pour ça. D'autres fois, on me donnait un morceau de chocolat ou une cigarette en échange. Mais je le faisais avant tout par plaisir. J'aime les visages, la façon dont la personnalité et l'expérience les façonnent, et cela exige de la pratique.

— Ah oui ?

— C'est ce que Francis disait.

Il regarde Rachel West et observe l'ombre de ses cils, les fines rides aux coins de sa bouche. Il y a des taches de rousseur sous la poudre de riz.

— Ainsi qu'une observation constante.

— Qui est Francis ?

— Mon frère. Mais lui, son truc, c'étaient les appareils photo. Il voulait être photographe professionnel.

Il avale le reste de son café.

— Et finalement, c'est moi qui le fais à sa place maintenant. C'est ainsi que je gagne ma vie désormais, mais à l'origine, c'était vraiment la passion de Francis, plus que la mienne.

— À sa place ? Voulez-vous dire qu'il n'a pas persévéré ?

— Disons qu'une petite guerre s'est mise en travers de son chemin.

— Elle a fait le coup à beaucoup de gens, je crois.

Rachel a posé un livre sur la table – le *Guide Michelin illustré des champs de bataille*. Elle l'a poussé sur le côté afin de laisser de la place pour le café, mais en feuillette les pages et lui montre des photos d'Arras en ruine. Il y a des adresses pour transporter les touristes et des itinéraires pour les séjours d'une journée.

— On dirait Pompéi, dit Rachel en le refermant sur les pages montrant Arras. Je dois y être demain. J'ai un rendez-vous au service des objets trouvés.

— Des objets trouvés ?

— Ceux des soldats. Leurs effets personnels. Des objets potentiellement identifiables trouvés sur des corps qui n'ont pas encore été identifiés. Même si ce n'est pas officiellement formulé de la sorte.

— Je m'en doute.

Harry retire un peu de rouille de sous ses ongles. Il se demande quels objets on a pu trouver dans les poches de Francis. Et comment cette photo de son frère a pu être identifiée puis envoyée à Emily.

— J'ai à faire à Arras également. Je pourrais vous accompagner aux objets trouvés, si vous voulez ?

Rachel joue avec sa petite cuillère.

— C'est vrai, ça ne vous ennuierait pas ? Merci. J'avoue que j'apprécierais un peu de soutien moral.

Des bagues en fer-blanc, cuivre et aluminium en forme de petits cœurs et de fleurs ornent ses doigts. Harry en a déjà vu de ce genre – on les fabrique à partir de douilles usagées et de boîtes de corned-beef.

— « Des bagues à ses doigts, des clochettes à ses pieds. Où qu'elle aille, ce sera en musique. » Est-ce votre mari qui les a faites ? demande-t-il avec un signe de tête vers sa main.

— Oui. David était orfèvre. Très doué de ses mains, et il ne sortait jamais sans une paire de pinces dans sa poche. Il était comme ça – il *est* comme ça. Il m'a aussi fabriqué des ronds de serviette à partir de douilles d'obus, ainsi qu'une boîte sur laquelle sont gravées des fleurs – des *pensées** en français, il me l'a appris. C'est une façon de me dire qu'il pense à moi.

— Artiste, poète et linguiste ?

— Dix, dit-elle en montrant ses doigts. Il m'en a envoyé une par mois. Pendant ses dix mois en France. Rien qu'en regardant mes doigts, je peux vous dire où il était chaque mois. Je me rappelle toutes les communes d'où venaient les paquets. Mais le plus important, hélas, c'est le onzième mois… Dont je ne sais presque rien.

— Quand était-ce ?

— Novembre 1916.

Rachel contemple ses doigts et semble brusquement sur le point de pleurer.

— Je suis déjà venue ici, vous savez. C'est mon troisième voyage. Combien devrai-je encore en faire ?

Elle agite la petite cuillère dans sa tasse avant de se passer une main dans les cheveux.

— Je devrais être une experte en la matière désormais. Sauf que, une fois de plus, je ne sais pas par où commencer.

— Avez-vous écrit au régiment de votre mari ? Il pourrait être en Angleterre actuellement… Peut-être dans un hôpital ?

Il reste encore vingt mille hommes dans les hôpitaux militaires, a appris Harry. Il a fréquenté plus d'une de leurs salles d'attente en cherchant Francis. Il en a écrit, des lettres. Et il a parlé à quantité de médecins, qui secouaient tous la tête devant lui, désolés.

— Je vous l'ai dit, quand nous étions sur le bateau, dit-elle avec une brusquerie soudaine. J'ai écrit à ses officiers, aux hommes qui m'avaient écrit à l'époque, à tous ceux qu'il a pu mentionner dans ses lettres. Aucun n'a rien pu me dire. Il y a tellement de disparus... C'est ce que tous me répondent. Comme si le mot « disparu » était un code et que j'étais censée deviner ce qu'il signifiait.

— Et le bureau d'enquête de l'armée ? Ou la Légion britannique ?

— J'ai essayé aussi. Sans résultat.

— La Croix-Rouge ?

— Figurez-vous que j'ai même rencontré une voyante. Elle m'a dit que David n'était pas mort. Elle en était certaine – elle ne le trouvait pas dans l'au-delà. C'est près d'Arras qu'il a disparu, dans cette ville qui n'est plus qu'un tas de ruines. Je crois qu'il est perdu, ou qu'il a perdu la tête.

Quand elle regarde Harry, il a l'impression qu'elle attend de lui une réponse, comme s'il savait ; ce regard trop intense le pousse à baisser les yeux.

— Vous n'êtes pas obligé de m'aider, vous savez, lâche-t-elle.

Du bout des doigts, elle tripote son médaillon *Ne m'oublie pas*. Il se demande si le bijou renferme une photo de son mari et si elle croit qu'il l'a oubliée. Emily pourrait-elle aussi croire que Francis ait simplement oublié de rentrer chez lui ? Deux semaines après avoir écrit cette carte postale, est-elle encore à Arras ? A-t-elle trouvé une raison de rester ici ?

— Je dois m'arrêter à Arras cette semaine, de toute façon, dit-il.

— Oui, d'ailleurs, que faites-vous ici exactement ?

Visiblement, la question sort avec un peu plus d'agressivité que Rachel ne l'aurait voulu, car son intonation se radoucit rapidement :

— J'aurais cru que ce serait le dernier endroit au monde où vous auriez envie de remettre les pieds.

— Comme je vous l'ai dit, je suis photographe, et j'ai une commande ici. Il s'agit d'une liste de tombes... Mon travail consiste à les photographier.

Le train est calme. Appuyé contre la fenêtre, il laisse son regard se perdre dans la brume des banlieues. Il entend la voix de Rachel, son intonation, son rythme, sans en distinguer tous les mots. Les champs sont verts. Cela l'étonne, après tout ce qui s'est passé. Elle joue avec une pomme et parle du prix du pain. Elle parle beaucoup. Harry se rappelle d'autres trains, empestant le cheval et le soldat, et une scène en particulier lui revient en mémoire.

En février 1916, ils avaient pénétré dans les terres, cachés dans des wagons à bestiaux, avec l'instruction de ne pas faire de bruit. Harry avait regardé la France entre des lattes de bois. Il semblait y avoir beaucoup de villages déserts et de terres agricoles gorgées d'eau. « J'ai l'impression d'approcher la guerre en douce, par-derrière », avait dit Will.

Mais le train les avait emmenés dans une ville qui semblait épargnée par la guerre et par le temps. Entre deux entraînements au maniement des armes, ils pariaient en jouant aux cartes ou aux dominos et échangeaient des boîtes de rations alimentaires contre des cartes postales en soie où figuraient des slogans sentimentaux. Ils paradaient sous la pluie, au pas de marche, trempés. Jouaient de l'harmonica, du flûtiau, et au tir à la corde.

— C'est donc ça ? avait demandé Francis.

Ce printemps-là, Harry avait commencé à tout écrire dans de longues lettres illustrées et détaillées, et à consigner tout ce qui était nouveau ou curieux dans un journal. Il dessinait l'inspection des équipements, les exercices de bombardement et d'intervention. Il dessinait les tilleuls, les fermes en brique rouge, les champs de blé. Il dessinait Will en train de jouer au cricket, Francis en train de prendre des photos, leurs mains jouant aux cartes sur des tables de café. Et le visage de ses frères, surtout, dans toutes leurs attitudes et expressions. Harry trouvait un certain réconfort dans le fait de tout confier au papier ; l'acte et la concentration qu'il exigeait le rendaient plus léger.

— Vous n'avez pas beaucoup de bagages, remarque Rachel.

— Des bagages ?

Il la regarde et revient au présent, dans un train l'emmenant de nouveau vers l'est.

— Oh, je n'ai pas besoin de grand-chose. Je ne pense pas être invité à beaucoup de soirées chics.

— Vous avez renoncé aux vestes habillées ? Quelle témérité. Et quelle austérité. Vous ne jeûnez pas, au moins ?

Elle lui tend un sachet de friandises avec un demi-sourire.

— J'essaie de faire simple, répond-il en se demandant s'il dit vrai. Mais je succombe volontiers aux caramels.

Il y a des tulipes en pot sur les marches de l'hôtel, d'un rouge vif, brillant, presque grotesque. Il lève les yeux vers les fenêtres tandis que Rachel lit le panneau qui y est affiché.

— *Deux chambres*[*] *?* suggère la femme à la réception.

— Vous avez vu ces sourcils ?

Rachel rit doucement tandis qu'ils gravissent l'escalier.

— Peut-on imaginer des sourcils plus arqués ? De toute ma vie, je crois ne m'être jamais sentie scrutée de la sorte. On ne peut pas dire que la confiance règne.

— De toute évidence, cet établissement est scrupuleusement géré. Elle vous a notée comme suspecte dans son registre, je crois. Faites bien attention à vos manières, mademoiselle.

— Madame, corrige Rachel.

— Bien sûr. Pardon, dit-il, navré de voir que son sourire s'est envolé.

Dans le couloir, une voix anglaise se plaint de la qualité des oreillers et de l'absence d'eau chaude. Harry ferme la porte sur celle-ci, mais d'autres surgissent aussitôt, de partout : il y a des voix au plafond, sous le sol et dans les murs. L'hôtel est rempli de voix, qui parlent toutes, y allant chacune de leur commentaire, poussant leurs mots au travers des cloisons. Il pose la carte d'Emily près de la lampe de chevet et c'est sa voix à elle qu'il entend alors, aussi claire que si elle était là, dans cette chambre, en train de lui parler à l'oreille.

— C'était presque comme voir un fantôme, avait-elle dit en évoquant la photo de Francis.

— Je peux comprendre ça.

— Ce n'est pas toi qui l'as envoyée ?

Comment cette idée avait-elle pu lui venir ? Était-ce pour cette raison qu'elle l'avait dévisagé de la sorte ?

— Non. Pourquoi aurais-je fait cela ?

— Et ce n'est pas *lui* ?

— Comment serait-ce possible ?

Harry avait reculé en la regardant à travers son objectif. Pendant quelques instants, il avait été heureux qu'il y eût cette barrière entre eux, de ne pas avoir à la regarder directement dans les yeux. Des instants où il s'était demandé comment elle pouvait penser cela – et en même temps, pourquoi avait-il tant de mal à lui répondre ?

Il se concentra sur les traits d'Emily, mais son visage ne lui livra rien de plus. Sa silhouette à contrejour semblait luire au niveau des contours. Il la regarda suivre des yeux un vol d'oies dans le ciel. C'est Francis – son mari à elle, son frère à lui – qui aurait dû se trouver de ce côté de l'appareil, non ? Pourquoi les choses se trouvaient-elles ainsi inversées ? Emily avait-elle une bonne raison de lui poser cette question-*là* ? Pris de vertige, Harry s'était appuyé contre le mur pour conserver son équilibre.

— Je voudrais que tu prennes une photo de la tombe de Francis.

Il se souvient qu'elle faisait rouler un bonbon sur sa langue. Ses paroles avaient un parfum de menthe.

— J'essaierai, lui avait-il promis.

Il était retourné à Londres plein de bonnes intentions. Il irait voir les administrations compétentes et ferait tout son possible pour trouver une piste. S'il existait une tombe, il se rendrait sur place et la prendrait en photo pour Emily. Seulement, après avoir écrit quantité de lettres et patienté dans quantité de bureaux, épluché d'innombrables listes de blessés, de morts et de prisonniers, diffusé des descriptions et visité tous les hôpitaux, ses efforts s'étaient révélés vains. Il était allé d'échec en échec, ainsi qu'il le redoutait. Les jours passaient, la pile de sa correspondance grossissait à mesure que les chances diminuaient, et ce n'est qu'en recevant la carte d'Arras, la semaine dernière, qu'il s'était rendu compte que trois mois de plus s'étaient écoulés.

« C'est un peu le monde à l'envers, non ? répète toujours l'écriture d'Emily sur la carte. N'est-ce pas plutôt toi qui devrais m'écrire ? »

L'image au recto montre l'hôtel de ville et porte un cachet du mois de juillet. Alors, Emily aurait-elle découvert quelque chose ? Aurait-elle réussi là où il a échoué ? A-t-elle retrouvé une trace de Francis à Arras ?

Harry s'efforce de faire taire les voix dans les murs, de chasser l'image des visages photographiés ainsi que les pensées de fantômes et de tombes, pour se concentrer sur le motif du papier peint. Sa chambre d'hôtel a des murs jaunes et des meubles imposants qui semblent sortis d'une demeure bien plus spacieuse. Il y a un oiseau mort sur le bord de sa fenêtre ; il regarde ses plumes tressaillir sous le vent. Les draps ont une odeur de vieille sueur. Le plafond comporte une auréole qui a la forme de l'Afrique. Des ombres s'élèvent des recoins, jusqu'à ce que les ténèbres occupent toute la place.

Comme convenu, il retrouve Rachel à 18 heures au restaurant d'à côté. La salle est pleine de gens qui semblent perdus. Qui se racontent leurs histoires, aux tables autour d'eux. On y gesticule un peu plus qu'à la normale, et les conversations se tiennent sur un ton contenant un peu plus d'affect. On se livre des confidences au-dessus des assiettes de soupe. On dirait que tous ces gens sont un peu ivres, songe Harry. Ils mangent des pommes de terre bouillies et du mouton avec une graisse grise. Des photos de disparus sont affichées sur les murs gras aux motifs floraux. Il se surprend à y chercher un visage qu'il connaîtrait, qu'il aurait pu coucher sur le papier. Il se surprend à y chercher celui de Francis.

— Il n'est pas mort, déclare brusquement Rachel après deux verres de vin. David est un homme robuste, fort, plein de vie.

Harry se sent scruté comme en comparaison – et pas à la hauteur.

— Eh bien, à la bonne heure, dit-il.

— Oh, mais je ne vous l'ai pas encore montré, je crois ?

Elle sort une photo de son sac à main et la pousse sur la table. Le jeune homme qui y figure possède des traits réguliers et des yeux incroyablement clairs. Harry se dit qu'à la place du photographe il aurait focalisé sur les yeux de ce jeune homme. Rachel a beau le décrire comme plein de vie, Harry trouve au contraire quelque chose de fantomatique dans ces prunelles trop pâles.

— Beau garçon.

— Oui.

Elle reprend le portrait et le touche comme si elle le lisait du bout des doigts.

— J'ai vu tous les spirites de Sunderland. Il n'est pas dans l'au-delà.

Harry se demande combien de médiums ont touché l'image de David West, et ce qu'ils ont ressenti. Il a lu des choses sur les réunions de spirites et autres médiums, des choses qui parlaient de veuves et de mères communiquant avec l'âme de leurs hommes perdus, pour se dire ce qu'ils n'avaient jamais eu l'occasion de s'avouer en face. Mais lui ne ressent rien de particulier quand il passe la main sur la photographie de Francis. Il n'y a rien, là. Aucune présence ne vient lui picoter la paume, aucun signe ne se produit, aucune âme ne se manifeste ; il n'y a qu'une absence, un espace vide, et des souvenirs qui doivent être tenus sous contrôle. Francis n'est pas présent pour discuter. S'il l'était, Harry n'a aucune idée de ce que son frère dirait. Et il n'est pas sûr qu'il voudrait entendre cela.

# 5

Emily
*Arras, août 1921*

Un jeune couple, encore dans l'adolescence, est enlacé dans un coin du café ; leurs mains sont jointes sous la table, leurs têtes se touchent, se murmurant des mots qu'eux seuls peuvent entendre. Emily croise le regard de la fille et s'empresse de détourner les yeux, gênée de s'être immiscée même furtivement dans cette scène, mais, déjà, elle entend la voix de Francis.

— « Attache tes cheveux avec une épingle en or, murmure sa voix comme il récite en souriant : Et noue chaque tresse vagabonde. »

Huit ans plus tôt. Elle est une toute jeune fille dans cette bibliothèque, en quête d'un livre qui lui permettrait de s'échapper brièvement de la maladie de sa mère – et soudain, il est là, de l'autre côté du rayonnage, ce garçon blond avec ses manières flamboyantes, et ses vers, et ce sourire. Elle retrouve la brillance de ses cheveux. Son odeur de savon et de cigarette. Ses mots comme des gouttes de poire. Emily se rappelle l'assurance de ce garçon, l'irrésistible vitalité qui émanait de lui ce jour-là, et elle ne peut s'empêcher de sourire à ce souvenir.

— « Il te suffit de lever une main aussi pâle qu'une perle, dit-il en détachant lentement les mots, comme s'il se délectait de leur son. D'attacher tes longs cheveux et de soupirer, et le cœur de tous les hommes se mettra à battre et à brûler. »

Au début, il n'y avait que cette voix, dans le rayon poésie, jusqu'à ce qu'Emily aperçoive du mouvement de l'autre côté des étagères. Elle avait regardé dans le petit espace entre Dickinson et Donne, et soudain, une bouche était là, murmurant encore :

— « Et les étoiles constellant le ciel couvert de rosée ne vivent que pour illuminer tes pieds passant par là. »

Elle avait voulu lui dire de se taire, que ce genre de chose ne se faisait pas dans une bibliothèque, lui faire signe pour le réduire au silence, mais elle avait été saisie par le sourire qui relevait les coins de ces lèvres rose corail.

Il n'était alors qu'un sourire aux dents blanches, aussi désincarné que celui du chat du Cheshire, avec un parfum de sucre chaud. Puis il fut ce regard, qui la fixa entre les romantiques et les classiques ; un battement de longs cils sur des yeux vifs d'un bleu-vert clair dont les coins étaient plissés, trahissant son sourire de l'autre côté. À cet instant, il n'existait encore que par fragments, par aperçus, reliés uniquement par une voix. Mais très vite, il était devenu un profil, puis un visage qui s'était penché pour contempler le sien quand elle avait quitté son rayon pour aller le rejoindre – comme s'il avait toujours été là, à l'attendre.

— « J'ai demandé à mon cœur d'écrire ces pauvres rimes, récita-t-il. Il s'y est attelé jour et nuit, pour créer cette vision de rêve pleine de mélancolie. »

Il parlait maintenant si bas qu'elle avait dû se rapprocher pour l'entendre. Il avait levé les yeux vers le plafond pour se remémorer le dernier vers, puis les avait baissés pour les plonger dans les siens. Le sourire qu'il eut alors ressemblait à de la satisfaction.

— Yeats, avait-il dit. C'est un poème.

— Ça ne m'avait pas échappé.

— Mais c'est en vous voyant entre les livres que j'ai soudain compris ce qu'il signifiait. Je l'avais appris par cœur, la semaine dernière.

— Et depuis lors, vous rôdez dans le rayon poésie, prêt à le déclamer à une innocente créature ?

— Absolument pas, se défendit-il en riant. Vous n'y êtes pas du tout. Je prendrais volontiers votre main pour me présenter correctement, seulement...

Il avait les bras chargés de livres, qu'il tenait sous son menton pour les empêcher de glisser. Elle inclina la tête et lut les tranches de divers atlas, d'un essai sur la Bretagne romaine, de guides de promenade et d'un ouvrage sur les chants d'oiseaux.

— Vous risquez d'avoir des ennuis en parlant à voix haute ici. Ce n'est pas conforme au règlement, vous savez.

— J'aurai des ennuis uniquement si vous me dénoncez. Avez-vous l'intention de le faire, mademoiselle ?

Il y avait quelque chose d'espiègle dans sa bouche. Et le regard on ne peut plus direct qu'il posait sur elle aurait dû l'inciter à détourner les yeux. Elle avait conscience de rougir sous ce regard qui soutenait le sien, et face à l'invitation contenue dans ce sourire.

— Non, je ne vous dénoncerai pas, s'entendit-elle dire.

Il était assis sur les marches à l'extérieur quand elle quitta la bibliothèque. Ce profil, à nouveau, sur ses larges épaules. Il avait jeté sa cigarette pour se tourner vers elle, un livre entre les mains.

— Tenez, je l'ai choisi pour vous, celui-ci. J'espère ne pas avoir pris trop de libertés... Comme vous étiez dans le coin de la poésie, j'ai pensé que vous pourriez l'aimer.

Elle prit l'ouvrage qu'il lui tendait. La couverture arborait un entrelacs de roseaux tressés dont la dorure scintillait au soleil.

— On dirait une cage de feuilles, vous ne trouvez pas ? Serait-ce une sorte de piège censé capturer quelque chose ?

— Je l'espère. Je crains juste que vous soyez contrainte de me retrouver ici la semaine prochaine, car il est enregistré sur ma carte de bibliothèque.

Elle avait hoché la tête. Il la fixait en souriant avec une telle intensité qu'elle avait du mal à relever les yeux.

— Puis-je connaître votre nom, mademoiselle ?

— Emily.

— Alors, vous reviendrez samedi prochain, Emily ? Vers la même heure ? Puis-je compter sur vous ?

— Je ne voudrais pas que vous écopiez d'une amende à cause de moi.

Il rit et détourna brusquement le regard. Ses yeux, jusqu'ici pleins d'assurance, se teintèrent soudain de timidité.

— Puisque votre avenir avec cette bibliothèque repose entre mes mains, puis-je moi aussi connaître votre nom ? s'enquit-elle.

— Francis Blythe.

Il repoussa quelques mèches de son front. Elle vit qu'il avait les ongles rongés, mais ses cheveux brillaient comme de l'or à la lumière du jour. Il était tout d'ivoire, de corail et de dorure, avec un sourire étincelant, et aurait aussi bien pu surgir d'une peinture ou d'un poème.

— Ravie de vous connaître, Francis Blythe.

Il avait alors tourné les talons, mais sa bouche était demeurée près de l'oreille d'Emily, et sa voix dans sa tête. Comme elle y demeurerait toujours. Comme elle l'est encore en cet instant. « "J'ai semé mes rêves sous tes pas" », murmure-t-il. Très bas. Particulièrement bas, aujourd'hui. « "Marche doucement, car tu marches sur mes rêves." » Huit ans plus tard, dans un tout autre pays, Emily laisse maintenant son regard se perdre dans le café, envahie par sa présence, si proche et si lointaine à la fois.

— S'il vous plaît, reconnaissez-vous ces bâtiments ?

Emily scrute le visage de la serveuse, qui examine la photo de Francis avant de secouer la tête.

— Désolée, madame. Ça ne me dit rien.

Toujours la même chose. La même réponse depuis deux semaines.

— Vous ne pensez pas que c'est à Arras ? Je me disais que ce pourrait être la Grand-Place ?

— *Non. Je suis désolée. Ce n'est pas ici**.

— Merci quand même.

— *Peut-être en Belgique*[*] ? suggère la jeune femme en lui rendant la photo.

— Ah oui. Peut-être.

Emily pousse son assiette de soupe et retourne le cliché. Il n'y a rien à voir au verso. Elle tente de lire quelque chose dans l'expression du visage de Francis, mais il ne révèle rien non plus. Voilà quatre ans qu'elle le croyait mort. Lorsqu'on lui avait communiqué ces mots « Disparu, présumé tué », elle l'avait cru. Elle l'avait senti. Et puis, il y a trois mois, cette photo était arrivée. Au début, elle s'était demandé qui avait pu l'envoyer. Maintenant, elle se demande pourquoi *il* l'a envoyée.

À sa pose, elle devine que c'est lui-même qui s'est pris en photo. Il tend les bras vers le cadre de l'image et ses yeux fixent un point un peu au-dessus du papier, si bien qu'il semble accueillir et fuir à la fois le regard de celui qui le voit. Elle l'imagine regardant dans la lentille de son appareil, où apparaît le reflet courbe de son visage. Elle l'a vu faire cela quand il était jeune, à ceci près qu'alors il avait toujours un sourire en coin, un sourcil arqué ou une expression savamment étudiée pour l'image. Il n'y a aucun sourire sur celle-ci, aucune trace d'humour dans ses yeux. Le visage de Francis est terriblement neutre. Cet homme égaré en noir et blanc est bien loin du garçon aux couleurs d'orfèvrerie de la bibliothèque.

Sous la loupe d'Emily, il se réduit à de minuscules points d'encre qu'elle ne parvient plus à relier pour donner sens à l'image. Elle s'adosse dans sa chaise et se frotte les yeux, mais cela ne change rien. Sur la photo, il porte une chemise sans col qui ne paraît pas très propre, et une veste élimée. Emily ne connaît pas ces vêtements. Elle ne les a jamais lavés, reprisés ou pliés. Ce sont des habits de pauvre, se dit-elle, loin des coupes élégantes et des couleurs que Francis choisissait habituellement, et pourtant ils comptent beaucoup à ses yeux. Parce que ce sont des habits civils. Parce qu'il ne s'agit pas d'un uniforme. Cela doit confirmer que cette photo a été prise après 1917, n'est-ce pas ? Serait-il possible que Francis et elle se trouvent dans la même ville, à l'heure qu'il est ?

La machine à café chuinte, la femme à la table voisine rit et Emily lève les yeux. La salle se dédouble dans le miroir derrière le comptoir où les hommes assis sur les tabourets de bar se regardent en train de boire. Les bouteilles alignées sur les étagères contiennent des liquides aux couleurs étranges, exotiques, et brillent tels des rubis et des émeraudes comme les rayons du soleil du soir s'immiscent jusqu'à elles. Une guirlande de drapeaux alliés pend au plafond, telle une décoration de Noël oubliée là. Il flotte dans la pièce une odeur d'ail et de cire d'abeille. Elle se demande si elle reconnaîtrait encore l'odeur des vêtements de son mari.

Les bâtiments en arrière-plan de la photo n'évoquent pas un temps de paix, mais elle vient de passer quatorze jours à arpenter une ville en ruine. Derrière Francis, on distingue une sorte de grande place dont les bâtiments alentour sont effondrés. La place semble aussi fatiguée que le col de la veste qu'il porte. Elle a fait cette semaine le tour de toutes les places d'Arras, pour les comparer.

Emily regarde la serveuse aller et venir dans la salle ; celle-ci chante avec le gramophone en se faufilant entre les tables, les bras chargés de plats. Toute la vaisselle de cet établissement semble être dépareillée. Ce doit être le cas un peu partout dans cette ville dévastée, se dit-elle.

— *C'était bon** ?

La serveuse sourit à Emily tout en débarrassant son assiette de soupe.

— Oui. *Très bon**. Merci.

Est-ce mal de sa part d'avoir apprécié cette soupe ? Est-ce mal d'avoir envie de partager cela avec quelqu'un ? Elle imagine le visage de Francis de l'autre côté de la table. Cela ne lui paraît pas normal.

Pourquoi serait-il à Arras ? Comment serait-ce possible ? Il avait mentionné cette ville dans ses lettres de fin 1916, se rappelle-t-elle. Quand elle marche dans les rues, elle croit parfois reconnaître des linteaux, des arcades et des enseignes de magasins qu'elle a vus sur ses photos de 1916. Elle sait qu'il est venu ici, qu'il a marché dans ces mêmes rues, mais la toute dernière photo, ce portrait, ne peut pas dater de 1916. Pourrait-il vraiment être ici, maintenant ?

Emily contemple la salle du café et constate que les panneaux de bois sur les murs auraient besoin d'être repeints ; que les nappes ont été lavées bien trop de fois. Mais le gramophone joue doucement de vieilles chansons d'avant-guerre et le pain est bon. Il y a un bouquet de pieds-d'alouette sur chaque table, et leur parfum ramène Emily au chevet de Harry, quand il était à l'hôpital.

Elle lui avait écrit après avoir reçu la photo de Francis – à qui d'autre aurait-elle pu demander cela ? Il était venu de Londres le week-end suivant. Elle l'avait regardé tourner la photo entre ses mains. Quand il l'avait rapprochée de ses yeux, elle brûlait d'envie de lui poser mille questions et de savoir lesquelles il se posait. Il avait été la dernière personne à voir Francis vivant, alors il devait bien se rendre compte, comme elle, que ce cliché avait dû être pris après octobre 1917 ? Mais comment une telle chose serait-elle possible ? Cela ne tenait pas debout. Lorsque Harry avait secoué la tête, elle lui avait dit qu'elle avait besoin de savoir s'il existait une tombe. Si Harry devait aller en France photographier des tombes de soldats, il pourrait sûrement trouver celle de Francis ?

— Mais il n'y en a pas toujours, avait-il répondu. Tu le sais bien. Ou bien, il peut y en avoir une, mais anonyme. Tu as déjà fait ces recherches, sans obtenir de réponse. Tu me l'as dit toi-même.

— Mais il ne s'est tout de même pas volatilisé, avait-elle insisté. Il est forcément *quelque part*, mort ou vivant.

— Tu sais bien qu'il est mort.

— Ah oui, tu le crois vraiment ?

Harry était retourné à Londres et lui avait promis d'essayer. Il reprendrait sa plume, son téléphone, et vérifierait chaque ancienne piste au cas où il y aurait du nouveau. Mais trois mois ont passé sans nouvelles de Harry. Cela ne suffit pas. Depuis ces dernières semaines, elle a plus de questions que jamais – et que signifie ce silence de son beau-frère ? Alors elle a fini par acheter un billet de train, puis un billet de bateau, et lui a envoyé une carte postale d'Arras. Seulement, elle ne sait pas vraiment ce qu'elle doit faire désormais, et elle aimerait que Harry soit là pour l'aiguiller.

— *Madame** ?

Les yeux de la serveuse sont posés sur elle.

— Vous pouvez laisser une photo ici. *Si vous le souhaitez**.

Elle lui désigne le mur du fond du café. Emily pivote sur sa chaise. Comment a-t-elle pu ne pas le voir en entrant ?

— Je peux ?

— *Bien sûr**.

Elle se dirige vers le mur où elle distingue peu à peu une masse de visages, de messages, d'avis de recherche. Elle pose une main sur une chaise pour ne pas perdre l'équilibre et s'en excuse auprès de la famille attablée là, qui la regarde avec de grands yeux. Le mur est couvert de photos d'hommes et, autour d'elles, des coordonnées des personnes qui les cherchent. Il y en a tellement… Comment autant d'hommes ont-ils pu disparaître ?

— *Si vous voulez** ?

Elle se tourne vers la serveuse venue à ses côtés. Celle-ci lui tend sa paume ouverte, dans laquelle se trouve une punaise.

— Mon frère a *disparu**, lui aussi, dit la jeune femme avec un geste en direction de l'image délavée d'un garçon en uniforme bleu.

— *Disparu** ?

Emily devine le sens de ce terme en français, que la serveuse lui confirme. Elle porte un ruban violet au col de son chemisier blanc, qu'elle entortille autour de son doigt en contemplant le mur. Elle a des mains de travailleuse, avec des phalanges rougies et des ongles courts. Un pli profond est gravé entre ses sourcils, mais son visage se détend comme elle se retourne vers les tables.

— Il reste toujours une chance, pas vrai ?

Emily baisse les yeux vers le portrait arrivé trois mois plus tôt dans sa boîte à lettres. L'épingler sur un mur en espérant que quelqu'un la voie ne suffira pas. Elle doit en faire davantage : se poster sur cette place, savoir que Francis était là, et sentir s'il y est encore. Déposer cette photo ici ne répondra pas à ces questions ; et puis, elle ne veut pas s'en séparer.

Dans son sac, elle a un portrait miniature de Francis que Harry avait peint en 1914. En le dépliant, elle est à nouveau frappée par la différence entre le jeune homme rayonnant de la bibliothèque et celui de la photo en noir et blanc. Le garçon représenté à l'aquarelle pourrait être le fils de celui sur la photographie. Est-ce vraiment Francis ? se demande-t-elle un bref instant. L'homme à qui elle avait juré de s'unir pour la vie ? Celui avec lequel elle partageait son lit ?

Elle inscrit leurs deux noms sur l'aquarelle et la fixe au mur. Ce faisant, elle se rend compte que cette image va lui manquer. Elle était jadis censée être encadrée et accrochée à un autre mur. Emily ne se rappelle pas pourquoi elle ne l'a pas fait. Cette séparation lui fait mal. La douceur de l'œuvre de Harry lui manquera peut-être autant que ce bel homme qui fut autrefois son mari.

— *Un beau gosse**, dit la serveuse en hochant la tête. *Très bel homme**. J'espère que vous le retrouverez, madame.

— Oui, répond-elle.

# 6

Harry
*Nord de Béthune, février 1916*

Harry regardait Francis passer le plat de la main sur le mur de plâtre.

— Vous avez vu ? demanda-t-il en se retournant.

Les dates auxquelles d'autres régiments étaient passés par ici étaient gravées dans le mur de la grange. Il y avait aussi des initiales, des insignes et des dessins. Des chiffres, des monogrammes et des blasons. Les murs de cette grange étaient la voix commune des hommes venus ici avant eux.

— On dirait un genre de livre d'or, vous ne trouvez pas ?

— On peut laisser quelque chose, Francis ?

— Oui, laissons notre marque, renchérit Will.

Francis entreprit d'entamer le plâtre avec son couteau pour y inscrire ses initiales. Il recula et souffla sur la poudre de plâtre.

— À toi.

Le couteau parut curieusement lourd dans la main de Harry. Le sérieux de son frère l'étonnait en cet instant – il n'y avait aucune lueur d'humour dans les yeux de Francis. Visiblement, cet acte n'avait rien de futile pour lui. Harry passa les doigts sur son ouvrage avant de tendre le couteau à Will.

— Fais gaffe de ne pas te blesser.

Les cadets regardèrent ensuite Francis graver la date sous leurs initiales. Ce moment avait un je-ne-sais-quoi d'étrangement cérémonial, songea Harry. Comme un rituel empreint de solennité. Il se souvint d'anciennes histoires dans lesquelles des frères mêlaient leur sang. Cet acte-là semblait lui aussi posséder une force dépassant sa signification immédiate, surtout lorsque Will leur prit les mains à tous deux.

— Ensemble, toujours, déclara Francis.

Leurs regards se croisèrent, l'émotion céda, et ils rirent alors de bon cœur de leur gravité. Mais en son for intérieur, Harry savait qu'il n'oublierait jamais l'image de leurs trois initiales liées.

On leur annonça qu'ils devraient marcher vers l'est le lendemain matin.

— Ça y est, fit Will. C'est notre tour. À quoi bon être là, sinon ?

Derrière son air bravache, Harry perçut la peur sur les traits de son frère. Et envisagea ce que ce tournant pouvait impliquer.

— Personnellement, je supporterais de ne servir à rien, dit-il.

Pendant deux jours, ils marchèrent vers la guerre. Sur le conseil des vétérans, ils avaient rempli leurs poches de chocolat, de cigarettes et de bougies. La cire était chaude et malléable entre les doigts de Harry. L'air froid lui piquait la gorge. On leur avait dit que chacun d'entre eux, en bonne forme pour se battre, valait trois Allemands.

Harry avait toujours une chanson dans la tête tandis qu'ils avançaient tous au rythme de leurs pas lourds, se déplaçant comme un seul homme. En marchant, ils laissaient un peu d'eux-mêmes derrière eux, renonçant à toute individualité pour devenir des soldats. La facilité avec laquelle ils avaient adopté le rythme était déconcertante. Ce tempo les propulsait avec une sorte de compulsion hypnotique, faisant d'eux une seule entité militaire.

« On est l'armée de Fred Karno, chantaient-ils. On est l'infanterie du ragtime. On sait pas se battre, on sait pas tirer. À quoi on sert ici, bon Dieu ? »

Ils furent envoyés dans une ferme en bordure d'un village dévasté, où tous les angles semblaient étrangement de guingois. Les bâtiments de la ferme formaient un carré autour d'une cour pleine de tuiles cassées et de charrettes en train de pourrir. La charrue et le râteau abandonnés avaient des airs d'instruments de guerre médiévaux. L'odeur de l'haleine du bétail flottait encore dans les étables où ils allaient dormir. Ils se fabriquèrent des matelas de fortune en bourrant de paille piquante leurs tapis de sol, et regardèrent les officiers boire du *café au lait** en faisant comme chez eux autour de la table de la maison.

— On n'aura qu'à se serrer pour se tenir chaud, dit Will.

— Écoutez-moi ce boy-scout !

Ce soir-là, on parla de campagnes, d'offensives et de déplacements à la lueur des bougies. Seul Mac McCabe contraria la bravade collective en faisant cliqueter les perles de son chapelet quand le noir se fit enfin.

— Ce serait bien que le vieux arrête un peu, souffla Will dans un murmure assez fort pour être entendu. Il va faire tourner le vent.

McCabe avait été à Mafeking. Il était leur vétéran à tous, leur cheval de guerre grognon, leur référence en matière de vieux soldat. Il ne paraissait pas normal qu'il eût peur. Pas plus qu'il ne paraissait normal que Will occultât la sienne.

Harry leva les yeux entre les poutres et les toiles d'araignées, vers un toit où l'on voyait davantage de ciel que de tuiles. Des étoiles brillaient dans les trous de la toiture.

— « Tel qu'il était au commencement, il est maintenant et sera toujours, déclama la voix de Francis. Un monde sans fin sanglante. »

# 7

Harry
*Arras, août 1921*

Commande de photo d'un site :
Mme Kathleen Gibson désire une photographie de l'usine à sucre au carrefour de la route de Douai, à Arras. Michael Gibson (23791, Infanterie légère de Durham), l'époux de la cliente, est mort en Angleterre en octobre 1916, trois semaines après avoir été blessé sur ce site.

— Je suppose que pour eux, la guerre n'est pas finie, et qu'elle ne finira pas tant qu'on ne les aura pas retrouvés, avait dit Rachel tandis qu'ils entraient sur le terrain de l'hôpital.

— Qui ça ?

— Les amnésiques. Ces hommes qui ne savent plus qui ils sont. Qui ne se rappellent plus leur nom, celui de leur femme ou de leurs enfants. Ils ont oublié où ils habitent. C'est une sorte d'errance dans les limbes, j'imagine… Certains ne savent même plus de quelle nationalité ils sont.

— Il pourrait donc y avoir des Anglais parmi eux ?

— Oui. C'est une possibilité, m'a-t-on dit.

Harry n'avait jamais envisagé cette possibilité avant. En contemplant les fenêtres de l'asile devant lui, il s'était demandé si ces gens étaient là, à regarder dehors et à attendre.

Y avait-il des yeux braqués sur eux derrière ces vitres, scrutant leur visage dans l'espoir d'y reconnaître des traits familiers ?

— C'est David qui a fabriqué votre médaillon ?

— Oui. Il me l'a offert le jour de notre mariage.

Elle avait souri en portant la main à sa gorge.

— *Ne m'oublie pas*. Vous voyez ? Je ne l'oublierai jamais.

Une porte se ferme maintenant derrière elle et Harry s'assoit dans le couloir. Il lève les pieds pour qu'une femme puisse passer la serpillière et la regarde progresser dans sa tâche, laissant le carrelage noir et blanc briller quelques minutes dans son sillage, où règne une forte odeur de javel. Le seau en métal tinte désagréablement, on tousse dans une chambre et, quelque part dans l'hôpital, quelqu'un joue du piano. Harry se figure un public d'hommes muets, éteints, au regard absent, et imagine son frère clignant des yeux en reconnaissant soudain des accords de musique. Est-ce encore possible ? Aurait-il dû suivre Rachel dans le bureau ? Il photographie les ombres du couloir, les portes du couloir, les poignées des portes.

Au bout d'un moment, un officier apparaît, raccompagnant Rachel. Il lui serre la main et hoche la tête en direction de Harry, qui se lève.

— Personne en Angleterre ne sait comment tout cela a été géré. Il va nous falloir des années avant de tout mettre au clair, dit l'officier.

Il frictionne les zones rouges sur l'arête de son nez, où ses lunettes doivent le serrer. Le sourire qui se dessine lorsqu'il écarte la main de son visage est las, mais compatissant.

— C'est un bazar sans nom, avoue-t-il.

— C'est bien ce que je pensais, répond Harry.

Ils retournent au village par une route droite. Sur leur gauche, un paysan s'échine avec une charrue. Harry a entendu parler des « moissons de fer » – les fils barbelés, douilles perdues et autres éclats d'obus qui entravent le passage du soc, ou pire. Les talons de Rachel claquent sur la route fraîchement goudronnée. Sa bouche est pincée.

— Alors, des informations utiles ?

— Pas vraiment. Il a noté tous les détails. J'ai dû regarder des cartes et sélectionner la couleur des cheveux et des yeux de David, puis désigner la forme de nez et de bouche la plus proche. Je ne pensais pas que ce serait si difficile.

Elle a un petit rire sans joie avant de poursuivre :

— Il dit qu'il y a des milliers d'hommes non identifiés, et des centaines qui ne savent plus du tout qui ils sont. Ils les photographient pour les *cataloguer*. C'est le mot qu'il a employé. Vous imaginez ça ? Comme les papillons dans la vitrine d'un collectionneur.

Harry pense au visage de Francis tel qu'il l'a peint il y a longtemps. Il revoit la couleur de ses yeux, la ligne de son nez, de ses lèvres. Les yeux de son frère sont du bleu d'une aile de papillon.

— J'imagine, oui.

Francis ne peut tout de même pas être quelque part, privé de nom, à attendre ? Attendre une chose qui ne reviendra sûrement jamais ?

— Et donc, que se passe-t-il, maintenant ?

— Ils savent où je suis et, en attendant, j'ai un rendez-vous en ville cet après-midi.

— Aux objets trouvés ?

— Le monsieur de l'hôpital m'en a parlé. Pour me préparer, je suppose, sauf qu'il mettait tellement de circonvolutions dans ses phrases que, pendant un moment, j'ai cru qu'il me proposait d'aller passer en revue une salle de stockage dans une gare. Comme si mon mari pouvait se trouver parmi les parapluies oubliés et les gants perdus, à attendre que je le réclame.

Elle baisse les yeux sur ses gants et plie les doigts.

— Il m'a conseillé de retourner chez moi.

Ils mangent une soupe claire et de fines tranches de jambon. Rachel parle parfois la bouche pleine, a remarqué Harry. Il regarde la salle, avec son étrange assortiment de clients. Il y a des femmes qui semblent être veuves, des officiers français en uniforme, des ouvriers en bras de chemise. Un couple de

Parisiens à la mode partage une table avec des hommes qui ont l'air sortis des champs. Une bouteille de vin passe entre les mains de ceux qui labourent, de ceux en deuil et de ceux venus voir les ruines. Cette guerre a engendré un curieux nivellement, songe Harry. La femme de la table voisine est seule, les yeux plongés dans sa soupe, avec une expression suggérant qu'elle ne comprend pas bien comment elle s'est retrouvée là. Harry baisse les yeux vers son assiette et pense à Emily. Est-elle près d'ici, à se demander ce qu'elle fait là, elle aussi ?

— Vous ne m'écoutez pas, je me trompe ? lance Rachel en agitant sa fourchette.

— Mais si. Vous parliez des amnésiques.

Elle pose ses couverts avec délicatesse.

— Harry, vous n'êtes pas obligé de rester, vous savez. C'est très aimable à vous de m'avoir accompagnée jusqu'ici, mais je n'ai nul besoin d'un chaperon. Rien ne vous oblige à m'aider.

— Mais je veux vous aider, répond-il.

Un autocar brinquebalant les emmène en ville par des routes criblées de nids-de-poule traversant les terres ravagées. De nouvelles constructions émergent du chaos. On bâtit tout en brique rouge, dans des zones délimitées par du fil de fer. Rachel tend le doigt et commente l'architecture : c'est affreux, décrète-t-elle. Il n'y a là aucune chaleur, aucune douceur, aucun clin d'œil ému au passé.

— Je serais peut-être tenté d'ignorer le passé si je vivais là, répond-il. Voire de lui adresser un bras d'honneur.

Une grande partie de la place est étayée. Les indications de Rachel les emmènent à un bâtiment avec un portique à colonnes et des camélias en pot sur les marches. La façade symétrique, défigurée par de multiples impacts et éclats, est flanquée de piles de pierres et de gravats. Cette architecture-là évoque clairement le passé récent, songe Harry. Comme il est étrange de revenir ici.

On les oriente vers un grand salon surmonté d'un plafond en plâtre ouvragé. Le sol est couvert de planches, probablement pour protéger le parquet, et des tables à tréteaux ont été disposées en U et chargées d'objets personnels. On dirait la plus sinistre vente de charité qu'on puisse imaginer. Chaque objet comporte une étiquette avec un numéro qui doit correspondre à une dépouille inconnue, à un homme qui n'est désormais même plus un matricule. Harry se demande comment toutes ces babioles si répandues – les crayons fournis par l'armée, les ceintures, boutons et insignes, les canifs et peignes, anneaux et rasoirs, les étuis à cigarettes, boussoles et cartes postales – seraient susceptibles d'aider à identifier un quelconque individu. Ces objets auraient aussi bien pu lui appartenir. Il procède mentalement à l'inventaire de son ancien barda. Où sont maintenant son canif, son étui à cigarettes, ses lettres, son journal ? Les affaires de Francis pourraient-elles se trouver dans un endroit comme celui-ci ? Devrait-il chercher des pistes, lui aussi ? Et que ressentirait Emily si le canif de Francis apparaissait sur l'une de ces tables à tréteaux, avec sa petite étiquette ? Croit-elle réellement que son mari peut encore être vivant, et que ces quatre dernières années n'ont été qu'une succession d'erreurs et de mensonges ?

Les femmes reniflent en inspectant les objets. Rachel les examine patiemment, les prenant et les retournant comme s'ils avaient une chance de lui communiquer une énergie familière, d'établir un semblant de lien. Elle les observe de près, les sent. En la regardant, Harry se demande combien de femmes ont déjà manipulé les mêmes débris. Tandis que Rachel effleure une ceinture en cuir, il imagine Emily effectuer ce même geste. Peut-être est-elle déjà venue ici. Il voudrait dire à Rachel de partir, de ne pas s'infliger cela, mais il reste jusqu'à la fin, jusqu'à ce que l'officier responsable des lieux les prie de s'en aller. Impressionné par sa ténacité, Harry se demande si c'est l'espoir ou la peur qui donne cette force à Rachel – et lequel de ces deux sentiments a conduit Emily dans cette ville.

Ils repartent bredouilles dans les rues d'Arras. Il y a encore de grands gouffres sur le pavé, et Harry essaie d'engager Rachel sur un chemin plus sûr. De nombreux bâtiments, il ne reste maintenant que la cheminée, pointée vers le ciel. « Comme un point d'exclamation », dit-elle.

Les arcades s'effritent, soutenues par des échafaudages. Derrière les murs effondrés des étages, il voit l'emplacement qu'occupaient auparavant les cuisinières et les placards de cuisine. Les vestiges d'un lustre électrique pendent à un plafond, et l'on aperçoit des rideaux en lambeaux aux fenêtres. Ces logements partiellement détruits, qui témoignent encore de l'ancienne vie de leurs occupants, sont bien plus émouvants que ceux qui ont été totalement rasés.

— Tout est dévasté, murmure Rachel. Cette ville n'est que ruine.

— Oui, dit-il en se tournant vers le centre de la place. J'ai vu une publicité dans *The Times* : six livres pour aller visiter la Somme. C'est presque risible, vous ne trouvez pas ? Les gens viennent en touristes ici, maintenant. Je ne comprends pas ce qui peut les attirer – sauf quand on y est obligé.

— C'est mon cas.

— Oui, je comprends.

Harry hoche la tête. Ils passent devant un étal où une femme vend entre autres du nougat et des douilles. Elle tient un moule à gaufres au-dessus d'un brûleur. L'odeur de sucre et de graisse chaude soulève un peu le cœur de Harry.

— Je dois aller faire une photo. Je vous laisse dans un café ?

— Je préfère venir avec vous, si ma présence ne vous dérange pas.

Le bâtiment est barricadé avec des planches. Il jette un œil par l'entrebâillement d'un volet et voit une pièce remplie d'articles de métal entremêlés. Il y a d'énormes chauffe-eau dans tous les sens et une quantité invraisemblable de tuyaux. Sans l'indication du carrefour où il se trouve, il n'aurait pas deviné qu'il s'agissait d'une ancienne usine. Rachel le regarde installer son appareil photo. Il focalise sur le mur de briques à demi écroulé et se demande quel fragment de l'édifice a entraîné la perte du soldat Michael Gibson.

— Est-il mort à cet endroit ? demande Rachel.

— Non. En Angleterre. Mais il ne s'est pas remis de la blessure qu'il a reçue ici.

— C'était une usine à sucre, n'est-ce pas ? Personnellement, cela me passerait l'envie d'en mettre dans mon thé. Vous connaissiez cet homme ?

— Non, pas plus que les autres. Mon employeur passe des annonces dans les journaux, et les gens lui répondent. Il arrive parfois que j'échange quelques lettres avec les familles, ou, dans certains cas, que je les rencontre pour discuter de ce qu'ils savent et de ce qu'ils veulent. Puis j'envoie simplement la photo.

— Quelle curieuse façon de gagner sa vie, dit-elle. C'est tout de même un sacré fardeau ! À vous entendre, c'est un métier comme un autre.

— Cela n'a rien d'anodin à mes yeux, pour tout vous dire. Je suis très conscient de la responsabilité qui m'incombe – de l'importance de procéder à un travail propre et digne, en respectant la sensibilité des familles autant que faire se peut. Ce qui n'est pas toujours facile.

— En l'occurrence, c'est la femme de cet homme qui veut une photographie, c'est bien cela ?

Il acquiesce.

— L'avez-vous rencontrée ?

— Nous nous sommes écrit.

Il s'abstient de dire à Rachel que Mme Gibson lui a décrit la longue agonie de son mari. Qu'elle lui a raconté par le menu la façon dont il a souffert pendant ces longues semaines, avant de lui expliquer la façon dont elle lutte maintenant pour vivre avec sa colère dénuée de cible. Jamais il ne parlerait à quiconque des colères, des douleurs et des chagrins secrets dont les gens lui font part dans leurs lettres. C'est trop intime, estime-t-il. Il espère seulement que la preuve sur papier qu'il leur fournit et les actions qu'il mène pour eux pourront contribuer à adoucir un peu leur peine ; que le fait de pouvoir déposer des fleurs quelque part ou d'apprendre certains détails leur apportera un soupçon de paix. Hélas, les mots et les images de ces lettres demeurent gravés dans l'esprit de Harry, nourrissant ses propres colères et souffrances, et ne lui laissant aucun repos.

— Croyez-vous qu'elle éprouve quelque rancune contre ces murs ? demande Rachel. Qu'elle voudrait les voir détruits pour de bon ?

— Peut-être qu'elle en désire juste une photo pour pouvoir la déchirer.

— Cela ne vous ennuierait pas ?

— Pas du tout. Si cela peut lui faire du bien.

— Je suppose que c'est une sorte de point final, pour eux, non ? continue Rachel, qui n'a pas cessé de parler de la journée. Que c'est une preuve, qui rend les choses réelles et définitives.

— Je crois que dans la plupart des cas, ils veulent surtout pouvoir visualiser les choses et comprendre. Et j'espère que cela les aide à aller de l'avant.

— Je ne sais pas ce que j'éprouverais si je recevais une photo de cet endroit m'expliquant que c'est un bout de ce mur qui a été fatal à David. Je crois que je me sentirais… flouée. Et en colère. Je veux dire, cela ne respire pas spécialement la grandeur, n'est-ce pas ? Cela ne ressemble pas à une cause qui mérite qu'on donne sa vie pour elle.

Il hausse les épaules.

— Peut-être. Mais nous ne sommes plus en 1916. Cette ville était un champ de bataille, à ce moment-là. Il y avait des tranchées partout, jusque dans les usines, les caves et les magasins.

— Vous y étiez ?

— Oui, à peu près à la même époque.

Les souvenirs de cet automne à Arras sont noirs et douloureux – les alertes au gaz, l'alcoolisme de Francis, et la souffrance qui planait partout –, mais il n'a aucune intention de s'en ouvrir à Rachel.

— Notre secteur se trouvait quelques rues plus loin, à l'est. Il a été très touché, mais pas au point de faire disparaître les traces de vie de ceux qui habitaient là dernièrement. Cela donnait l'impression que toutes les règles avaient été changées, si bien que nous n'avions aucun scrupule à aller nous servir dans les décombres pour récupérer ce que nous pouvions trouver. Nous avions des pianos et des fauteuils dans nos casernes ! Vous imaginez ce luxe ?

Il regarde Rachel et se demande si elle peut comprendre.

— Les maisons étaient détruites mais, en y regardant bien, il y avait encore des chaussons sur les tapis, et des livres attendant un lecteur sous les lampes de chevet.

— Quelle triste image.

— Non, le plus frappant, c'était surtout cette impression d'abandon… Vous voyez ce que je veux dire ? Arras était pleine de troupes, mais étrangement vide à la fois. Un jour, je me souviens avoir entendu un gramophone jouant de la musique dans une rue déserte, et m'être dit que ce son était l'incarnation de la solitude absolue.

Il se souvient aussi d'être allé développer des photos dans le noir d'une cave sur la route de Douai, tâtonnant entre les plateaux de produits chimiques et les pellicules. Le souvenir de l'odeur du fixateur lui revient avec force, en un instant. Il voit le visage de Francis à la lumière rouge.

Harry appuie sur le déclencheur pour prendre la photo commandée par Mme Gibson. La solitude d'Arras le frappe une nouvelle fois.

Il achète une carte postale pour Emily avant de partir. Sur le portant du kiosque, Arras est photographiée sous tous les angles de sa destruction. Il reconnaît la basilique ravagée, la citadelle et les grilles du cimetière. *Les fantômes d'Arras*[*], peut-on lire au-dessus d'une vue de la Grand-Place dévastée. Les devantures ébranlées y ont un petit quelque chose évoquant une histoire d'horreur gothique. Harry choisit une image de la rue de Douai, avec une façade noircie, des poutres effondrées et un tas de tuiles. « Nous avons été heureux ici autrefois, écrit-il au verso de la carte. Nous avons vécu comme des troglodytes dans des cavernes, pillé ce qu'il restait et dansé des valses enivrées au son de gramophones. Nous avons ramassé des mûres dans un jardin oublié, j'ai lu *Les Hauts de Hurlevent*, et Francis a installé une chambre noire dans une cave de cette rue. Mais peut-être y es-tu déjà allée, et l'as-tu reconnue d'après ses photos ? »

De retour dans l'autocar, il tourne les pages de l'album et montre à Rachel les rues et les caves où ils ont vécu. Francis aimait photographier les détails étranges, fragiles et abandonnés qu'ils trouvaient dans ces maisons dévastées. On y voit des bergères en porcelaine sur une cheminée, des pinsons empaillés sous un dôme de verre et des chapeaux à plumes sur des supports dans la vitrine brisée d'un chapelier. Les détails sont frappants et éloquents. Il admire le sens de la composition de son frère et les histoires que racontent ces images. À la page suivante, ils prennent la pose en arborant les chapeaux de la vitrine. Francis sourit sous le tulle et les fleurs de papier.

— C'est votre frère ?

— Oui. Francis.

— Vous vous ressemblez.

— Dans notre goût pour les chapeaux, vous voulez dire ?

— Vous préférez visiblement les plumes d'autruche, dit-elle en pointant un doigt sur la photo. Votre visage a la même forme. Le menton et les pommettes, surtout.

— Il ressemble à mon père, sur celle-ci – exception faite du chapeau.

— Donc, il photographiait la guerre, et vous, vous la dessiniez. Je me demande si vos yeux la voyaient de la même manière… Est-ce que vous regardez parfois vos anciens dessins ?

— Je ne les ai plus. J'ai tout perdu en 1917. Enfin, je veux dire que j'ai perdu mon carnet de croquis.

— Oh. J'imagine que cela vous a fait beaucoup de peine.

Il regarde les paysages qui défilent derrière la vitre.

— À une époque, c'était important pour moi de tout coucher sur le papier. C'était ma façon de supporter ce qui se passait autour de moi – je suppose que c'était plus facile que de porter tout cela à l'intérieur de ma tête. Quand j'ai perdu tous mes carnets et cahiers, je me suis rendu compte qu'en dessinant et en écrivant toutes ces choses je ne les avais pas engagées dans ma mémoire, que je n'avais pas *vraiment* vécu ces moments. Je m'aperçois aujourd'hui que mes souvenirs sont défaillants, voyez-vous. Comme si mon cerveau avait choisi de garder les mauvaises choses, alors que d'autres, plus importantes, se sont envolées.

— Je pense que c'est une manière de se protéger, dit Rachel en lui tapotant la main.

Elle lui sourit, d'un sourire plein de compréhension.

— Francis a-t-il la même couleur de cheveux que vous ? demande-t-elle soudain. Vous êtes très roux. Un vrai renard en hiver.

— Vous m'en voyez navré.

— Comme une hermine. Ou une belette.

— On aurait pu s'arrêter au renard en hiver, non ?

Il commence à faire sombre quand ils descendent du car pour retourner dans le village. La lumière du soir accentue les lignes des sillons labourés. L'odeur de la terre retournée flotte dans l'air.

— Vous croyez vraiment qu'il a été tué ? demande Rachel.

— Pardon ?

— Francis, votre frère. Vous avez dit qu'il avait été déclaré « Disparu, présumé tué ». Vous y croyez ?

— Je sais qu'il a reçu une balle. J'y étais. Je l'ai vu. Il a reçu une balle dans la poitrine. En 1917, je n'avais aucun doute, seulement, on n'a jamais retrouvé son corps. Lorsqu'on a ramené les blessés et les morts, il n'était pas là.

— Il reste donc une chance ?

— J'ai passé quatre ans à interpeller des inconnus dont la silhouette me semblait familière et à courir après des ombres. Mais, non, je n'ai pas plus de raison de douter que j'en avais en 1917. Le temps passe, nous cherchons, et cela ne donne rien. Sauf que cela ne suffit pas à sa femme.

— Je comprends. Et j'en suis désolée, dit Rachel.

— Comme nous tous, non ?

Le volume sonore augmente dans le café ce soir-là. Un groupe de soldats des troupes coloniales françaises, pimpants comme des soldats de plomb dans leur uniforme bleu et rouge, a réuni plusieurs tables et entonne maintenant une chanson sur Paris, en frappant un rythme de ragtime avec leurs cuillères à soupe. Ils chantent et rient fort, si bien que rapidement, tout le monde est obligé de crier dans le café. Les doigts de Rachel marquent le rythme. Harry voit bien qu'elle boit pour essayer d'oublier, et qu'elle se force à lui sourire par-dessus le bord de son verre. Mais brusquement, cette volonté semble défaillir.

— Pourquoi est-ce que je fais tout ça, Harry ? C'est idiot, n'est-ce pas ? Il ne rentrera pas. Je ne le retrouverai jamais. C'est ce que vous pensez, pas vrai ?

— Honnêtement, je n'en sais rien, répond-il aussi gentiment que possible. Mais je comprends pourquoi vous avez le sentiment de devoir essayer.

Il s'interroge : s'il n'était pas rentré chez lui, Emily serait-elle venue le trouver ? Aurait-elle fait le voyage pour identifier la boucle de sa ceinture ?

— S'il est vivant, pourquoi ne me le fait-il pas savoir ?

— Peut-être qu'il ne le peut pas. Peut-être qu'il ne se rappelle pas où est son foyer. Peut-être qu'il n'est pas encore prêt. Personnellement, il m'a fallu un an pour rentrer chez moi après la démobilisation.

— Mais vous l'avez fait. Vous avez fini par rentrer.

— Brièvement. Avant de repartir, dit-il. C'est dur. Tant de choses ont changé. *Nous* avons changé. Tout est compliqué.

— David n'est pas compliqué.

— Ah non ?

Elle fait tourner son verre dans sa main.

— Que dois-je faire ?

— Je vous admire d'être venue ici. Je comprends vos raisons, et je vous trouve courageuse, mais David voudrait-il vraiment que vous passiez les dix prochaines années de votre vie à le chercher ? À sacrifier les chances de bonheur qu'il vous reste désormais ?

— Je ne peux pas faire mon deuil de lui, répond Rachel. Je ne veux pas m'habiller en noir. Pour tout vous dire, j'envie les femmes qui ont une tombe sur laquelle se rendre. Au moins, elles savent à quoi s'en tenir. Mais on commence à graver cela dans le marbre, maintenant : *les disparus*... Comme si c'était fini, définitivement réglé, et que tous ceux qui devaient être retrouvés l'ont déjà été.

— Je ne vous souhaite pas d'avoir une tombe où vous recueillir. Vous savez, j'ai une liste de treize noms dans ma poche. Je dois envoyer des photos de leurs tombes aux familles. Je déteste faire cela. Quand mes enveloppes arriveront, elles signeront la fin de leurs espoirs, n'est-ce pas ? Ce sera terminé... et ensuite ? Non, je ne souhaite à personne d'avoir une tombe à visiter.

— Mais cette incertitude ! À quoi me sert cet espoir ? Je ne peux ni avancer ni reculer.

— Je sais. Je comprends cela.

— Je vais finir aigrie et alcoolique, si ça continue comme ça.

Elle pose sur lui un regard tragique puis éclate de rire. L'amusement est de courte durée dans ses yeux.

— J'espère sincèrement que non, dit Harry.

Elle le dévisage longuement.

— Pourquoi est-ce que vous m'aidez ?

Il boit une gorgée de vin et réfléchit.

— En partie parce que, si j'étais David, si j'étais vivant et perdu quelque part, j'aimerais que vous me retrouviez ; en partie parce que vous me rappelez ma belle-sœur ; et en partie parce que moi aussi, je vis dans l'incertitude.

— Vous êtes gentil, monsieur Blythe. Mais je me demande aussi si vous n'êtes pas un fantôme...

— C'est possible.

— Je pense également que vous devriez vous pardonner et aller de l'avant, vous aussi.

Il lui sourit et secoue la tête, ne sachant comment répondre autrement.

— Alors, quand vous aurez expédié vos treize enveloppes, est-ce que vous rentrerez chez vous ?

— Je ne sais pas. Pour tout vous dire, je ne sais plus trop où c'est, chez moi.

Il avait dit la même chose à Emily, dix-huit mois plus tôt.

— Est-ce que tu comptes continuer à voyager ? avait-elle demandé.

Ils étaient côte à côte dans l'encadrement de la porte de la maison où il avait toujours vécu.

— Je ne sais pas vraiment. Mais il y a trop de souvenirs ici.

— Tu ne peux pas te forcer à oublier ?

Il avait répondu qu'il comptait essayer.

— Et tu comptes m'oublier, moi aussi ?

Il se souvient d'une lettre qu'il avait écrite à Emily, il y a quatre ans, et qu'il n'avait jamais envoyée. Il lui avait alors demandé de l'oublier. Et de lui pardonner. Il lui avait demandé la même chose, il y a un an et demi.

— Pourquoi était-ce si compliqué ? demande Rachel.

— Je me sentais coupable. Pourquoi est-ce que j'ai survécu, moi ? Pourquoi est-ce que j'ai eu le droit de rentrer chez moi, alors que d'autres, non ? Pourquoi les circonstances ont-elles tourné en ma faveur ? Mon frère William devait reprendre son apprentissage. Francis avait une femme.

Il lève les yeux de son verre de vin et regarde Rachel.

— Ça ne semblait pas juste que ce soit moi qui en réchappe, et je ne sais pas quoi faire de ma vie après cela.

— C'est à la femme de Francis que vous écrivez ?

— Emily, oui.

— Est-ce que je me trompe si je pense qu'elle fait partie de cette situation compliquée ?

— Non. Et ça ne date pas d'hier.

# 8

Harry
*Arras, août 1921*

Cette nuit-là, Harry rêve d'yeux et de nez, de bouches et de mentons s'assemblant pour former des visages, des visages dont il manque des parties, notamment celui de Francis, incomplet. Il se réveille en sueur dans l'étrange chambre jaune. Les ombres vacillent autour de lui quelques instants, encore pleines d'yeux et de bouches, quand on gratte à nouveau à la porte. Il se frotte les yeux pour chasser le cauchemar.

— Une minute. J'arrive.

Rachel est dans le couloir. On dirait qu'elle s'apprête à parler mais ne se souvient plus de ce qu'elle voulait dire.

— Tout va bien ? Est-ce que je vous ai réveillée ?

A-t-il encore crié dans son sommeil ? Quand les cauchemars réveillent femmes et enfants, lui continue de dormir, obstinément. Il a passé ces douze derniers mois à s'obstiner. Ses cauchemars lui permettent de continuer à s'obstiner.

Rachel ne dit toujours rien.

— J'ai fait un mauvais rêve. C'est idiot…

Il voit les ombres sous les yeux de Rachel.

— Vous vous sentez bien ? On dirait que vous avez fait un cauchemar, vous aussi.

Elle semble réfléchir à cela.

— Est-ce que je peux entrer ? demande-t-elle enfin.

Il allume la lampe de chevet et regrette que celle-ci ne soit pas plus puissante, pour repousser les ombres. La chemise de nuit blanche de Rachel est tout juste une lueur pâle autour des lignes de son corps. Il s'assoit sur le lit et baisse les yeux vers ses mains.

— J'ai rêvé des visages, dit-il, histoire de parler. Des visages dont vous m'avez parlé, dans les catalogues.

— Non, Harry, murmure-t-elle en se postant devant lui. Ne dites rien, s'il vous plaît.

Elle commence à déboutonner sa chemise de nuit. Il voit ses clavicules, ses épaules anguleuses et le médaillon à sa gorge, dont la brillance souligne l'accélération de son souffle. La chemise tombe à ses pieds. Elle est debout, nue, devant lui, puis se penche pour poser ses lèvres pâles sur celles de Harry. Sa bouche est douce, d'abord hésitante mais très vite insistante. Il la voit fermer les yeux et ferme les siens. Puis, c'est la bouche d'Emily qu'il goûte. C'est la voix d'Emily qui dit son nom à son oreille. C'est sa peau, son odeur, son contact, comme il les a imaginés, et tout le reste s'évanouit. Elle l'attire contre elle, fourrage dans ses cheveux – et soudain, l'illusion se brise, et ce sont les doigts de Rachel, ces doigts bagués qui ont manipulé des objets trouvés, touché des boucles de ceinture, des étuis à cigarettes et des cartes postales. Il voit les mains de Rachel retourner les peignes, les rasoirs et le canif de Francis.

— Je ne peux pas, dit-il.

Il se lève et la repousse.

— Rachel, non.

Il lui tourne le dos.

— Vous ne voulez pas ça.

— Si, je le veux.

— Non.

Il se retourne vers elle. Elle s'est couvert le visage de ses mains pleines de bagues.

— Vous êtes bouleversée, et je suis juste le type de la chambre d'à côté.

— Non, pas du tout.

— Si. Et puis, vous êtes mariée.

— Vraiment ? dit-elle en le regardant. À moins que je ne sois veuve ? Ou pire – abandonnée ? Avec qui est-il ? Vous avez bien dû penser à cela, vous aussi.

Ses yeux sombres étincellent.

— Et maintenant, vous ne voulez pas de moi.

— Ce n'est pas que je ne veux pas de vous…

Il scrute les motifs du papier peint jaune tandis qu'elle remet sa chemise de nuit.

— Je ne veux pas faire cela, parce que vous allez le regretter. Je le sais. Si vous le faisiez, vous ne vous le pardonneriez pas, et j'ai suffisamment d'affection pour vous pour ne pas avoir envie de vous infliger cela.

— Mais vous croyez qu'il est mort, n'est-ce pas ?

— Vous voulez que je vous le dise ?

Elle ploie la nuque.

— Je voudrais juste savoir.

— Vous pourriez le retrouver demain. Que ressentiriez-vous alors ?

Il hoche la tête devant sa chemise blanche. Il a du mal à la regarder.

— Votre téléphone peut sonner la semaine prochaine. On peut frapper à votre porte n'importe quand. Si ça se trouve, il sera peut-être sur le seuil de votre maison quand vous rentrerez.

— Je peux aussi apprendre sa mort demain.

Harry sait qu'elle a probablement raison.

— Écoutez, je ne peux pas vous faire ça. Ni faire ça à votre mari. Je ne veux pas prendre ce risque.

— Même si vous pensez qu'il est mort ?

Il secoue la tête.

— Vous m'avez dit de continuer de vivre, argue-t-elle.

— Certes, mais je ne pensais pas à cela.

— Ce n'est pas grave.

Elle se tourne pour partir, les épaules basses.

— Pardonnez-moi, Harry. Je n'aurais pas dû. Tout est tellement embrouillé…

Elle le regarde depuis l'encadrement de la porte, ses yeux sombres empreints de solennité. Sa main se referme sur le médaillon *Ne m'oublie pas*.

— Je sais, dit-il.

Il repense à la dernière fois qu'il a vu Francis. Il pense à Emily, scrutant un coin de gare, attendant de le voir apparaître dans cet espace. Est-il parti une fois encore, laissant une nouvelle absence derrière lui ? Il ne sait pas s'il devrait être là. Il ne sait pas où il devrait être. Mais il sait qu'il ne pourrait assumer l'espace laissé vacant par David West.

— Parlez-lui, dit Rachel. N'attendez pas trop.

# 9

Emily
*Lancashire, mars 1920*

Elle ne s'attendait pas à le voir à sa porte. Quoique plus d'un an se fût écoulé, ou peut-être à cause de cela, Emily n'était pas prête à le voir là. Et, à en juger par l'expression de Harry, il ne l'était pas davantage. Alors qu'ils restaient là tous deux sans rien dire, à se regarder de part et d'autre du seuil, elle repensa à sa dernière lettre, entre toutes celles envoyées durant l'hiver 1918. Le silence entre eux avait-il duré si longtemps ? Pourquoi avait-il choisi de le rompre maintenant ?

— Je suis venu sur un coup de tête, dit-il comme elle s'écartait pour le laisser entrer. J'ai vu une fille rousse. Elle marchait sur Euston Road, puis elle est allée vers la gare de King's Cross et, tout à coup, je me suis rendu compte que je la suivais. Évidemment, ce n'était pas toi, mais ça aurait pu l'être, un court instant. Et puis, quand j'étais dans la gare, à regarder les horaires de départ, je me suis dit qu'il était temps que je rentre à la maison. J'espère que ça ne te dérange pas ?

Elle secoua la tête.

— Tu ne devrais pas suivre des inconnues dans la rue. Ça risque de t'attirer des ennuis.

Ce fut un soulagement quand il sourit enfin.

— Ça me fait drôle d'être là et de te revoir, dit-il.

— Oui, hein ?

Tels de bons petits soldats, les trois fils de Margaret Blythe étaient alignés sur le manteau de la cheminée en un rang bien net, séparés par des jacinthes en pot. Emily se tenait derrière Harry ; elle observa son visage dans le miroir comme il contemplait les photos encadrées de ses frères. Celle de Francis était toujours ornée de rubans noirs. Bien que cette maison fût désormais celle de Harry, elle ne s'attendait pas à le revoir ici, en train de contempler cela.

— Je me souviens de ce jour, dit-il. On est allés dans un studio de photographie à Morecambe. On avait décidé de faire ça bien, maintenant qu'on avait enfin nos uniformes.

— Et moi, je me souviens du jour où ces photos sont arrivées par la poste. Ta mère est immédiatement allée acheter des cadres.

Les trois frères prenaient la même pose, une balustrade de plâtre à leur gauche, devant un fond où étaient peintes des fougères et des ombres dans de délicats tons verts, imitant le style des vallons féeriques de la période victorienne. Emily vivait quotidiennement avec ces images, ces trois garçons souriant dans leur habit militaire. Alors que Harry se tournait vers la photo de Francis, elle s'aperçut qu'elle ne les avait pas regardées de près depuis fort longtemps.

— Je les avais oubliées. J'avais oublié que ces photos existaient, dit-il avant de se tourner vers elle. J'ai l'impression que cela fait une éternité que je ne les ai pas regardés dans les yeux, tu sais. Les rubans, c'est ma mère aussi ?

— Oui.

— C'est tellement… définitif. Absolu.

— Ça ne devrait pas ? demanda-t-elle en le regardant effleurer les rubans noirs. Tu crois que c'est une erreur ? Tu es le mieux placé pour en juger…

— Non, bien sûr que non. Mais ça me surprend de voir qu'elle en était si sûre. Qu'elle a tout de suite cru qu'il était mort.

— Elle n'avait plus d'espoir. Je regrette que tu n'aies pas pu venir à son enterrement. J'aurais aimé que tu puisses avoir une permission à ce moment-là.

— Lorsqu'ils me l'ont dit, c'était déjà trop tard. Tu le sais bien. Je serais venu, si j'avais pu.

— Ça ne paraissait pas juste qu'aucun de vous ne soit présent – pour elle, je veux dire. Qu'il n'y ait pas un seul de ses fils pour la voir descendre en terre.

Il retourna la photo, comme s'il s'attendait à trouver quelque chose à l'arrière, puis la remit à sa place sur la cheminée.

— Je ne savais pas si je devais mettre des rubans noirs sur toi aussi.

— Pardon. J'aurais dû t'écrire, je le sais.

— Tu as de la bruyère à ta boutonnière.

— Oui, une femme m'a accroché ça là, en ville.

Elle contempla l'homme que Harry était devenu. Dans les traits de Harry, elle voyait en miroir le visage de Francis en 1914, cet homme qui avait fait son sac en lui disant qu'il serait de retour au prochain printemps. Six printemps étaient passés depuis, et Francis n'était pas revenu. En regardant le reflet de Harry, elle revit des fragments du garçon doré qui avait murmuré des vers entre les rayonnages de la bibliothèque, mais les yeux de Harry croisèrent les siens, et il redevint totalement lui-même. Elle retrouva alors des traces du jeune homme qui n'aspirait qu'à aller à l'École des beaux-arts et passait tous ses samedis après-midi à dessiner son visage. Ces six printemps avaient laissé une expression de tristesse chez Harry. Il avait toujours ses doux yeux verts, son sourire patient, mais on sentait chez lui une mélancolie nouvelle, qui jetait une ombre différente sur ses traits.

— De la bruyère qui porte chance, dit-elle. Est-ce pour cela que je n'ai pas besoin d'acheter de ruban noir pour toi ?

— Je ne suis pas sûr de croire en la chance.

Elle le regarda se laver les mains tout en balayant du regard la cuisine de sa mère.

— Je me permets de me ridiculiser parce qu'il est possible que je meure demain, lui avait-il dit en août 1917, dans l'allée de l'hôpital.

Il avait posé une main sur la manche du manteau vert d'Emily. Deux mois plus tard, Francis était parti. Comme il se détournait de l'évier, elle vit son regard s'arrêter sur son manteau vert posé sur une chaise. Se remémorait-il ce moment, lui aussi ?

— Qu'est-il arrivé à ta main ? demanda-t-il.

— Des munitions. J'ai fabriqué des missiles pendant un moment. Ta mère n'aimait pas du tout ça.

— J'imagine. Elle a dû maudire la guerre encore plus en te voyant mutilée de la sorte. C'est l'effet que ça me fait, en tout cas.

— Je peux quand même me servir d'un tour de potier. Et de la bicyclette de Francis. En fait, j'ai bien apprécié la camaraderie de l'usine, et j'aimais beaucoup me sentir indépendante. On chantait parfois – même si ça peut paraître affreux, quand on pense à ce que nous fabriquions.

— Tout dépend de ce que vous chantiez.

— Le pire que tu puisses imaginer ! Et on jurait comme des soldats… On était joyeusement vulgaires, ça nous faisait rire. Mais tu n'es pas venu pour connaître les nouveaux jurons de mon répertoire, n'est-ce pas ? Et toi, alors, *ta* main ?

— Munitions.

Il sourit comme sa réponse faisait écho à celle d'Emily.

— Des éclats d'obus. Ç'a été la fin du terrain pour moi. J'ai passé deux mois à l'hôpital de Londres.

— Je ne savais pas. Tu aurais dû me le dire, m'écrire. Je serais venue te voir.

— C'est vrai ?

— Mais oui, tu le sais bien.

— C'est peut-être pour ça que je ne l'ai pas fait.

Il s'adossa à une chaise, retira ses chaussures et s'alluma une cigarette. Elle regarda ses doigts toucher la surface de la table de cuisine, y retrouvant des textures familières. Elle savait qu'il se rappelait sa mère posant ici des casseroles, l'éclat de son couteau, les mains de sa mère astiquant le plateau au savon noir. Il avait fait le tour de cette pièce pour tout toucher, et Emily savait que, ce faisant, il renouait avec les lieux, avec ses détails, afin de remettre ses souvenirs en place.

— Je ne me souviens pas de ces tasses. De ces jacinthes.

— Elles étaient à ma mère, répondit Emily. Tout est dépareillé, maintenant. Quand j'ai emménagé ici, j'ai apporté la totalité de ce que j'avais dans la maison voisine, et maintenant, tout est mélangé. Avant, cette maison était pleine de voix ; aujourd'hui, il n'y a plus que moi et tous ces placards remplis de porcelaine avec des motifs différents.

— Je n'ai jamais vu la maison si calme.

— N'est-ce pas ? Et encore, tu es là avec moi… J'entends vos voix tous les jours quand j'entre dans une pièce, au point que je dois souvent me forcer à me ressaisir. C'est un peu fou, non ? Mais je ne peux pas m'empêcher de m'attendre à vous voir tous, chaque fois que j'ouvre une porte. C'est assez réconfortant d'avoir toutes vos affaires autour de moi. D'ailleurs, les tiennes sont toujours dans ta chambre, avec tes peintures et ton matériel.

La chambre de Harry était telle qu'il l'avait laissée, six ans plus tôt. Sa mère n'y avait pas touché, elle l'attendait encore, comme s'il pouvait toujours revenir. Emily n'y entrait pas souvent, ne s'en sentant pas le droit. Elle se demandait s'il n'était pas rentré parce qu'elle habitait là, dans la maison de sa mère.

— Tu peux toujours dessiner ?

— Oui. Même s'il m'a fallu un peu de temps pour retrouver le contrôle de ma main. Et c'est différent d'avant.

Il écrasa sa cigarette. Elle se rappela le garçon qui avait de la peinture sous les ongles. Le Harry qu'elle avait connu avant la guerre avait des doigts qui semblaient toujours avoir trempé dans l'encre, la peinture ou le charbon. Combien de fois avait-elle eu envie de l'emmener jusqu'à l'évier et de lui mettre une brosse et un savon entre les mains ? Et voilà qu'aujourd'hui, elle regrettait presque de lui voir les ongles propres.

— Tu n'as pas envisagé de reprendre tes études ?

— Non. C'est trop tard maintenant.

L'été avant la guerre, il avait postulé à l'École des beaux-arts de Manchester. Il avait confié ce projet à Emily avant d'en parler à sa mère et à ses frères, préférant s'ouvrir de ses ambitions à elle en premier, et elle avait été ravie par son enthousiasme évident. Alors, comment avait-il pu renoncer à cela ? Quel était pour lui le prix de ce sacrifice ? Elle avait souvent pensé que l'âme de Harry se reflétait dans sa peinture, et se rappelait la façon dont la lumière éclatait dans ses couleurs. Cette lumière-là s'était-elle éteinte, elle aussi ?

— Je suis navrée de t'entendre dire ça. T'es-tu mis à la photo parce que tu avais du mal à dessiner ?

— C'est un boulot, dit-il. Donc de l'argent. J'avais besoin d'argent.

— J'ai été surprise en apprenant que tu étais devenu photographe – surtout parce que ç'avait toujours été la passion de Francis.

— C'est grâce à lui que je sais comment faire. Mais je ne suis qu'un petit photographe dans un modeste studio. Je prends des photos d'enfants lors des anniversaires, de couples de fiancés et de vieilles filles qui n'ont pas encore perdu tout espoir.

Elle sourit.

— Tu n'as pas à te justifier, tu sais.

— Tu crois qu'il m'en voudrait, pour les vieilles filles ?

— Peut-être qu'il serait content pour toi.

— Peut-être.

En regardant Harry, elle voyait bien qu'il y avait quelque chose qui n'allait pas. Il avait les yeux cernés, comme s'il ne dormait plus. Un léger tremblement ondulait parfois autour de sa bouche, qu'il ne semblait pas contrôler. La cigarette qu'il tenait à la main tremblait également. Emily eut un élan de pitié pour ce jeune homme triste et abîmé, qu'elle avait connu pétillant, ambitieux, et qui ressemblait désormais étrangement à Francis. Elle ne voulait pas qu'il soit triste, mais elle avait éprouvé le même sentiment d'impuissance quand elle avait vu des frémissements similaires sur le visage de son mari, et ne savait que faire.

— Est-ce que tu dors ? s'enquit-elle.

Il approuva d'un hochement de tête.

— Je ne suis pas sûre de te croire. Tu manges correctement ?

Il lui sourit, détourna le regard et se passa une main dans les cheveux.

— C'est gentil de t'inquiéter pour moi.

— Bien sûr que je m'inquiète. Tu as maigri, et on dirait que tu n'as pas fait une vraie nuit depuis des semaines. Je pourrais aussi dire que je sens l'odeur du whisky dans ton haleine, mais tu risques de m'envoyer promener.

Ils étaient tellement proches, tous les trois. Une véritable équipe, dont les voix se rejoignaient toujours, et dont les regards silencieux étaient plus éloquents encore. Ces trois frères communiquaient par le regard, et elle se demanda comment Harry vivait maintenant, privé de ce langage muet. Emily souffrait de l'absence de sa mère, dont la voix et la bienveillance lui manquaient ; mais que devait-il en être pour Harry, privé de tous ses proches ? Elle imaginait que ce devait être comme de devenir sourd, ou aveugle, ou de perdre un membre. En tant que frères, ils étaient partie intégrante les uns des autres. Comment supportait-il cette amputation ? Peut-être ne la supportait-il pas ? se dit-elle en regardant la flamme de l'allumette osciller entre ses doigts.

— Tu as des iris bleus, dit-il avec un signe de tête vers le vase au bord de la fenêtre. Francis t'achetait un bouquet d'iris à chaque printemps, pas vrai ?

— Oui.

— C'est drôle... Quand je regarde cette pièce, j'ai l'impression que tout est pareil, et que tout est différent à la fois.

— C'est le cas.

— Tu n'es pas obligée de laisser les choses comme avant, tu sais. C'est ta maison maintenant. Si tu veux changer quelque chose, n'hésite pas.

— Comme les corbeaux ?

Les corbeaux perchés sur le placard de la cuisine les scrutaient de leurs petits yeux noirs. Emily les avait toujours trouvés trop ridicules pour être impressionnants, avec leur tête penchée et leurs yeux en verre, mais elle avait remarqué que Harry détournait la tête dès qu'il les apercevait, comme s'il ne voulait pas les voir.

— Je ne m'attendais pas à ce qu'ils soient encore là. Quand je t'imaginais ici, je ne pensais pas que ces corbeaux feraient toujours partie du décor.

— Curieusement, je me suis habituée à leur compagnie. Figure-toi que je leur parle même, parfois.

— Juste ciel, on t'a précipitée dans une histoire de fantômes ! Brûle-les, ou enterre-les, si ça te fait plaisir. J'ai l'impression qu'on t'a emprisonnée dans un mausolée. Je commence presque à me sentir coupable.

Leurs regards se croisèrent comme il souriait et, pour la première fois depuis qu'il avait franchi le seuil, il la regarda vraiment. Elle se rappela la façon dont il lui souriait quand il était jeune. Il était si souvent le rêveur de la bande, la tête dans les étoiles, comme disait Francis ; mais quand Harry souriait, c'était comme si le soleil pénétrait dans une pièce. Malheureusement, ces sourires semblaient beaucoup plus fugaces et compliqués maintenant.

— As-tu repris le travail au magasin ? demanda-t-il.

— Depuis plus d'un an, oui. Évidemment, on ne fait que du noir en ce moment. De la même couleur que ces corbeaux. J'ai aussi travaillé six mois à la gare, dans les cuisines de la soupe populaire. Par le passe-plat, je surveillais le visage des gens qui faisaient la queue pour être servis.

Il y en avait tellement. Mais jamais celui qu'elle espérait voir.

— Je ne t'y ai jamais vu.

— Désolé.

Elle regarde les doigts de Harry faire tomber la cendre de sa cigarette parmi les miettes de pain, ses cils baissés, sa bouche qui semble sur le point de dire quelque chose mais reste finalement close. Elle ne veut pas qu'il soit désolé, même si, de nombreuses fois, elle a vraiment eu besoin de lui.

— Ta mère avait teint ses habits en noir. Tous, y compris ses sous-vêtements et sa chemise de nuit. Elle faisait ça ici, dans cette pièce. Il y avait une cuve de teinture noire, là. Je revois encore son jupon en sortir, tout fumant. Je ne peux pas mettre un pied dans cette cuisine sans revoir ce tableau et me rappeler l'odeur de la teinture noire. J'ai pensé à te rechercher, mais je ne savais pas par où commencer.

— Je ne vais pas pouvoir rester, tu sais. Je ne crois pas que je pourrais à nouveau vivre ici.

— Je le regrette sincèrement, mais je comprends, dit-elle.

# 10

Harry
*Richebourg, Pas-de-Calais, février 1916*

On leur indiqua qu'ils allaient marcher jusqu'aux tranchées, et ils se mirent en route vers des noms dont ils avaient entendu parler dans des journaux de 1915.

Ils défilèrent devant des vergers dénudés par l'hiver, des champs de betteraves et des sanctuaires de bord de route. Des maisons au toit de chaume, des roues à aubes et des canaux remplis d'herbes folles. La route rectiligne évoquait à Harry la voie romaine de Blackstone Edge, où Francis et lui s'étaient si souvent promenés, emportant un livre d'histoire, des jumelles ou un appareil photo, photographiant les pierres lissées par des siècles de passage de chevaux de bât et de soldats des temps anciens. Il réentendit le cri des vanneaux et la voix de son frère chantant des ballades d'un autre temps ; mais aujourd'hui, Francis ne chantait pas. La route devant eux était bordée de débris – un bric-à-brac de morceaux de métal tordus et de papiers piétinés.

— Je crois que la fête a commencé sans nous, dit Will.

Les curiosités de la route les divertirent un certain temps. Ils passèrent ensuite devant un poste de secours, des canons anti-aériens et des redoutes en brique rouge. Au Touret, des poules s'égaillèrent à leurs pieds et des enfants se mirent en ligne sur les trottoirs pour les regarder passer.

Des colonnades de peupliers s'étiraient vers l'horizon et un merle se mit à chanter pendant qu'ils traversaient la cour d'une ferme. Francis lui siffla une réponse fantaisiste. À Richebourg, les maisons étaient bordées de sacs de sable et l'église avait des airs de ruine rococo. Ils y firent une pause et allèrent jeter un œil dans les tombes éclatées, où ils virent des ossements noirs.

— Cet endroit est plein de fantômes, déclara Francis.

Ils progressèrent à travers l'ancienne ligne de front, qui n'était plus que clayonnages, haies et bois pourri. Harry fut frappé de voir comme tout cela avait l'air improvisé, amateur et fragile. Il avait l'impression de s'aventurer dans l'histoire ancienne, et l'odeur de pourriture – comme médiévale et pleine d'avertissement – lui restait en travers de la gorge. Des sacs de sable fendus étaient renversés et les déchets abandonnés par d'autres striaient les parois de terre comme autant d'éléments d'archéologie. Harry regarda les fragments de cire de bougie et de verre maculés de boue, la rouille qui s'effritait et les plis de toile de jute, et se demanda qui avaient été ces gens. Quelque chose dans ces vieilles tranchées abandonnées les poussait au chuchotement.

— Ah, les bastions de Troie…

La voix de Michael Rose n'était pas tout à fait stable.

— Tu parles d'un trou à rats, répondit Francis. Quel merdier…

Le chèvrefeuille reprenait ses droits sur les barbelés et, plus loin, ils durent se frayer un chemin dans une tente de télégraphe effondrée où les câbles s'accrochaient à leur équipement. (« Attention aux fils ! » leur cria-t-on, un peu tard.) Harry sentait tous ses sens à fleur de peau, à l'instar de la chair de poule qui hérissait ses bras, de sorte qu'il mémorisa tous les sons, les images et les odeurs de cet endroit. Jamais il n'avait posé le pied avec une telle prudence. Jamais il n'avait été aussi conscient des textures que ses doigts touchaient, ou du bruit de sa propre respiration.

— J'ai l'impression de marcher sur la tombe de quelqu'un, dit Will.

Dans la lumière déclinante du soir, ils traversèrent des pontons, des étendues d'eau silencieuses et l'obscurité impénétrable d'une tranchée de communication. Ils entendaient et sentaient la hauteur de l'eau, dont le reflet vacillait sous le mouvement. Il était tard lorsqu'ils arrivèrent à la ligne. Tout était noir, sauf l'éclat soudain des allumettes et les lumières rouges surnaturelles des bouts de cigarettes. Ils firent frire du bœuf bouilli, ouvrant pour la première fois des rations en boîte, et parlèrent de Trafalgar et du Transvaal. Au-dessus de leurs têtes, les fusées éclairaient des enchevêtrements de fils de fer et de piquets. L'obscurité s'étendant au-delà était Goya, Blake et Brueghel à la fois.

La première salve eut lieu à l'aube.

— Bon Dieu ! s'écria Will.

— Eh oui, c'est comme ça, réagit le caporal gallois d'une intonation désinvolte et chantante. C'est un secteur de 1915, et on respecte les vieilles conventions : les échanges de feu ont lieu à l'aube et au crépuscule. L'un commence, l'autre répond. On garde nos bonnes manières, en somme. C'est comme ça que ça marche.

Le Gallois sous les ordres duquel ils avaient été placés possédait le vocabulaire des vétérans, et leur avait dit qu'ils devraient être contents de ne pas être arrivés un an plus tôt. Ce secteur était une pouponnière, avait-il ajouté, les faisant rire.

— Mais méfiez-vous : les tireurs embusqués des boches sont le diable en personne.

La situation se calma quand le soleil fut haut dans le ciel, mais les remparts de sacs de sable semblaient s'être affaissés, au point que Harry se retrouva à marcher accroupi.

La neige arriva dans l'après-midi. Ils eurent un bref moment d'émerveillement au spectacle de cette blancheur immaculée, mais ne tardèrent pas à déchanter et à jurer comme les chutes s'intensifiaient, les faisant patauger dans la boue.

— J'ai besoin de volontaires pour une mission, annonça le lieutenant O'Kane. Il faut qu'on aille réparer le trou dans les barbelés, ce soir. Blythe, tu en es ?

Harry releva les yeux, ne pouvant échapper au regard du lieutenant.

— Je peux compter sur toi ?

Cela ne semblait guère laisser matière à discussion.

— Oui, chef.

— Volontaire, hein ? lança Francis en riant comme O'Kane s'éloignait.

Ils s'enduisirent le visage de graisse et de cendre avant de partir. Les doigts de Harry dégageaient une odeur de feu de camp. Il y avait quelque chose d'un peu enfantin dans cette action, comme s'ils allaient enfreindre les règles fixées par les adultes, et ils plaisantèrent en se salissant les joues, s'amusant à se regarder en écarquillant les yeux. Mais il y avait aussi une tension dans ces plaisanteries, de l'angoisse dans l'humour, et un peu trop d'excitation dans l'air. Harry sentit son cœur se mettre à battre plus vite.

— Je crois que je vais vomir, gémit Bartley alors qu'ils attendaient dans la sape.

Harry hocha la tête. Il s'efforçait de maîtriser son souffle.

— Restez baissés et ne faites pas de bruit, dit O'Kane. On fait le boulot, et on revient direct.

Harry entendait cliqueter le rouleau de barbelés qu'il portait en bandoulière autour de sa poitrine. Tout son corps semblait maintenant fonctionner trop vite. Ses nerfs souffraient. Il essuya ses mains moites contre sa tunique et prit une poignée de neige dans chaque paume. Le froid le mordait mais, en se concentrant sur cette sensation, il oubliait un peu le reste.

— Sans bruit. Maintenant.

Il retint son souffle en grimpant hors de la sape. Ses membres étaient engourdis. Il leva les yeux, redoutant une nouvelle salve, mais il n'y avait que du bleu et du blanc devant lui, et le silence. Il suivit les chaussures de Bartley en rampant. Il essayait d'avancer par petits mouvements au ras du sol, mais la bandoulière de barbelés l'empêchait de s'aplatir vraiment et son fusil lui paraissait aussi lourd qu'une enclume.

— Tu la vois ? souffla le caporal Gibbs à côté de Harry.

Son haleine empestait le whisky.

— Oui.

La neige s'était déposée sur l'enchevêtrement de fils de fer devant eux, rendant la barrière plus concrète, mais il restait une bonne distance à parcourir avant de l'atteindre.

Il entendait la respiration laborieuse de Gibbs et le crissement de leurs corps sur la neige. Elle semblait mettre en évidence le moindre de leurs mouvements, amplifier le moindre son, et céda brusquement sous les mains de Harry. Une cavité s'ouvrit sous lui et, l'espace d'un instant, il crut qu'il allait faire un plongeon.

— Putain ! jura Bartley.

Harry s'accrocha. La joue collée à la neige, il demeura immobile et reprit son souffle. Le fusil dans sa main lui semblait être la seule chose solide et sûre au monde.

C'est alors qu'il vit le visage. Un mouvement. Des yeux qui brillaient, de l'autre côté des barbelés. La buée du souffle de l'homme formait une sorte de halo autour de lui, trahissant sa présence. Ils se dévisagèrent, et le temps se figea. Harry le vit se mordre la lèvre et sut qu'il allait courir. Il le laisserait courir. Mais soudain, Gibbs cria, et tout changea. Brusquement, tout le monde se mit à hurler et le fusil entre les mains de Bartley cracha le feu. Lorsque Harry releva la tête, les yeux qui brillaient n'étaient plus là.

Harry regarda le matin arriver à travers un cadre de fils barbelés. La brume enveloppait cet entre-deux, lui conférant un air de temps anciens, de campagne antique. En se levant, elle aurait aussi bien pu dévoiler un campement de l'ère de Charlemagne. Les ronces de fer laissaient tomber goutte à goutte des perles de lumière. La vapeur s'élevait des tranchées. Une fumée bleue commençait à monter des lignes ennemies, s'élevant sur le ciel bleu avec des nuances d'aquarelle. Harry s'étira dans le froid, bâilla et tenta de ramener le sang dans ses membres engourdis. Il cala ses doigts endoloris sous ses aisselles. Il avait la gorge à vif à cause des vomissements.

Francis se tenait près de lui.

— Il paraît que leurs abris ont des tapis et des rideaux, la lumière électrique et de l'eau chaude.

Il renifla.

— Je sens l'odeur des saucisses et de la choucroute de ces fumiers… Pourquoi est-ce que tu ne m'as pas rapporté une saucisse, hier soir ?

Harry lui tourna le dos. Il ne parvenait pas à chasser l'image du visage qu'il avait vu la veille. Était-il encore là, dans le brouillard et dans le froid ?

— Est-ce que tu te sens mieux ? insista Francis tout en coupant du petit bois. Will m'a dit que tu avais vomi… Tu avais une tête de déterré quand tu es revenu, hier soir.

— Je me sens comme un déterré. Je n'ai pas dormi de la nuit.

— Tu t'en remettras.

— Comment peux-tu le savoir ?

— Parce que tu te remets toujours de tout, et que je suis là pour y veiller.

Francis prit la cigarette aux lèvres de son frère.

— Tu te souviens de la fois où tu es tombé dans le réservoir ?

Le souvenir de l'eau noire et glaciale était si vif dans la mémoire de Harry qu'il frémit en se rappelant ce choc. Même ici. Même maintenant. Même après hier soir. Il revint neuf ans en arrière, quand il était encore môme et suivait Francis sur la glace. Le réservoir avait quelque chose d'épique et d'irrésistible à leurs yeux quand il était gelé ; il aurait aussi bien pu y avoir des mammouths laineux dans ses profondeurs insondables. S'aventurer sur cette eau solide, prendre ce risque, tester leur courage et leur poids était trop tentant. Will et Francis s'étaient lancés ensemble avant de siffler Harry, le défiant de les suivre ; alors il y était allé, en suivant leurs traces. Il se rappelait encore les trois empreintes de leurs pas sur le réservoir gelé, le craquement de la glace sous ses chaussures, le mouvement des bulles sous la surface, et la brusque certitude que la glace allait céder.

— Tu ressemblais à une statue de cire quand on t'a sorti de là, dit Francis en soufflant la fumée. Pire encore qu'aujourd'hui. Tes lèvres étaient bleues.

— Je me rappelle très bien le moment où je suis passé au travers. Le choc que ça m'a fait, et la panique ; mais je n'ai aucun souvenir du moment où j'en suis sorti.

Il s'était réveillé dans le lit de leur mère, fébrile et tremblant de la tête aux pieds.

— Comment est-ce que vous m'avez ramené à la maison ?

— On t'a traîné comme un sac à patates, Will et moi. Un énorme sac à patates… tu pesais une tonne. On croyait que tu étais mort.

Harry essaya de porter à sa cigarette l'allumette qu'il venait de craquer. Ses mains tremblaient trop. Il jeta l'allumette et jura.

Francis le fit à sa place.

— Ne t'en fais pas, on est tous dans le même bateau, dit-il. Et on a tous les foies, ne crois pas que tu es le seul. Mais ça va aller, tu verras. Je serai toujours là pour te sortir de ta tombe.

# 11

Emily
*Arras, août 1921*

La lumière du matin s'immisce sur les toits. Autrefois, cette ligne d'horizon devait être hérissée de beffrois et de clochers d'église, mais aujourd'hui, les tours se sont toutes effondrées, ne laissant plus qu'un décor en lambeaux. La forme blanche de la cathédrale évoque un fantôme d'édifice. De la fumée commence à s'élever de la cheminée en face de la fenêtre d'Emily et un groupe d'étourneaux s'envole dans la rue en contrebas, avant de s'élancer plus haut. Elle envie aux oiseaux cette capacité à s'élever ainsi, et se retourne.

Les murs de la chambre qu'elle loue sont couverts de gravures de madones et de saints. Un crucifix en bois noir est suspendu au-dessus de la tête de lit. Il est entouré d'un chapelet de perles et de brins de bruyère qui s'effritent. Lorsqu'elle se réveille la nuit, elle voit les perles tourner lentement au-dessus d'elle et imagine qu'une femme âgée a pu accueillir la mort dans ce lit. Elle a passé trop de nuits éveillée dans cet horrible lit, à essayer de faire correspondre la silhouette photographiée d'une ville en ruine aux rues qu'elle a arpentées pendant la journée.

Elle s'asperge le visage au lavabo. Dans le miroir, elle est entourée de lithographies de martyrs en souffrance, mais elle voit à peine les joyaux de sang et les agonies parées de dorures. Peut-être l'a-t-elle contemplé trop longtemps, ce visage photographié qui semble maintenant s'imprimer sur tout, comme dans une double exposition. Francis est ici, dans cette pièce, là, derrière son propre reflet, et il est partout dans cette ville. Et pourtant, elle en est certaine maintenant, il n'est pas à Arras.

La veille, elle a apporté l'enveloppe au bureau de poste. Les employés derrière le comptoir se sont serrés pour examiner l'encre brouillée du tampon. Ils discutaient, gesticulaient et riaient comme si ce cachet était une énigme, une devinette à résoudre, un code à déchiffrer, mais tous trois avaient fini par se tourner vers elle en secouant la tête. C'est toujours la même chose. Auprès des autorités, elle a essuyé les mêmes déceptions, inspecté des salles remplies d'affreux reliquats d'autres soldats, et consulté de nombreux registres remplis de noms qui ne sont pas le sien. Elle remet la photo dans son enveloppe et la place sur le dessus de sa valise. Il est temps de passer à autre chose. Il n'est pas là.

Les maçons commencent le travail de bonne heure. Emily entend le bruit des burins frappés et voit les blocs de pierre blanche qui attendent leur tour. Elle pose les pieds avec précaution sur le pavé tandis que, là-haut, les artisans sifflotent sur les échafaudages. Ils se tiennent dans les espaces vides où se dressaient auparavant les vitraux de la cathédrale, et scient les pierres fissurées afin de pouvoir les remplacer par de nouvelles. Leur ouvrage lui paraît bien précaire ; elle y voit davantage d'espoir et de détermination que de technique. Ce qui a été détruit par de l'acier usiné et des explosifs est remplacé par du mortier, de la sueur, du courage et de l'amour. Cette ville est en train de se réparer. Ses habitants remettent tout en place comme avant. Elle pense au visage de son mari sur la photo. Pourrait-elle en faire de même avec lui ?

Une charrette chargée d'échafaudages passe devant elle, et elle continue son chemin. Les maisons de la Grand-Place sont endommagées, délabrées, branlantes. Elles se soutiennent les unes les autres comme une bande d'ivrognes en fin de soirée. La plupart des tuiles ont disparu, si bien que la ligne d'horizon ne forme plus qu'un zigzag de chevrons. On dirait que ces maisons montrent leur squelette, ce qui les fait paraître terriblement vulnérables. Arras n'est plus qu'une maquette construite avec des allumettes, que le souffle d'un nouveau grand méchant loup pourrait faire s'écrouler, se dit-elle.

Les trous dans les façades laissent voir les franges des abat-jour et les motifs des rideaux des chambres. Ces fragments de vie intime désormais exposés à la vue de tous – les papiers peints choisis, le contenu des armoires – sont les plus émouvants. Ce sont ces détails qui font de ces tristes pierres des maisons ravagées. Ce spectacle emplit Emily d'un profond sentiment de pitié. Tout cela recèle un tragique intense et direct, mais, en regardant autour d'elle, elle acquiert la certitude définitive que ce n'est pas le bon endroit : aussi malmenée qu'ait été Arras pendant la guerre, la ville en arrière-plan de la photo de Francis a souffert plus encore.

La place s'emplit de voix et de pas. Il y a des panneaux publicitaires sur les bâtiments grêlés, et, sous les lettrages peints (*Vins et spiritueux – Beurre et fromages – Vêtements pour dames**), on ouvre des volets pour déballer la marchandise sur le trottoir. Il y a des hommes en canotier, des femmes en robe blanche de fin de semaine, et les passants semblent marcher avec une sorte de conviction. Une petite fille sautille, un garçon montre quelque chose du doigt et une famille se resserre pour se faire prendre en photo devant les ruines.

Alors qu'Emily contemple la place, elle entend à nouveau la voix de Francis murmurer dans sa tête, lui disant de marcher doucement. Elle voit un sourire s'esquisser aux coins de sa bouche, et l'éclat de ses yeux entre les rayonnages de livres. Elle pivote, et les arcades et les gens tournent autour d'elle. Se pourrait-il que Francis la regarde en ce moment même ? Ses yeux sont-ils là, sans pouvoir être vus ? Non. Elle sait qu'il n'est pas là. Sinon, elle le sentirait. Mais alors, s'il n'est pas là, où est-il ? Elle fait demi-tour au milieu de la place, au milieu des gens ; elle ne sait pas par où aller, ni ce qu'elle doit faire maintenant.

Plantée là, avec sa valise, elle lève les yeux vers la façade de la gare. Quantité de ses vitres doivent encore être remplacées, de sorte que, lorsqu'elle prend la lumière, elle semble arborer un rictus maléfique. La gare ferroviaire a des allures gothiques dans son délabrement étincelant, songe-t-elle ; un peu comme un palais féerique et monstrueux.

Un homme en uniforme écrit à la craie les horaires de départ sur un panneau. Chaque destination est à la fois une possibilité et une question. Elle tente de se remémorer les lettres de Francis, de se rappeler les noms de lieux importants, tous ces endroits qui ont compté pour lui et où il pourrait encore se trouver aujourd'hui. Il y a un an, elle était certaine qu'il reposait tranquillement dans sa tombe ; mais maintenant, chaque nom sur la carte ressemble à un peut-être.

Elle connaît de nom toutes les destinations annoncées sur le panneau, pour les avoir lus dans les titres des journaux. Ces noms sont autant de souvenirs de batailles, de fronts et de grandes offensives. Voulait-il qu'elle le suive dans ces lieux ? Avait-il besoin de lui montrer ces choses ? Désirait-il qu'elle comprenne ? Elle s'entend prendre une grande inspiration tout en avançant vers le guichet.

Il y a un endroit au moins où elle est sûre qu'il soit allé.

## 12

Harry
*Arras, août 1921*

— Je vais prendre un train vers le sud, lui dit Harry.

Rachel beurre son toast et opine du chef. Elle est descendue tard pour prendre son petit déjeuner. Il a eu le temps de se dire qu'il ne la reverrait peut-être jamais.

— Vos tombes ?

— Oui.

— Bien. C'est bien, ce que vous faites. C'est généreux. Vous devriez en être plus convaincu.

Elle se sert du thé et hausse un sourcil en le regardant.

— Oui, s'il vous plaît.

— Il est affreusement léger, dit-elle en remuant l'intérieur de la théière avec une cuillère. Décidément, ces Français ne connaissent vraiment rien au thé. J'aurais dû en emporter.

— Ça va aller pour vous, toute seule ?

— Oh oui. Merci.

Elle mord dans son toast et il détourne les yeux de sa bouche. Elle porte un corsage noir à col montant aujourd'hui, et des boucles d'oreilles en jais qui oscillent quand elle mastique. Elle donne l'impression de s'être habillée pour l'occasion ce matin, comme si elle ne voulait laisser aucun doute.

— Je suis heureuse que vous soyez ici avec moi, Harry, mais ce n'est pas en m'aidant, moi, que vous allez la faire avancer, *elle*. Cela ne l'aide pas à se rapprocher de la vérité. Malheureusement, ça ne fonctionne pas par procuration, autant que je sache.

— En effet, convient-il tout en se demandant quelle peut être cette vérité, et ce que peut signifier l'idée de faire avancer Emily. Le problème, c'est que je ne sais pas vraiment comment l'aider. Vous m'écrirez, si vous avez des nouvelles ?

— Vous voudriez savoir ?

Il regarde ses doigts bien nets couper le toast pour en faire de petits triangles.

— Je ne vous le demanderais pas, sinon. J'espère vraiment que vous allez retrouver votre mari. Vous restez ici la prochaine quinzaine ?

— J'ai un carnet entier rempli de noms d'hôpitaux, de cimetières et de rencontres qui ne donneront probablement rien.

Elle lève les yeux de sa tasse.

— Mais vous, où serez-vous ? Où pourrai-je vous contacter ?

Il réfléchit et, au bout d'un moment, inscrit l'adresse d'Emily au dos d'une carte postale. Au recto, l'image de la cathédrale d'Arras en ruine. Un Tommy en casque de fer-blanc manie un bâton entre les pierres tombées.

— Ici, ça me parviendra.

— Vous devriez le lui dire, suggère Rachel.

— Je ne peux pas, répond-il.

À la gare, il voit un train au départ pour Béthune. Le nom de cette ville lui rappelle les matchs de cricket inter-bataillons, les séances de bowling avec des bombes Mills, et le trajet jusqu'aux tranchées de Richebourg. Ils étaient partis à la zone de repos fin février 1916, avaient marché pour s'écarter de la guerre d'une douzaine de kilomètres et atterrir dans un endroit où la neige avait un éclat rose et bleu et crissait encore sous leurs pas. Harry feuillette son album en attendant le train et se voit, avec Will, posant dans la neige devant l'objectif de Francis.

*Le petit oiseau va sortir!* La voix de Francis lui revient à travers le temps et l'espace.

En marchant vers l'ouest, il y avait des portails de jardins et des choux énormes. Il y avait des volets de couleur et des boutiques qui vendaient des cartes postales et du chocolat. Harry se rappelle que les branches au-dessus de leurs têtes, gonflées de la promesse d'une renaissance, possédaient une beauté empreinte de fraîcheur. Prendre les sons comme ils venaient et ne plus avoir à tendre l'oreille constamment était libérateur, et tous ces bruits charmaient son oreille : le rire d'une fillette, les pleurs d'un bébé, un aboiement. Tout ce qui relevait du quotidien d'un foyer lui paraissait attrayant et apaisant, et il couchait ces couleurs sur le papier. Francis avait photographié des sanctuaires au bord des routes et des chars à bœufs, des enfants qui les regardaient et les coutures défaillantes de leurs chaussures. Sur une photo, Will rit dans un manteau en peau de chèvre près d'un panneau indiquant « Défense de lambiner ! ».

Il note pour Emily les noms des lieux et les dates, tout en se demandant si elle pourrait se trouver actuellement dans l'un de ces endroits. En mars, la neige avait cédé le champ à la pluie. Les villages étaient boueux. « Sale temps », écrit-il. Il continue son ouvrage, pose des photos dans les petites équerres ; c'est juin, et les voilà de nouveau logés à Béthune. Il y a des matchs de foot, des tournois de boxe, et ils nagent dans le canal. Un spectacle équestre, des concerts. Ils dorment au soleil sous les arbres. Il revoit la lumière perçant à travers les branches au-dessus de lui, et entend la voix de Will à ses côtés.

Harry prend le train vers le sud, destination Albert. Il regarde le paysage défiler par la vitre et tente de repérer le bois où ils ont campé et attendu de partir vers l'est. La campagne a souffert, dans ce coin. Sous ses yeux, il n'y a que bâtiments effondrés, bois éparpillé et métal tordu. Là, des lettres peintes sur du plâtre préviennent : « Tout individu suspect sera abattu à vue », alors que le mur qui les entoure s'est écroulé. Partout, des trous dans le sol et des monticules de terre évocateurs. Des souches d'arbre bordent une allée. Des chardons noirs poussent çà et là. Le fil de fer barbelé est emmêlé et rouillé et a perdu toute capacité d'intimidation, comme les lettres sur le plâtre. Désormais, il est seulement laid et triste à voir.

En ville, des caillebotis ont été installés dans les rues pour passer au milieu des débris qui jonchent les deux côtés. Tout est en train de tomber et de se relever. On bâtit des rangées de maisons neuves. Leur style lui rappelle les maisons de cow-boys qu'il a vues au cinéma. Une de ces nouvelles constructions arbore un panneau : *Villa d'Espérance**. Ce nom l'avait frappé, la dernière fois, et il s'était demandé pourquoi cela le surprenait autant. Après tout, comment l'espoir pouvait-il être mieux représenté qu'en essayant de se construire un nouveau foyer ?

Il avait entendu parler de la Vierge penchée de cette ville, de la façon dont elle regardait en biais tout ce qui se trouvait en bas du clocher et menaçait de tomber sous l'assaut des forces d'un côté ou de l'autre. Il avait vu des photos d'elle dans des journaux, à des angles effectivement assez inquiétants, comme chargés de signification. On construit aujourd'hui une nouvelle église à côté de l'ancienne. Apparemment, Albert tente de se redresser, de se relever et d'aller de l'avant. Mais la Vierge dorée n'est plus là. Harry regarde la basilique, anéantie par les bombes. Certaines ruines possèdent un charme, mais celle-ci n'est qu'un sinistre tas de pierres.

« Avant la guerre, quelque quatre-vingt mille personnes venaient chaque année en pèlerinage dans cette basilique », lit-il dans le guide que Rachel lui a donné, « afin de voir la statue de la Vierge, découverte dans les environs par un berger, au Moyen Âge. Aujourd'hui, l'immense édifice n'est plus qu'un amas informe de pierres, de briques et de divers gravats ». Il ne saurait mieux dire.

Il mange du pain et du fromage dans un estaminet étayé et rafistolé de partout, appelé le Café de la Victoire. Il y a de la poussière de brique sur la table.

— Pèlerin ou touriste ? lui demande la serveuse tout en astiquant le zinc.

Par la fenêtre, il voit un groupe de voyageurs rassemblés autour des ruines. Un homme s'adresse à eux en parlant dans un porte-voix.

— Ni l'un ni l'autre, à vrai dire, répond Harry.

— Ils sont trop près, dit la femme en désignant la basilique. Il y a toujours des briques qui tombent. On devrait mettre une barrière autour, mais les gens veulent voir de près. Je ne comprends vraiment pas ce qu'ils tiennent à voir.

— Quand est-ce que la statue est tombée ?

— Le clocher entier s'est écroulé au printemps de l'année dernière. Badaboum !

Elle frappe sur le zinc du plat de la main. La puissance inattendue de son geste fait sursauter Harry. Un homme ricane en le regardant depuis l'encadrement d'une porte, derrière le bar.

— Alors, qui l'a fait tomber, finalement ? Eux ou nous ?

— Quelle importance ? dit-elle en haussant les épaules.

Il trouve une chambre à bon marché pour la nuit. Le propriétaire veut qu'il paie d'avance, et Harry comprend pourquoi en découvrant la chambre. Les fenêtres sont rafistolées avec du papier et le plâtre est tombé d'un des murs, révélant un treillage de bois d'aspect médiéval. Il y a des traces de brûlure sur les draps, mais il suppose que cela indique au moins que quelqu'un a fait l'effort de les laver. Lorsqu'il éteint la bougie, des étoiles apparaissent à travers une fissure dans le mur. Il a du mal à s'endormir dans cette chambre ébranlée, à fermer les yeux sur elle en toute confiance. Il a l'impression qu'à tout moment, ce qu'il reste de la pièce pourrait céder et le plafond s'effondrer. Chaque fois qu'il parvient à lâcher prise et à s'abandonner au sommeil, il est réveillé en sursaut par le claquement répété de la main de la serveuse sur le bar. Il se mord le poing pour arrêter de trembler. La poussière de brique crisse contre ses dents.

## 13

Harry
*Forêt d'Aveluy, nord d'Albert, Somme, juillet 1916*

Le bruit des fusils était plus fort maintenant. Will devait hausser la voix. Avec le volume et son propos issu du journal, on aurait dit qu'il prononçait un discours :

— « Plusieurs jours durant, le public a cru que nous étions à la veille d'une grande avancée. Le rapport communiqué par les Britanniques était si encourageant qu'il a provoqué une immense joie. Les pertes britanniques ne sont pas élevées. On a assisté à des manifestations de liesse à Manchester. »

— Excuse-moi de ne pas être autant en joie ce matin, répondit Harry. J'aurais préféré un peu moins de liesse et plus de frites bien chaudes.

— Ce gâteau est rassis, grogna Francis. En plus, elle sait que je déteste les groseilles… Non mais, vous avez vu ? On pourrait casser des pierres avec ce truc.

— Tu n'as qu'à le tremper dans ton thé.

Harry regarda son frère repousser le gâteau avec ses doigts sales.

— Bon sang, Francis, tu as encore paumé ta fourchette à dessert ?

— Seigneur, épargnez-moi les commentaires de mes frangins. Merci.

Will se pencha et s'empara du gâteau délaissé.

— Au moins, on a quelque chose à manger. Wilkinson m'a dit qu'eux n'avaient eu droit qu'à un pot de poudre insecticide et un tract religieux.

— Quelle bande de chiens, confirma Wilkinson avec un hochement de tête.

— Notre Père qui êtes aux cieux, protégez-moi de vos créatures, surtout des plus minuscules.

Will joignit les mains et leva les yeux au ciel. Ses cheveux étaient plaqués contre son front. Le blanc de ses dents était accentué par la noirceur du reste de son visage.

Wilkinson haussa les épaules et se gratta l'entrejambe.

— C'est quand même dingue d'avoir besoin du *Evening News* pour savoir ce qui se passe, grommela-t-il. Sinon, je n'ai rien contre les groseilles, personnellement.

— Tiens, dit Will en lui passant le journal et le gâteau. Il a dix jours, par contre.

— Le journal ou le gâteau ?

— Les deux.

Un obus atterrit à une dizaine de mètres devant eux, les aspergeant d'une pluie de boue. La terre sembla se déplacer sous leurs pieds et Harry serra sa tasse de toutes ses forces entre ses mains.

— Putain, jura Will. Si j'avais voulu de la merde dans mon thé, j'en aurais commandé.

Il se frotta le visage, y laissant de nouvelles traces de boue.

— Si maman te voyait dans cet état, elle t'enverrait au lit sans dessert.

— Imagine la couleur des draps…

— Ah ! Oui, imagine un peu, des draps tout propres et secs, bien chauffés par la bouillotte !

— On est où, nous, là-dessus ? demanda Wilkinson en laissant des traces grasses sur le plan du journal où figuraient les anciennes et nouvelles lignes de front.

Francis se pencha pour regarder.

— Tiens, c'est drôle : je crois que le cartographe a omis de faire figurer le Trou-du-cul-du-monde sur cette carte.

— Le Trou-du-cul-du-monde est au nord d'Albert, dit Harry en pointant un doigt sur la carte.

— Des kilomètres derrière la ligne, donc ?

— Pas assez loin à mon goût.

Francis s'essuya les doigts sur sa tunique avant d'ouvrir sa lettre. Harry l'observa. Francis semblait prendre soin de ne pas salir le papier à lettres jaune paille d'Emily.

— Lord Derby a déclaré à la presse que les bataillons de Manchester s'étaient couverts de gloire.

Will baissa les yeux vers son uniforme maculé de boue.

— Ah. C'est ça, la gloire ?

Il renifla sa manche.

— Je ne suis pas sûr d'aimer son odeur.

Le papier jaune irradiait le propre dans la crasse omniprésente et accentuait le tremblement des mains de Francis. Il releva les yeux et croisa le regard de Harry.

— Quoi ? J'ai froid, c'est tout, dit-il.

— Qu'est-ce que je ne donnerais pas pour un bain chaud…

— Ou même vaguement tiède.

— Et une demoiselle pour me frotter le dos.

— Elle t'a envoyé des crayons, dit Will en les sortant de la boîte.

— Dieu bénisse notre Mère et toutes celles qu'elle incarne.

Wilkinson bâilla à s'en décrocher la mâchoire.

— Bon sang, jeta Francis. Et les bonnes manières, alors ? Fais gaffe, mon vieux, ton vernis de civilisation s'amenuise dangereusement.

La réplique de Wilkinson fut écrasée par le tumulte assourdissant des fusils. Le second lieutenant Rose les rejoignit, les mains plaquées sur ses oreilles.

— Alors, on se fait une petite réunion de famille, ici ? cria-t-il.

Harry remarqua les cernes sous ses yeux. Lui non plus n'avait pas dormi de la nuit, apparemment.

— On a reçu un colis, dit Will entre deux salves.

— Elle m'a envoyé des pellicules. Deux boîtes, ajouta Francis en souriant.

— Formidable, s'époumona le lieutenant. Mais ce n'est pas très pittoresque par ici, tu ne trouves pas ? On est assez loin de l'écrin de verdure romantique.

— On peut être remboursé, si on se plaint ?

La forêt au travers de laquelle couraient les tranchées était extrêmement endommagée. Le gros de l'artillerie des Alliés étant vraisemblablement positionné derrière eux, ils se trouvaient entre les deux feux. Des canons de tous les calibres rugissaient au-dessus de leurs têtes. La forêt se réduisait à un fatras de boue et de branches cassées. Les troncs noircis qui les entouraient étaient d'une sinistre éloquence, se dit Harry. La tranchée avait été creusée à travers les racines, entre un et deux mètres de profondeur, et baignait dans une eau à l'odeur terreuse. Il y avait dans ces racines coupées et tordues un je-ne-sais-quoi qui semblait à Harry relever d'un acte d'une extrême violence.

— La vue sur la mer est très exagérée, lança Will. Et le ramassage des feuilles laisse à désirer.

— Je ne laisserai pas de pourboire, renchérit Wilkinson.

— Je crois qu'on l'a déjà fait, dit Harry.

Il regarda la surface de son thé frémir sous les coups de l'artillerie. Il avait davantage un goût de pétrole que de thé, mais au moins lui réchauffait-il un peu les mains. Si seulement il pouvait se tremper les pieds dans une pleine bassine à cette température !

Francis retira sa cape imperméable, projetant des gouttes tout autour de lui.

— Je ne sais pas trop si ce truc me protège de l'humidité ou m'en imprègne.

— Fais gaffe, un peu ! protesta Wilkinson en agitant son journal.

— Côté restauration, je serais économe, à votre place, les gars, dit Rose en pointant un bâton vers les restes du gâteau. Je crois que les prestations vont être revues à la baisse, ces prochains temps.

— Le buffet est fermé ?

— On peut dire ça. Tenez.

Rose sortit de sa poche une boîte de conserve, en considéra l'étiquette et la lança vers eux. Francis l'attrapa.

— Des sardines à la sauce tomate ? C'est fort aimable, chef.

— Je suis plus saumon que sardine, personnellement, mais apparemment, ma sœur a investi dans un banc entier de sardines rougeâtres. Ça part d'une bonne intention, bien sûr, mais bon…

— Est-ce qu'on sait combien de temps on va rester ici ? demanda Will.

— J'aimerais le savoir autant que vous, répondit le lieutenant. Moncrief est allé faire un tour à l'avant ce matin. Il dit que c'est un désastre absolu. Les villages répertoriés ont été littéralement rayés de la carte. Il n'y a plus rien. Tout a été rasé. Il n'y a que des boches morts, partout, et des prisonniers qui s'extraient des ruines. Ça va prendre une éternité de tous les enterrer. Moncrief dit aussi que ça grouille de mouches, que c'en est infernal. Il devait fumer deux cigarettes en même temps pour empêcher ces saletés de se coller sur son visage. Il n'arrête pas de tousser depuis qu'il est revenu.

— C'est quoi le score à la mi-temps, alors ? Les chances sont de notre côté, ou pas ?

— Je ne suis pas du genre à prendre des paris, répondit Rose. Et je ne pourrais pas dire que nous en sommes déjà à la mi-temps.

— Mais on a une chance ?

Des tirs d'artillerie lourde retentirent au-dessus de leurs têtes. Le lieutenant s'accroupit et plaqua les mains sur ses oreilles.

— Bon Dieu, il y a de quoi devenir sourd !

Will répéta sa question. Tout en parlant, il mélangeait un paquet de cartes à jouer graisseuses, qui glissaient avec douceur entre ses doigts. Harry admira l'agilité tranquille des mains de son frère, la stabilité de son geste, que ni le ciel déchiré ni les tremblements de la terre ne semblaient pouvoir ébranler. Était-il possible que douze mois seulement se soient écoulés depuis que Will, avec son visage d'adolescent, s'amusait à disposer des coquillages sur le sable ? Avaient-ils tous tellement changé ?

— Sans aucun doute, répondit enfin Rose. On attend les ordres pour savoir quand et où.

— Excusez l'impatience de mon petit frère, dit Francis. Il a hâte de se lancer dans la bagarre.

— Comme nous tous, non ?

Harry en était moins convaincu.

— À mon avis, on est moins bien informés sur ce qui se passe qu'ils ne le sont, à Manchester, déclara Wilkinson en relevant les yeux de son journal.

— Je suis prêt pour la photo en première page, dit Will en posant son jeu de cartes pour redresser sa tunique.

— « Le Lancashire sera fier de ses hommes », lut Wilkinson à haute voix.

— Avec un peu de chance, commenta Will.

# 14

Emily
*Nord d'Albert, août 1921*

Deux hommes sont assis face à elle dans la voiture du train – deux frères, de toute évidence –, et Emily apprécie le rire dans leur voix en même temps qu'elle contemple la morne campagne par la vitre. Le sifflet retentit, on relâche la vapeur, et elle voit des villages qui ne sont plus que cabanes en bois et églises sans clocher. Ces étranges ondulations de la terre. Les ceintures de barbelés bruns abandonnées çà et là. Les sempiternels chardons. Elle voudrait fermer les yeux, ne pas voir la désolation de ce paysage, mais elle se dit qu'elle doit regarder.

Les garçons se chamaillent en riant et sourient lorsque leurs yeux rencontrent les siens. Elle ne comprend rien à leurs mots étrangers, mais la sonorité est la même, et cela la ramène à la chambre d'adolescent de Francis et à tous ces bruits qui traversaient constamment les murs.

À dix-neuf ans, elle avait quitté le calme de la maison de son enfance pour une autre, pleine de voix masculines. Non qu'elle eût grandi dans le calme absolu ; il y avait toujours eu le vin fait maison, le gramophone et les poèmes absurdes qu'elles récitaient avec des voix comiques. Seulement, il n'y avait qu'elle et sa mère : deux voix féminines jumelles, toujours harmonieuses, jamais haussées. Chacune se contentait de la compagnie de l'autre, remuant ensemble la confiture dans la marmite, partageant leurs patrons de couture et leurs livres. Et puis, la voix de sa mère s'était soudainement tue. Elle n'était plus là quand Emily levait les yeux de son livre ; il n'y avait plus personne avec qui partager le rebondissement d'une intrigue ou un nouveau patron de chemisier. Brusquement, leur cuisine animée se retrouvait plongée dans le silence.

Francis avait été adorable avec elle pendant ces mois de maladie de sa mère ; parfaitement compréhensif, il n'était plus le garçon doré au sourire éclatant et aux rimes faciles, mais un homme attentionné, fiable et gentil. Il l'avait laissée parler quand elle en avait besoin, et elle avait trouvé un réel réconfort dans ses réponses. Elle voyait qu'il la comprenait bien, qu'il voulait chasser sa tristesse ; et elle détestait le silence de sa maison désormais vide. Elle l'avait donc quittée pour une maison remplie de garçons, avec leurs plaisanteries, leurs bagarres, et les secrets qu'ils semblaient partager en permanence. Comme elle se souvenait à peine de la présence de son père, elle avait éprouvé un sentiment d'étrangeté à se retrouver soudainement entourée par le bruit, le mouvement et l'odeur de ces hommes.

Le train s'attarde dans une gare tout en tôle ondulée et planches de pin, et elle regarde un jeune couple assis sur un banc. Le garçon consulte un atlas et semble suivre la ligne d'une route du bout du doigt, mais la fille lui prend la main et entremêle ses doigts aux siens.

Elle ne voulait pas d'un grand mariage, n'ayant pas de famille à inviter. Malgré tout, la petite église paraissait fort déséquilibrée, avec tous les amis et connaissances du côté de Francis, et quelques places seulement occupées sur la gauche. Avisant le regard d'Emily sur toutes ces places vacantes, les frères du marié s'étaient alors déplacés pour s'installer de l'autre bord. Lorsqu'elle avait à nouveau tourné la tête, ils étaient là, à lui sourire, de son côté. « Nous sommes ta famille, maintenant, que tu le veuilles ou non. Et on le sera toujours », lui avait dit Harry un peu plus tard. Elle revoit encore Francis, très chic dans son costume de marié, avec ses cheveux gominés plaqués en arrière, son teint éclatant, sa brusque nervosité et le sourire fébrile qu'il semblait avoir du mal à contrôler.

Les jeunes mariés s'étaient installés dans la chambre de Francis, parmi ses battes de cricket, ses collections de fossiles et, sur les murs, ses cartes d'anciennes campagnes militaires. Ils avaient vécu là deux mois – la voix des frères passant à travers la cloison, quand ils ne riaient pas la tête dans l'oreiller pour faire moins de bruit –, avant que la maison d'à côté soit mise en location et qu'ils s'y installent. Demeurer dans la même rue leur avait paru la chose la plus naturelle au monde. Jamais elle n'aurait voulu le séparer de ses frères, et pourquoi diable seraient-ils allés habiter plus loin ?

Elle avait toujours aimé les voir ensemble, tous les trois – Francis, Harry et Will. Elle aimait leurs blagues et leurs regards complices, ainsi que la façon dont leur visage reflétait celui des autres. Lorsqu'elle était assise face à eux, à table, c'était comme regarder une progression, ou une illustration du passage du temps. Si les traits de Francis étaient les plus fortement définis – des trois, c'est lui qui avait la beauté la plus classique –, le visage de Will, sous une épaisse frange blonde, demeurait en cours de formation. En regardant Francis, on devinait l'homme que serait Will dix ans plus tard. Et elle avait cru qu'ils seraient toujours là, autour de la même table qu'elle, passant peu à peu de l'état de garçons à celui d'hommes, devenant les hommes qu'ils seraient inéluctablement.

Le plus jeune des deux garçons sur la banquette d'en face saisit son regard ; elle lui sourit, et il tourne la tête. Ce regard timide lui rappelle Harry. Elle se rappelle ses traits, à dix-huit ans, quand il était assis devant elle autour de la belle vaisselle de leur mère, et que ses yeux se posaient parfois sur elle, exactement de la même manière. Tout ce qu'elle aimait dans le visage de Francis – la courbe de ses cils, les angles de son profil, l'arc de sa lèvre supérieure – était également présent sur celui de Harry. Lorsqu'elle l'avait revu, en mai dernier, cette ressemblance avait été plus frappante encore.

La vapeur s'échappe de la locomotive comme le train passe sous un pont; ils viennent de pénétrer dans un tunnel et, dans l'obscurité des entrailles de la terre, elle aperçoit son reflet dans la vitre. De la même manière que Francis avait commencé avec son appareil photo, l'été avant la guerre, insistant sans cesse pour la prendre en photo, Harry l'avait constamment sollicitée avec sa peinture, afin qu'elle prenne la pose pour lui. Elle se remémore le salon, où elle entendait le grattement de son crayon sur le papier, le tintement du pinceau égoutté dans le verre, la respiration régulière de son beau-frère.

Harry la *regardait* vraiment quand il peignait son portrait. Elle se souvient de la sensation de son regard sur elle, du poids de ce regard. Elle avait parfois l'impression que ces yeux voyaient au travers d'elle, et se demandait s'il pouvait aussi lire dans ses pensées; mais il fallait qu'il l'observe attentivement, disait-il, afin de pouvoir rendre la ressemblance. Cela dit, il la scrutait également quand il ne peignait pas – et Francis ne se privait pas de le lui faire remarquer. Parfois, elle avait le sentiment d'être un prix que Francis aurait remporté, et elle ne trouvait pas juste que Francis se moquât des rougissements et des coups d'œil en biais de Harry.

Il ne devait pas pouvoir s'en empêcher, se disait-elle. Il n'était pas rare qu'elle ne parvînt nullement à se reconnaître dans les portraits de Harry, au point qu'elle se demandait comment il pouvait les juger ressemblants. Il l'ennoblissait systématiquement en la couchant sur le papier; dès lors, elle n'était plus une simple employée de boutique, mais devenait une femme pouvant vous regarder de haut depuis les murs d'une galerie d'art, entre les dorures sculptées d'un cadre. Il y avait une grande générosité dans la manière dont Harry la représentait, qui trahissait aussi son propre sentiment intime pour elle.

La voie ferrée suit les méandres d'une rivière – sur la gauche des rails en cet instant, puis sur la droite l'instant d'après. Le paysage alentour est marécageux, avec un sol retourné et criblé de trous, et d'innombrables flaques d'eau qui réfléchissent le blanc du ciel. Beaucoup de branches sont tombées, comme après un gros coup de vent, mais la silhouette torturée des troncs d'arbres indique clairement qu'il ne s'agit pas de l'œuvre d'un orage d'été.

Elle se rappelle qu'en août 1914, les journaux avaient beaucoup parlé des Ardennes et de la Lorraine, avec des photos de forêts dévastées, de longues files de réfugiés sur les routes, et d'une bibliothèque détruite dans une ville de Belgique. Francis s'était assis devant elle, à table, et lui avait dit que trois cent mille livres avaient été réduits en cendres en une nuit. Sa colère était bien visible. L'expression qu'elle avait lue sur son visage l'avait effrayée, car elle savait ce que cela pouvait signifier. Et elle savait que, s'il y allait, il entraînerait ses frères avec lui, que ce serait leur nouvelle passion commune, et qu'elle ne pourrait rien y faire. Et naturellement, au bout du compte, ils y étaient allés. À la mi-juillet 1916, ils étaient descendus en direction de la Somme, alors que les journaux rapportaient déjà d'innombrables assauts et offensives, et d'interminables listes de morts et de blessés.

Les garçons descendent du train à Aveluy, et les yeux bruns de l'un croisent une nouvelle fois le regard d'Emily comme il referme la porte du wagon.

— *Bonne journée**, lui disent-ils en effleurant leur chapeau avant de s'engager dans un décor où tous les angles sont de guingois.

Le plus âgé des deux pose un bras sur les épaules de son frère et ils s'éloignent sur le quai. Quand le train les dépasse, elle se dit un instant que ce pourrait être Will et Francis. Étant enfant unique, peut-être n'a-t-elle pas tout à fait saisi à quel point Francis avait besoin de ses frères à ses côtés ? Elle repense à la photo où il est seul sur cette place, et est frappée par la terrible impression de solitude qui émane de cette image.

# 15

Harry
*Montauban, Somme, août 1921*

Commande de photo de site : Mme Eunice Maxwell désire une photographie de l'église de Montauban. Son fils, le soldat Alan Maxwell (26519, 17e bataillon de Manchester), tué au combat le 01/07/1916, n'a pas de tombe connue.

Tout est parfaitement calme. Le seul son audible est celui du vent dans l'herbe. Cet endroit devrait être plein de fantômes et vibrer d'une énergie de fureur. Au lieu de quoi, Harry est frappé par une impression de vide absolu.

« Le combat pour le village a été bref mais féroce et sanglant, lit-il. Aujourd'hui, il est presque impossible d'y localiser une rue ou une maison. Les seuls repères subsistant sont la mare et le cimetière – ce dernier ayant été considérablement agrandi pour y ajouter de multiples tombes allemandes. Il n'y a rien d'autre à voir ailleurs, à part des tas de pierres et de gravats, des poutres brisées, de la ferraille et des débris de tout genre. »

Il lève les yeux de son guide et ne peut qu'approuver cette déclaration. Il ne reste même pas de ruines. Rien que des chardons, des orties, du verre brisé et de la pierre pilée. Un panneau indique qu'une bosse sur le sol correspond à l'ancien emplacement de l'église. Autour, quelques croix de fer inclinées bizarrement.

Harry s'accroupit afin d'avoir une vue en contre-plongée sur les restes de l'église. Il aimerait donner l'impression qu'il en demeure davantage qu'une simple bosse de terre. Que l'endroit paraisse plus signifiant. Il focalise sur le travail de ferronnerie des croix. Si le soldat Maxwell n'a pas de tombe, il n'y a pas plus d'église à photographier pour sa mère. Harry a l'impression qu'il va décevoir Mme Maxwell.

Il poursuit son chemin. Voilà cinq ans que le soldat Maxwell a péri pour prendre ce village, et pourtant on dirait que nul ne semble avoir essayé de reprendre possession des lieux. Dans les journaux, il a lu que certains villages anglais adoptaient des communes dévastées de la Somme, organisant des tombolas, des kermesses et des ventes de bric-à-brac afin de récolter des fonds pour acheter des arbres fruitiers, des colis de nourriture et des charrues. Il n'y a personne ici à qui offrir tout cela. Il se demande si quiconque reviendra un jour habiter là. Quelqu'un aura-t-il envie de planter un verger à cet endroit ? Quel genre de fruit pourrait bien sortir de cette terre ?

Les routes ont été grossièrement refaites, mais la terre de chaque côté doit encore être aplanie, débroussaillée et amendée. Le sol est bosselé, envahi d'herbes folles entremêlées, et d'étranges souches d'arbres se dressent çà et là, telles des sentinelles. Un court instant, Harry a l'impression que les arbres le regardent. Il y a quelque chose d'accusateur dans ce paysage violenté.

Alors qu'ils attendaient au nord d'Albert, ils avaient lu des articles de journaux sur les attaques du 1er juillet. Le 18 du même mois, ils avaient enfin reçu l'ordre d'avancer. Il pleuvait, et ils avaient dérapé et pataugé sur des chemins de terre détrempés. Le jour se levait quand ils étaient arrivés, avant de se mettre à jurer comme on leur ordonnait d'installer leur campement dans un champ boueux. Les soldats qui en partaient leur parlèrent du combat dans les bois, des branches cassées, des ronces, des cadavres et de la confusion qui régnait. C'était un endroit maudit, disaient-ils, un véritable charnier. Harry se rappelle le visage des hommes qui leur ont confié ces récits, le blanc de leurs yeux à la lumière de l'aube, la précipitation de leurs mots, la façon dont ils paraissaient presque être en compétition pour choquer ceux qui n'avaient pas encore été dans la forêt. Certains semblaient y avoir laissé leur âme.

Au loin, sur sa droite, il distingue ce qui a dû autrefois être un bois. Des piquets noirs hérissent la ligne d'horizon. Sur sa gauche, la terre s'étend à perte de vue – des kilomètres et des kilomètres d'un néant vide et laid. Harry éprouve le poids écrasant de ce néant. Il a l'impression d'être le dernier homme au monde.

Au bord de la route se dresse un monolithe blanc. « À la gloire de Dieu », peut-on lire sur la plaque de bronze, « pour ne jamais oublier ». Il comprend tout à coup que les troncs, les piquets et les broussailles autour de lui *sont* cette forêt. Il a passé lui-même cette fin juillet 1916 ici, au milieu des fumées, des grenades et des tirs assourdissants. Il photographie le mémorial en focalisant sur la plaque de bronze. En arrière-plan, les troncs d'arbres brisés ont des airs de fantômes. Noircis, dénués de feuilles, ils donnent l'impression d'un mois de janvier, alors que la chaleur du mois d'août fait onduler l'horizon.

La route est blanche devant lui. Dans son souvenir, ces axes étaient saturés de circulation : celle des camions, des wagons, des mules, des motos, avec la poussière soulevée par d'interminables colonnes humaines. Il sonde les alentours en quête de repères familiers, mais ne reconnaît quasiment rien. Au sud du croisement des quatre routes, juste avant les ruines de la briqueterie, il y avait une grange effondrée. La tombe avait été creusée dans le champ voisin. Il tourne à la jonction des routes, essayant de reconnaître quelque chose.

— Vous êtes perdu, mon vieux ? Vous voulez que je vous dépose ?

Le conducteur se penche par sa fenêtre. Harry n'a pas entendu le véhicule approcher, et la brusque rupture du silence le fait sursauter. Il y a des bâches, des piquets et quantité de fils barbelés enchevêtrés à l'arrière du camion.

— Savez-vous s'il y avait une briqueterie sur cette route ? Un bâtiment en brique avec une cheminée cassée ?

Le conducteur rit.

— Oui, autrefois. Il y a longtemps déjà. Vous n'êtes pas au bon carrefour, mais je vois où ça se trouve. Montez donc, ça vous évitera d'user vos semelles.

Il fait demi-tour et ils passent à côté de la forêt noircie.

— Pas le meilleur endroit pour un pique-nique, hein ? dit l'homme.

— Effectivement.

Derrière eux, les barbelés claquent contre le fond du camion.

— Vous faites le nettoyage ? s'enquiert Harry.

— Une goutte d'eau dans l'océan, ouaip. On dit qu'il y a au moins cent mille tonnes à débarrasser, rien qu'en barbelés.

Il hausse un sourcil en regardant Harry et siffle.

— Et ça, c'est sans compter les munitions et les ossements. Ça va prendre des années, vous savez.

Harry a du mal à imaginer comment cela pourrait avoir une fin.

— Voilà, c'est l'endroit que vous cherchiez.

Le camion s'arrête et Harry regarde dehors. Il reconnaît le tas de briques rouges, même s'il a diminué et est désormais envahi de broussailles. La nature semble désireuse de recouvrir tout cela.

— Si vous restez au village, le bar du coin a un ersatz de bière assez buvable. Vous me trouverez là-bas presque tous les soirs, et j'ai toujours soif.

Le conducteur donne un coup de klaxon et s'éloigne.

Harry regarde autour de lui. Brusquement, tout est à nouveau immobile et silencieux. Il tente de se rappeler et de s'orienter. La grange se trouvait à l'angle, de l'autre côté de la route, en face des ruines de la briqueterie. Ce n'est plus désormais qu'un tas de poutres et de tuiles. Le champ où ils les ont enterrés était à droite de la grange. Il se concentre et tente de se remémorer l'angle, feuilletant mentalement les images qu'il a fixées. Il se rappelle une rangée de croix mais n'en voit aucune. Il n'y a rien que de la terre retournée. Ses chaussures sont encrassées de boue, son pas chancelle, trébuchant sur des morceaux de craie dans la terre, qui ressemblent à des os. Il tourne dans le champ, ce champ qui doit contenir les ossements de son frère. Aucun signe ne témoigne de leur passage ici. Il pense à Mme Maxwell, qui voulait une photo à défaut d'une tombe. Il pense à Rachel, qui voudrait une tombe sur laquelle se rendre, et à l'horreur de ce terme – *disparu.* Il pense aux doutes d'Emily. Il n'y a pas de tombe pour son jeune frère. Alors, si la tombe de celui-ci a disparu, où est-il ? Les jambes de Harry cèdent sous lui, et il se retrouve à genoux dans la boue, à fixer la terre vide.

# 16

Harry
*Campement militaire du Talus boisé, Somme, juillet 1916*

— Eaton est revenu. Rose court dans tous les sens, comme s'il avait un essaim de frelons au cul.

— Des nouvelles ? s'enquit Harry.

Will secoua la tête.

— Ils n'ont rien dit. Ils se sont réunis en petit comité. Roberts hurle au téléphone. Cropper pense qu'on va être envoyés à l'assaut d'un moment à l'autre.

— Bon Dieu.

Harry balaya le champ du regard. On criait beaucoup, autour de lui, tandis que d'autres observaient sans mot dire ceux qui criaient. Le bombardement avait débuté au point du jour. Le ciel avait tremblé sous les coups de l'artillerie signalant le début de l'attaque. Francis, avec la W-Company, était parti aux premières lueurs de l'aube. Harry était resté avec Will, à regarder la lumière allumer peu à peu le ciel. Les fusils ennemis avaient eux aussi commencé à retentir. Les deux frères avaient peu parlé, se contentant de fumer cigarette sur cigarette. Il avait senti Will trembler au point de contact de leurs épaules.

Green et Rose couraient dans le champ entre les abris improvisés, et des groupes d'hommes se levaient maintenant.

— Tout le monde debout. On y va.

— Des nouvelles de la W-Company ? demanda Will.

— C'est le chaos, là-bas. Une bonne partie de l'artillerie est en déroute. Visiblement, personne ne sait s'il faut avancer ou reculer.

Le second lieutenant Rose secoua la tête.

— Mais l'attaque des Français semble avoir été couronnée de succès, alors on doit continuer.

— On a idée du nombre de victimes, ou pas ?

— Si je le savais, je vous le dirais.

Rose repoussa les mouches avec sa badine.

— Pour l'instant, tout ce que je sais, c'est que j'ai l'ordre de mettre tout le monde sur le pont.

— Cette fois, on y est, fit Will.

Le ciel tonnait et s'illuminait au-dessus d'eux.

— Bombardement de représailles, estima Wilkinson avec un petit hochement de tête.

— Dis donc, tu en connais, des grands mots.

— Heaney a entendu Roberts au téléphone, il pense qu'ils ont tous fini par reculer. La brigade dit que ça ne pouvait pas être autrement… Roberts jurait comme un charretier quand il a raccroché.

Une pile de paquets s'élevait au bord de la route. Des hommes des services médicaux étaient penchés au-dessus, déballant leur contenu. Des bouteilles d'eau et divers articles textiles étaient éparpillés autour d'eux. Le vent s'immisçait entre les pages d'un livre ouvert. Il y avait des cuillères, de portefeuilles et des rasoirs sur le sol. Harry vit une photo d'une petite fille blonde avec un chien, qui s'envola l'instant d'après.

— Qu'est-ce qu'ils font ? demanda Will.

Il semblait outré pour les propriétaires de ces cuillères et de ces rasoirs.

— À qui ça appartient, tout ça ?

Will regarda Wilkinson en fronçant les sourcils.

— Personnellement, je ne serais pas mécontent de ne plus avoir à me raser. Il y a des avantages à quitter ce corps de mortel.

Ils marchèrent en silence pendant un moment. Les arbres bordant la route avaient perdu une grande partie de leurs branches. Ils paraissaient tordus, d'une façon presque tragique, et Harry éprouva une envie absurde et fugace de s'arrêter pour leur redonner leur forme initiale. Partout autour, des débris – des tours de câbles, des piquets et poteaux, des tas de tôle ondulée. Des traînards étaient assis au bord de la route et les regardaient passer.

— On va avoir chaud aux fesses, aujourd'hui, dit Taylor.

Harry leva les yeux. Un avion fendait le bleu du ciel, et des panaches de fumée rose s'élevaient à l'horizon.

— Je ne parle pas du temps, évidemment.

Ils croisèrent un véhicule rempli d'Irlandais, dont les pieds pendaient à l'arrière du camion. L'un d'eux tenait un tambour sur lequel il frappait un rythme. Mais ils ne semblaient avoir envie de chanter pour autant. Un convoi d'ambulances les suivait, les dissuadant de trouver une chanson à joindre au son du tambour.

— Ça fait une belle trotte jusqu'au Tipperary, dit Jones en jetant son mégot.

Des hommes creusaient dans le champ jouxtant la briqueterie, tous en sueur et en bras de chemise. Ils s'attelaient à leur tâche avec une vigueur suggérant leur hâte d'en finir au plus vite.

— Un futur potager ? ironisa Wilkinson. Ça nous fera de beaux rangs de choux pour Noël, tout ça.

— Arrête un peu, tu veux ? dit McCabe.

Les prisonniers allemands se reposaient près du carrefour tandis que leurs gardiens s'étaient arrêtés pour fumer et se passaient des bouteilles d'eau. Ils regardaient la circulation sur la route. Était-ce donc à cela que ressemblait l'ennemi ? Ces hommes semblaient bien petits et fatigués. Leur banalité frappa Harry. Ils avaient l'air plus épuisés et dépenaillés que monstrueux. Des yeux marron croisèrent ceux de Harry. Le garçon avait des cheveux blonds coupés court, et des traces de boue sur le visage. Son visage très juvénile semblait presque manquer de définition, comme si ses traits n'étaient pas encore tout à fait formés. L'homme à côté de lui le tira par le bras, et le garçon se détourna.

— Bande de fumiers.

Le bois situé plus au nord était à nouveau bombardé. Harry sentit l'odeur de brûlé dans l'air. Les troncs noircis, dénués de branches, se terminaient en pointes acérées, n'évoquant plus du tout une forêt. Cela lui évoquait plutôt un paysage macabre, gothique, comme dans une histoire de fantômes.

— On serait déjà au courant, tu ne crois pas ? demanda Will.

Des blessés encore capables de marcher approchaient. Ils avaient le visage blanchi par la poussière de la route, entre les gouttes de sueur ou de sang. Certains se déplaçaient comme des vieillards, se concentrant pour ne pas chanceler. D'autres tremblaient et étaient secoués de soubresauts. Les deux frères scrutèrent ces visages, y cherchant des traits familiers. Will avait une main posée sur le bras de Harry.

— Oui, dit-il. J'en suis sûr.

Un drapeau arborant une croix rouge s'agitait entre deux troncs d'arbres. Derrière les ambulances, on percevait une activité intense. Des hommes harassés étaient assis en silence sur un banc. D'autres avaient trouvé un endroit où dormir. Le blanc de leurs bandages contrastait avec leurs visages ensanglantés.

— Alors, comment est l'hébergement ? demanda Taylor. Est-ce que j'aurais dû acheter un billet retour, ou pas ?

— Ça m'a l'air très convivial, dit Jones.

Il y avait tout un tas de matériel sur le bord de la route quand ils s'engagèrent dans le chemin en contrebas : des casques, des paquetages, des bouteilles d'eau. Harry vit un étui en cuir qui ressemblait à celui de l'appareil photo de Francis et se précipita sur le matériel, faisant tomber des tapis de sol, des boîtes de conserve et des sangles sur son passage. Ses mains tremblaient quand il s'empara de l'objet. C'était une paire de jumelles.

— Tu tiens vraiment à voir tout ça en gros plan ? lança Yates. Personnellement, j'aime mieux regarder ailleurs.

Harry secoua la tête en avisant la pile d'objets désormais sans propriétaires. Il se demanda combien de temps il faudrait pour ranger tout ça.

— On dirait une vente de bric-à-brac bien merdique, suggéra Wilkinson. Avec moins de napperons et de tasses ébréchées.

Un artilleur posté à l'entrée d'une tranchée jouait un air sur un banjo. Il hocha la tête à leur passage, saluant l'arrivée des renforts. Ils essayèrent de siffloter, mais leurs lèvres étaient trop sèches, et ils renoncèrent. Les notes mélancoliques de l'artilleur les suivirent quelques instants comme ils avançaient sur le chemin creusé dans la terre.

Une grenade explosa non loin, faisant trembler le sol.

— C'est une à nous ou à eux, ça?

Will haussa les épaules.

— Qu'est-ce que ça change?

— Tout, qu'est-ce que tu crois!

Une lueur vacillante passa en sifflant au-dessus de leurs têtes et Harry sentit son pouls s'accélérer. La sueur lui ruisselait dans le dos. Francis ne semblait pas avoir peur quand il était parti, ce matin. Il avait sa « tête de sérieux », comme disait Will. Après avoir scrupuleusement vérifié son barda, il avait serré la main de ses frères. Il paraissait plus vieux, sous la lumière électrique. Will avait voulu le serrer dans ses bras, mais Francis l'avait repoussé en lui disant de ne pas s'attendrir. « Je reviens dès que j'aurai mis un terme à cette guerre », avait-il ironisé.

— On se dépêche! lança une voix. C'est notre tour.

— On est en retard à notre rencard? demanda Taylor.

— Ne m'en parle pas, je suis tout excité, dit Will. Je suis à fleur de peau et j'ai des papillons dans le ventre.

Les murs de terre devenaient plus étroits autour d'eux, et le vacarme s'intensifiait là-haut. C'était un bourdonnement grave, un son de basse profonde qui semblait provenir à la fois d'en haut et du sol sous leurs pieds. Ils progressaient maintenant en file indienne. Une explosion se produisit devant lui, et Harry se retrouva projeté contre le mur de la tranchée.

Il avait de la terre dans les yeux et dans la bouche. Il savait qu'il était là pour soutenir la ligne, mais il ne put faire autrement que de s'arrêter quelques instants pour cracher et se frotter les yeux. Tout tremblait autour de lui.

— C'est des tirs à nous qui nous tombent sur la gueule, pour le plus gros ! cria Yates derrière lui.

Ils progressaient plus vite maintenant. Le fond de la tranchée était boueux, et Harry avait du mal à garder l'équilibre. Soudain, il y eut un son ressemblant à un énorme déchirement, comme un bruit de chantiers navals, de fonderies et de cloches de cathédrales, amplifiés ensemble et simultanément. Le sol en tremblait sans discontinuer, et Harry le sentait faire vibrer ses os et tambouriner dans son diaphragme. On aurait dit que la terre elle-même venait de se déchirer. Au-dessus de la note sourde, on entendait des sifflets à l'avant, follement stridents, ainsi qu'un cliquetis incessant de mitrailleuses. De la fumée s'élevait, blanche et noire, et il y eut un éclat de lumière suivi d'une odeur âcre. Harry se retourna vers Will. Il le vit prononcer des mots, que le bruit emporta. Mais ses yeux en disaient suffisamment à eux seuls.

La ligne devant eux avançait rapidement.

— On y va, tout de suite, hurla Taylor. En avant !

Les hommes commencèrent à sortir de la tranchée pour se lancer sur la ligne de front. Elle était déjà ravagée en de nombreux endroits. Devant lui, Harry vit de la terre fraîchement retournée, des fusils abandonnés, des soldats effondrés. Des hommes se recroquevillaient, hurlaient, pliés sur leurs blessures ; certains avaient des yeux fous, d'autres pleuraient. Il scrutait tous les visages, voulant et ne voulant pas voir Francis. Le rythme des mitrailleuses était intense. Il avait maintenant sous les yeux les barreaux que gravissaient les hommes juste devant lui. Rose était perché en haut de l'échelle, agitant un bras pour leur ordonner de monter et de se lancer à l'attaque. Les obus tombaient en pluie derrière eux, soulevant la terre. Harry se mit à haleter tandis que le vacarme et les cris résonnaient dans sa tête. Il posa son pied sur l'échelle et se rendit compte qu'il criait, lui aussi. Il tendit le bras en arrière et attrapa la main de son frère.

La main de Will tremblait, Harry sentait son pouls battre dans sa paume, puis leurs doigts se séparèrent. Il avait le cœur au bord des lèvres, lui bloquant le souffle, près de l'étouffer. Il se lança dans la fumée devant lui.

# 17

Harry
*Guillemont, Somme, août 1921*

« Le village (entièrement rasé) a fini par être pris par les Britanniques en septembre 1916, lit Harry. Actuellement, il ne demeure aucune trace des habitations, dont on ne saurait distinguer les emplacements des champs alentour. La zone entière a été détruite et est désormais recouverte de végétation. À l'arrivée des troupes britanniques, elle était couverte de débris de toutes sortes – pierres, briques, matériel agricole, meubles et objets provenant des maisons et fermes dévastées. La belle église moderne, de style gothique, qui se dressait au centre du village, a entièrement disparu. »

Il s'autorise un avis divergent sur un point : deux ans après la publication de ce guide, il y a de nouveau un semblant de village ici, et une église. Les habitations sont en bois et en tôle ondulée, et l'église arbore une arche de métal de style gothique. C'est une jolie cabane Nissen, moderne. Les gens recréent des jardins entre leurs maisons de fer, il y a des rangées de choux qui poussent et des poules qui picorent. Il remarque des rideaux de dentelle blanche accrochés aux fenêtres et le visage d'une petite fille, le nez collé contre la vitre. Il lève la main pour lui dire bonjour, mais les yeux de la petite fille se détournent immédiatement. Les maisons lui rappellent les cabanes dans lesquelles ils avaient du temps, dans la plaine de Salisbury. Cela ressemble à une colonie de prospecteurs, avec ses courageux pionniers qui tentent d'apprivoiser la nature. Ces gens labourent, remettent en état la terre autour du village. Harry se demande s'ils labourent à travers les ossements.

L'attaque du 20 juillet fut officiellement déclarée un échec. Ceux qui le pouvaient avaient battu en retraite ; ceux qui ne le pouvaient pas seraient ramenés à la tombée de la nuit. « L'opération ne s'est pas déroulée comme prévu », écrivit le lieutenant Rose dans le journal officiel du bataillon. Il avait confié cela à Harry autour d'une bouteille de whisky, une semaine plus tard, en mettant l'expression entre guillemets d'un mouvement de ses doigts – avant de les poser sur ses yeux. Ils avaient perdu presque tous leurs hommes expérimentés. Rose ne semblait pas d'humeur à lever son verre à son unité.

Du bruit s'échappe d'une des cabanes ; en s'approchant, Harry constate qu'il s'agit d'un bar. Le nom *Au bon retour* est peint en lettres blanches au-dessus du linteau. À l'intérieur, il observe les cloisons en tôle ondulée et les photos encadrées montrant le village avant la guerre. Des guirlandes de papier sont suspendues au plafond et le drapeau tricolore accroché au mur du fond. Le bar est une simple planche sur laquelle sont posés des bouteilles et des pots de géraniums. Il commande un whisky et reconnaît son chauffeur du jour, accoudé là. Harry lui désigne une bouteille ; l'homme opine du chef.

— Alors, tout ça pour ça, hein ? dit Harry comme ils trinquent ensemble.

Le chauffeur se présente : il s'appelle Alfred, il est venu aider à nettoyer la terre pour les cimetières et n'est pas rentré en Angleterre depuis la fin de la guerre.

— Les brigades irlandaises ont repris cet endroit en septembre, lui dit Alfred. Sauf qu'il ne restait plus rien à ce moment-là. Ils n'ont trouvé que des tunnels, un immense réseau de galeries et d'abris souterrains sous ce qui était autrefois le village. C'était un vrai dédale, une sorte de forteresse. Pas étonnant qu'il ait fallu des mois pour le prendre.

Harry repense aux rideaux de dentelle, aux jardins potagers, et se demande ce qu'on peut éprouver en vivant dans un lieu entouré d'une terre remplie d'ossements. Il se demande aussi s'il y a encore des tunnels sous ses pieds.

— Mais ça redeviendra un vrai village, poursuit Alfred. Les gens d'ici ont l'intention de rebâtir.

Il y a un groupe d'ouvriers agricoles à la table voisine, qui jouent aux cartes et parlent fort. La fumée de leurs cigarettes est épaisse et douce, et ils font de grands gestes, comme ils le feraient dans les champs. Alfred sourit chaque fois qu'ils éclatent de rire. Harry descend son whisky et songe à nouveau à la terre labourée.

— Au fait, qu'est-ce que vous cherchiez, à la briqueterie ? Vous avez trouvé ce que vous vouliez ?

— Je cherchais une tombe, répond Harry. Il y avait toute une rangée de tombes là-bas. Dont celle de mon frère.

— Vous auriez dû le dire. Ils les ont déplacées l'été dernier, pour les mettre dans le cimetière d'ici. J'ai participé aux exhumations. Vous n'étiez pas loin quand je vous ai fait monter dans le camion.

Harry se rend compte qu'il se cramponne à sa chaise. Il fixe la main d'Alfred sur le verre et l'imagine tenant une pelle. Il voit Alfred en train de creuser. Il a envie de serrer cette main.

— Vous voulez bien me dessiner un plan ?

— Mieux que ça.

# 18

Harry
*Guillemont, Somme, août 1921*

— Voici le capitaine Fielding.

Alfred effectue les présentations.

— Appelez-moi Ralph, mon vieux. Pardon pour l'état de mes mains.

Le capitaine Ralph Fielding montre ses paumes souillées de terre avant de serrer la main de Harry.

— Soldat Harry Blythe.

— Pas de ça ici, répond Ralph en secouant la tête.

Harry regarde le champ de tombes qui l'entoure, et comprend pourquoi la notion de rang importe peu au capitaine Ralph Fielding. Le champ est plat et plein.

— Le capitaine Fielding était notre commandant, explique Alfred. On était ici ensemble pour nettoyer, en 1919, et on s'est dit qu'il restait trop de choses à faire pour rentrer chez nous.

Ralph Fielding sort de sa poche un mouchoir blanc et essuie ses lunettes. C'est un homme costaud, avec de grosses mains, des épaules larges et un visage assez ouvert ; le contour de ses yeux est creusé de profondes pattes d'oie, comme s'il souriait beaucoup. En regardant autour de lui, Harry se demande ce qui peut l'amener à sourire autant.

— Nous sommes dix, poursuit Alfred. L'ancienne garde. Dix Robinson Crusoé sur notre drôle de petite île, accrochés à notre rocher dans un océan de gadoue.

— Tu crois qu'on s'obstine un peu trop ? demande Ralph. Qu'on est une bande de vieilles reliques entêtées ?

— Quelque chose de ce genre, oui, répond Alfred.

Harry contemple le cimetière militaire. Les tombes sont disposées en lignes droites, bien nettes, et l'herbe est soigneusement tondue autour d'elles. La plupart sont marquées d'une banale croix de bois, avec une bande de métal indiquant les informations sur l'homme gisant là. En avisant la longueur des rangées, il se demande combien de temps il va lui falloir pour retrouver son frère. Il pense aux sillons des champs labourés.

— Eh bien, je me réjouis de votre obstination, dit-il. Et je vous en remercie.

— Barnes était le charpentier de notre bataillon, Dobson notre intendant, Alfred ici présent est un intellectuel sachant manier une pelle, Edwards est un as de la tondeuse à gazon, et moi, je suis doué pour faire des listes et brasser de l'air.

— Toutes les tombes éparpillées ont été regroupées, dit Alfred.

— Comme un troupeau de moutons ?

— Ce doit être plus facile avec des moutons... M. Blythe cherchait partout dans les champs, avec une vieille carte des tranchées.

— Je n'ai rien retrouvé de ce que je connaissais.

Ralph s'allume une cigarette et fait passer le paquet.

— Tabac turc, dit-il. Mon seul vice. Vous croyez que ça fait de moi un mauvais patriote ?

Ils se partagent le feu d'une allumette. Harry secoue la tête.

— Vous voudrez bien m'aider ?

Par la fenêtre du bureau de Ralph Fielding, il voit des piles d'éclats de métal et de barbelés compressés en rouleaux. Il y a aussi des tas de pieux en bois, des piquets à vis, et un gros enchevêtrement de fils télégraphiques. On dirait une sorte de décharge satanique.

— J'avoue que j'ai un faible pour la paperasse, dit-il à Harry, penché au-dessus d'un grand livre dont il sonde les lignes du bout d'un doigt. J'aime faire un peu de classement alphabétique et remplir des index. Je me sens efficace quand je fais ça, voyez-vous. Quel dommage que mon écriture soit si mauvaise.

Il y a une grande quantité de noms dans le registre. Harry ne peut s'empêcher de parcourir la page du regard.

— Tout un bataillon ? demande-t-il.

— Plus encore. Le problème, ce sont ceux que nous ne pouvons pas nommer – qui ne rentrent pas dans les listes, dans les catégories, qui sont récalcitrants aux registres alphabétiques, qui refusent de se mettre en rang de A à Z. Il y a beaucoup, beaucoup trop de tombes dont on ne peut pas identifier l'occupant.

Harry pense à Rachel. Son David pourrait-il être un de ces récalcitrants ? Gît-il dans un champ, quelque part sous une croix sans nom ? Il pense ensuite à Francis. Se pourrait-il que ce soit aussi simple que cela – un nom faisant défaut dans un quelconque registre ? Qu'il dorme lui aussi en silence dans une tombe anonyme ?

— Bien, bien trop, insiste Ralph, qui ne sourit pas du tout. Mais, Dieu merci, ce n'est pas le cas de votre frère.

Il relève les yeux de son livre et hoche la tête.

Harry marche dans l'allée. Ralph l'a guidé dans la troisième rangée de la parcelle 8, quatrième tombe à partir de la droite, accompagné du capitaine Watts, qui porte une couronne mortuaire. Harry a conscience que les deux hommes le regardent tout en fumant, appuyés sur leurs pelles, mais il les oublie quand il commence à regarder les noms. Bientôt, il voit des matricules dont les numéros sont proches du sien. Il y a beaucoup d'hommes du régiment d'artillerie de Manchester sous la pelouse bien tondue d'Edwards. Il compte les croix de la rangée et pense à la colonne d'hommes qui marchait devant lui sur le chemin descendant en terre, tandis que résonnait le banjo derrière eux. Des fleurs et des rubans ornent certaines tombes. La couronne du capitaine Watts est faite de roses en papier et de feuilles de chêne. Harry sent son souffle se faire plus court comme ses yeux se posent sur la croix où Watts dépose son hommage. Ses jambes le lâchent, et il tombe à genoux sur la dernière demeure de Will.

# 19

Harry
*La briqueterie, Somme, juillet 1916*

— Ça aurait dû être moi, dit Francis.

Il leva sur Harry des yeux rougis. C'étaient les premiers mots qu'il prononçait ce matin.

— Qu'est-ce qui te fait dire ça ?

— On s'est réfugiés dans des trous d'obus alors qu'on aurait dû continuer à avancer. Si on avait continué, si on était allés au bout, on ne vous aurait pas envoyés derrière.

— Si vous aviez continué, j'aurais peut-être deux frangins à enterrer aujourd'hui, au lieu d'un.

Harry jeta son mégot. Il avait essayé de dormir – en vain. Les images convulsaient. Il avait le sang de Dieu sait qui sous les ongles. Il avait essayé de s'en débarrasser avec une allumette, jusqu'à ce que sa tentative acharnée finisse par faire surgir son propre sang. Il avait couché tout cela dans son carnet, autant qu'il le pouvait. Des traces de doigts d'un rouge brunâtre illustraient son récit. Il entendait toujours un sifflement dans sa tête, à en avoir la migraine, et n'était pas d'humeur pour une démonstration de remords.

— J'étais censé veiller sur lui, dit Francis.

— On était tous censés veiller les uns sur les autres.

Un instant, Will était à côté de lui ; celui d'après, il n'y était plus. Dans le chaos de l'explosion et l'adrénaline du moment,

Harry ne l'avait pas vu se lancer. C'est seulement quand il était tombé dans un trou d'obus, lui aussi, qu'il avait regardé autour de lui ; Will avait disparu.

Au crépuscule, ils s'étaient tous retirés en rampant, et la relève du bataillon avait commencé à ramener les morts. Il avait trouvé Francis recroquevillé dans un recoin de la tranchée de communication. Ils avaient à peine échangé une phrase avant qu'on ne ramène le corps de Will. Ses lèvres étaient blanches, ses dents rouges. Dans leur chagrin et leur stupeur, les deux frères avaient échangé des coups de pied et de poing.

— Il faut vraiment qu'on ne se lâche plus, maintenant, dit Harry.

Francis détourna le regard.

L'aumônier avait à peine évoqué Dieu. Il n'avait pas davantage parlé de noblesse, de courage, de justice ou de sacrifice. Il avait parlé de sa formation militaire avec eux, de Morecambe, de Masham et de Salisbury Plain. Il avait parlé du vide que ces morts laisseraient derrière eux. Sa voix avait vacillé pendant le psaume : « Je lève mes yeux vers les montagnes. D'où me viendra le secours ? »

Les défunts avaient été enveloppés dans leurs propres couvertures, qu'on avait cousues sur eux. Harry n'avait pu s'empêcher de jurer en découvrant le poids que faisait son frère mort. On avait prononcé le nom de Will, puis une forme muette et incongrue qui était et n'était pas lui avait glissé en terre. Tous avaient pris une poignée de terre pour la jeter sur la dépouille, mais Francis n'avait pas réussi à lâcher la sienne. Il serrait la terre au creux de sa main tandis que l'aumônier prononçait les formules rituelles de l'enterrement. Harry avait regardé le poing serré de son frère. « Dieu, donnez-lui la paix », disait l'aumônier. Francis ne pouvait quitter des yeux la poignée de terre dans sa main.

Ils avaient ensuite pris leurs pelles pour remplir le trou. Des fragments de brique et de craie alourdissaient l'humus. Lorsque ce fut fini, ils nettoyèrent le métal des pelles jusqu'à ce que celles-ci redeviennent étincelantes. Il y avait de l'amour dans ce geste.

Harry se demandait encore s'il avait eu tort de s'offusquer du manque de symétrie des croix. Ses priorités étaient-elles mal placées pour qu'il remarque une telle chose ? Les croix penchaient légèrement. Il avait du mal à croire qu'il venait d'enterrer William. Il avait l'impression de ne plus tout à fait habiter son corps. Comme s'il assistait aux actes de quelqu'un d'autre.

Il regarda Francis.

— Il faut qu'un de nous deux écrive à la maison. Qu'un de nous la prévienne.

Rose avait donné une bouteille de whisky à Francis, qui la descendait rapidement.

— Tu es plus doué que moi avec les mots.

— Étant donné les circonstances, je ne te remercie pas du compliment.

— Écris ce que tu veux. Tu auras beau y mettre toutes les formes possibles, le résultat sera le même : il est mort. Elle a perdu un fils. Comment veux-tu dire ça autrement ?

— On ne devrait pas avoir à faire ça, dit Harry. Ce n'est pas une chose à écrire dans une lettre.

Il commençait à chercher une façon d'annoncer la nouvelle à sa mère, et à imaginer celle-ci ouvrant cette lettre. Cela lui donna envie de taper dans la bouteille de Francis.

— De toute façon, ils enverront un télégramme.

— Ce n'est pas comme ça qu'elle devrait l'apprendre. Tu imagines, un peu ?

Francis haussa les épaules.

— Si ç'avait été moi, tu aurais écrit à Emily ?

— Évidemment.

— « Emily chérie. Tu sais quoi ? », dit Francis avec un petit rire amer. Quel dommage. Quelle déception pour toi que ce ne soit pas le cas.

— Qu'est-ce que tu veux dire par là, je te prie ?

— Que tu serais avec elle avant que j'aie fini de refroidir.

— Bon Dieu, Francis. Comment peux-tu dire ça ? Comment peux-tu penser à un truc pareil maintenant ?

Il avait déjà donné un bon coup de poing à Francis la veille. Celui-ci avait maintenant un œil poché, et la coupure sur sa pommette laisserait une cicatrice. En regardant son frère en cet instant, en train de déchirer l'étiquette de la bouteille, un rictus aux lèvres, Harry fut pris d'une nouvelle envie de le frapper encore.

— Quoi, ce n'est pas vrai, peut-être ?

— Va te faire foutre.

— Et voilà. Ne crois pas que je n'ai rien remarqué.

— Je ne veux pas avoir cette conversation.

— Et moi, je ne veux pas que tu aies Emily. Si je meurs, je reviendrai vous hanter.

Les lèvres humides de whisky, Francis eut un sourire moqueur.

— Pauvre Harry, railla-t-il.

— Tu es bourré. Je ne t'écoute pas.

Il se leva pour partir.

— Qu'est-ce que ça peut foutre, de toute manière ? On est tous foutus, *mon frère*[*].

Francis envoya voler la bouteille vide. Elle se fracassa sur un tas de briques.

— Tout est perdu maintenant, dit-il.

# 20

Harry
*Guillemont, Somme, août 1921*

— Ça va, mon vieux ? demande Ralph Fielding.

Il tend un whisky à Harry.

— Avec du linge propre et un peu de cirage à chaussures, tout devrait rentrer dans l'ordre.

— Voilà qui est bien dit.

Il était resté longtemps sur la tombe de Will. Il n'avait pas parlé à son frère, ni à haute voix ni intérieurement. Il ne sentait pas spécialement sa présence. Pourtant, il y avait quelque chose d'étrangement réconfortant à se trouver tout près de ses os. Le bois de sa croix avait viré au gris argenté, mais elle était bien droite et strictement identique à toutes celles de sa rangée. Une pièce de métal estampillé R.I.P. avait été clouée au-dessus de la bande où figuraient son nom et son matricule, son rang, son régiment, et la date de son décès. Du bout des doigts, Harry avait touché ces trois lettres, si petites et si éloquentes à la fois, pour en éprouver la texture. C'était exactement le même type de bande d'aluminium que l'on avait pour un penny dans les machines à sous des gares ferroviaires.

Le soleil se reflétait sur les plaques de noms. Au-delà des clôtures de barbelés, il voyait les arbres squelettiques. L'idée le frappa soudain qu'il se trouvait dans la zone autrefois interdite entre le bois et le village. L'ennemi avait tiré des balles depuis les hauteurs près de la carrière. Ils avaient reçu l'ordre d'essayer de la traverser en courant, une semaine après la mort de Will. Harry se souvenait du vacarme et de la peur, du grondement de leurs voix et de son propre sang qui battait dans ses veines. Aujourd'hui, c'était parfaitement calme. La camomille, la moutarde des champs et les coquelicots hochaient silencieusement la tête. Le seul bruit était celui des corbeaux dans le champ voisin, ainsi que le son irrégulier de sa propre respiration.

— Je me suis un peu ridiculisé, non ? demande-t-il à Ralph.

Celui-ci avait fini par venir poser une main sur l'épaule de Harry.

— Vous n'êtes même pas sélectionné pour la compétition, si vous saviez ! Il y a des gens qui hurlent, qui délirent. On a vu des familles qui arrachaient les croix et essayaient de déterrer leur garçon ; des femmes et des mères arriver avec des pelles cachées, qui comptaient les faire passer en douce de l'autre côté de la Manche. Si vous saviez tout ce qu'on voit, vous n'y croiriez pas.

— Mais je suis déjà venu, pourtant. J'avais déjà vu sa tombe, celle d'avant. Je ne pensais pas que ça me ferait un tel effet.

— J'ai une théorie personnelle : le cerveau et le cœur humain ont leurs limites, ils ne peuvent pas tout encaisser. À cette époque, on était tous réglés pour fonctionner *a minima* sur le plan émotionnel. Il le fallait, pour tenir le coup jour après jour. Mais maintenant qu'on n'est plus obligés de se défendre en permanence contre l'horreur, que nos défenses sont moins blindées, de petites choses peuvent suffire à faire céder le barrage, et là, toutes les émotions retenues se déversent d'un coup. J'ai vu des types s'effondrer et chialer comme des mômes, des torrents et des torrents de larmes.

Il vient heurter son verre contre celui de Harry.

— Vous, en comparaison, c'était une petite averse de rien du tout.

— Ralph m'a dit. Je suis navrée pour vous, dit Cassie Fielding en les rejoignant sur la terrasse.

Comme son mari, Cassie est grande, mais très mince, tout en hauteur, et, avec sa tête bouclée, elle évoque à Harry une colonne corinthienne. Elle lui presse le bras, se laisse tomber dans un fauteuil en osier et ferme les yeux. Harry note que, dans le laps de temps entre le moment où elle a ouvert la porte et maintenant, Cassie a mis du rouge à lèvres et un collier de perles de verre. Elle les fait rouler entre ses doigts, qui portent des traces de peinture blanche.

— Cassie repeint les fenêtres, déclare Ralph.

— Parce que nous avons des fenêtres ! s'exclame-t-elle avec un sourire en rouvrant les yeux. Désolée de vous recevoir ainsi... Notre maison est à peine étanche et notre accueil assez peu formel. Le vitrier vient juste de finir son travail. Vous ne pouvez pas savoir la joie que c'est, pour nous, d'avoir enfin des fenêtres.

Cassie possède un petit air d'aventurière qui a tout de suite frappé Harry. Elle lui fait penser à ces récits dans les journaux, évoquant des femmes qui partent en Égypte pour y mener des fouilles archéologiques, ou qui décident un jour de passer leur brevet de pilote d'avion pour faire des loopings.

— Il n'y avait que les murs quand nous avons acheté cette maison, dit Ralph en regardant le bâtiment. Alfred disait que j'étais fou de m'embarquer dans un chantier pareil : quatre murs, deux cheminées et un énorme tas de gravats au milieu. Le fermier qui en était propriétaire avant nous se construit maintenant une maison neuve en belle brique rouge. Heureusement, elle est de l'autre côté de la colline.

— Ralph a fait la toiture lui-même. Il y passe tout son temps libre. Les garçons l'ont aidé pour la charpente, mais tout le reste est le fruit de son travail.

Le couple échange un regard et sourit.

— Mais nous vous ennuyons, avec nos histoires. Pardonnez-nous, monsieur Blythe.

— Appelez-moi Harry. Et il n'y a rien à pardonner, je vous l'assure.

— Ralph m'a dit que vous étiez photographe ?

— Oui, enfin, je suis dépêché par un studio de photographie. Je suis ici pour prendre des clichés de tombes pour le compte de familles en deuil.

— Mon Dieu, fait Cassie en plissant le nez. Quelle triste mission. Et vous vous êtes arrêté ici pour voir celle de votre frère, en route ?

— Je ne peux pas m'empêcher de penser à eux quand je photographie les tombes d'autres familles.

— Eux ?

— J'ai perdu deux frères. Mon aîné, Francis, n'a pas de tombe. J'ignore où il se trouve.

— Mon pauvre ami. Donnez donc à Ralph les informations le concernant, on ne sait jamais. Il a des contacts. Si ça se trouve, il pourrait dénicher quelque chose.

— Tout à fait, renchérit Ralph en posant à nouveau une main sur l'épaule de Harry. Notez-moi tout ça, et je verrai ce que je peux faire. S'il est techniquement possible de le retrouver, je le trouverai. Mais permettez-moi de vous arracher à l'interrogatoire de ma femme, et parlons d'autre chose que de tombes, ce soir au moins. Je vais vous faire visiter notre palais.

Harry fait le tour de la pièce. Le plafond présente une belle hauteur sous ses poutres neuves, et les murs sont enduits de plâtre blanc. On imagine facilement des moines ou des chevaliers installés là, autour d'une longue table. Une immense cheminée trône au fond, assez large pour y faire rôtir un bœuf. Des bûches se consument lentement dans l'âtre. De chaque côté de la cheminée, on a disposé d'anciennes jarres de rhum servant de vase à des bouquets de cardères séchées. Les meubles, un peu fatigués et comme diminués par les imposantes proportions de la pièce, sont principalement regroupés autour du foyer. Il flotte dans l'air une odeur de feu de bois et de plâtre frais.

— La maison est très ancienne ?

— Elle date du XIIIe siècle, ou dans ces eaux-là, autant qu'on sache. Elle apparaît sur certaines cartes militaires sous le nom de la Grange Penchée, mais, d'après les gens du coin, c'était autrefois un genre de couvent. Pauvre vieille baraque… Imaginez qu'elle est restée là, tranquillement, dans son champ pendant sept cents ans, pour se faire démolir par des explosifs au xx$^{e}$ siècle. Elle était remplie de barbelés rouillés, de bouteilles d'eau et d'ossements de chevaux, et je n'ose même pas penser à ce qu'ils ont pu faire dans la cave… Mais c'est intéressant, cela dit.

Ralph entraîne Harry vers un coin de mur qui n'a pas été enduit de plâtre neuf.

— Regardez les noms, là. Et les dates, les régiments. On sait qui est passé ici. C'est comme s'ils avaient signé le registre d'une auberge.

Harry pose une main sur le plâtre. Il y a des numéros de régiments, des insignes, des monogrammes et des initiales. Des noms de lieux, des sobriquets et des visages gravés grossièrement.

— Juste ciel, souffle-t-il.

— Oui, hein ? Ça me rappelle la cathédrale de Durham, quand j'étais gosse. Vous la connaissez ? Il y a des graffitis partout sur les colonnes et les tombes. Ça me fascinait. Cromwell y avait incarcéré des prisonniers de guerre écossais, avant de jeter la clé. Vous imaginez ça ? Trois cents hommes qu'on a laissés mourir à l'intérieur d'une cathédrale. Alors ils ont gravé leur rage partout. Pour laisser leur trace.

Ralph effleure la surface du plâtre du plat de la main. Dans son geste, il y a une douceur et un respect qui rappellent à Harry la manière dont Rachel avait passé la main sur la photo de son mari.

— Mais ces murs-là ne transpirent pas la rage. Du moins, je le crois. Qu'en pensez-vous ? Moi, j'y vois une forme de fierté et de détermination, et ça me plaît bien. Je n'ai aucun mal à dormir entre ces murs.

Harry se remémore le grattement d'un canif sur le mur d'une grange, le poids du couteau dans sa main. Il se revoit, avec ses frères, en train de graver leurs initiales toutes ensemble, le doigt de Francis commandant le dessin tandis que Will rit à côté de lui.

— Je pense que vous avez raison, dit-il.

Il se rappelle aussi prendre un couteau des mains de Francis. Les mains de son aîné tremblent sur le manche. Il a peur que Francis garde le couteau, et de ce qu'il pourrait en faire. Il déplie les doigts de Francis un à un, prudemment, lentement. Pendant quelques instants, cette image est aussi nette que celle de sa main tenant maintenant son verre, mais la voix de Ralph le ramène au présent.

— Un petit dernier ? propose-t-il.

— Avec plaisir, merci.

— Restez donc pour dîner, dit Cassie en tendant son verre. Ce sera tout simple, nous ne faisons pas de grande cuisine, mais on aime bien avoir un nouveau visage autour de la table.

— Vous êtes sûrs ?

— Absolument sûrs, répond Ralph. Mais j'aimerais poser une condition, si vous le voulez bien : que vous preniez une photo de Cassie pour moi.

— Une photo ?

Harry observe les yeux expressifs de Cassie, ses mains éloquentes, le sourire amusé qui se dessine maintenant sur ses lèvres.

— Vous ne préférez pas un portrait, plutôt ?

Harry étale ses crayons et ses craies. Il y a toujours quelque chose de l'ordre de la cérémonie à cette étape, comme une méditation dans la préparation. C'est le moment où il a l'impression d'avoir le plus et le moins de contrôle, où tout est possible. C'est ce moment précis qui l'a toujours excité, ainsi que celui où il s'attend systématiquement à voir le visage d'Emily quand il relève les yeux.

— Vous voulez bien redresser légèrement le menton ?

Ce visage-là est aimable, fort, intelligent, bien structuré et doté d'une belle peau, mais ce n'est pas celui d'Emily.

— Comme ceci ?

Cassie prend une pose altière, quelque part entre une comtesse et un lévrier, avant d'éclater de rire.

— Pardon. Je n'ai pas l'habitude.

Harry lui sourit.

— Ne vous en faites pas. Personne n'a l'habitude. Essayez juste de vous détendre.

Son rire fait du bien à Harry, il brise la tension, et, après avoir jeté quelques premiers traits, il est tout à son œuvre et se détend dans le geste et le son de son crayon.

— Vous vous êtes cassé le nez, un jour.

— Mon Dieu. Je ne suis pas habituée à être scrutée de la sorte.

Cassie porte les mains à son visage, comme si elle venait de prendre conscience de la forme de celui-ci.

Ralph part à rire.

— Ah, c'est bien fait pour toi ! Tu vois ce que ça fait, maintenant !

— Oui, concède-t-elle en regardant son mari avec des yeux étrécis. J'étais un vrai garçon manqué, quand j'étais petite, au grand désespoir de ma mère. J'avais trois frères aînés, et j'adorais grimper dans les arbres avec eux.

Cassie a des yeux gris aux paupières lourdes, mais pleins d'éclat et de vivacité. L'arc de ses sourcils est haut, si bien qu'elle paraît constamment dubitative ou amusée.

— Ça vient de Venise. Un cadeau de lune de miel, dit-elle en touchant son collier de perles, qu'elle fait tourner entre ses doigts.

— Elle gigote un peu, non ? lance Ralph derrière son journal.

— Beaucoup, oui.

— Elle gigote tout le temps. On dirait qu'elle a des puces.

— Y a-t-il une Mme Blythe ? demande Cassie.

Le crayon de Harry s'arrête. Il hésite un instant, croyant qu'elle fait référence à Emily.

— Non. Je ne suis pas très courtisé, vous savez.

— Ne sois pas indiscrète, Cassie, gronde Ralph en émergeant de derrière un gros titre annonçant les ultimatums fixés à l'Allemagne. Elle veut toujours qu'il y ait une histoire d'amour cachée quelque part, et ne peut pas s'empêcher de tirer les vers du nez des gens – et si elle n'en tire rien, elle l'invente elle-même.

— Pas très courtisé ! continue-t-elle en faisant tourner son collier. Vous avez un visage délicieusement désuet, qui évoque celui d'un jeune berger désignant l'apparition d'un miracle dans une peinture, ou d'un innocent dans une aquarelle de William Blake. Il émane de vous une mélancolie que je trouve très belle.

— Méfiez-vous. Après ça, elle voudra vous caser, et vous vous retrouverez à l'autel à côté d'une femme en blanc sans avoir eu le temps de comprendre ce qui vous arrive. Là, vous aurez toutes les raisons d'être mélancolique.

Harry pense à la chemise de nuit blanche aux pieds de Rachel, puis au visage d'Emily quand elle lui décrivait sa mère sortant sa chemise de nuit de la bassine de teinture noire. Il n'est pas sûr d'avoir envie d'être casé.

— Oh, ça va, grommelle Cassie.

Ralph remplit son verre et jette un œil par-dessus l'épaule de Harry.

— Il est gentil avec toi, dit-il à sa femme.

— J'espère bien.

Ils restent assis sans rien dire pendant un moment. Les paupières de Cassie se font un peu plus tombantes, et Harry se demande si elle va s'endormir. On n'entend plus que le lent cliquetis des perles de verre entre ses doigts, le craquement intermittent du feu et le grattement du crayon sur le papier.

— J'ai une photo de la tombe de mon frère, déclare soudain Cassie. Ma mère en possède un exemplaire encadré qu'elle a accroché au mur, mais personnellement, je préfère garder la mienne dans un tiroir. Je lui rends visite de temps en temps, cela dit. Ce n'est pas parce que je garde mon frère dans un tiroir que je l'ai oublié. Il est à Tyne Cot. Le cimetière, je veux dire.

— Je dois m'y rendre aussi, dit Harry. Et je compte bien y aller. On m'a dit que si Francis avait une chance d'être enterré quelque part, ce serait probablement là-bas.

— Je suppose que vous avez déjà consulté les registres ? s'enquiert Ralph.

— Nous avons effectué toutes les démarches administratives possibles, sans rien trouver. Jusqu'ici, cela n'a servi qu'à soulever davantage de questions.

— *Nous ?*

— La femme de Francis, Emily, et moi. Nous cherchons tous deux des traces écrites. Elle n'a jamais voulu venir ici avant, mais, le mois dernier, elle m'a envoyé une carte postale d'Arras. J'ignore si elle a découvert quelque chose.

Il revoit le visage d'Emily à travers l'objectif, sa main tendue vers lui avec le sachet de bonbons à la menthe. Un vol d'oies en formation passe dans le ciel au-dessus de sa tête. Qu'est-ce qui a pu changer depuis lors ? Quelle nouvelle motivation l'a-t-elle poussée à entreprendre ce voyage maintenant ?

— Pourquoi Arras, s'il a des chances d'être du côté d'Ypres ? Y a-t-il une raison particulière à cela ?

— C'est possible. Peut-être était-elle en chemin vers Ypres. Juste de passage. À vrai dire, je ne sais pas.

— Vous n'avez aucun moyen de la contacter ?

— J'ai téléphoné chez elle à de nombreuses reprises, mais ça ne répond jamais. Ce qui me laisse présumer qu'elle est toujours ici.

Il essaie d'imaginer Emily à Ypres, au beau milieu des bâtiments effondrés et du rugissement trop proche des canons, mais ne parvient pas vraiment à l'intégrer à ce tableau.

— Quel est votre sentiment personnel ? demande Ralph. Croyez-vous qu'il est mort ?

— Longtemps, j'ai cru qu'il l'était, mais maintenant, je le vois partout. Je passe ma vie à arrêter des inconnus dans la rue et à les interpeller du nom de Francis. Je ne sais pas si c'est mon frère qui me hante, ou si c'est moi qui commence à tourner la carte.

Son regard croise celui de Cassie. Elle lui sourit avec compassion et secoue la tête.

— Et maintenant, poursuit-il, je reprends toutes ses vieilles photos, en quête d'indices. Comme si son expérience était éloignée de la mienne. Comme si c'était la guerre de quelqu'un d'autre. Sauf que j'étais là, à ses côtés, tout le temps. Je commence franchement à me demander dans quelle mesure je peux me fier à mes souvenirs.

— Seriez-vous d'accord pour me laisser regarder ces photos ? demande Cassie.

Harry la regarde feuilleter l'album, le visage baissé vers les pages, pointant de temps en temps une image familière pour la montrer à Ralph.

— Vous étiez là quand ils ont pris le village ?

— Non, nous n'y sommes jamais arrivés. C'est la première fois que je mets le pied ici, aujourd'hui. Nous avons mis le cap sur Arras début septembre.

Cassie tourne les pages.

— Certains endroits en ruine possèdent une étrange beauté. D'autres, non. Vous n'êtes donc jamais revenu dans le coin après 1916 ?

— Nous sommes partis vers le sud au printemps pour remplacer les lignes françaises.

Il aperçoit des tranchées inondées comme elle tourne les pages, puis des traces de bottes dans la neige.

— Mars 1917. Les Allemands s'étaient retirés et nous, on avançait. Ça nous paraissait fou, tout à coup, de franchir les lignes ennemies.

Suivent des photos de tranchées ennemies désertes, de ponts détruits et de cantonnements évacués depuis peu. Harry se souvient du moment où il a pénétré dans la salle que Cassie regarde maintenant en photo. Il y avait des lettres par terre, et un verre au bord du lit. Il s'attendait presque à trouver les draps encore chauds.

— Moi, j'étais un peu plus au nord, dit Ralph, l'air pensif, un tire-bouchon dans la main.

Il débouche une autre bouteille et sert le vin. Il remplit à ras bord le verre de Cassie, qui doit se pencher au-dessus de la table pour en aspirer prudemment une première gorgée.

— Tu pourrais faire attention, dit-elle.

Le regard perdu dans son propre verre, Ralph dit :

— Péronne. On a été de proches voisins pendant des mois.

Cassie feuillette les pages plus rapidement.

— Ils sont tous partis.

— C'était très étrange, très inquiétant. On s'attendait à ce qu'ils se cachent dans le moindre recoin, et à ce qu'il y ait des chausse-trappes un peu partout.

— Ce n'est pas seulement ça – pas juste l'ennemi, je veux dire. Vous avez tous disparu, vous aussi : je n'ai pas vu un seul visage depuis cinq pages. Il n'y a que des objets et des paysages maintenant. À partir de là, il ne photographie plus les gens.

Elle a raison. Harry ne l'avait pas remarqué, avant. Il prend brusquement conscience que lui non plus n'a jamais repris de photo de Francis depuis.

— Je m'inquiéterais pour le photographe, dit Cassie. Pour sa santé mentale. Je sais que c'est facile à dire avec le recul, et que j'interprète peut-être un peu trop ce choix de sujets, mais en regardant ces pages, je sens que cette histoire va mal se terminer.

Elle s'arrête et hausse les épaules pour renoncer à sa théorie.

— Ah, non. Je me trompais. C'est reparti. Qui est cette jolie fille ?

Il y a une photo d'Emily à l'avant-dernière page de l'album. Francis l'avait prise lors de sa dernière permission. Elle se tient dans l'encadrement de la porte et ne semble pas avoir envie d'être photographiée.

— C'est Emily.

— Elle n'a pas l'air d'être contente, commente Cassie en observant l'image avec attention.

— Je suppose que non, en effet.

— Et les hommes, à la dernière page ?

— Je ne sais pas. Je n'étais pas là. J'inscris le nom des lieux pour Emily, mais je ne sais pas où celle-ci a été prise.

Harry ne peut pas annoter ces images, dont il ne connaît ni la date ni les lieux, car il y a un trou dans la chronologie, une pièce manquante au puzzle – et, le temps passant, il ne peut s'empêcher de songer que cette pièce manquante recèle quelque chose d'important. Après tout, c'est au cours des jours suivants que tout avait mal tourné.

— Vous avez fait la guerre dans des directions différentes à partir de là ? demande Cassie.

— Brièvement, oui. De manière non officielle. Mon frère a disparu pendant un moment. Il est rentré chez nous en permission en 1917, et n'est pas revenu à son poste.

— Il a été absent sans autorisation ?

— Pendant dix jours.

— Mince alors... J'imagine que ça s'est mal terminé ?

Cassie s'adosse dans sa chaise, et ses yeux s'arrondissent.

— En effet.

— Qu'a-t-il fait ? Est-il simplement resté chez vous ?

Harry secoue la tête.

— Non. Je ne sais pas où il est allé. Je le lui ai demandé, bien sûr, mais il n'a pas voulu me dire où il était, ni pourquoi. Il ne parlait déjà plus beaucoup, à ce moment-là.

Depuis lors, ce trou dans l'histoire demeurait un mystère. Mais Harry a l'intuition que ces images pourraient combler ce trou, que c'est là que se trouvait Francis pendant ces jours d'absence inexpliquée ; seulement, il voudrait savoir exactement où elles ont été prises, pourquoi Francis avait besoin d'être là-bas, et ce qui s'y est passé pour que les choses changent ainsi, ensuite.

— Est-ce que ça s'est mal passé quand il est rentré chez lui ? Quelque chose qui aurait pu le pousser à s'en aller ?

— J'aimerais le savoir.

Il avait questionné Emily sur la période d'absence de Francis, avec autant de délicatesse que possible, mais apparemment, il n'y avait pas grand-chose à dire. Harry se demande si Emily n'aurait pas gardé pour elle certains éléments de cette semaine de permission. De la même manière que lui avait choisi de ne pas lui parler de l'absence et de l'arrestation de Francis qui avaient suivi.

Cassie pointe du doigt une fraction de paysage urbain en arrière-plan d'une photo.

— Si j'étais joueuse, je parierais que c'est quelque part à Ypres. Regardez, là, il y a un plafond singulier, avec sa voûte. Et ces visages sculptés dans les nervures ? On dirait qu'ils font la bringue dans une crypte.

On voit d'autres visages sous le plafond en voûte. Harry se penche sur la dernière page de photographies. Des hommes assis autour d'une table regardent l'objectif. La table est couverte de bouteilles et de verres, mais l'expression des hommes n'a rien de festif. Faire la bringue n'est pas le terme approprié. La lumière creuse des ombres sur leurs visages, et tous ont le même regard vide, lugubre. Harry a vu ce regard sur une autre photo, récemment.

— Ypres, ce serait possible, en effet. Nous étions dans un camp à Proven, près de Poperinge, donc j'imagine qu'il a pu aller jusqu'à Ypres.

— Albie saurait où c'est.

— Albie ?

— Un ami de mon frère. Il est toujours là, il travaille dans les cimetières. Il connaît la moindre cave et la moindre pierre retournée de cette ville.

— Si ma mémoire est bonne, il y a une sacrée quantité de pierres retournées à connaître.

— Je pourrais peut-être vous emprunter une de ces photos ? Ça me ferait plaisir de vous trouver une réponse.

— Bien sûr. Toute aide est la bienvenue. Merci.

Lorsque Emily lui avait montré cette nouvelle photo de Francis, celle arrivée par la poste, Harry s'était demandé si elle n'aurait pas été prise durant la même période. Existerait-il donc d'autres photographes de cette période ? Et d'autres images susceptibles d'être encore envoyées à Emily ?

Cassie referme l'album et le pousse vers Harry.

— Francis a-t-il mal vécu la mort de William ?

— Il se sentait coupable, oui, alors qu'il ne l'était aucunement. Il n'aurait strictement rien pu faire pour éviter ça. Si quelqu'un devait se sentir coupable, ce serait plutôt moi. C'est moi qui étais avec Will.

— Est-ce que cela a rendu votre relation avec lui plus compliquée ?

— À certains moments, oui.

— Juste ciel, Cassie ! s'exclame Ralph. C'est bientôt fini, l'interrogatoire ? Tu ne crois pas que ce pauvre bougre en a assez de se faire cuisiner, comme ça ?

— Harry a peut-être envie de parler, se défend-elle avant de poser sur lui un regard interrogateur. Vous n'avez pas eu l'impression que je vous cuisinais, j'espère ?

Il aimerait parler à Cassie. Il aimerait tout lui dire. Il a l'habitude de garder tout cela pour lui, mais c'est un lourd fardeau. À force, c'est devenu une sorte de péché qu'il ne peut plus avouer. Qu'il ne peut même pas confier à un inconnu.

— Absolument pas, répond-il.

# 21

Emily
*Albert, Somme, août 1921*

En se penchant par la fenêtre, elle voit des cabanes en bois aux toits de tôle ondulée, des rangées de laitues et de linge à sécher sur des fils, des clôtures métalliques, des poulaillers, puis, au-delà, toutes les pierres tombées. Elle était passée devant les ruines de la basilique en cherchant un endroit où se poser pour la nuit ; avec ses pierres endommagées et ses arches vides, celle-ci ressemble désormais à un temple grec oublié, antédiluvien, qui a pu demeurer dans cet état pendant des millénaires. Seuls les tas de douilles au bord de la route, les caillebotis et la poussière de brique vendent la mèche. Albert est un endroit triste à voir, pense Emily, plus sinistre encore qu'Arras, où l'on sent au moins la vie renaître.

Elle sait qu'ils ont passé trois jours dans cette forêt, à attendre leur tour, avant de partir à pied vers le sud, puis l'est, en direction de ces lieux dont les noms s'affichaient dans les journaux. Elle avait tremblé pour eux en lisant ces articles et en comprenant que leurs coordonnées correspondaient aux flèches sur les cartes des journaux. Mais elle ne s'attendait pas à apprendre la mort de Will.

Quand elle pense à Will, elle se rappelle le garçon à la frange blonde qui lui adressait des clins d'œil à table, par-dessus les flans et les puddings de sa mère, et des mots de celle-ci remerciant le Seigneur. Il est difficile de concevoir que Will ait pu se trouver dans ce décor de bois détruits et d'églises arasées, et que ses frères aient pu le laisser là.

Francis lui avait écrit après, lui disant combien il se sentait coupable, qu'il aurait dû être là pour veiller sur Will, et que celui-ci s'était trouvé là par sa faute. En lisant ces mots, elle avait presque éprouvé sa culpabilité. Sa colère. Sa désolation. Que répondre à une telle lettre ? La tâche avait été difficile. Parfois, elle se demande encore si elle aurait pu l'aider et changer le cours des choses, si elle avait su trouver les bons mots. Seulement, même aujourd'hui, elle ne sait toujours pas quels auraient pu être ces bons mots.

« C'est ma faute. » Elle revoit encore son écriture. « J'en porte l'entière responsabilité. Ni Will ni Harry n'auraient été là si j'avais pris d'autres décisions. »

Les lettres de Francis avaient changé après cela ; sa voix avait changé de tonalité, et elle avait compris qu'il avait décidé de cesser de lui dire certaines choses. Ses lettres étaient devenues plus convenues, légères, banales, comme s'il avait pris le parti de lui montrer uniquement ce qu'il estimait qu'elle devait voir. Elle savait qu'il ne se confiait plus, qu'il s'autocensurait. Cela ne signifiait-il pas qu'elle avait échoué dans sa relation avec lui, d'une certaine manière ? Qu'il ne la jugeait pas à la hauteur de la tâche ? Il l'avait laissée parler après la mort de sa mère, lui permettant de déverser tout son chagrin, ce dont elle lui avait été infiniment reconnaissante ; elle prend maintenant conscience que Francis a gardé tout son chagrin pour lui, qu'il n'a pas pu le laisser jaillir.

Elle s'appuie contre la fenêtre et contemple sa misérable chambre d'hôtel. Aucun meuble n'est assorti, et le couvre-lit a été rapiécé. Le papier peint qui recouvre les murs semble avoir été posé récemment, mais les ondulations sous les motifs de roses suggèrent que le papier et la colle ont fait office de cache-misère.

Elle pense à Mme Blythe et au cri d'animal que celle-ci a poussé le soir où elle a appris la mort de son benjamin. Emily avait entendu ce cri de nombreuses fois à travers les murs, dans les semaines qui avaient suivi. Outre ces pleurs nocturnes, Margaret Blythe passait ses journées à trembler, recroquevillée sur elle-même, comme pour les contenir à tout prix pendant les heures du jour. Emily n'avait jamais dit à Francis combien sa mère avait souffert – qu'aurait-il pu y faire ? En y réfléchissant maintenant, elle se demande s'il se serait autorisé à exprimer sa propre souffrance, si elle lui en avait dit davantage. Se recroquevillait-il lui aussi sur lui-même en tremblant, à cette époque ? S'il avait laissé jaillir un cri, s'il avait pu déverser sa peine dans ses lettres, les choses auraient-elles été différentes ?

Elle ne parvient pas à associer les endroits qu'elle a vus par la fenêtre du train avec le garçon aux yeux bleus que Francis a été ; elle sent décliner la lumière sur ce souvenir de lui. Son murmure souriant lui échappe peu à peu. En voyant ce paysage, et le décor qu'il a offert à ces mois difficiles après la mort de Will, elle comprend mieux comment Francis est devenu l'homme qu'elle a revu en 1917, et pourquoi il avait refusé de la regarder en face quand ils s'étaient retrouvés sur l'oreiller. En revanche, elle ne comprend toujours pas comment l'homme de la photo lui ressemble, lui, et pourquoi il est arrivé dans une enveloppe anonyme. Est-ce que Francis attend d'elle qu'elle vienne voir tout cela de ses propres yeux ? A-t-il besoin de lui faire comprendre ce qu'il a vécu ?

Au cours des semaines suivant la mort de Will, Margaret Blythe avait débarrassé sa chambre, rangé dans des caisses les livres, les chaussures de foot et les œufs d'oiseaux de son fils. À part les corbeaux de la cuisine, tout ce qui appartenait à Will avait été remisé au grenier. Puis, Margaret avait recommencé en novembre 1917 ; il ne restait plus grand-chose des affaires du jeune Francis quand Emily s'était installée dans sa chambre, un mois plus tard. En ces temps difficiles, elle avait été soulagée de laisser sa belle-mère prendre cette responsabilité, de ne pas avoir à plier elle-même les chemises de son mari, à mettre ses mouchoirs et ses peignes dans des caisses ; mais parfois, quand elle regarde la chambre de Francis aujourd'hui, elle regrette de ne pas voir ses atlas, ses livres de poésie et ses appareils photo. Les marques sur le papier peint révèlent l'endroit où étaient autrefois épinglées ses cartes et ses photographies. Il y a des trous dans les étagères, là où ses livres devraient se trouver, des tiroirs vides dans la commode et, de temps en temps, cette chambre semble incroyablement pleine de l'absence de Francis. En dépit de tout cela, se pourrait-il qu'elle se soit trompée ? Qu'elle ait mal compris ? L'absence qu'elle éprouve serait-elle d'un autre ordre que ce qu'elle pensait ?

# 22

Harry
*Guillemont, Somme, août 1921*

Le brouillard se lève. Harry le regarde se dissiper et s'attend presque à voir apparaître des tentes, des chevaux et des mortiers, mais il ne révèle que de l'herbe verte et humide, et du silence. C'est ce silence, ce calme qui est le plus étrange. Cette absence de bruit n'a rien de paisible pour lui. Il devrait l'inspirer lentement, au lieu de quoi, il se surprend à retenir son souffle. Il a l'impression que la bobine du film a calé et que, d'une seconde à l'autre, les obus vont revenir en rugissant. Un chien hurle quelque part, dans le lointain. Un faisan s'envole d'une haie. Un gramophone se met en marche dans une pièce de la maison. Harry jette sa cigarette.

— Voulez-vous du thé ? demande Cassie depuis la porte. C'est du thé anglais. Du bon. Tout droit sorti des meilleures plantations du Yorkshire.

— Vous faites un jardin, dit-il avec un signe de tête en direction des bordures.

— Ralph parle à ses jeunes plants, et il connaît tous leurs noms en latin. J'en serais presque jalouse.

Elle lui sourit.

— La théière est prête. Venez quand vous serez prêt.

Il entre dans la cuisine. Cassie est appuyée contre la cuisinière, pensive, un toast entre les mains.

— Sa mère lui envoie encore des colis de nourriture, dit-elle en agitant le toast. Marmelade, pain d'épice, feuilles de thé, mots croisés du *Times*… Je crois que personne ne lui a dit que la guerre était finie. Avant, elle lui envoyait des boîtes de hareng fumé, mais le service postal n'est plus ce qu'il était.

— Ma mère à moi nous envoyait des cakes aux fruits. Elle travaillait dans une boulangerie, si bien que nous recevions beaucoup de gâteaux légèrement rassis. Comme nous étions trois, nos colis faisaient envie à tout le bataillon.

Cassie lèche la confiture sur ses doigts et agite le contenu de la théière.

— J'ai un peu trop parlé hier soir. Ralph m'a dit de mieux me tenir ce matin. J'ai sûrement trop bu, aussi… Je voulais m'excuser, si j'ai pu dire quoi que ce soit de déplacé.

— Pas du tout, dit-il tout en acceptant le thé d'un hochement de tête. J'ai beaucoup apprécié votre compagnie.

Du bout des doigts, il marque le rythme de la musique qui leur vient de l'étage.

— Thomas Tallis, dit-elle. Il aime bien écouter des pièces de la Renaissance anglaise quand il se rase. Vous fumiez tout à l'heure, non ? Je ne suis pas censée fumer, mais quand le chat n'est pas là…

Harry allume la cigarette de Cassie, qui lui coule un clin d'œil. Ils boivent leur thé ensemble tout en écoutant les chœurs du morceau. Le portrait de Cassie est posé sur le buffet de la cuisine. Elle y jette un regard de loin en loin.

— Vous n'êtes pas à votre place, comme photographe, dit-elle.

— Mon chef serait probablement du même avis.

— Combien de photos avez-vous à prendre ?

— Douze, pour l'instant. J'ai un papier avec douze noms dessus. Que je dois barrer.

— Treize, corrige Cassie.

Il lève les yeux vers elle.

— Treize avec Francis, non ?

— Oui. Bien sûr.

— C'est pour lui que vous êtes ici, je me trompe ? Pour lui et pour elle, n'est-ce pas ?

— Sauf que je crains que ce soit le seul nom de ma liste que je ne parviendrai pas à localiser. Que je n'arriverai jamais à retrouver.

— Ralph vous aidera. Laissez-nous vous aider.

— Merci.

— Et quand ce sera fait, quand vous aurez barré tous les noms, vous rentrerez chez vous ?

Harry se demande où c'est, chez lui. Il balaie du regard cette cuisine, qui a tout d'un vrai foyer. Un chat tigré tourne autour des pieds de la table. Cassie lui donne du lait dans une soucoupe, et le chat arque le dos sous sa main. Il pense à une autre cuisine, où il y a des corbeaux, et Emily. Cet endroit pourra-t-il un jour redevenir son foyer ? Auront-ils l'occasion de se retrouver tous deux autour de cette table ? Devrait-il y avoir une autre chaise à cette table ? Il se demande où elle est en cet instant. Il se repasse mentalement le film des possibilités, avec pour protagonistes Emily, les tombes et les fantômes, mais ne parvient pas à voir ce qui existe au-delà.

— Je ne sais pas trop. Tout va dépendre de la façon dont les choses vont se passer ici.

— Le numéro treize, dit Cassie, songeuse. Certains disent qu'ils portent malheur. Moi, je vous souhaite qu'il vous porte chance, même si je ne sais pas vraiment à quoi pourrait ressembler un dénouement heureux, en l'occurrence.

— Moi non plus.

Le camion file sur les routes refaites à neuf et Harry contemple le paysage étrangement bosselé. Le fait que l'herbe y pousse rend ce terrain d'autant plus étrange. Comme si quelqu'un avait donné des coups de canif dans un paysage de Brueghel. Sera-t-il un jour recousu, et ses cicatrices s'effaceront-elles ? Le temps finira-t-il par tout aplanir ? Çà et là, des piles de débris en train de rouiller, des tas de croix. En avisant les toits métalliques du village devant eux, il s'aperçoit qu'ils viennent de prendre le chemin qu'ils auraient dû emprunter le 20 juillet 1916.

— Comment faites-vous pour vivre ici ? demande-t-il à Ralph. Je ne sais pas si je pourrais.

— Je ne supportais plus l'Angleterre. Les conversations ennuyeuses. Le mobilier à tapisserie. Le tic-tac de l'horloge. La cuisine de ma mère !

— Ah bon ?

Harry regarde Ralph, dont le profil se découpe sur le paysage qui défile ; il essaie de l'imaginer dans un intérieur anglais.

— Mais surtout, je ne pouvais pas oublier tout ce qu'il y avait encore, ici.

Ralph tape sur son volant du plat de la main, et Harry l'entend prendre une grande inspiration.

— Je veux dire, le boulot n'était pas fini, pas vrai ?

Il fait halte au carrefour et ils tournent pour entrer dans le village.

Harry regarde les cabanes et les jardins potagers. Il aperçoit un mouvement d'ailes jaunes dans une cage en fer. Une femme étend du linge blanc sur un fil. Un enfant poursuit un chien et s'arrête pour regarder le camion.

— C'est vrai.

— Je venais juste d'être nommé capitaine, en juillet 1916. J'avais quatre pelotons sous mes ordres, cent trente et quelques hommes. Ma mission était de veiller sur ces gars afin qu'ils puissent tous rentrer chez eux ; mais, début septembre, vingt d'entre eux étaient morts, presque soixante-dix avaient été blessés, et six portés disparus. Je suis resté pour ceux-là, et pour leurs familles, pour veiller à ce qu'on retrouve les disparus et qu'on enterre les morts correctement. Bientôt, il y aura des cimetières avec de belles tombes blanches, de vrais jardins du repos, à l'anglaise, avec des giroflées, des pensées – des « Ne m'oubliez pas » –, et des paroles de la Bible gravées dans le marbre. Des endroits où les familles pourront venir se recueillir et, je l'espère, trouver un peu de réconfort. J'étais censé ramener ces gars chez eux ; c'est la meilleure chose que j'aie trouvée à faire pour compenser.

Harry regarde les mains de Ralph sur le volant. Il voit les veines sur le dos de ses mains, et se dit que c'est certainement le discours le plus sincère et le plus triste qu'il ait entendu quiconque prononcer.

— Je vous en suis très reconnaissant, dit-il.

Ralph bifurque sur la route principale et Harry se retourne pour jeter un dernier regard au village. Devant lui, les restes de la forêt dévastée et les lignes hérissées du champ rempli de croix.

— Vous voulez vous arrêter un moment ?

— Non, merci. Ça me suffit, pour l'instant, de savoir qu'il est là.

En passant, il regarde les rangées de croix glisser, s'aligner momentanément puis se séparer à nouveau. Un homme avec une tondeuse lève le bras en direction du camion de Ralph. Harry se demande si c'est pour dire bonjour ou s'il s'agit d'un salut militaire. Cet homme pourrait être la dernière sentinelle gardant le champ et son armée de prisonniers muets. Une femme se tient au bord de la route. Une nuée d'étourneaux s'envole du bois noir.

— J'ai du mal à croire qu'il puisse y avoir des chants d'oiseaux dans cet endroit.

Ralph sourit.

— Oh, que si. Il y avait des coucous au printemps. On les entendait tout le temps. Ça nous faisait rire, parce qu'on les entendait s'appeler et se répondre. Je crois qu'ils nichaient par ici.

Harry s'imagine un vol d'oiseaux dans ce lieu où régnaient les hurlements, la destruction et le tonnerre des armes.

— Ça alors…

— Eh oui, c'est comme ça. La nature se débrouille pour reprendre ses droits. La roue continue de tourner.

Ils traversent le village anéanti, passent devant le talus de terre qui était jadis une église, franchissent la voie ferrée puis l'ancienne ligne de front pour revenir dans la ville où les vierges s'effondrent et les serveuses disent « badaboum ! ».

— Je vais mener l'enquête pour vous, dit Ralph. Il y a des réseaux non officiels, je connais des types sur le terrain. Laissez-moi une semaine ou deux et téléphonez-moi dans… disons, un mois ? S'il y a quelque chose à trouver, je l'aurai. Si votre frère a une tombe quelque part, j'actionnerai tous les leviers possibles pour la localiser.

Si Francis a une tombe quelque part, se dit Harry, est-elle surmontée d'une croix penchée comme celles de Montauban ? Ou bien droite, bien alignée avec un millier d'autres, tel un bataillon en parade ? Ou bien a-t-il eu droit à une stèle en marbre avec des paroles de la Bible et des fleurs ?

À moins que Francis ne soit pas encore dans une tombe ?

# 23

Harry
*Albert, Somme, août 1921*

Harry téléphone à M. Lee, comme convenu, depuis la gare ferroviaire.

— Avez-vous de quoi noter ? demande une voix lointaine dans le combiné en bakélite.

— Est-ce vraiment nécessaire ? Vous avez eu beaucoup de demandes ?

— Oui, et si vous savez parler avec les fantômes et résoudre des énigmes, nos affaires vont bientôt être florissantes. Une certaine Mme Cathcart, une voyante, a placé son annonce juste en dessous de la nôtre dans le journal. Il pourrait être pertinent de nous associer.

— Ah. C'est-à-dire ?

— Jusqu'ici, nous avons dix demandes de familles qui cherchent des disparus, trois demandes de photos de tombes et seulement deux emplacements de mort au combat.

La gare grouille de voyageurs en excursion ou en pèlerinage. On y voit quantité de jeunes épouses pâles avec des rubans noirs à leur chapeau, et des officiers français avec des femmes plus âgées à leur bras. Harry presse le combiné contre son oreille, au cas où une formulation peu délicate s'en échapperait.

— Comme Mme Bainbridge vous avait demandé d'aller à Gallipoli, continue M. Lee, j'ai uniquement accepté pour les Flandres et la Picardie. J'espère avoir bien fait ?

Harry pense au nombre de tombes qu'il doit exister entre Amiens et Ypres. Et se demande ce que son patron a accepté.

— J'ai dit oui à deux commandes pour lesquelles les clients connaissent les coordonnées du cimetière. J'ai demandé la section, la rangée et le numéro de tombe, lorsque c'était possible.

— Bien.

Harry se dit que tout cela est affreusement rationnel et efficace.

— Alors, vous êtes d'accord pour descendre un peu dans les terres ?

Une femme aux cheveux roux passe à côté de lui en direction du train qui va partir vers le sud.

— S'il le faut, dit Harry précipitamment avant de poser le récepteur et son stylo.

Elle porte une robe à fleurs et des chaussures vertes. Ses cheveux ont repoussé et sont attachés avec un peigne en écaille de tortue. Elle met une main en visière sur ses yeux pour se protéger du soleil, puis se dresse sur la pointe des pieds pour faire signe à quelqu'un sur le quai.

— Emily ?

Il fait tomber le combiné téléphonique de son support en se détournant, tente vainement de le rattraper avant de le laisser pendre au bout de son fil. Un homme se retourne vers lui et jure comme Harry le bouscule. Il a l'air très irrité, mais Harry poursuit son chemin.

Elle zigzague dans la foule devant lui et presse maintenant le pas en balançant le sac en osier qu'elle tient à la main. Il y a quelque chose dans la façon dont elle balance ce sac, dans ce mouvement ample et insouciant, qui dit à Harry qu'elle est en train de sourire.

— Emily !

Un porteur descend des valises du train, qu'il empile sur le quai. Harry trébuche pour éviter une malle, chancelle et manque de tomber ; quand il relève les yeux, elle a disparu.

— *Attention !* crie le porteur derrière lui. *Regardez où vous allez, hein*[*] *!*

Il court sur le quai tout en regardant par les fenêtres du train, au cas où elle serait montée à bord. Il scrute la salle d'attente, derrière les bancs vides, se retourne et aperçoit son reflet paniqué dans les vitres. Il se fraie un chemin tant bien que mal parmi un groupe d'enfants avant de s'excuser comme il bouscule deux religieuses marchant bras dessus, bras dessous.

La revoilà. Une mèche de cheveux s'est échappée de son peigne et caresse son cou d'albâtre, agitée par le vent. Harry est sur le point de lui prendre le bras quand elle se retourne en souriant. Ses lèvres sont déjà prêtes à prononcer le nom d'Emily mais s'interrompent d'un coup.

— Frank ! s'exclame-t-elle avec un rire dans la voix.

Un homme pose une main sur sa nuque, enroule la mèche fugitive autour de son doigt et l'attire contre lui pour l'embrasser.

# 24

Harry
*Cimetière des Pommiers, Somme, août 1921*

Commande de photographie : Mme Cora Evans désire une photo de la tombe de son fils, le soldat George Evans (32049), fusiliers du Lancashire (32 ans, tué au combat le 25/02/1917, tombe n° 186). Fleurir la tombe.

C'est une extension du cimetière du village. Harry marche entre les tombes de civils, dont certaines sont surmontées de curieuses constructions de bois ressemblant à des guérites, et d'autres de structures plus augustes, tout en verre et fer forgé. Ces tombeaux en verrière lui font penser à des serres, et il s'attend presque à voir des tomates pousser à l'intérieur. Il voit des croix de fer ouvragées, des palissades en bois noble, des roses en céramique. Il y a quelque chose d'un peu tape-à-l'œil dans ces tombes qui semblent donner dans la surenchère. Quelque chose de légèrement histrionique. Il imagine leurs occupants bombant le torse. Ici, des rosettes, des couronnes tressées en métal, là, des compositions votives de fleurs en émail. À certains endroits, la ferronnerie est affreusement tordue, les formes malmenées évoquant une grande violence. Une grande partie des ouvrages de pierre est abîmée. Aucune des croix ne se dresse au même angle. Quelles que fussent les prétentions initiales des occupants de ce cimetière, l'impression générale régnant aujourd'hui est celle d'un désordre, représentatif des souffrances de ce village.

Il les avait observés, l'homme appelé Frank et la femme qui n'était pas Emily. L'homme lui avait tendu un bouquet de roses enveloppé de fin papier bleu, et l'avait embrassée sur la bouche. L'espace d'un instant, ç'avait vraiment été *elle*, puis ils s'étaient tous deux détournés et avaient regardé Harry droit dans les yeux. Elle avait un visage doux, gentil, très souriant, mais ce n'était pas Emily. Ils l'avaient regardé une nouvelle fois tout en s'en allant. Harry était monté dans le train, avait laissé sa tête basculer contre le dossier de la banquette et, comme le quai s'éloignait, il s'était demandé ce que pouvait bien être cette sensation.

Une arche grossière en bois de pommier noué a été construite à l'entrée de la zone des tombes militaires. Harry doit passer en dessous. Les branches ont été sommairement coupées, et aucun effort ne semble avoir été fait pour adoucir le résultat ; comme si le caractère primitif de cette arche était censé être troublant. Les premières rangées de croix sont entourées de rectangles de briques, qui semblent avoir été récupérées dans les bâtiments effondrés, derrière. Ce sont toutes des sépultures françaises, la plupart datant d'août 1914, constate-t-il. Il emprunte le passage entre les morts français, cherchant un fusilier du Lancashire. Camomille et bleuets s'épanouissent entre les croix. Il hait le fait que les tombes doivent être numérotées ; mais cela l'arrange aussi. Tout ce que Mme Cora Evans lui a transmis, ce sont les coordonnées de la tombe de son fils, ainsi qu'une demande de fleurs.

George Evans se trouve du côté droit. Sa tombe est l'une des trois anglaises – et la seule portant un nom sur ces trois. Les croix de chaque côté de celle de George mentionnent *Soldat anglais inconnu*. À qui sont ces hommes ? Qui les a connus, et souffre désormais de leur absence ? Il y a sûrement des gens, chez eux, qui aimeraient avoir une photo de chacune de ces tombes. Peut-être que, non loin d'ici, des femmes cherchent à retrouver ces soldats en inspectant des boutons et des boucles de ceinture.

Harry baisse les yeux sur les quelques roses qu'il a entre les mains. Ne sachant où aller acheter des fleurs coupées, il a été contraint de les demander à quelqu'un ayant un jardin, au village, en échange de quelques pièces. Peut-être Mme Evans aurait-elle préféré quelque chose de plus prestigieux, mais ces roses ont le parfum des parterres en été, et leur rouge éclatant illumine la grisaille du cimetière. Il les dépose avec respect sur la tombe de George, un peu gêné d'en savoir si peu à propos de l'homme dont il orne ainsi la dernière demeure. George Evans aimait-il seulement les roses ? Était-il homme à s'arrêter pour les contempler et humer leur parfum ? Il regrette de ne pas savoir comment cet homme du Lancashire a fini dans un cimetière français, de ne pas avoir eu l'occasion de rencontrer Mme Evans pour en apprendre davantage sur son fils.

Harry fait quelques pas en arrière et sort son appareil photo. Il trouve dommage que l'herbe alentour n'ait pas été tondue plus récemment. Il focalise sur le nom inscrit sur la bande de métal, espérant que Mme Evans pourra en déchiffrer le lettrage. En arrière-plan, les croix des Français paraissent plus étroites et la silhouette des pommiers se détache contre le ciel. De chaque côté, des soldats inconnus s'immiscent dans le cliché. Harry imagine ces trois gars ensemble, prenant la pose pour se faire photographier dans une pommeraie. Il appuie sur le déclencheur.

Il songe à ce que Mme Evans va faire de cette photo. Puis imagine une tombe portant le nom de son frère aîné, une photo encadrée de cette tombe, et se demande ce qu'Emily en ferait. En a-t-elle besoin pour passer à autre chose ? Et, le cas échéant, que signifierait passer à autre chose, pour elle ?

Harry retire son chapeau et s'incline devant les soldats anglais. Il retire ensuite deux roses de la tombe de George et les place sur celles de ses voisins. En espérant que Mme Evans ne lui en voudrait pas de ce geste. Il décide alors de lui écrire une fois qu'il aura développé les photos, afin de lui parler de cet endroit. Il a l'impression de lui devoir davantage qu'une simple photographie, et aimerait aussi qu'elle lui en dise plus. Trop de questions demeureraient en suspens si ces visites se réduisaient à livrer des fleurs et à immortaliser l'image d'une tombe, et c'est lui qui porte le poids des peut-être concernant ces hommes qu'il a approchés.

Lorsqu'il relève la tête, il voit un homme au bout de l'allée. La présence d'autres yeux que les siens dans ce cimetière le rend brusquement conscient de ce que son appareil photo peut avoir d'incongru dans un tel lieu. Il est gêné. Cela pourrait être mal pris. Il imagine un inconnu photographiant la tombe de Will, et pense qu'il aurait envie de mettre une main devant l'objectif.

Il prend congé de George Evans d'un hochement de tête et lui dit qu'il ira rendre visite à sa mère. La silhouette en bout d'allée dépose une gerbe sur une tombe. L'homme lève les yeux, Harry effleure son couvre-chef pour le saluer. Il regrette de ne savoir que dire à un inconnu croisé dans un cimetière.

# 25

Emily
*Guillemont, Somme, août 1921*

Le ciel est bleu. Seuls quelques filaments blancs de cirrus y flottent en altitude, tandis que le vent souffle doucement sur les pentes fraîchement tondues. Une alouette chante et le soleil est chaud sur la nuque d'Emily, mais l'endroit n'a rien de joyeux. Si elle a vu des cimetières depuis le train, c'est autre chose que de se trouver là, maintenant, en sachant qu'une de ces croix est celle de William Blythe.

Elle se souvient que Harry lui avait écrit depuis un lieu appelé la Vallée riante. Il lui avait dit que Francis n'allait pas bien. Qu'il ne semblait plus être lui-même, comme si quelque chose avait disjoncté dans sa tête. Elle avait senti la détresse dans les lettres de Harry, sa panique, même, et la façon dont il l'interpellait. Il voulait qu'elle écrive à son mari. Il voulait qu'elle aide Francis à aller mieux. Si seulement Harry était là pour l'aider, maintenant… N'avait-il pas senti la panique dans ses mots ?

Deux mille soldats reposent dans ce cimetière, lui a dit le jardinier. Tant d'hommes. Les croix sont propres, parfaitement alignées, les parterres de fleurs bien entretenus autour d'elles. On prend soin de ces hommes. On ne les oublie pas. Ils ont des ancolies, des campanules, des pensées. Quand le jardinier lui parle de leur travail ici, elle sent un mélange de fierté et de désarroi dans sa voix. C'est juste la quantité de croix qui lui fait secouer la tête.

Elle avait pensé à rechercher Francis lors des premiers mois de paix et de possibilité, mais c'est toujours une tombe qu'elle s'imaginait chercher, dans un endroit comme celui-ci. Jamais elle n'avait privilégié l'autre éventualité. Beaucoup d'hommes dans ce cimetière ne sont pas identifiés ; leurs croix portent la mention *Soldat de la Grande Guerre*, ou *Connu de Dieu seul*. Francis aurait pu être n'importe lequel d'entre eux, jusqu'à ce que cette photo arrive. Dieu était-il donc le seul à savoir ce qu'il était devenu ?

Tout est propre et coloré dans ce carré de jardin anglais, mais au-delà de cette limite, les couleurs changent et les arbres racontent une autre histoire. La forêt est détruite à l'horizon, les troncs brisés et noircis, d'où surgissent des branches piteuses, tendues comme des bras implorants. Ici flotte un parfum d'herbe coupée et de roses thé ; là-bas, elle sait que c'est l'odeur de brûlé qui domine.

Elle suit le jardinier dans l'allée. Il lui est impossible de ne pas regarder les noms des hommes sur les croix, même si cela la fait pleurer. Il y a tellement d'hommes de Manchester dans ce jardin fleuri, de jeunes hommes pleins d'ambition, de projets, d'espoir, elle imagine – comme Will, Francis et Harry. Des objets ont été déposés sur certaines croix, pour montrer qu'on pense à eux. Il y a des couronnes de verdure, de laurier, de feuilles de chêne.

— C'est drôle que vous veniez voir ce gars, dit le jardinier en se tournant vers elle. Il a eu deux visites en une semaine. Quelqu'un le cherchait aussi, il y a quelques jours seulement.

— Un homme ?

— Son frère.

— Francis ?

Pendant quelques instants, tout tourne autour d'elle – les croix, les parterres de fleurs, les arbres dévastés. Pendant quelques instants, tous les angles chavirent et le parfum des roses devient suffocant, et puis, l'homme nommé Alfred secoue la tête et dit :

— Non, Harry.

Elle rit, sans trop savoir pourquoi. De soulagement, peut-être ?

— Harry est venu ici ?

— Oui, en début de semaine.

Elle a vu les fils barbelés au bord de la route, la tôle ondulée effondrée et rouillée jusqu'à devenir poussière, et elle a pensé à Harry sur son lit d'hôpital, la poitrine déchirée par ces barbelés. Elle se rappelle le choc en voyant son visage blême, ce jour-là, et le poids de la main qu'il avait posée sur son bras. Quand elle y repense, elle éprouve de la haine pour ce maudit fil de fer, et elle a envie de repasser son bras sous le sien.

— Je suis heureuse qu'il soit venu, dit-elle.

— Voilà, nous y sommes.

Le jardinier s'arrête devant une croix. Il retire son chapeau et pose une main sur l'épaule d'Emily.

— Je vous laisse avec lui. Toutes mes condoléances.

Le souvenir lui revient d'un œuf de rouge-gorge au creux de la main d'un garçon ; de doigts balayant un reste de terre pour lui montrer le motif sur un éclat de poterie. Elle se rappelle les mains de Will tendues vers elle pour lui montrer des silex, des fleurs, un crâne de souris, une pomme de pin, une boucle en bronze trouvée dans la terre. Il avait les poches remplies de trésors, et toujours quelque chose à partager. Elle se souvient de son éternelle curiosité. Comment tout cela a-t-il fini ? Comment ce garçon a-t-il atterri dans cet endroit ? Sur sa tombe, William Blythe a dix-neuf ans. C'est la chose la plus triste qu'Emily ait jamais vue, se dit-elle.

Elle s'agenouille et pose une main sur la croix pour toucher la bande métallique où est inscrit son nom. Un besoin puissant d'étreindre cette croix s'empare d'elle, en même temps qu'un élan d'affection et une intense colère. Comment ceci peut-il être ce garçon ? Il y a des pétunias rouge vif au pied de sa tombe, ainsi que des zinnias orange et une plume noire. Voilà au moins qui paraît juste. Elle aimerait lui apporter des fossiles, des coquillages, des caramels et des images offertes dans les paquets de cigarettes, mais tout ce qu'elle a à lui offrir aujourd'hui, ce sont ses larmes. Elle pense à Harry venu se recueillir sur la tombe de son frère et pleure pour lui également.

Mais le fait de savoir que Harry effectue ce parcours avec elle la réconforte un peu. Elle n'est pas tout à fait seule. Pas tout à fait idiote. Et pourtant, elle ne peut s'empêcher de se demander pourquoi Harry a mis tant de temps à l'entreprendre. Pourquoi une telle réticence à venir ici ? La réponse lui vient tout de suite ; il lui suffit de regarder autour d'elle pour comprendre. Brusquement, elle se dit qu'elle n'aurait peut-être pas dû lui demander de revenir.

Elle sait que Francis serait venu ici, s'il l'avait pu. Il serait venu voir Will. Elle en était certaine. Elle revoit les bras de Francis sur les épaules de son cadet, les mains de Francis ébouriffant les cheveux de Will, leurs doigts entrelacés comme ils se défiaient au bras de fer sur la table de la cuisine. Francis laissant gagner Will et feignant la douleur. Will suivant toujours Francis. Comme il l'avait suivi jusqu'à cet endroit. Non, Francis ne l'abandonnerait pas ici. Elle s'imagine le Francis de la photo dans ce cimetière. La couleur des ancolies contraste cruellement avec le visage en noir et blanc.

— Est-ce Harry qui a déposé cette plume ?

Le jardinier arrose les rosiers au bout de la rangée. Il lui sourit en levant les yeux.

— Une plume ?

Elle la fait tourner entre ses doigts. C'est une plume d'aile de corbeau, pense-t-elle. Brillante et soyeuse, elle réfléchit le bleu du ciel.

— Elle était là, dit-elle en désignant l'emplacement. Plantée dans le sol au pied de la tombe de William. C'est lui qui a dû la mettre là.

Le jardinier secoue la tête en avisant la plume.

— Non, elle n'était pas là ce matin, je vous l'assure, mademoiselle. J'ai désherbé cette allée, je l'aurais vue.

— Ah bon ? s'étonne Emily.

— Elle a dû tomber du ciel.

— C'est possible…

Elle la remet au pied de la tombe et la fixe quelques instants. Cette plume semblait avoir été délibérément plantée dans le sol. Elle n'arrive pas à croire que le vent seul ait pu faire cela.

— Est-il encore ici ?

— Pardon ?

— Harry.

— Non. Ralph l'a emmené à la gare – avant-hier, si ma mémoire est bonne. Il allait vers le sud, je crois, et ensuite à Ypres.

— Ypres ?

— Il avait quelque chose à voir concernant son frère, là-bas. Son autre frère. À propos d'une photo de lui.

# 26

Harry
*Rosières, Somme, août 1921*

— «*Après la guerre, fini, soldats anglais, partis*[*] », chante Élodie tout en passant entre les tables, une soupière dans les mains.

Tout le monde dans le café connaît son nom et les paroles de cette chanson. La salle fredonne avec elle.

De sa table, Harry voit la flèche du clocher. La vue d'un tel édifice encore debout est assez étonnante. Il ne s'attendait pas à le trouver intact. Une bonne partie de la toiture de l'église a glissé, et le bâtiment annexe lui évoque un château de cartes effondré, mais le clocher est demeuré semblable à celui qu'il avait dessiné, quatre ans plus tôt. Ils l'avaient longtemps cherché du regard, à l'horizon, pendant leur marche vers la réserve. En le voyant, il s'était fait la réflexion que ce clocher était comme un phare pour eux, les guidant à bon port. Aujourd'hui, c'est un miracle à lui tout seul.

— Monsieur, ça ne vous dérange pas ?

Élodie est devant sa table et arque des sourcils interrogateurs. Elle désigne la chaise vide face à lui, puis une personne qui attend près du comptoir.

— Je suis désolée, mais nous avons beaucoup de monde aujourd'hui.

Une famille occupe une grande partie du restaurant avec force bruit. Ils lèvent leurs verres et portent des toasts à une dame aux cheveux blancs assise en bout de table.

— Non, pas du tout, je vous en prie.

Il se lève et, d'un geste, invite l'homme à s'approcher. Harry ne tarde pas à le reconnaître. Il lui tend la main.

— Je crois que nous nous sommes déjà croisés aujourd'hui, non ?

L'homme lui serre la main.

— Ah, oui, au cimetière. Je m'appelle Gabriel Bouquet. C'est très aimable à vous de m'accueillir à votre table.

Il s'installe sur la chaise en face de Harry.

— Harry Blythe.

— Si vous préférez garder votre tranquillité, nous ne sommes pas obligés de bavarder.

— Oh, non, du tout. Je suis ravi de faire votre connaissance.

— Formidable. Et moi, je suis ravi de pouvoir pratiquer mon anglais. Je collectionne les mots anglais – comme les papillons.

Il lève les yeux, semblant chercher ses mots.

— Hélas, comme les papillons, ils m'échappent souvent.

Il mime des doigts un battement d'ailes aléatoire, qui échoue sur la nappe, avant de relever les yeux et de rire.

Harry songe un instant au catalogue d'Arras, à la collection de nez, d'yeux et de bouches attendant d'être identifiés. Il s'empresse de chasser ces motifs pour se concentrer sur les traits qu'il a en face de lui. Gabriel Bousquet a des yeux verts, assez écartés, avec un regard amusé. Son visage est triangulaire, ce qui lui confère un air de chat. Harry se surprend à calculer les angles de ce visage singulier, en se demandant comment il le coucherait sur le papier. Il sourit à la jeune fille qui leur apporte du pain et du vin. Elle s'empourpre sous le sourire étincelant de Gabriel.

— J'espère ne pas vous avoir dérangé, au cimetière, dit Harry.

— Non, pas du tout.

Gabriel retrousse ses manches de chemise avant de servir le vin.

— Je vous ai vu prendre des photos. S'agit-il de la tombe d'un membre de votre famille ?

— Non. Je prenais cette photo pour la mère de l'homme enterré là. Elle ne peut pas venir jusqu'ici.

— Afin qu'elle puisse voir où se trouve son fils ?

— C'est l'idée.

Gabriel soupire, faisant voler les cheveux de sa frange.

— Eh bien, voilà qui n'est pas banal.

— En effet.

Harry se sent un peu gêné. En expliquant les choses à Gabriel, il se rend compte que ce n'est pas tant avec le principe qu'il éprouve une difficulté morale, ou avec le fait même de prendre une photo, mais plutôt avec celui de recevoir une rémunération pour cette tâche. Il a beau savoir que Mme Evans sera peut-être réconfortée de savoir son fils décemment enterré, il n'aime pas l'idée d'être payé pour lui livrer une chose aussi triste.

— Et vous êtes photographe de métier, en Angleterre ?

— Je travaille dans un studio de photographie. Je prends des photos de mariés, de vieilles filles en vacances et de bébés. Les bébés sont assez agaçants – ils pleurent, ils me font des flous et laissent des traces humides derrière eux ; mais quand je développe mes photos au studio, je suis toujours content de les voir.

Gabriel heurte son verre contre celui de Harry pour trinquer.

— Ça ne m'étonne pas.

La jeune fille leur apporte la soupe. Gabriel les sert, comme s'il était habitué à tenir ce rôle.

— Et vous ? s'enquiert Harry. Avez-vous un parent ou un ami au cimetière ?

— Mon frère, oui.

La soupe est claire et presque insipide. Gabriel la saupoudre d'une bonne dose de poivre et éternue dans un mouchoir brodé aux initiales de quelqu'un d'autre.

— Oh. Je suis navré.

Gabriel hausse les épaules.

— Nous étions ici tous les deux, dans le Bois de Chaulnes, à l'hiver 1916. C'était terrible, dans cette forêt. Il y avait des tombes partout. On est montés vers le nord en février, mais mon frère est resté là-bas.

— Nous, on est descendus vers le sud, jusqu'ici, le même mois. J'y étais avec mon frère également.

Il lève le menton en direction de la fenêtre.

— Je me rappelais justement que j'avais dessiné la flèche de cette église.

Harry se rappelle également les tombes françaises devant lesquelles ils étaient passés en marchant sur la route. Ils avaient entendu dire que toutes les routes des environs regorgeaient de barbelés emmêlés, de postes d'artillerie et de morts français. Mais il se souvient surtout de la boue sur ces routes.

— C'est bizarre de revenir ici, vous ne trouvez pas ? C'est la première fois que je me rends sur la tombe de mon frère. Je me suis dit qu'il fallait que j'aille la voir avant de rentrer chez moi. Ma mère ne l'a jamais vue.

Gabriel avale son vin comme s'il avait hâte de s'en débarrasser puis remplit à nouveau son verre.

— Auriez-vous la gentillesse de la prendre en photo pour moi ? Je vous paierai, naturellement.

— Bien sûr. Mais à la condition que vous ne me donniez pas d'argent pour ça.

— Dans ce cas, je peux peut-être vous offrir une bouteille de whisky ?

— Voilà une proposition plus sympathique.

Gabriel lève son verre en regardant Harry et lui sourit.

— Alors comme ça, vous rentrez chez vous ?

— Oui. *Enfin** ! Je vais descendre vers le sud. J'ai travaillé sur des chantiers de construction à Clichy pendant deux ans. Je suis maçon.

Harry hoche la tête et boit une gorgée de vin.

— J'imagine que le travail ne manque pas ?

— En effet. Mais je dois rentrer à la maison. Je me retrouve pris dans un filet dont il serait difficile de m'échapper.

En arrière-plan du portrait de Gabriel, le café est animé. Un groupe d'ouvriers au visage blanc de poussière de plâtre jette des coups d'œil réguliers sur la pendule tout en buvant. Ils taquinent Élodie et éclatent de rire à ses reparties bien senties.

— Pris dans un filet… contre votre gré, donc ?

— Par devoir, répond Gabriel en arrondissant les yeux, comme s'il n'aimait pas beaucoup ce mot.

— Envers votre mère ?

— Elle n'arrête pas de m'écrire pour me dire de rentrer. Nous avons une ferme – moutons et tabac, principalement. Je suis le fils cadet, mais Marcellin, mon aîné, est mort il y a cinq ans et mon père est malade. Il n'a pas pu labourer la terre l'année dernière. J'y vais pour ma mère, par devoir envers elle, qui dort maintenant dans la bergerie et a peur de manquer de pain. J'aurais dû rentrer il y a deux ans déjà. J'ai deux années de retard.

Élodie débarrasse les bols de soupe et leur apporte des tranches d'une viande difficilement identifiable, qui baigne dans une sauce brune. Gabriel remplit les verres.

— J'aurais peut-être dû rentrer, moi aussi, mais je ne l'ai pas fait, dit Harry. Je sais que ce n'est pas simple.

— Ma mère veut que je prenne la place de Marcellin dans les champs et dans le lit de sa veuve. Mais je n'ai aucun enthousiasme à revenir. C'est compliqué.

Harry regarde Gabriel attaquer la viande avec son couteau.

— C'est toujours compliqué, dit-il.

Autour d'eux, il y a des paysans revenus du marché, des commerçants, des employés de boutique, des artisans, et un boucher en tablier blanc. Le chef est planté à la porte des cuisines et observe la réaction des clients à son plat de viande.

— Elle m'écrit toutes les semaines, des tas de lettres, en me suppliant. Je n'ai pas le choix.

Gabriel repousse la viande sur les bords de son assiette. Il a de vieilles cicatrices sur les avant-bras.

— Cette viande n'est pas bonne, dit-il.

Harry pense aux cicatrices que la guerre a laissées sur les mains d'Emily. L'aurait-elle accepté s'il était rentré à la maison en lui disant qu'il comptait prendre la place de Francis ? Cette éventualité a-t-elle seulement jamais existé ? Existera-t-elle un jour ?

— Donc, vous n'êtes plus maçon ?

— Pas un simple maçon – je compte devenir tailleur de pierre, sculpteur de monuments, même, précise Gabriel en s'illuminant soudain. Je dois faire un *monument aux morts**. C'est la commune qui me l'a demandé. Ils veulent une statue d'un soldat avec un socle sur lequel on pourra graver le nom des hommes tombés au combat. Je dois créer quelque chose qui exprime le deuil des habitants, et qui parle de tous les hommes avec lesquels je suis parti me battre.

Il fait tourner son verre de vin entre ses doigts.

— La statue doit rendre hommage à onze morts – dont trois frères, en plus du mien. Ils préparent déjà l'emplacement.

— Ce doit être un honneur, commente Harry, ne sachant trop que dire à cela.

— Apparemment. Même si, aujourd'hui, je le ressens plutôt comme un poids sur mes épaules. Je n'arrive plus à dormir, parce que, quand je rêve de la statue, elle a toujours le visage de Marcellin. Mais il ne faut pas qu'elle lui ressemble.

Harry imagine une statue avec le visage de Francis. Il n'envie pas la tâche de Gabriel.

— Ils ont commencé à lever des fonds pour ça dès 1916.

Gabriel éponge la sauce de son assiette avec un morceau de pain.

— Au début, ce devait être à M. Abane de le faire. Après, ç'a été à Éloi Alazard, chez qui j'étais apprenti en 1914. Et puis, Éloi est mort, si bien que c'est moi qui en ai hérité. C'est un honneur de troisième main, disons, et le genre d'héritage dont je me serais bien passé.

— Oui, j'imagine.

— Je fais des dessins : des soldats héroïques, des soldats en pleurs, des soldats tordus de douleur.

Gabriel mêle le geste à la parole, illustrant son propos.

— J'ai la tête pleine de soldats morts, en pierre. Peut-être que notre fardeau, à nous, n'est pas si différent du leur.

En dépit des cicatrices, les mains de Gabriel ont quelque chose d'élégant. Lorsqu'il parle de ses dessins, ses mains s'agitent, ondulent, décrivent des arabesques devant lui. Il a les poignets souples d'un danseur indien. La serveuse rassemble les restes et empile les assiettes pour les débarrasser. Gabriel tente de capter son regard, sans succès. Il roule des yeux en regardant Harry.

— Mais je parle trop. Pardonnez mes mauvaises manières. Et vous, alors ? Vous êtes là uniquement pour le travail ?

— Par devoir aussi. J'essaie de trouver des indices de la présence de mon frère. Je pense qu'il est mort, mais rien ne prouve non plus qu'il ne soit pas vivant. Ma belle-sœur a besoin de savoir, dans un cas comme dans l'autre. Sauf que je ne suis pas sûr de pouvoir un jour lui assurer quoi que ce soit.

Gabriel opine du chef.

— Même si vous trouviez une tombe, comment être sûr que c'est le bon gars, à l'intérieur ?

Il épluche une poire avec son couteau d'un geste circulaire, habile et sûr.

— Quand je suis allé sur la tombe de Marcellin, je n'ai pas eu la certitude que c'était lui qui était enterré là. Je n'avais pas le sentiment de me trouver près de mon frère. J'ai lu quelque part que les registres d'inhumation sont souvent erronés, parce que la terre a été retournée trop de fois, que tout a été mis sens dessus dessous. Comment le savoir ? Mais c'est très difficile à expliquer à quelqu'un qui n'a pas vu tout ça de ses propres yeux, n'est-ce pas ?

— Absolument, répond Harry.

# 27

Harry
*Tranchées de communication françaises de Chaulnes, Somme, février 1917*

Ils avançaient en silence depuis un moment, au seul son des claies qui s'égouttaient. La terre était profondément gelée depuis le début du mois. Ils s'étaient réveillés avec les membres engourdis, les barbes pleines de cristaux de glace. Le froid leur faisait mal aux yeux, à la gorge, et rongeait l'extrémité de leurs doigts. Ils avaient maudit ce froid et prié pour que vienne le dégel. Le dégel était maintenant là, sous un ciel chargé de pluie. Harry entendait l'eau ruisseler sous les caillebotis.

— En file indienne, ordonna le lieutenant Rose depuis la tête de la colonne. En faisant le moins de bruit possible.

Harry écouta le bruit de leurs godillots sur les planches mouillées. Il baissa la tête et enfouit les mains dans les poches de sa capote. On leur avait dit que la ligne devant eux était très dangereuse – les Français essayaient de prendre les bois. Le paysage le confirmait : les routes étaient défoncées et criblées de cratères, le village en ruine. Toutefois, on n'entendait aucun bruit de fusils à l'avant. Le seul son était celui de l'eau qui gouttait, et le piétinement humide de leurs pas.

— « Et c'est ainsi que noblement, nous nous lançâmes dans la bataille », dit Pembridge dans sa barbe.

Le ciel était immense et gris au-dessus de leurs têtes. Ils avaient laissé derrière eux les derniers signes du village, et il n'y avait rien vers quoi naviguer, dans leur champ de vision ; aucune colline, aucun arbre, aucun bâtiment même effondré n'était en vue. Rien que les hauts murs de terre, un ciel en entonnoir et le barda de Wilkinson, devant, avec sa gamelle en fer-blanc qui se balançait.

— Attention, fit la voix de Bartley à l'avant.

Une partie du mur de la tranchée s'était effondrée en un petit glissement de terrain sur leur passage. Ils passèrent dessus en râlant tandis que leurs pieds s'enfonçaient dans la terre détrempée. Harry sentit le froid s'immiscer dans ses chaussures.

— Ça lâche à cause du dégel, déclara Jones.

La terre s'écroulait maintenant des deux côtés. Devant eux, le fond inondé de la tranchée reflétait brièvement le ciel d'hiver quand ils ne pataugeaient pas dedans.

— Ça dégringole de partout, dit Wilkinson. Tout va finir par se casser la gueule.

Ils avaient de la boue plein les pieds, jusqu'aux chevilles, bientôt jusqu'aux mollets. L'eau était glaciale. Harry regarda les premières gouttes de pluie tomber dans la gamelle de Wilkinson. Ses propres mouvements, reflétés par le métal, avaient la couleur de la boue. Pour passer le temps, ils se mirent à discuter de l'efficacité de divers cataplasmes, et à spéculer sur la possibilité qu'ils aient tous une pneumonie dès le lendemain.

— La graisse d'oie, y a que ça de vrai.

— Moi, je préfère la graisse de rôti.

— Je serais prêt à vendre ma femme pour pouvoir me payer un bon bain chaud, là, maintenant.

— J'ai vu une photo de ta femme. On pourrait te filer de l'eau chaude gratuitement, par pure compassion.

La ligne progressait lentement. Au début, c'était comme remonter le cours d'un ruisseau, mais à présent, le ruisseau avait gagné en volume et épaissi. C'était désormais une boue profonde et collante. Ils avançaient à pas prudents et calculés. On aurait dit que le paysage lui-même était maintenant contre eux, cherchant à les aspirer, à les retenir. On en oubliait l'ennemi. Les hommes juraient et vacillaient, luttant pour rester debout. Harry plaquait ses mains contre les parois de chaque côté pour se stabiliser. Les parois recrachaient de l'eau et s'effondraient sous la poussée. Le moindre pas était un effort.

— Qu'est-ce qui se passe ?

Devant eux, les hommes s'étaient arrêtés.

— C'est un marécage, dit Pembridge. On est piégés.

— Il y a moyen de passer ailleurs ? demanda Bartley.

— Qu'est-ce que tu suggères ? De passer par là-haut ?

— Ou de construire un bateau ?

Les treillages de maintien s'étaient effondrés, laissant les câbles et les parois tomber de toutes parts. À l'avant, ce n'était plus que boue.

Bartley heurta Harry. Les autres hommes faisaient pression derrière eux.

— Avancez, dit la voix de Fearnley.

— On ne peut pas reculer, dit Jones.

Harry était maintenant embourbé jusqu'aux genoux, et épuisé de se mouvoir dans cette matière dense et collante. Sa capote lui semblait affreusement lourde.

— Mes jambes me lancent un SOS, dit Pembridge.

Harry progressait en faisant de grands pas très lents. Le moindre mouvement requérait toute sa concentration. Il ne pensait qu'à une seule chose : traverser ce bourbier. Seulement, celui-ci ne semblait pas avoir de fin. Les silhouettes couleur de terre devant lui titubaient comme des vieillards. Il aurait aimé pouvoir se débarrasser de son matériel et de sa capote. La pluie creusait de petits cratères à la surface de la boue.

— J'ai l'impression d'avoir cent ans, dit un Bartley haletant.

— Et moi, je crois que je pourrais dormir cent ans si je me couchais.

Pembridge s'appuya contre un piquet, les yeux fermés.

— Je m'en remets au mât, dit-il.

Il rouvrit les yeux et les leva vers le ciel.

— Cette galère est en train de sombrer.

Harry n'était maintenant plus que glaise, jusqu'aux cuisses ; telle une statue luttant pour la vie. La matière était molle mais impitoyable. Glaciale à en être brûlante. Quelqu'un poussait des hurlements, devant. Des cris hystériques.

— Je ne suis pas sûr de pouvoir continuer, dit Bartley. Ni de vouloir continuer.

La pluie ruisselait sur le visage de Harry. Il sentait le goût de sel de sa peau, ses yeux qui piquaient. L'idée lui vint de tout arrêter, de baisser les bras et de se laisser engloutir tout entier. Il imagina la boue entrer dans sa bouche, dans son nez, envahir sa gorge, ses poumons. Il chancela, pris de panique.

— Allez ! fit la voix de Francis quelque part derrière lui.

Harry se retourna. La file des hommes se réduisait à des ombres, au brouillard de buée des respirations et au vague scintillement des gouttes de pluie sur les capotes imperméables et les casques en fer-blanc.

Son pied pivota, et il le sentit glisser et s'enfoncer. Aussitôt, le froid remonta. Ses mains cherchèrent une prise, mais il n'y avait rien à quoi se raccrocher, rien pour l'empêcher de tomber. Il voulut bouger son pied pour reprendre son équilibre, mais la boue était trop lourde, trop dense. Elle lui montait maintenant jusqu'à la taille. Il se mit à battre des bras frénétiquement, en vain – toujours pas de prise. Il était enlisé jusqu'à la poitrine. La silhouette de Pembridge s'éloignait. Il essaya de se tourner, cherchant de l'aide derrière lui.

Tout à coup, Francis était là. Son visage s'éclaira comme il portait une allumette à sa cigarette. L'allumette s'envola, décrivant un arc, et les mains de Francis empoignèrent Harry. Il sentit le pouls de son frère qui le tirait, le hissait, s'échinait à le sortir de là. Puis la lueur rouge de la cigarette disparut et Harry tomba à nouveau. Le froid envahit tout son corps, en même temps que la panique.

— Francis !

D'autres mains se pressaient maintenant sous ses bras, tiraient sur son barda et sur sa capote. Il sentit un souffle chaud contre sa joue et aperçut des visages vaguement familiers. Poussa un hurlement comme on le tirait. Il lui semblait que ses aisselles allaient se déchirer, ses os se détacher les uns des autres. Soudain, la boue le lâcha. Il s'agrippa à Bartley et battit des paupières face à ses yeux tout près des siens. Il voulait dire merci, mais aucun son ne parvenait à sortir de sa bouche. Les hommes devant eux continuaient d'avancer et ils en firent de même. Il se retourna et vit sa capote s'enfoncer dans la boue.

— Laisse-la, dit Bartley.

Harry se rappela la fois où il avait passé tout un après-midi à regarder un papillon s'extraire lentement de son cocon, luttant contre son étreinte pour déployer ses ailes. Il aurait bien aimé en avoir, des ailes, se dit-il tout en avançant péniblement dans l'obscurité et le bourbier, désormais à mi-cuisses. Il repensa aux mains de Francis lâchant les siennes. Avait-il rêvé ? Il entendait ses propres dents claquer.

— L'éclaireur est un espion, décréta la voix de Fearnley derrière. Il est du côté de l'ennemi, et nous a entraînés dans un marécage pour nous achever.

— Ce pauvre gars est perdu, c'est tout, lui opposa Pembridge. Il est aussi paumé que nous.

Harry regarda derrière lui. Tout ce qu'il pouvait distinguer, c'était le bref éclat de reflets et une ligne mouvante de bouts de cigarettes rougeoyants. Une de ces lueurs provenait-elle de Francis ? Était-il toujours derrière lui ?

— On est tous perdus, dit Bartley.

Ils continuèrent sans parler, dans le bruit de leurs jambes fendant la boue et de la pluie tombant sur eux. Le clair de lune conférait une étrange texture à tout ce qui les entourait. Devant eux, la tranchée inondée frémissait.

— Qu'est-ce que c'est que ça ?

Des voix s'élevaient à l'avant, avec des notes d'hilarité et d'accent étranger. Harry se redressa et vit des silhouettes d'hommes perchés en haut du parapet. Pembridge s'arrêta, se tourna vers Harry.

— Boche ?

— Français.

Les *poilus** se tenaient en haut des tranchées qu'ils étaient censés occuper. Harry voyait leurs silhouettes. Ils allaient et venaient, ne semblant pas se soucier de la présence de l'ennemi, et tendaient la main aux Alliés venus les relever. À l'avant, des hommes sortaient déjà du bourbier.

— Ils sont fous, ou quoi ?

— Ou alors, c'est nous.

Une fois en haut, on se tapait dans le dos. On s'offrait des cigarettes. Quelqu'un chantait. Comme si tout le monde avait oublié la guerre. Comme si la guerre était finie.

— *Allons, venez ! Ne restez pas dans la merde** !

Des mains se tendaient vers eux, proposant leur aide pour les sortir de là.

— Ça ne craint rien ?

Les hommes sur le parapet riaient. Harry prit la main qu'on lui offrait et escalada la tranchée tant bien que mal, avant de rouler à terre en arrivant en surface.

— *Bien. C'est mieux, hein** ?

Des mains vinrent lui décocher des bourrades amicales. Allongé sur le dos, il regarda les visages autour de lui. Des visages souriants et amusés. Ces hommes étaient-ils des fous, des satyres ou des fantômes ? Il prit une cigarette qu'on lui tendait et la main qui se proposait de l'aider à se relever.

— *Hé, regardez par là** !

Quelqu'un tendit un bras dans l'obscurité. Harry regarda ce no man's land de terre retournée et criblée de cratères, où les trous d'obus remplis d'eau luisaient comme des mares de lait entre quelques restes d'arbres squelettiques. Au loin, on distinguait une ligne de lumières jaunes en mouvement. Harry baissa les yeux vers la cigarette dans sa main et comprit de quoi il s'agissait.

— Ils sont en surface, eux aussi ?

— Ils sont sortis ce soir, alors on a fait pareil. Leurs tranchées sont inondées, comme les nôtres, dit une voix sans visage avec un fort accent.

Harry discernait ce qui lui semblait être un clocher d'église par-delà les lignes ennemies.

— C'est aussi dur pour eux que pour nous. Pourquoi est-ce qu'on devrait tous rester à croupir dans la boue, juste parce que des hommes politiques l'ont décrété ? Le village, derrière, c'est Chaulnes. On se bat pour le défendre depuis sept mois.

Un rire éclata dans le noir.

— *C'est complètement fou. De la pure folie**, dit la même voix inconnue.

# 28

Harry
*Chaulnes, Somme, août 1921*

— Donnez-moi la main, dit Gabriel. *Allez** !

Ils grimpent à travers les fossés herbeux qui étaient autrefois des tranchées et montent sur le parapet. Le sol devant eux, bien qu'il soit désormais recouvert de verdure, semble toujours instable et dangereux. Alors qu'ils passent à travers les vieux barbelés, Harry se souvient du moment où il marchait sur le haut du parapet, cherchant Francis. Il l'avait finalement trouvé en train de fumer avec Harrison. Il avait tendu son paquet de cigarettes à Harry, et avait dit : « On se demande à quoi ça sert, tout ça, pas vrai ? » Harry n'avait pas été capable de stabiliser sa main quand Francis avait tendu l'allumette vers lui. Ce souvenir lui revient avec une telle force que Harry doit à nouveau croiser les bras sur sa poitrine, comme cette nuit-là.

— On est venus ici en septembre 1916, dit Gabriel en protégeant ses yeux du soleil. À ce moment-là, la ligne encerclait la moitié de la ville. On se battait dans les bois au nord, pour essayer de compléter le cercle, mais c'était comme une forteresse. Imprenable.

Plus loin, au nord, l'horizon est hérissé de souches d'arbres déchiquetés. C'est un décor effrayant, qu'on dirait tout droit sorti d'un conte pour enfants.

— Marcellin est mort là-bas, dans les bois ?

— Oui.

Harry a pris une photo de la tombe de Marcellin Bousquet ce matin, et une autre avec son frère à côté, la main de Gabriel posée sur la croix. Il y avait beaucoup de tendresse et de simplicité dans ce geste. Derrière son objectif, Harry s'est figuré la main de Gabriel sur l'épaule de son frère. Il ne parvient pas à s'imaginer prenant la pose lui-même, ainsi, à côté de la tombe de Francis.

— Je suis désolé.

Ronces et barbelés s'accrochent aux jambes de son pantalon. Il les écarte d'un coup de pied.

— Nous sommes entrés dans la ville, enfin, ce qu'il en restait, en mars 1917. Elle était totalement déserte.

Il se rappelle avoir suivi Francis dans une maison ravagée par un incendie, qui sentait le bois calciné. Harry avait effleuré la surface d'une cuisinière en fonte et avait été surpris de la sentir encore chaude.

— Il paraît qu'ils vont planter des pins par ici, sur de grandes étendues. Ils pensent que ces arbres peuvent pousser plus facilement que d'autres dans un sol pareil.

Harry tourne les yeux vers Gabriel.

— On pousse jusqu'à la ville ensemble ?

— Oui. Je veux bien.

Ils avancent à pas prudents entre les enchevêtrements de vieux fils de fer, sur les creux et les bosses du sol. Il voit une grenade à main qui se décompose en rouillant, et une douzaine de cartouches de mitrailleuses. On dirait des objets laissés par une ancienne civilisation. Ici, un portail en fer forgé plié dans une forme effrayante, là, le cadre mutilé d'un lit de repos. Harry réalise à quel point il a essayé de chasser tout cela de son esprit. Il avance prudemment, ne voulant pas tout voir, mais ayant besoin de voir tout de même. Il y a des sacs de sable moisis, des bouts de chiffon et de longues formes brunâtres qui pourraient être des branches ou des os. Sa chaussure heurte le dos d'un livre. Il le pousse du bout du pied, et le livre retombe ouvert. À l'intérieur, les pages sont d'un blanc immaculé, les caractères nets, intacts.

— Une bible ?

— Je crois, oui.

Un instant, il songe que ç'aurait pu être le carnet qu'il a perdu, ce carnet rempli de dessins et de pensées qui revêtait une telle importance à ses yeux, dans lequel il pouvait déverser ses craintes et ses chagrins, confiner les images qu'il préférait oublier, et préserver les souvenirs auxquels il tenait. Coucher tout cela sur le papier lui apportait une forme d'équilibre, cela avait fonctionné longtemps ; et puis, un jour, ce carnet n'était plus là. Harry se demande si quelqu'un a eu l'occasion de donner un coup de pied dans son carnet, au milieu de quelque ruine, et, le cas échéant, à quel page il s'est ouvert.

— On allait à la même école, Marcellin, Madeleine et moi, poursuit Gabriel.

Harry le regarde pousser un casque du bout d'un bâton et le retourner. Par chance, il est vide. Gabriel jette le bâton et hausse les épaules.

— Madeleine avait le teint hâlé et des tresses blondes. Elle sortait les moutons et connaissait le chant des oiseaux. Elle était rapide de ses mains – elle réussissait à attraper des lézards. Elle dansait, aussi. Avec nous deux.

Harry voit des gavottes tourbillonner autour de Gabriel et de la tombe de son frère, et le sourire d'une fille aux dents blanches. Il voit le tourbillon d'un jardin d'antan, les lèvres d'une femme prononçant les mots d'une chanson jouée sur un gramophone. Mais la femme est l'épouse de son frère, et il ne devrait pas se rappeler ces mots sur ses lèvres. Il chasse tout cela d'un battement de cils.

— Ils se sont mariés avant la guerre ?

— Oui. Lui en uniforme. Mais quand on avait seize ans, je croyais que ce serait moi que Madeleine choisirait. C'est à moi qu'elle souriait le plus. Seulement, Marcellin avait de l'assurance. Il savait parler aux gens, aux femmes en particulier, et c'est lui qui allait hériter de la ferme des parents. Marcellin avait de l'avenir. Maintenant, il n'en a plus.

Gabriel ramasse un bout de métal marron et le fait tourner entre ses mains.

— Shrapnel ? dit-il. Mon frère me manque beaucoup, vous comprenez…

— Je comprends, répond Harry.

Ils rejoignent la route, qui semble avoir été refaite récemment. Le revêtement neuf confère un air encore plus tragique aux arbres décimés qui le bordent. Le soleil brille haut dans le ciel, mais ces arbres n'ont aucune ombre à offrir. Harry retire sa veste et passe une bouteille d'eau à Gabriel. Ce devait être une avenue chic autrefois, songe-t-il. Les monceaux de briques, bien espacés de chaque côté, devaient être des maisons bourgeoises. Dorénavant, il ne reste que des fragments de pierre taillée, et des roses s'aventurent sur les murs en ruine auxquels elles étaient peut-être retenues par une treille, avant. La majesté des piliers encadrant la grille d'entrée a des airs de moquerie.

— « Après le retrait de l'ennemi sur la ligne Hindenburg, les troupes britanniques sont entrées à Chaulnes le 18 mars 1917, sans avoir à faire usage des armes, ou presque. Mais la ville sera reprise par les Allemands en mars 1918, lit-il à haute voix dans son guide. Elle fut finalement reprise par les Alliés le vingt-huit août, après avoir été cernée. Tout fut rasé. Les maisons basses en brique et en pierre sur les larges rues droites de la ville abritaient une population d'environ douze cent cinquante habitants. Très peu d'entre elles ont échappé à une destruction totale. »

Gabriel lui rend la bouteille d'eau et ils poursuivent leur marche. Un couple vêtu de noir contemple une pile de gravats. La femme pose sur Harry des yeux humides. Il lui tire son chapeau.

— J'ai lu dans le journal que certains proposaient de laisser les tranchées en l'état, afin que tout le monde puisse les voir. Sur le coup, j'ai pensé que c'était une bonne idée ; mais plus maintenant. Cette maison est celle de quelqu'un. J'ai envie de m'excuser, quand je regarde ça, dit-il à Gabriel.

Il se retourne, et constate que la femme les suit des yeux.

— Pourtant, les gens ont envie de voir. On parle de créer un *Office national du tourisme**, avec des bureaux pour accueillir les visiteurs et des flottes d'autobus pour les emmener sur les champs de bataille. Il y en a qui disent que ce sera une nouvelle invasion.

Ils croisent une jeune fille aux cheveux blonds qui tient une miche de pain contre sa poitrine. Gabriel lui dit bonjour en français, mais la jeune fille garde les yeux rivés sur la route devant elle.

— Je ne sais pas si cette initiative sera bien accueillie, dit-il.

Des rideaux ondulent aux fenêtres de cabanes en bois. Les maisons d'ici ressemblent à des abris de jardin, pense Harry. On reconstruit une ville en bois de pin et en tôle ondulée. Un vieil homme porte des seaux d'eau tirée à une pompe. Des enfants font le piquet au carrefour et scrutent les passants.

— Cet endroit me fait penser à des photos de villes de chercheurs d'or que j'ai vues. Est-ce que ça ressemble à cela, au Klondike et en Californie ?

— À mon avis, c'est moins cher payé que pour les gens d'ici.

Ils font halte devant une cabane Nissen. Il s'en échappe le son d'un piano et de voix qui chantent. Harry reconnaît ce chant. Des bouts de papiers colorés ont été collés sur les vitres afin de donner l'impression de vitraux. Une grande croix de bois est clouée au sommet du toit en tôle, probablement récupérée sur un site plus ancien. Elle semble un peu pompeuse, ici. Harry se demande comment ces gens parviennent encore à avoir la foi et de l'espoir.

— Une communion, dit Gabriel.

— Peut-être que ce qui compte, c'est juste de se rassembler ?

Des poules s'égaillent devant eux. Un chien s'étire paresseusement et les regarde passer. Il y a une maison brûlée au bout de la rue, avec des briques roses noircies et des poutres effondrées. Harry imagine le fracas que cela a dû être quand la toiture a cédé. Ils s'assoient sur les restes du muret du jardin et se passent un paquet de cigarettes. Un enfant frappe le sol avec une branche d'arbre.

— On m'envoie des lettres, dit Gabriel. Les gens savent tous comment doit être le monument aux morts, et comment il ne doit pas être. L'ennui, c'est qu'ils ne sont pas du même avis. Une personne m'écrit que le soldat doit être réaliste, *un fils de la terre**, et une autre veut un *homme de guerre** héroïque. Une autre encore me dit que ce ne doit pas être un soldat, mais une mère, une *Vierge Marie**, la mère du Christ privée de son fils. Il y a aussi ceux qui pensent que l'œuvre ne doit pas être triomphale, qu'il faut que ce soit un hommage prolétaire, socialiste – comme un vieil homme peinant à labourer. Et d'autres qui veulent un symbole de paix, une figure de justice, une Victoire ailée... Mais je n'ai aucune idée de ce qui serait le mieux, moi !

Il lève les mains en l'air et regarde Harry.

— C'est ça, la paix ? C'est ça, la victoire ? C'est ça, la justice ? Comment est-ce que je suis censé prendre une telle décision ? Comment faire pour représenter tout ça ?

— Vous étiez soldat. Vous avez vu la guerre. Je suppose que, de leur point de vue, vous êtes mieux placé pour représenter tout ça que ceux qui ne se sont pas battus.

— Vous croyez ? J'aimerais en être aussi sûr que vous.

— Je vous fais confiance. Vous m'enverrez un croquis quand vous serez là-bas ?

— Bien sûr. D'ailleurs, je dois vous donner mon adresse pour les photos, dit Gabriel avant de marquer une pause. Ou alors, venez me les remettre en main propre. Si le temps se maintient, je ferai les foins à la fin du mois. Venez donc me rejoindre. Une paire de bras en plus, ça sera toujours bienvenu. C'est un boulot assez éreintant, mais plus léger que tout ça.

— Je suis tenté. Croyez-moi, je serais trop heureux de quitter cet endroit, seulement, j'ai seize noms dans ma poche, et j'ai promis de leur envoyer ces photos.

— Dans ce cas, rayez le dernier nom de votre liste aussi vite que possible, puis sautez dans un train.

Harry songe à la possibilité de rayer le dernier nom – celui de Francis – de sa liste, et à ce que cela impliquerait. Il lui faudrait voir une tombe, ou se retrouver face à face avec son frère, en chair et en os. Les deux scénarios lui paraissent peu probables pour le moment, et leurs conséquences défient l'imagination. Il regarde Gabriel inscrire son adresse au dos d'un billet de train usagé, d'une belle écriture tout en boucles et arrondis.

— *Calvaire-du-Quercy?* Comme un calvaire, le lieu de la croix?

— Le pays de mon enfance est une terre de croix, de sanctuaires et de reliques sacrées, répond Gabriel avant de hausser les épaules. Nous avons la foi chevillée au corps, ce qui fait probablement de nous des imbéciles.

Les pommes mûrissent dans le champ au bord de la route. Ces jeunes arbres semblent avoir été plantés il y a peu de temps, et, entre eux, les souches des plus vieux sont désormais presque invisibles. Harry se souvient que des bourgeons avaient éclos sur les branches sectionnées de vieux arbres, en mars 1917. Malgré toutes les souffrances que les arbres avaient endurées, des feuilles vertes avaient émergé. Ils avaient contemplé cette incroyable poussée de vie avec sidération. Une autre forme d'espoir, à l'époque.

— La renaissance. Tout se perpétue. Le cycle continue.

Gabriel désigne le nom peint au-dessus de la porte d'une cahute en bord de route: *Buvette de la Renaissance**. Un homme fume, appuyé contre l'encadrement de la porte, et lève son verre en les regardant.

— Quand j'aurai terminé mon mémorial, j'ai l'intention de cesser de me souvenir. Je ferai tout pour oublier tout ça. Je travaillerai chaque jour à en avoir mal aux os, et à tomber d'un sommeil sans rêves. Je profiterai de chaque nouveau matin, avec joie, et je ne regarderai plus jamais en arrière.

— Vous avez sûrement raison.

— Vous devriez en faire autant.

Gabriel tend la main à Harry.

— On se reverra, mon ami. J'en suis sûr.

— Je l'espère.

# 29

Harry
*Est de Chaulnes, Somme, mars 1917*

— Pourquoi ont-ils détruit les vergers ? demanda Bartley.

Ils étaient dans un champ où gisaient des arbres abattus depuis peu. Bartley était jardinier municipal, chez lui, et cette destruction semblait le choquer aussi profondément que s'il s'était trouvé au milieu d'un champ d'hommes morts.

— Pourquoi fait-on sauter les ponts ? Pourquoi y a-t-il des cratères à chaque coin de rue ? Pour la même raison : ne rien laisser qui soit susceptible de servir.

Ç'avait été comme un rêve étrange, de sortir des tranchées et de franchir la ligne qu'ils pensaient devoir défendre indéfiniment. Ensuite, ils avaient marché sur des routes qui, quelques heures auparavant, étaient encore les lignes ennemies. Ils avaient contemplé les rouleaux de barbelés, les galeries allemandes et l'herbe verte, au-delà. Ils avaient ri, s'étaient pris bras dessus, bras dessous, presque enivrés, tels des gosses un premier jour de vacances. Mais ils n'avaient pas tardé à se dégriser en voyant les bidons de pétrole et les maisons encore fumantes. C'étaient de petites choses sans conséquence qui avaient le plus touché Harry : la serre démolie, le poisson rouge flottant sans vie dans la mare, et maintenant, ce champ couvert de pommiers abattus.

— Mais les arbres, tout de même ! Regardez, il y a des bourgeons. Chez nous, j'élague début mars.

— Ils ont été sévèrement élagués, ceux-là, dit Pembridge.

— Ouaip, jusqu'au trognon.

Harry les dessina tandis qu'ils riaient dans le verger dévasté, Bartley tenant des branches contre son cœur, Pembridge piquant un somme parmi des pommes pourries, Fearnley et Robertson assis en tailleur devant un jeu de cartes. L'odeur douceâtre du bois fraîchement coupé lui chatouillait les narines. Une tourterelle turque cachée dans l'herbe prit son envol. Il sursauta en entendant le brusque battement d'ailes.

— Grosse frayeur ? le taquina Fearnley.

— Absolument !

Il posa son carnet de croquis et s'étira.

— Où est Francis ?

— Dans la maison, je crois, avec son appareil.

La façade de la ferme était encore debout, quoique dépourvue de fenêtres. Des rideaux à fleurs s'échappaient d'une ouverture à l'étage. Harry s'aventura prudemment au milieu des éclats de verre et de tuile. La porte ne tenait plus que sur un gond. Il entra. Les meubles semblaient avoir été détruits à la hache. Un buffet de cuisine avait été renversé, répandant une avalanche d'assiettes, de bols et un service à café en porcelaine. Le sol était tapissé d'éclats de vaisselle à motif floral. Exception faite du bruit du vent, le silence régnait. Le papier peint répétait un motif de clairières boisées sous un clair de lune. Pourquoi une telle orgie de destruction ? Pourquoi une telle violence assourdissante entre ces murs, seulement quelques heures auparavant ?

Leurs portraits se trouvaient toujours au-dessus de la cheminée, des photographies de face de lui et d'elle, côte à côte et inclinés de telle sorte que leurs yeux semblèrent se fixer sur Harry comme il s'approchait. Elle avait les cheveux tressés, des cils pâles et une fleur d'hortensia dans les mains. Lui arborait des bacchantes du siècle dernier et tenait un livre ouvert. Harry trouva ces photos un peu maniérées ; il y avait là quelque chose de forcé et de maladroit, comme une tentative d'imitation de portraits préraphaélites. Ces visages peu amènes étaient-ils ceux du couple qui avait choisi la porcelaine à motif floral et le papier peint au clair de lune ? Était-ce leur maison ? Harry entendit le pas de son frère à l'étage et se rappela les portraits jumeaux d'Emily et de lui qu'il avait peints, il y a longtemps.

Sur le palier, il y avait des morceaux de plâtre tombés du plafond et une voiture d'enfant. Il poussa une porte et vit une pièce au sol jonché de papiers, comme si une explosion avait eu lieu dans une bibliothèque. Il fixa les pages autour de ses pieds, dont la plupart semblaient avoir été arrachées à des livres de voyage. Il enjamba des cartes d'Abyssinie, des images d'expéditions arctiques, et se demanda ce qui avait pu justifier que ces pages soient ainsi arrachées de leur reliure. Quel crime cette somme de mots avait-elle commis ? La pièce suivante était remplie de plumes et de vêtements. Francis prenait des photos.

— Il y a eu une bataille de polochons ?

Partout, des plumes blanches. Elles frémirent comme Harry pénétrait dans la pièce. Il sentit une odeur de poudre de riz et de parfum. Francis rit derrière son objectif.

— Si ça se trouve, c'est comme ça qu'on finira.

Tous les tiroirs avaient été sortis de la commode, comme si quelqu'un avait fouillé de fond en comble. Francis photographiait les flacons de parfum, les brosses à cheveux et autres objets féminins près du miroir, en même temps que le reflet outragé de la pièce. Resté près de la porte, Harry regardait son frère chercher le meilleur angle.

— Tu es dans mon champ, dit-il.

Il recula sur le palier et s'alluma une cigarette. Ceux qui avaient commis ce saccage avaient-ils ri en détruisant cette maison, se demanda-t-il ? Ou bien étaient-ils pleins de colère et de haine contre ces gens et leurs possessions ? Avaient-ils regardé dans les yeux les portraits de la cheminée ? Il entendit le déclic du déclencheur.

— Fini ?

Francis était assis devant la coiffeuse. Un vase de violettes se dédoublait dans le miroir ; la fraîcheur des pétales indiquait qu'elles avaient été cueillies peu avant. Harry avait vu des violettes sous la haie, et fut soudain frappé par la fulgurance du temps. Cela faisait-il vraiment quelques heures seulement que l'homme aux bacchantes avait cueilli ces fleurs pour les offrir à la femme aux cils pâles ? Il était surprenant de trouver intacte une chose aussi fragile, au milieu d'un tel chambardement. Brusquement, ce petit vase de fleurs lui parut terriblement poignant et important.

— Du toc, en grande partie, dit Francis.

Dans le miroir, Harry vit les doigts de son frère fourrager dans une boîte de colifichets. Il y pêcha une broche, qu'il porta à sa poitrine.

— C'est de la pacotille, dit-il en croisant le regard de son frère dans le miroir, mais…

— On ne devrait pas être là.

— « Pour te ravir, je te ferai des broches et des jouets. Des chants d'oiseaux le matin, des lumières d'étoiles en soirée. »

Il y avait quelque chose de perturbant dans la voix chantante de Francis, ainsi que dans son regard dans le miroir. Était-ce de la provocation ? Cherchait-il la dispute ? Harry le vit glisser la broche dans sa poche.

— Tu ne devrais pas toucher à ça.

— Ne fais pas cette tête. C'est pour Emily. Je lui donnerai quand je rentrerai en permission.

— Tu n'as pas le droit.

— Ce sera joli sur elle, non ?

Le regard de Francis défia Harry dans le miroir.

— Tu n'as pas le droit de la prendre.

— Pourquoi ? Qui le saura ? Il n'y a que toi et moi. Tu n'oserais tout de même pas me dénoncer, hein ? Emily la portera, et elle pensera à moi.

— Tu n'as pas le droit de prendre quoi que ce soit.

Il ne vit pas la main de Francis bouger. Il ne le vit pas balancer la boîte, mais, d'un seul coup, tout se mit à voler dans les airs – boutons, perles et autres babioles. Il mit une main sur son visage et se pencha alors que des boutons de manchettes, des boucles en métal et des bobines de coton lui tombaient dessus. Dés à coudre, bracelets et ciseaux de couturière heurtèrent ses bras. Puis le vase explosa en allant se fracasser sur le mur derrière lui. Lorsque le calme revint, il avait des violettes à ses pieds et entendit Francis partir d'un grand rire.

# 30

Harry
*Épehy, Somme, août 1921*

Commande de photo : Mlle Winifred Uttley désire une photographie de la tombe de son fiancé, le soldat William Horace Stubbs (27891, régiment de l'East Yorkshire), tué au combat le 22/03/1918.

George Bartley repose à moins d'un mètre du soldat Stubbs. Harry fixe le nom sur la croix. Quand il ferme les yeux et se remémore le visage de Bartley, il le revoit assis dans un verger, en 1917. Harry l'avait dessiné ce jour-là, rapidement, discrètement, frappé par l'émoi de Bartley pour les arbres abattus et par la façon dont cela s'était traduit sur ses traits. Il se rappelle la symétrie – un peu étrange – du verger et tourne les yeux vers les lignes de tombes qui se multiplient maintenant derrière celle de son compagnon d'armes. Il se penche pour lire la date inscrite sur la croix ; George Bartley est mort cinq mois après ce jour où il s'était indigné du sort infligé aux arbres, ce jour où Francis avait volé la broche dans la pièce qui sentait la violette.

Il se rappelle qu'il a une pomme dans sa poche et sort son canif. Bartley lui avait parlé de l'étoile à cinq branches du trognon d'une pomme, en lui disant que cela représentait l'expiation et l'immortalité. « Symbole de péché et de vie éternelle à la fois », avait-il expliqué à Harry ce jour dans le verger, la première notion paraissant plus convaincante que la seconde, sur le moment. Harry coupe sa pomme soigneusement et en extrait les pépins, avant de les enfoncer dans le sol à côté de la tombe de son camarade. Il aime l'idée qu'un jour, Bartley sera à l'ombre d'un pommier, dont les fruits tomberont et donneront à nouveau la vie. Il aimerait avoir plus à offrir à William Stubbs que le simple fait de lui dire que Mlle Winifred Uttley pense à lui.

Il n'y a personne d'autre dans le cimetière. L'endroit est différent des villages de la ligne de front de la Somme ; les pèlerins et groupes de visiteurs ne viennent pas aussi loin à l'est. Il contemple la rangée. Ce sont principalement des hommes morts en septembre 1918 ; leurs tombes sont très proches les unes des autres. Quand Harry avait vu les lieux pour la première fois, c'était un paysage verdoyant de haies et de bosquets. Étaient-ils encore verdoyants en septembre 1918 ? Vu le nombre de morts dans ce cimetière, il présume que non.

— Je ne savais pas que tu étais là, dit-il à la croix de Bartley.

La date, en revanche, lui est familière : Bartley est mort le même jour que celui où Harry a été blessé. Il se rappelle sa panique sur le fil barbelé – il y en avait partout, parmi le sifflement et les déflagrations au-dessus de sa tête. De nombreuses tombes du cimetière sont ornées de couronnes en fil de fer. Le piège inextricable des barbelés et le trajet retour en train ambulance avaient mené Harry dans un jardin du Cheshire. Un bref instant, le souvenir du chant d'un merle et une odeur d'herbe coupée s'immiscent dans l'ici et le maintenant. Elle prononce son nom, le gramophone joue, et Emily ferme les yeux parce que tout tourne autour d'elle. Mais il n'a pas le droit de retourner dans cet endroit, et chasse ce souvenir.

Bartley aimait montrer aux gars une photo d'une fille appelée Jane, qu'il avait l'intention d'épouser. Harry se souvient du visage de cette fille. Est-elle venue se recueillir ici ? A-t-elle une photo de sa sépulture ? Épousera-t-elle quelqu'un d'autre ? Il pose une main sur la croix. Il écrira à sa famille, un de ces jours, et leur dira qu'il est venu sur sa tombe. Il leur demandera l'adresse de Jane, pour lui raconter cette journée dans le verger dévasté et que, même dans les pires moments, Bartley souriait toujours en regardant sa photo d'elle.

Un homme vend des couronnes de fil de fer aux portes du cimetière – les mêmes, constate Harry, que l'on voit sur beaucoup de tombes ici. Il songe à en acheter une pour Bartley, mais, après réflexion, il se dit que son camarade se satisfait sûrement des pépins de pomme. Il regarde les mains de l'homme effectuer leur ouvrage, admirant sa dextérité. La vitesse et l'assurance de ses doigts tressant le fil de métal sont étonnantes. Le souvenir du piège de barbelés lui revient brusquement, mais il y a un savoir-faire et un art évidents dans les formes géométriques que cet homme crée avec une paire de pinces. Il contrôle parfaitement la matière.

— *Je peux prendre votre photographie** ?

— Je n'aime pas trop poser pour les photographes, répond l'homme dans un anglais parfait.

Il a une voix douce, courtoise, et des yeux incroyablement pâles.

— Mais s'il le faut…

— Je promets de ne pas vous voler votre âme, dit Harry en lui tendant la main. Harry Blythe.

— East. Daniel East.

Il cadre Daniel parmi ses fils et ses couronnes. Ses doigts sont constamment à l'ouvrage. Il porte le vieux pardessus bleu de l'armée française, avec un chrysanthème rose à sa boutonnière. Harry regrette de ne pouvoir saisir les couleurs – celles du manteau, de la fleur, et des yeux à peine bleus de l'homme. Sur la pellicule, ses iris pâles auront l'air d'une absence.

— Je vous en enverrai un exemplaire, si vous voulez.

— Pas de domicile fixe, répond Daniel en haussant les épaules, avant de souhaiter bonne route à Harry.

Il part en direction du village. Comme tant d'autres, celui-ci est désormais un bidonville de cabanes où tôles de fer et panneaux préfabriqués ont poussé entre les ruines. Il entend le bruit d'une scie. Plus loin, on aplanit de vieilles fondations. Dans les rues rebitumées, les enfants poursuivent un chien en riant et en tapant sur un bidon.

Blanche et propre, une statue en béton tout neuf se dresse au milieu des décombres. Harry s'accoude sur les grilles qui l'entourent, ornées de rubans bleus, blancs et rouges, et lit la plaque : *Monument aux morts**. Dédiée aux morts du village – *À nos enfants** –, la silhouette d'une femme incarne le deuil général. Elle a les yeux baissés sur le casque d'un poilu. Elle le touche du plat de la main droite tandis que, de la gauche, elle tient un rameau contre sa poitrine. Ce geste plein de tendresse rappelle à Harry Bartley avec sa branche de pommier. Il se demande à quel visage l'artiste tentait de résister quand il a couché sur le papier les traits d'un classicisme grec de cette statue. Des couronnes, des guirlandes et de simples bouquets de fleurs ont été déposés au pied du mémorial. Harry compte les noms gravés : il y en a cinquante-huit. Une lourde perte pour un si petit village, se dit-il. Les enfants et le chien courent autour de l'édifice.

Il s'installe à un bar en coin de rue et ferme les yeux face au soleil. À l'intérieur, un gramophone joue un morceau avec un rythme de jazz. Il imagine les pépins de pomme prendre vie au bord de la tombe de Bartley et se fustige de sa mélancolie. Il a de la chance, se rappelle-t-il. Il commande une bière au serveur et lui demande s'il y a un endroit dans le village où il pourrait acheter une carte postale.

— *Vous voulez un souvenir du coin** ?

Le serveur le regarde avec étonnement et rit. Quand il revient, il pose deux cartes postales sur la table de Harry avec un petit haussement d'épaules.

— *C'est tout ce que je peux vous offrir. C'est d'avant. Avant la guerre**.

Harry tend une poignée de pièces à l'homme, qui décline en secouant la tête. Comme si tout ce qui datait d'avant n'avait désormais plus d'importance à ses yeux, et pouvait facilement être cédé à un voyageur en quête d'un souvenir.

— *Merci bien**, dit Harry.

La première carte porte les mots *Souvenir de notre village**. On y voit des hirondelles, chacune tenant dans son bec des images aux tons pastel – un château, une école, la façade ouvragée d'une église, tous maintenant disparus. La seconde carte est une photographie de trois hommes debout dans un pré, prenant la pause devant une charrue. En arrière-plan, une vallée ondule vers le canal. Harry connaît cette pente.

Il lève les yeux en entendant un éclat de rire. Une femme à la voix jazzy est bras dessus, bras dessous avec un homme en tablier blanc ; ils sortent du café en dansant entre les tables de la terrasse. « *Now I got the crazy blues* », chantent Mamie Smith et la femme qui danse. Elle a des nattes brunes nouées autour de la tête et des bracelets en argent qui s'entrechoquent à ses poignets. Harry songe aux bagues aux doigts de Rachel, au tresseur de couronnes de métal tout à son ouvrage, et c'est à cet instant seulement que l'idée lui vient.

# 31

Emily
*Poperinge, août 1921*

Emily se souvient de la photo que Francis avait prise à cet endroit : tous les hommes rassemblés sur le quai de la gare de Poperinge, brandissant leurs papiers de permission devant l'objectif. Ils plissent les yeux et grimacent, aveuglés par le soleil. L'éclat de leurs papiers et de leurs sourires emplit tout l'espace de l'image. Mais aujourd'hui, elle est la seule personne sur le quai de cette gare et, en cet instant, elle ne parvient plus à se rappeler à quoi ressemble le sourire de son mari.

Harry lui avait dit avoir vu son frère, ce jour de septembre 1917. Leurs chemins s'étaient croisés sur ce quai de gare ; Harry allait retrouver son bataillon, quand Francis partait en permission à la maison. C'était la dernière fois qu'il rentrerait chez lui, la dernière fois qu'elle le verrait, mais elle n'était pas sûre de reconnaître l'homme qui était resté assis devant le feu pendant des heures et s'était recroquevillé dans le lit conjugal.

Des hirondelles font la course au-dessus des rails, et elle se rappelle que Francis lui avait donné une broche le jour de son retour. Il s'était arrêté pour l'embrasser dans l'encadrement de la porte et l'avait glissée dans la paume de sa femme en refermant sa main sur la sienne. En y repensant, elle sent encore la fermeté de ce geste ; c'est ce qui l'avait poussée à rompre ce bref contact. Leurs lèvres ne s'étaient pas touchées. C'était tout.

— C'est pour toi, avait-il dit. Elle te plaît ?

En ouvrant sa main, elle avait découvert une hirondelle argentée sertie de fausses pierres, avec un œil façon rubis. Des traces de doigts salissaient le métal, et il y avait un je-ne-sais-quoi qui ne lui plaisait pas dans cet œil rouge. Elle avait hoché la tête en le remerciant, mais ne se rappelait pas avoir jamais porté cette broche. Avait-elle commis une erreur ? Avait-il vu qu'elle ne l'aimait pas ? Était-ce à partir de là que tout avait dégénéré ?

Elle a d'étranges souvenirs de cette dernière semaine avec Francis, presque comme s'il ne s'agissait pas de souvenirs de sa propre vie, mais d'une histoire qu'elle aurait lue, ou d'une pièce de théâtre qu'elle aurait vue. Les images qu'elle parvient à exhumer sont floues, et elle ne se rappelle pas grand-chose de ce qu'ils ont pu se dire. Le plus clair dans sa mémoire, c'est la tension qui régnait ; quand elle s'efforce de se rappeler cette semaine, elle l'éprouve à nouveau.

Non qu'elle se fût attendue à ce que ce soit facile. Plus de deux ans s'étaient écoulés et, au ton de ses lettres, elle avait bien compris que quelque chose n'allait pas. Elle n'était pas bête au point de croire que tout pourrait être comme avant, qu'ils retrouveraient instantanément leur complicité et leur intimité, mais elle avait au moins espéré qu'ils seraient proches. En se préparant à cette visite, elle avait nourri beaucoup d'espoir de cette proximité – pouvoir laver sa peau et soulager ses douleurs, prendre soin de lui, lui montrer qu'elle l'aimait, et que tout cela l'attendait à la maison. Elle avait aussi espéré qu'il lui parle. Qu'il lui dise ce qui le perturbait. Qu'il s'ouvre. Qu'il se décharge de son fardeau. Était-ce parce qu'elle n'avait pas posé les bonnes questions que cela s'était mal passé ? Ou parce que leur premier contact, maladroit, sur le pas de la porte, avait tout gâché ?

L'horloge du quai égrène ses minutes. Ses aiguilles tournent trop vite sur le cadran aux chiffres romains. Ce n'était pas la faute de Francis s'il avait du noir sous les ongles, s'était-elle dit, et s'il ne s'était pas lavé les cheveux depuis plus d'une semaine ; mais elle n'avait pas eu envie de l'approcher. Toutes les pièces de la maison étaient pleines de son odeur, une odeur aigre-douce qu'Emily n'avait jamais sentie sur sa peau avant, et elle avait dû ouvrir les fenêtres pour respirer. Elle était soulagée qu'il n'ait pas essayé de la toucher après ce premier moment difficile. Elle ne se souvient pas l'avoir touché. Une fois couchée auprès de cet étranger, elle n'avait pas pu trouver le sommeil, et les aiguilles du réveille-matin sur la table de chevet avaient tourné avec une terrible lenteur.

Les rails de la gare de Poperinge s'étendent vers l'est et vers l'ouest. Elle se trouve à onze kilomètres – un arrêt de train – d'Ypres, où il est peut-être en ce moment. Si elle monte dans le prochain train, devra-t-elle à nouveau se coucher auprès de lui ? Devra-t-elle écouter son souffle, laver ses chemises, passer les mains dans ses cheveux ? Il fut un temps, bien avant tout cela, où elle aimait enfouir son visage dans le cou de Francis et inspirer son odeur, où elle ne pouvait s'empêcher de toucher ses épaules larges et blanches, les boucles soyeuses de ses cheveux. Il fut un temps où elle n'était jamais assez proche de lui, dans leur lit. L'homme qui avait quitté sa maison en 1914 connaissait les noms de tous les oiseaux, de tous les arbres, et elle aimait cela en lui. Il lisait des livres sur les civilisations anciennes, sur les pays d'Afrique. Il murmurait des poèmes à son oreille et lui tressait les cheveux. Seulement, ce n'était pas cet homme qu'elle avait revu en septembre 1917. Se pouvait-il que tous ces aspects si fondamentaux de son être aient disparu pour toujours ? Qu'était-il advenu de tout ce qu'ils partageaient ? Comment une telle distance avait-elle pu s'instaurer entre eux ?

En pénétrant dans la maison, Francis y avait fait entrer une forme d'étrangeté, et Emily s'était surprise à tourner autour de lui. Elle ne parvenait pas à prévoir les réactions de l'homme avec lequel elle vivait depuis ses dix-sept ans. Il y avait quelque chose de farouche et d'incompréhensible dans ce nouveau Francis. Le regard qu'il posait sur elle quand elle lui demandait s'il souhaitait parler de Will. La façon dont ses lèvres se retroussaient quand elle posait une couverture sur lui. Il n'avait pas levé la main sur elle, ni même haussé le ton, mais elle avait vu le frémissement sur son visage. Loin d'un simple agacement. Elle ne savait plus comment il allait réagir à tout ce qu'elle disait, si bien qu'ils s'étaient parlé de moins en moins. Que pourrait-il avoir besoin de lui dire, aujourd'hui ? Elle regarde sa montre.

Jamais elle n'a parlé à personne de cette terrible dernière semaine avec Francis, de peur de passer pour une femme sans cœur, une mauvaise épouse. Comment avouer à quiconque la difficulté qu'elle a eue à rester avec lui ? Qu'elle ne savait pas comment lui parler ? Qu'elle a été soulagée quand la semaine a été finie, et qu'il s'en est allé ? Comment dire à quelqu'un qu'elle a ouvert en grand toutes les fenêtres après son départ, qu'elle a astiqué les sols et fait bouillir les draps ? Comment reconnaître qu'elle a eu peur de cet homme, ce qu'il lui a inspiré ?

S'il existe une chance qu'elle le revoie un jour, quel Francis retrouvera-t-elle ? Est-il possible que le jeune homme au sourire radieux et aux poèmes chuchotés revienne jamais ? Mais aujourd'hui, elle a vu les cimetières, les villages détruits, ce que la guerre a fait à ce pays, et elle comprend enfin que c'est à cause de tout cela que Francis était ainsi. Il lui semble peu probable de pouvoir effacer un tel traumatisme. Comment pourraient-ils revenir à ce qu'ils étaient ?

Lorsqu'elle avait ouvert cette enveloppe et vu la photo, celle-ci lui était tombée des mains. L'image lui avait fait un choc. Elle était partie dans la cuisine et avait fermé la porte derrière elle. Depuis quatre ans, elle s'était habituée à l'idée de sa mort et n'avait aucun doute à ce sujet. C'était un fait. Posé. Indéniable. Que signifiait-il maintenant ? Francis s'était à nouveau immiscé par la boîte à lettres. Que voulait-il qu'il se passe désormais ?

Un agent avance sur le quai et lui tire son chapeau. Les cloches de l'église ont cessé de sonner.

Six jours avant que Francis prenne son train pour partir en permission, elle avait dansé sur la pelouse de l'hôpital avec Harry. Elle se souvient du souffle de son beau-frère dans son cou, des plis au coin de sa bouche quand il souriait, de l'ombre de ses cils, de sa nuque, et de son dépit à l'idée qu'il doive repartir au front. Elle avait éprouvé un intense sentiment protecteur à son égard, à ce moment. Et une grande proximité avec lui. Ses sentiments seraient-ils différents maintenant, si elle pouvait tenir la main de Harry ?

Elle entend les rails commencer à vibrer à l'approche du train. Le bruit s'intensifie, jusqu'à faire trembler le sol sous ses pieds, jusque dans sa poitrine. Le train pour Ypres entre en gare, et elle voit le visage de Francis qui l'attend en bout de convoi.

Il est de son devoir d'aller sur cette place, de tenir la photo en la plaçant de manière à la comparer avec la ligne d'horizon, et de savoir qu'elle a trouvé le bon endroit. Ce serait la juste chose à faire, et telle était sûrement l'intention de Francis lorsqu'il a mis cette photo dans une enveloppe. Mais comment une juste chose peut-elle lui sembler aussi mauvaise ?

Elle se revoit dans une chambre, où elle est blottie sous un enchevêtrement de draps humides. Le bruit animal de la respiration de Francis et l'odeur de sa transpiration remplissent la pièce. Elle en a le goût dans la bouche. Elle est sur le quai de la gare de Poperinge, mais elle entend le bruit rauque et liquide de la respiration de son mari, et éprouve la chaleur humide des draps sur ses vêtements. Le sifflet du chef de gare retentit. La panique lui monte dans tout le corps.

# 32

Harry
*Crête de Vimy, août 1921*

Commande de photo de site: Mlle Esme Stewart désire des photos générales de la Crête de Vimy. Son frère, le capitaine Albert Stewart (13$^{e}$ brigade), a été déclaré disparu, probablement tué, le 10/04/1917. Non identifié à ce jour.

— Je ne savais pas si vous seriez encore là. Quand j'ai téléphoné à l'hôtel, je m'attendais plutôt à ce qu'ils m'annoncent que vous étiez partie.

— Je commence sincèrement à croire que je serai encore là dans un siècle, dit Rachel.

Au téléphone, Harry n'avait pas su comment le dire, ou même s'il devait le dire. Maintenant qu'il est là, face à elle, il en est encore moins sûr.

— J'ai laissé les indications sur David à tous les gens que j'ai rencontrés.

— C'est très gentil de votre part, dit-elle.

Ils gravissent la pente de la crête. L'herbe est clairsemée, la craie blanche transparaît dans le sol sous leurs pieds. Il se rappelle avoir lu qu'il avait neigé, le 9 avril 1917, quand l'assaut des Alliés avait été lancé. Si la température est bien plus clémente aujourd'hui, Harry doit toutefois s'arrêter et reprendre son souffle. Rachel s'évente d'une main et pose l'autre sur son bras.

— Je suis contente que vous vous soyez arrêté. Je ne voulais pas être la première à brandir le drapeau blanc.

— C'est trompeur, n'est-ce pas ? Ou alors je n'ai vraiment plus ma forme d'autrefois.

Il baisse les yeux vers la main de Rachel sur son bras et pense à Daniel East tordant ses fils de fer avec sa pince. Son image est conservée dans l'appareil photo de Harry. Mais est-ce suffisant, cette coïncidence des pinces, des yeux et des points cardinaux, pour donner de l'espoir à Rachel ? Elle lui sourit. S'il devait le lui dire, ce sourire s'évaporerait-il ? Cela risquerait-il de lui donner de faux espoirs, de l'orienter dans une mauvaise direction ?

— Vous êtes déjà venue ici ?

Elle acquiesce.

— La semaine dernière seulement.

Elle écarte les cheveux que le vent pousse sur ses yeux et il se rappelle la sensation de ces doigts dans sa propre chevelure. Il n'était pas sûr qu'elle vienne, mais elle ne montre aucune gêne apparente. Elle n'évite ni ses yeux ni ses questions. Son regard direct fait même douter Harry de la scène qu'il se remémore. Est-ce vraiment arrivé ? Ou aurait-il rêvé ?

— Vous auriez dû le dire. Je ne vous aurais pas fait revenir, si j'avais su.

Elle hausse les épaules avec désinvolture.

— Je suis heureuse d'y retourner avec quelqu'un à qui parler. Ça me change des discussions avec moi-même.

C'était assez commode de la retrouver ici. Il avait justement à faire sur place. Lorsqu'il lui avait parlé au téléphone, il était convaincu qu'il serait opportun de l'en informer, mais maintenant, il n'est plus si sûr de ce qu'il a vu, ou de ce qu'il devrait dire.

— La famille m'a demandé de prendre des photos générales de la crête, explique-t-il. C'est la commande. Mais c'est un peu court… Et le mot « général » me semble un peu trop général, vous ne trouvez pas ? Je ne sais pas par où commencer.

Lorsqu'ils se tournent et regardent derrière eux, la route est longue et droite, s'élançant à perte de vue jusqu'à l'horizon. D'autres groupes gravissent la colline, des touristes en sandales et des pèlerins en noir. La pente est criblée de trous d'obus et d'ouvrages de terre effondrés. Le village en contrebas a des airs d'esquisse qu'une main aurait voulu effacer d'une toile.

— On voit à des kilomètres à la ronde, dit Rachel. Ça permet de comprendre pourquoi ils devaient prendre cet endroit.

La plaine s'étalant sous eux est plate. Au loin, la tache trouble d'une ville industrielle et une balafre en longueur, qui n'a rien de net mais évoque plutôt une blessure mal cicatrisée. L'ancienne ligne de front, peut-être. Il photographie la vue sur le village.

— C'est la sœur du soldat qui a demandé la photo ?

— Je n'ai hélas eu aucun échange avec elle. Mon employeur m'a juste transmis sa demande. Tout ce que je sais, c'est que son frère a disparu ici en avril 1917.

Il regrette que les informations transmises par M. Lee soient si maigres. Le paysage qu'il vient de cadrer dans son viseur n'a peut-être rien à voir avec l'histoire du capitaine Albert Stewart. Il ignore où se trouvait précisément la ligne de combat, le 10 avril 1917. Il ne voudrait pas refourguer une image dénuée de sens à Mlle Esme Stewart. La mission est trop importante.

— Peut-être désire-t-elle juste se faire une idée des lieux ? suggère Rachel.

— Je suppose. Mais dans quelle direction dois-je pointer mon viseur ? Je pourrais être totalement à côté de la plaque. Vous aimeriez avoir une photo des lieux, vous, si vous ne pouviez pas y aller ?

— Oui, c'est possible. Je voudrais connaître l'aspect du paysage, afin de pouvoir l'imaginer correctement.

Il se demande ce qu'imagine Mlle Esme Stewart. Contemple la pente bosselée par les impacts, et hésite entre montrer le pire de ce qu'il reste, ou choisir des vues plus douces. Serait-ce de la gentillesse que de montrer à Rachel l'image stockée dans son appareil photo ? Mais ne risque-t-il pas d'être complètement à côté de la plaque, là aussi ?

— Vous êtes allé travailler plus à l'est ? demande-t-elle.

— Au nord-est d'ici. J'étais à Épehy, hier. Il y a quatre ans, j'ai bien cru que je n'en partirais jamais… J'ai été blessé, là-bas, dit-il en regardant Rachel. Ça m'a un peu refroidi, d'y retourner.

— Et qui serait venu sur votre tombe, si vous y étiez resté ?

— Je ne sais pas.

Il réfléchit. Emily aurait-elle fait un tel voyage pour lui ? Aurait-ce été important pour elle de connaître l'aspect du paysage où il était tombé ?

— Mais finalement, j'ai atterri dans un train ambulance pour l'Angleterre.

— Allez, venez, dit Rachel.

Une famille pique-nique au sommet de la crête. Ils ont étalé une couverture par terre et se passent des sandwiches et une bouteille thermos. Un homme en pantalon à rayures tend le bras vers le lointain. Les enfants semblent s'ennuyer. Il y a des auréoles de sueur sur la chemise de l'homme, sous ses bras.

— Ils vont construire un mémorial canadien ici, dit-elle. J'ai lu un article à ce sujet. Un concours est lancé pour le projet de monument.

Harry pense à Gabriel et est à nouveau frappé par l'énormité de ce genre de tâche – concevoir et construire un mémorial censé immortaliser une telle expérience dans la pierre, pour des siècles et des siècles. Cela lui paraît diablement plus épique que de cadrer un paysage dans un objectif d'appareil photo.

— C'est une sacrée responsabilité, commente-t-il.

Ils marchent au sommet de la crête. Derrière eux, les enfants jouent maintenant à saute-mouton. Le père tend toujours un bras devant lui. Harry pivote dans chaque direction et prend des photos jusqu'à ce que sa pellicule soit terminée.

— Quelle chaleur, souffle-t-il.

Ils s'assoient et contemplent la vue. Harry s'allonge dans l'herbe, ferme les paupières sous le soleil. Il sent le poids de son appareil sur sa poitrine, et la lumière blanche bat sous ses yeux fermés. Il est envahi par l'image du fabricant de couronnes en fil de fer dans son appareil. Comment une simple réaction chimique entre la lumière et les sels d'argent peut-elle peser aussi lourd ?

— Vous allez prendre un coup de soleil, dit la voix de Rachel. Je vous vois griller. Je vous *entends* presque griller. Vous aurez l'air d'un homard avant ce soir.

Un mal de tête commence à poindre. Il se sent un peu trop grand pour tenir dans sa propre peau.

— Un homard, c'est mieux qu'une fouine, ou pas ?

Il se redresse et Rachel lui passe une bouteille de limonade en s'excusant de ce que celle-ci ne soit pas fraîche. Le liquide sucré et acide vient soulager sa gorge desséchée. Rachel essuie le goulot de la bouteille avant d'y poser ses lèvres. Harry se demande si leurs lèvres se sont un jour réellement touchées. Aurait-il vraiment rêvé cette scène, dans la chambre d'hôtel ? Il commence sérieusement à se demander si sa mémoire ne lui joue pas des tours. Une charrette tirée par un cheval gravit péniblement la côte afin de venir vendre des cornets de glace au sommet.

— Tout ce qu'on peut acheter sur un champ de bataille, de nos jours…

Il abrite son appareil sous sa veste, le temps de changer de pellicule. En glissant l'ancienne dans sa poche, il éprouve encore fortement la présence du visage de l'homme sur le film.

— On dirait que vous faites ça en cachette, dit Rachel.

— C'est pour éviter le soleil. Si la lumière entre, tout disparaîtra.

— Ce soleil a quelque chose d'incongru ici, vous ne trouvez pas ? De presque cruel… Ce n'est pas un temps pour le deuil ou les regrets. Si seulement cette lumière pouvait faire disparaître tout cela, aussi…

— Au fait, vous voulez bien me remontrer la photo de David ?

Sitôt qu'il prononce ces mots, Harry se demande s'il a bien fait. Rachel le regarde, troublée par cette demande.

— Oui, dit-elle en fouillant dans son sac. Pourquoi ?

Elle lui tend l'image. Il sait qu'elle ne la lâchera pas avant qu'il ait répondu.

— Je voyage beaucoup. Je vois énormément de visages.

Elle lâche la photo et hoche la tête, comme si cette réponse la satisfaisait.

— Bien sûr.

L'homme sur le portrait est bien plus jeune. Harry aimerait pouvoir le comparer, côte à côte avec celui de Daniel East. Il y a des similitudes dans la forme des yeux. Mais il n'est pas sûr que ce soit suffisant. Il regarde Rachel. Non, ce n'est pas suffisant.

— Merci.

Il lui rend la photo et la regarde sourire en contemplant le visage du jeune homme. De sa main gauche, elle arrache machinalement des brins d'herbe autour d'elle.

— C'est moi qui devrais vous dire merci.

Ils reprennent leur marche et Harry photographie la plaine en contrebas. Où repose le capitaine Albert Stewart dans cette vaste étendue ? Fera-t-il un jour surface pour indiquer sa position à sa sœur ? Ses traits apparaîtront-ils un jour sur le film photographique d'un inconnu ? Un couple pique-nique dans l'ombre d'un trou d'obus. D'abord, Harry prend soin de ne pas les inclure dans son champ, mais bientôt, il ne peut s'empêcher de diriger son objectif sur eux. La femme rit tandis que l'homme dépose autour de son cou un collier de marguerites.

— Je préférerais encore le voir dans un trou d'obus avec une autre femme que ne jamais le revoir, dit soudain Rachel.

Il se tourne vers elle. Elle a mis sa main en visière pour protéger ses yeux du soleil. Y a-t-il des larmes sous l'ombre de cette main ?

— Parfois, quand je me réveille, il respire à côté de moi. Pendant un bref moment. J'entends ses pas à l'étage. Je sens l'odeur de ses cigarettes quand j'entre dans une pièce. Je n'arrive pas à croire que je ne le reverrai jamais.

Harry pince les lèvres.

— Je suis désolé.

— Je reniflais ses cols de chemise, vous savez. C'est idiot, n'est-ce pas ? Je ne l'avais jamais dit à personne. Comme ça, je m'imprégnais de son odeur, de sa présence. Mais tout cela s'estompe maintenant. Il n'est presque plus là.

Harry pense aux yeux bleu pâle imprimés sur sa pellicule et les imagine s'estomper. Il voudrait lui en parler, la rapprocher un peu de David, mais n'est pas sûr qu'il soit pertinent de lui donner ce fragile espoir.

— Oh, j'ai failli oublier – votre mouchoir. Je l'ai fait laver, dit-elle.

Il pose les yeux sur les initiales brodées de Francis.

— Votre chemin n'a pas croisé celui de votre belle-sœur ?

— Non.

— Vous devriez essayer de la contacter.

— Voilà quatre semaines que j'ai reçu sa carte postale… Je ne sais pas où elle est. Il n'est pas exclu qu'elle soit rentrée, maintenant.

— Dans ce cas, écrivez-lui. Ou téléphonez-lui.

— Pour dire quoi ?

— Vous me parliez tout à l'heure de l'endroit où vous avez été blessé. Vous m'avez dit que, pendant un moment, vous avez cru que c'était la fin. Avez-vous pensé à elle, ce jour-là ?

— Oui, finit par répondre Harry.

— Eh bien, dites-le-lui.

# 33

Harry
*Bois du canal, est d'Épehy, Somme, août 1917*

L'obus est tombé juste derrière. La terre a volé et est retombée en pluie sur eux. Harry s'est adossé contre la paroi de la tranchée ébranlée et l'a écoutée s'écrouler.

— Deux minutes, dit le capitaine Wear en avisant le cadran lumineux de sa montre.

C'est tout ce que Harry pouvait voir, la lueur ténue des aiguilles de la montre, puis un vif éclat dans le ciel. Ils ne s'attendaient pas à ce brusque pilonnage. Il n'y avait pas eu de découpe préliminaire des barbelés, leur avait annoncé le capitaine Wear dix minutes plus tôt, l'état-major ne voulant pas donner d'indications sur une attaque planifiée. Ce bombardement signifiait-il qu'ils étaient tout de même au courant ?

— D'après le rapport officiel, les barrières sont fines. Le barrage rampant va avancer, et on va le suivre. D'accord ? Les barbelés ne poseront pas de problème.

— Personnellement, j'ai tout de même un petit problème avec l'idée de me faire mitrailler, marmonna Pembridge dans sa barbe.

— Au moins, il n'y a pas de lune.

— Cette guerre m'a donné la haine de la lune, dit Jones. Rayons d'argent, mon cul.

Harry sentit la terre s'ébranler.

— Combien de temps ?

— Trente secondes.

— … Doux Jésus, agneau de Dieu, je remets mon âme entre vos mains…

La voix de Nicholson tremblait comme il récitait une prière de son enfance.

— Bon Dieu, tu pourrais t'abstenir.

Une nouvelle explosion se produisit non loin derrière eux. Harry enfonça ses doigts dans la terre. Sur sa gauche, il entendait le sifflement rapide de la respiration de Nicholson.

— Bon, vous savez ce que vous avez à faire, hein ? dit le caporal Wright. On y va et on revient vite fait. Tuez du boche si vous le pouvez, mais n'oubliez pas que c'est seulement une opération de diversion. Compris ?

— Prenez ça, Blythe, dit le lieutenant Redmond.

Harry sentit le poids et le froid métallique d'une paire de pinces coupantes dans sa main. Tous les hommes s'étaient noirci le visage, et il parvenait à peine à apercevoir le blanc des yeux du lieutenant.

— Mais, je croyais que…

— Prenez-les.

La terre trembla de nouveau, et la main de Redmond vint agripper l'épaule de Harry un instant. Il avait un goût de sang dans la bouche, et se rendit compte qu'il s'était mordu la lèvre.

— Allez, les gars, on y va. Discrets, au ras du sol. Et sans un bruit.

Il vit le profil du capitaine Wear escalader la tranchée, et entendit son cœur battre la chamade dans sa poitrine.

Le sol descendait en pente douce vers le canal, faible ruban de lumière dans la nuit. Entre ici et le canal, tout n'était qu'obscurité et silence en cet instant.

Ils sortirent en rampant. Harry sentait l'odeur de l'herbe mouillée. Sous ses mains, des racines et de l'humidité. Il poussa ses doigts dans la terre molle et froide.

— Droit devant, ordonna Redmond en chuchotant.

Une pierre s'enfonça dans ses côtes. Il retira vivement ses doigts, entrés en contact avec quelque chose de tranchant.

— Il est où, ce barrage ? demanda Pembridge.

Cela commença avant la fin de sa question. Tout à coup, la vallée en contrebas s'illumina entièrement. Harry sentit le sol trembler sous lui en même temps que jaillissait la lumière. Telle de la peinture blanche lancée sur une toile noire, elle filait, éclaboussait tout, partout. De la fumée s'éleva dans le ciel cependant que la vallée luisait d'une phosphorescence vacillante aux airs surnaturels. C'était totalement contraire à l'instinct, absurde et fou de ramper vers cette lumière, mais, à droite et à gauche, les hommes crapahutaient tous en avant. Son souffle court et ses yeux affolés avaient beau lui dire que c'était de la pure folie, les pieds de Harry avaient repris le contrôle de son corps et dévalaient déjà la pente.

Une nouvelle explosion se produisit au niveau du barrage, désormais au-delà de leurs lignes. Le ciel sembla se retourner en même temps que la terre. Les tirs de mortier se succédaient, traçant des trajectoires blanches dans le noir. On aurait dit que tout brûlait à l'avant. Le canal avait disparu sous la fumée. Il vit les piquets et les fils de fer se détacher contre l'écran de fumée blanche.

L'ordre d'avancer en silence avait fait long feu. Harry ne pouvait voir les hommes autour de lui, mais il entendait leur souffle rauque, leurs serments et leurs prières. Un rugissement s'élevait de leurs pieds et de leurs bouches. Il tituba dans la terre molle et invisible, mais ses camarades avançaient comme un seul homme et plongeaient vers les barbelés ennemis.

Le barrage explosa une fois de plus. Plus fort, cette fois – l'onde de choc projetant Harry au sol. La terre se souleva sous lui et une lumière blanche passa au travers. Au-dessus de sa tête, le ciel semblait s'être déchiré. Des fragments volaient dans les airs. Il en sentait la chaleur, le souffle brûlant sur son visage, l'odeur du métal chaud. Des particules de terre s'envolaient et retombaient en arborant un éclat fluorescent.

— Il est parti trop vite ! dit une voix comme un glapissement dans le noir.

Quand Harry regarda derrière lui, tout ce qu'il put voir fut un écho de la forme d'une étoile, comme si la lumière, trop vive, s'était gravée sur sa rétine. Ses yeux étaient douloureux.

Le spectacle devant lui, scintillant et intriqué, semblait tout droit sorti d'une histoire fantastique, telle une toile maléfique tissée pour capturer les mortels. Il ne dura qu'un instant. Les hommes se ruaient en direction des barbelés. Harry vit alors clairement les piquets et la toile de fer qui les reliait, bien réels, bien trop solides et intacts. Le ciel s'alluma de nouveau, et il s'élança vers les ceintures de fils de fer. Il entendait le sang battre dans sa tête à un rythme effréné, il sentait tout son corps accélérer, ses rythmes internes s'emballer, et eut peur que son corps le lâche. Se sentant soudain très vulnérable intérieurement, il tomba en haletant, terrassé par la peur.

— À terre ! hurla une voix tandis que des salves de balles sifflaient déjà au-dessus d'eux.

Devant eux, des lignes de petites lumières avaient rejoint les clôtures et s'affairaient à les découper.

— Comment peut-on... ?

— Nom de Dieu !

Harry entendit un claquement de dents, un bout de prière et un claquement de métal qui lui parvint par les doigts autant que par les oreilles. Ils avaient maintenant les mains sur le fil, le tiraient, l'escaladaient, le tordaient. Les pinces s'activaient tandis que les fusils tentaient de les repousser. À sa gauche, une silhouette s'élança en avant, plongea, puis se mit à convulser.

Un obus tomba juste derrière eux. C'était leur tour. Le souffle de l'explosion les projeta sur le piège enchevêtré hérissé de piquants. Harry continua de manier sa pince pour tenter de s'extirper de là. Les barbelés s'accrochaient à ses manches et lui déchiraient les poignets. Il avait les mains collantes mais poursuivit son ouvrage de découpe, fil après fil.

— On y va et on revient vite fait, qu'il disait, l'autre ? ironisa une voix sans joie à ses côtés.

Les obus tombaient à nouveau, et Harry se retrouva plaqué dans les fils maudits, qui retenaient maintenant ses bandes molletières et ses manches. Une mouche prise dans une toile d'araignée. Dès qu'il essayait de bouger, les pointes acérées lui tranchaient la chair. Les arcs blancs des tirs ennemis continuaient de zébrer l'obscurité. À la lueur des obus, il regarda la pince dans sa main. Comment allait-il faire pour sortir de là ?

Lorsque la terre se souleva, la dernière chose qu'il vit fut le visage de Pembridge près de lui. Des larmes striaient ses joues. Puis, tout se mit à convulser sous lui, comme si les clôtures possédaient une énergie propre, et les barbelés et les piquets lâchèrent et se tordirent. Il entendit alors le bruit de fouet du fil de fer et le sentit s'enrouler autour de lui. Ses jambes étaient mouillées, et la lumière sifflante devint blanche.

# 34

Harry
*Péronne, Somme, août 1921*

Harry n'a pas pour habitude de contempler son reflet dans le miroir, mais aujourd'hui, quelque chose a changé. Aujourd'hui, il a parcouru le champ qui descend vers le canal. Il y a quatre ans, le docteur lui avait dit qu'il conserverait à tout jamais des éclats de shrapnel ; était-ce le fruit de son imagination si, en retournant à l'endroit où le métal était entré dans sa chair, il avait senti tous ces fragments le picoter ? Était-ce l'effet d'un étrange magnétisme, ou simplement le souvenir qui l'avait fait trembler de la sorte ? Ses genoux avaient flageolé sur la pente, tout lui était revenu, et il s'était effondré à l'endroit où les ceintures de barbelés se trouvaient autrefois, avant de se balancer en ramenant ses genoux contre sa poitrine. Après quoi, il s'était relevé pour reprendre son chemin. Il regarde ses bras dans le miroir. Les cicatrices sont blanches, là où le fil l'a emprisonné. Sur son ventre, la peau est froncée par les points de suture qu'on lui a faits. Le miroir de l'hôtel est fendu dans toute sa longueur ; il est en piètre état, comme lui, songe Harry. Mais, comme lui, il est toujours là.

Il entend un couple parler dans la chambre au-dessus de la sienne. Tout le plâtre est tombé du plafond, laissant apparaître le plancher de l'étage. La voix de l'homme dit que les installations sanitaires lui rappellent « le Japon d'autrefois » ;

elle dit qu'elle va écrire une lettre au journal quand ils rentreront à Basingstoke. Ils sont d'accord : le niveau de confort de l'hébergement n'est pas du tout comparable à celui de Bournemouth. Harry sourit. De fines averses de plâtre suivent leurs pas. La tête levée, il suit leur progression dans la pièce. Le plafond exhale des soupirs, et la poussière vole sur les pages de l'album photo.

Il est ouvert sur le lit. Harry l'a feuilleté en rentrant ici, mais il ne peut pas annoter les images postérieures à août 1917 pour Emily, et il ne saura jamais s'il les a placées exactement dans le bon ordre chronologique. Francis avait photographié des trophées provenant de l'attaque des tranchées pendant que Harry était au poste d'évacuation des blessés. Il se demande si son frère savait qu'il avait été blessé, au moment où il prenait ces photos. Sur les pages suivantes de l'album, on trouve des clichés des jardins potagers qu'ils ont cultivés pendant le mois de septembre dans le village désert à l'arrière de la ligne, un bouquet de fleurs dans une pirogue, et une bande de route poussiéreuse. À la fin du mois de septembre, le bataillon était arrivé dans cette ville. Mais Harry n'y était jamais allé, il n'avait pas vu toutes ces choses. Il ne peut inscrire ni date ni lieu sous ces photos, car il n'y était pas. Il boutonne sa chemise et sort dans l'air du soir.

Le vent s'est levé. Il resserre sa veste sur lui. Lorsque le vent souffle, tout s'agite ici – les échafaudages tremblent, les toits de tôle bourdonnent et les bâches claquent. Son guide lui raconte qu'au Moyen Âge, Péronne était une fière cité fortifiée, avec d'importants remparts et des douves. Sur les photos de Francis, tout est tombé. Tout a été dynamité. Des cabanes Nissen ont maintenant été construites autour de l'ancienne place centrale, où tout est rafistolé et provisoire, mais certains signes lui disent que cette fierté d'antan n'a pas été entièrement laminée. Aujourd'hui, la ville semble être presque entièrement habitée par des ouvriers. On déblaie les décombres, on pose de nouvelles briques. Il y a beaucoup d'énergie, de détermination et de bruit. De toute évidence, Péronne compte bien se redresser.

Il commande une bière dans un bar et se rappelle le bout de fil de fer dans sa poche. Un fragment d'environ sept centimètres, tordu, rouillé, qui ressemble à une relique du Moyen Âge – c'est tout ce qu'il a pu trouver. Le champ a été labouré et les blés occupent désormais cet espace. Il a arpenté la zone en y cherchant une indication lui confirmant qu'il se trouvait au bon endroit, mais ce petit morceau est tout ce qu'il restait de l'ancienne clôture de fil barbelé. Il n'y avait rien d'autre que ces nouvelles plantations, bien propres, et le canal scintillant paisiblement, en bas. Peut-être est-ce parce qu'il a parcouru cette pente, accompli ce voyage, vu la tombe de Bartley, ou juste parce que les barbelés ne sont plus là, mais il se sent étrangement vivant ce soir. Il a la sensation que la vie pétille dans ses veines, d'être davantage que la somme de ses parties brisées, et, pour la première fois, il se dit qu'il a peut-être réellement eu de la chance. Il se sent déterminé, comme Péronne. Il laisse des pièces – et le bout de fil de fer – sur la table.

— Alors, tu es arrivé en Espagne ?

La voix d'Emily au téléphone semble très lointaine.

— En Espagne ?

— Tes cartes postales viennent de plus en plus loin. J'ai regardé sur une carte. Tu descends vers le sud.

— Je ne fais que suivre mes commandes. Je remonte au nord cette semaine.

— À propos de cartes postales, ton courrier s'accumule ici. Des gens continuent de t'écrire à cette adresse. Je ne suis pas ta secrétaire, tu sais.

Il rit.

— Désolé. Je te donnerai une prime à Noël. En tout cas, tu es rentrée ! Je m'attendais à ce que le téléphone sonne dans le vide, une nouvelle fois. J'ai appelé régulièrement, et je me suis dit qu'il fallait que je tente encore.

— Je suis rentrée hier seulement.

— As-tu trouvé quelque chose ? Jusqu'où es-tu allée ?

Le silence se fait sur la ligne, puis un craquement, et il pense qu'il a perdu Emily, mais sa voix revient soudain :

— Pas assez loin. Pas aussi loin que je l'espérais, du moins. Écoute, Harry, est-ce que je peux te demander quelque chose ?

— Oui.

— C'est un gros quelque chose.

Il sent l'hésitation dans sa voix.

— Vas-y, je t'écoute.

— Aurais-tu la possibilité d'être à Ypres vendredi ?

— Ce vendredi ? Oui, je pense. Pourquoi ?

— Parce que, comme je te le disais, je ne suis pas allée aussi loin que je le voulais.

— C'est-à-dire ?

— Si tu peux être à Ypres, j'y serai aussi.

Il s'assoit sur le bord du trottoir et s'allume une cigarette. Des hommes jouent au billard dans un des bars ; leurs rires et leurs blagues s'échappent par la fenêtre. Un serveur se faufile entre les tables du café, portant haut et avec aisance un plateau rempli de verres. Une jeune fille en robe blanche lui sourit comme il lui sert sa boisson. La perspective de revoir Emily fait circuler le sang de Harry bien trop vite ; il a l'impression que toute sa chimie interne est déréglée et qu'il a perdu le contrôle de son propre corps. Il s'imprègne de la fumée, des rires et de la brise tiède. Compte ses respirations. Mais quand il rouvre les yeux, il voit sa cigarette trembler au bout de sa main.

« J'ai retrouvé une vieille photo de Denham Hall, dernièrement. Une carte postale. Tu me l'avais envoyée. Je voudrais te la montrer », lui a-t-elle dit au téléphone.

Il jette sa cigarette et part marcher dans les rues. La silhouette d'un char blindé défigure l'angle d'une place. Une plaque y a été attachée, informant le lecteur – en trois langues – qu'il s'agit d'un cadeau d'une ville anglaise et d'un mémorial de guerre. Un groupe d'enfants s'amuse autour du véhicule de combat. Il s'arrête pour prendre une photo et les enfants sourient en faisant de grands signes à l'objectif. Le blindé pourrait tout aussi bien être un tas de pierres.

« Je voudrais te voir. Et il y a un endroit où je dois me rendre », a-t-elle dit.

Lui aussi voudrait la voir, il en crève d'envie, même, mais l'idée qu'elle souhaite le rejoindre à Ypres, avec ce que cela implique, le laisse dans un questionnement douloureux. A-t-elle vraiment vu quelque chose de signifiant dans cette photo de Francis ? Y avait-il un indice qui lui aurait échappé, à lui ?

« Où ça ? lui a-t-il demandé.

— Je te le dirai quand j'arriverai. »

Et c'était fini. Elle avait raccroché. Il était resté planté là un moment, le combiné encore pressé contre son oreille. Pendant quelques instants, il s'était laissé aller à se rappeler Emily en train de danser dans un jardin, quatre ans plus tôt. Le parfum d'une soirée d'été. Les reflets d'un plan d'eau. Sa main sur son bras. Et voilà que sa voix lui demandait de la retrouver à Ypres. Qu'elle devait se rendre quelque part à Ypres.

Il sursaute face à son propre reflet dans la glace en rentrant dans sa chambre d'hôtel. L'espace d'un instant, ce reflet est celui de son frère. Avec les yeux de Francis. La forme de sa bouche.

« Je reviendrai vous hanter », dit la voix lointaine et bien trop proche de Francis.

# 35

Harry
*Hôpital militaire de Denham Hall, Cheshire, août 1917*

Harry aurait voulu lui dire de ne plus bouger. Il voulait la dessiner telle qu'elle était en cet instant, mais il avait les mains bandées et elle avançait dans la salle en disant bonjour à tous les occupants des lits sur son chemin. Il fut frappé par le fait qu'elle n'avait pas conscience de la manière dont ils la regardaient. Il aurait voulu lui dire que ce n'était pas une façon de se conduire, que cela ne se faisait pas, ici. Mais il ne put s'empêcher de sourire en la voyant approcher de lui.

— Tu as une mine épouvantable, lui dit-elle.

— Merci, Emily.

À quand remontait la dernière fois où il l'avait vue ? Presque deux ans, lui semblait-il. Emily avait la peau très blanche et des cheveux d'un roux profond. Emily n'était pas plantureuse et sensuelle comme une rousse dans un tableau de Rossetti, se dit-il – pas du style boudoir –, mais elle était belle. Elle portait un béret vert en tricot sur ses cheveux roux. Ses yeux étaient cernés.

— Tu as mal ?

— Je suis bourré de médicaments. Tu entends les bruits que je fais quand je bouge ?

— Le docteur dit que tu es bourré de métal.

Elle ôta son béret, et se mit à jouer avec le peigne qui retenait ses cheveux.

— Oui, mais ce sont de tout petits bouts. A priori, je ne risque pas d'attirer les aimants ou de rouiller si je sors sous la pluie.

— Dieu soit loué, dit-elle. Tu permets ?

— Je t'en prie.

Elle prit la chaise près de son lit et croisa ses longues jambes. Harry se demanda si elle se rendait compte que tous les hommes de la salle l'observaient avec le plus grand intérêt.

— Je t'ai apporté des fleurs du jardin. Des pieds-d'alouette. Tu te rappelles ?

Elle lui tendit le bouquet pour qu'il le hume.

— Je me disais que ce serait peut-être horrible ici, qu'il faudrait égayer les lieux… Mais en fait, c'est un palais.

— N'est-ce pas ? Ça vaut presque le coup de venir s'y faire faire quelques points de suture.

Elle posa les fleurs sur la table de chevet. Les tiges étaient enveloppées dans un journal dont le titre annonçait un temps orageux en France et dans les Flandres. Elle prit le roman posé à côté.

— *Tess d'Urberville* ?

— J'aime les héroïnes tragiques, dit-il.

— Mon Dieu. Tiens, je t'ai acheté ça.

Elle sortit de son sac un paquet enveloppé de tissu.

— Un livre ?

— Ouvre, tu verras.

La couverture était marbrée de douces teintes de marrons et de bleus avec, çà et là, des touches de rose semblant avoir été ajoutées de la pointe d'une plume. Il caressa la reliure de cuir.

— Il est superbe.

— Il ne contient aucune héroïne tragique, désolée. C'est un carnet de croquis. Un vrai. Francis dit que tu cherches tout le temps des bouts de papier. Avec ça, tu n'en manqueras plus. Des centaines de pages bien blanches à remplir !

— Merci. Il a dû coûter cher. C'est vraiment très gentil.

— Tu me le rendras un jour, plein de dessins.
— Avec plaisir. Tu auras ton portrait en première page.
— Ne me fais pas regretter mon geste.
Elle regarda la main de Harry sur la couverture.
— Ça va aller, tu crois ? Tes blessures aux mains ne sont pas trop graves ?
— Non, de simples coupures.
Elle hocha la tête, eut un sourire fugace et détourna les yeux.
Il la regarda contempler la pièce, et vit ces murs désormais familiers à travers les yeux d'Emily. Les rangées de lits simples contrastaient étrangement avec le raffinement des plafonds au plâtre ouvragé. Dans le lit voisin, Ferguson triturait sa couverture en fixant Emily par-derrière. Ses doigts ressemblaient à des griffes, songea Harry, comme si les tendons avaient rétréci. Parfois, les mains griffues de Ferguson se tendaient vers lui quand il voulait parler. Il n'avait plus qu'un filet de voix, qui semblait venir de très loin en lui. Ses lèvres blanches semblaient constamment vouloir se coller l'une à l'autre, se refermer sur ses mots. Harry devait se pencher vers lui pour l'entendre, mais, de près, l'odeur de ces mots était repoussante. Il commençait à redouter l'appel des mains de Ferguson. Brusquement, les yeux de celui-ci croisèrent les siens. Avait-il cligné de l'œil ? Avait-il vraiment vu Ferguson lui faire un clin d'œil, après avoir reluqué Emily de la sorte ? Un élan jaloux et protecteur envahit Harry, outré. Il eut envie de sortir de son lit et de frapper Ferguson, que celui-ci ait les poumons détruits ou pas.
— Les couvre-lits à fleurs ne font pas très militaire, commenta Emily.
Il se concentra à nouveau sur son visage.
— La fermeté du matelas est en revanche toute militaire.
— Je suis contente de te voir, même pâle, débraillé et couvert de bandages.
Elle baissa les yeux vers ses mains sur ses genoux.
— Alors, on devrait le faire plus souvent.
Elle releva les yeux.

— Oui, mais pas dans ces circonstances.

Le soleil projetait des rectangles de lumière sur le parquet. Dans le lit d'en face, Johnson ronflait. L'odeur des pieds-d'alouette écœurait légèrement Harry. Il sentit le regard bleu-vert d'Emily sur son visage. Il lui piquait la peau.

— C'est affreusement calme ici, dit-elle. Tout le monde nous écoute, non ? J'ai l'impression d'être bruyante, maladroite et indiscrète. Comme si je déclamais chacune de mes phrases sur une scène.

— Oui, hein ? Je ne supporte pas ce silence. Tes indiscrétions bruyantes et maladroites me font du bien.

En vérité, quand le silence régnait, il entendait encore le rugissement de l'obus fondant sur lui. Son écho semblait s'être incrusté dans sa tête, comme s'il ricochait contre les parois de son crâne. Dans ses rêves, il se retrouvait ligoté par les barbelés.

— Tu es nerveux, remarqua-t-elle.

— Qu'est-ce qui te fait dire ça ?

Elle eut un signe de tête vers la boîte d'allumettes qu'il faisait tourner entre ses doigts bandés.

— Tu n'arrêtes pas de tripoter ça.

— Pardon. Je suis un peu monté sur des ressorts, et il va me falloir un peu de temps pour réapprendre à me détendre, mais j'y arriverai.

Il secoua la boîte d'allumettes et la posa. Ferguson les fixait toujours.

— Tu es pardonné.

— Tu crois qu'on pourrait aller marcher un peu ? Je regarde ce plafond depuis quinze jours. On devrait me laisser sortir sans que je risque de m'écrouler, si tu es là pour veiller sur moi.

— Mon Dieu, tu es donc si mal en point ? Es-tu sûr de pouvoir marcher ?

— En fait, je suis classé A1, chuchota-t-il. Mais j'ai une passion secrète pour la nourriture des hôpitaux et les uniformes d'infirmière.

Harry s'abstint de tout commentaire comme ils empruntaient le couloir aux murs couverts de tableaux – des œuvres austères de l'époque victorienne, d'autres de voyages et de paysages marins. Il se contenta de montrer du doigt les paysages hollandais, des madones au visage doux et la bataille de Balaklava. La porte de la salle rouge était ouverte au bout du couloir. Il s'efforçait de ne pas s'appuyer trop lourdement sur Emily, effort qui le laissait légèrement essoufflé.

— Tu te débrouilles très bien, dit-elle.

Il baissa les yeux vers son bras noué au sien et fut frappé par l'idée que c'était le moment le plus intime qu'ils aient jamais partagé – et qu'ils partageraient peut-être jamais, de toute leur vie. Il regretta que ce couloir ne fût pas plus long.

— Si j'avais su que tu étais hospitalisé dans une galerie d'art, je me serais fait moins de souci pour toi.

— Oui, quelle chance, hein ? Tout va aller comme sur des roulettes maintenant, tu vas voir. C'est peut-être le plus beau jour de ma vie.

Elle pressa son bras et détourna le regard.

Trois ans auparavant, il avait parlé de l'avenir avec Emily. Il s'était ouvert à elle de son intention de faire des études supérieures, de son ambition de peintre. Il lui avait confié des choses qu'il n'avait jamais osé dire à personne d'autre, et elle l'avait encouragé dans ses projets. Elle l'avait laissé parler ; toutes ces choses semblaient possibles.

— Je vais faire une petite pause à la porte, si ça ne te dérange pas.

Il la regarda passer devant lui pour entrer dans la salle rouge. Il y avait là quantité d'autres œuvres d'art, une collection de tableaux que la famille propriétaire des lieux avait achetés dans le sud de la France avant la guerre, tout en intensité méridionale. On y voyait des montagnes jaunes et des arbres bleus, des maisons cristallines en bord de mer, et des danses bachiques décrivant des arabesques. Il scruta les doigts d'Emily qui se tendaient pour toucher la texture de la toile, avant de se retourner vers lui, l'air un peu coupable. Il enregistrait tous les détails afin de pouvoir la dessiner, plus tard. Il y avait un vase de roses blanches sur la cheminée. Le parfum des fleurs flottait dans toute la pièce.

— C'est comme ça, la France ?

— Pas ce que j'en ai vu, non.

— C'est très éclatant, tout ça. Presque trop – j'en ai mal aux yeux. Je crois que j'aurais la migraine en permanence si je devais vivre avec ces tableaux, ou dans cet endroit.

— Pour ma part, ils me régalent les yeux.

— Tu dois avoir l'impression d'avoir été éjecté des bas-fonds pour te retrouver au paradis, non ? dit-elle en le regardant par-dessus son épaule.

Il tendit le bras vers elle.

— Si je me tiens à toi, tu voudras bien m'aider à ne pas rebondir vers les bas-fonds ?

Un groupe d'hommes en robes de chambre et blouses d'hôpital était assis sur les marches extérieures, avec des journaux, des romans, et le chien de la famille des propriétaires. Ils souriaient et se passaient des cigarettes sous le soleil. Le bruit des béquilles et le blanc des bandages de Harry vinrent compromettre la sérénité de la scène. Les hommes s'écartèrent comme Emily l'épaulait pour descendre les marches.

— Mademoiselle, vous voudrez bien vous occuper de moi quand vous aurez fini de promener Blythe, ?

— Comment il a fait son coup, le bougre ?

— Vous auriez la gentillesse d'astiquer mes médailles, mademoiselle ? J'ai une croix de la Victoire dans la poche de mon pantalon.

Emily rit tandis qu'ils avançaient en direction du plan d'eau.

— Juste ciel. C'est ça qu'on appelle l'humour de bidasse ?

— Et encore, ce n'était rien.

Ils s'assirent sur un banc et laissèrent leur regard se perdre sur l'onde. Emily cueillit une marguerite et en ôta les pétales un à un. Le reflet de la demeure tremblait sur la surface de l'étang. Il jeta une pierre dans l'eau.

— Alors. Il t'aime un peu, beaucoup… ?

— Je n'ai pas compté.

Elle tourna la tête vers lui en souriant.

— Dis donc, tu es un peu pâlot à la lumière du jour. Je ne devrais pas t'envelopper dans une couverture, ou quelque chose de ce genre ?

— Surtout, n'envisage jamais de devenir infirmière.

Elle grimaça et lui passa un sachet de bonbons.

— Des pastilles à la réglisse – tu vois, je sers à quelque chose. Les médecins m'ont dit que tu te remettais bien. Que tu faisais de grands progrès.

— Oui. Ce n'est pas aussi méchant que ça en a l'air.

— Je te fais confiance pour crier au martyre quand tu as une simple coupure. Tu penses rester ici encore longtemps ?

— Non, pas longtemps. Le major m'a dit ce matin qu'ils comptent me renvoyer en France avant la fin septembre. Je crois sincèrement qu'il s'attendait à ce que j'applaudisse à cette bonne nouvelle.

Elle tendit le doigt vers une libellule voletant devant eux. Ici, entre le doux concerto des canards et les discussions légères, derrière eux, il était difficile de croire que la France était encore en guerre.

— Dans ce cas, tu devrais peut-être arrêter de faire de si grands progrès ?

Il tourna les yeux vers elle. À contrejour, sa silhouette était auréolée de lumière.

— Qu'est-ce qu'il y a ?

— Tes contours sont incandescents. Tu ressembles à une fusée éclairante.

— Harry. Tu dis n'importe quoi.

Coleman avait sorti le gramophone sur les marches et des arias italiennes s'élevaient maintenant dans le jardin. Caruso s'époumonait, chantant son intention de mourir de désespoir. Pickering imitait le chanteur avec force mimiques et gesticulations.

— Non mais, regarde-le, dit Emily en souriant.

— As-tu eu des nouvelles de Francis ? demanda soudain Harry.

S'abstenir de prononcer le nom de son frère ne faisait que renforcer sa présence entre eux ; il fallait qu'il rompe le sort.

— Je lui ai envoyé une carte postale, mais je n'ai pas eu de réponse, ajouta-t-il.

— Oui. Ils l'ont nommé soldat de première classe. Tu te rends compte ? Apparemment, il s'est couvert de gloire lors de votre petit coup d'éclat.

— Francis, soldat de première classe ? Ça alors.

— Je suis sûre qu'il adorera te donner des ordres quand tu reviendras. Et il va avoir une permission – c'est la récompense quand on a été un bon garçon, tu vois. Tu devrais essayer. Il pense pouvoir rentrer quelques jours à la maison, en septembre.

— Ça n'a pas l'air de te faire particulièrement plaisir.

Sur les marches, Pickering dirigeait maintenant le chœur des hommes entonnant le refrain de la chanson. Emily rit en les regardant, mais, quand elle se tourna vers Harry, elle vit que toute lumière avait disparu de son visage.

— Comment va-t-il ? demanda-t-elle.

— Francis ?

Elle acquiesça.

— Il fait aller… comme tout le monde. Tu sais comment il est : on ne sait jamais trop ce qu'il pense. En tout cas, quand j'essaie de le comprendre, je me trompe presque à tous les coups. On est pourtant censés parler la même langue, non ? Et toi ? Il t'écrit, tout de même ?

— Eh bien, je reçois des pages de mots qui ne disent pas grand-chose. C'est quasiment la même lettre à chaque fois, un genre de formule qu'il se sent obligé de m'envoyer. Toujours les mêmes phrases, les mêmes sentiments. La même gaieté pas vraiment convaincante. Oh, je sais que je ne devrais pas me plaindre… Il est gentil, attentionné, il ne critique jamais rien, mais on dirait la lettre type qu'un soldat doit adresser à sa femme, et je n'y retrouve pas du tout la voix de Francis. Comme s'il était en train de disparaître… De se dérober. La voix dans ses lettres n'est pas celle de l'homme avec qui je vivais. Ce pourrait être celle de n'importe qui, et ça m'inquiète. Tu m'écris plus souvent que lui, et j'ouvre tes lettres avec davantage de plaisir. C'est horrible, n'est-ce pas ?

— Absolument. Tu es une femme odieuse. Je vais m'employer à t'écrire des lettres assommantes de banalité. Ou plutôt, puisque tu n'es qu'une perfide mégère, je vais carrément cesser de t'écrire.

— Oh, non, pas ça ! dit-elle en riant. Plus sérieusement, est-ce qu'il va bien ?

— Oui, ne t'en fais pas. Il a juste besoin d'une pause, disons. De se reposer. Ça va lui faire du bien de revenir un peu à la maison.

— J'espère que tu as raison.

Des fragments de musique semblaient flotter au-dessus de l'eau, telles des nappes de brume matinale. Le soleil était chaud sur la nuque de Harry. Un souffle de vent poussa une mèche de cheveux sur la joue d'Emily.

— Ça t'arrive de rêver de pouvoir retenir ton souffle, et que tout s'arrête... que tout reste suspendu ?

— Oui. En cet instant même, répondit-elle.

Le reflet de la maison bourgeoise, vivement éclairée par la lumière de fin de journée, arborait les couleurs franches d'une illustration dans un livre pour enfants. On aurait dit qu'elle pouvait disparaître à tout instant.

— Est-ce que c'est toujours comme ça ? demanda-t-elle en se tournant vers lui. Je m'attendais à découvrir un bâtiment sobre, voire sinistre, avec des murs gris et une odeur de désinfectant. Je croyais que ça me ferait mal au cœur pour toi, mais j'en suis loin, très loin.

— Pas même un peu ? Pas même pour avoir à subir les jérémiades de ténors sentimentaux ? Sais-tu seulement combien d'opérettes nous devons supporter ?

— Pauvre Harry !

— C'est une torture. Aurais-tu suffisamment de pitié pour danser avec moi ?

Elle sourit tandis qu'il se levait, et lui offrit sa main.

— Je le fais uniquement pour contribuer à l'effort de guerre.

Ils dansèrent là, sur la pelouse, tournant lentement, leurs pieds hésitant sur les notes incertaines. Les hommes sur les marches se mirent à siffler et à pousser des cris en les voyant, mais Harry ne les entendait même pas. Il se tint à elle et oublia tout le reste. Emily ferma les yeux et rit en basculant la tête en arrière. Le plat de sa main reposait entre les omoplates de son cavalier. Sa bouche rieuse était à quelques centimètres de la sienne.

— Qu'y a-t-il ? demanda-t-elle en rouvrant les yeux pour le regarder.

Il appuya le côté de sa tête contre la sienne ; il la sentait respirer. Il huma son odeur de savon et de réglisse, enivré par les accords des cordes de l'orchestre. Il aurait voulu lui dire que jamais il ne s'était senti aussi heureux – ou triste.

Harry la raccompagna dans l'allée. Il fallait qu'il parle, se disait-il, il fallait qu'il reste léger et agréable, mais maintenant qu'elle s'en allait, il luttait pour trouver quoi lui dire. Les roses en bordure du chemin commençaient à faner. Les pétales des coquelicots s'étaient épanouis. Il nomma les lis, les digitales et les pieds-d'alouette qu'ils voyaient, par pur besoin de parler, de continuer d'échanger, de la voir lever les yeux et croiser les siens. Il lui désigna des têtes de semence, des formes de feuille, en indiquant leur nom latin, autant de détails qui se transformaient déjà en souvenirs. Il lui parla de la serre tropicale, du jardin de fougères et des abricotiers poussant en espalier. Il remplissait l'espace entre eux avec toutes ces choses, afin de ne pas avoir à lui parler d'autres endroits. Afin que les yeux d'Emily ne contiennent que les images qu'il avait choisi de lui montrer. Et qu'il n'ait pas besoin de prononcer à nouveau le nom de Francis.

— Je pense tout le temps à Will, tu sais, dit-elle soudain. Je me souviens que vous faisiez la course en marchant sur les mains, sur Rochdale Road, et que vous deviez ensuite enlever des petits bouts de verre dans vos paumes. Je me souviens aussi de la fois où vous vous êtes fait expulser tous les trois du Black Horse pour chahut, et que Will disait toujours que c'était Francis qui avait commencé. Et puis, je me souviens du jour où Francis est rentré à la maison en disant qu'il s'était engagé, et de sa certitude absolue que Will et toi le feriez aussi. Parce que c'est toujours Francis qui commençait. Je n'arrive pas à vous imaginer tous les deux, là-bas, sans Will. Tout doit être déséquilibré. J'ai peur pour vous deux, maintenant.

Harry se rappela Francis devant la tombe de Will. Il avait levé les mains en l'air, en un geste de capitulation, et Harry avait remarqué que les plis de ses paumes étaient soulignés par de la poussière de brique. Francis avait regardé son frère, puis avait détourné les yeux. Quelque chose avait changé à cet instant.

— On va veiller l'un sur l'autre, maintenant.

— Vraiment ?

— Autant que faire se peut.

— Pourquoi est-ce que ça ne me rassure pas ?

Qu'avait-il vu dans les yeux d'Emily à ce moment précis ? Quand elle s'était arrêtée et tournée vers lui, on aurait dit qu'elle voulait ajouter quelque chose, avant de se raviser.

— Quoi ?

Elle secoua la tête.

— Rien. Tu seras prudent, hein ?

Ils continuèrent leur marche dans l'allée de la propriété. Il avait les yeux baissés sur leurs pieds foulant le gravier, et croulait sous le poids écrasant de mots qu'il ne pouvait prononcer.

— Tiens, dit-elle en s'arrêtant tout à coup. Je veux que tu gardes ceci.

Elle ôta un ruban qu'elle avait autour du cou et le lui tendit.

— Qu'est-ce que c'est ?

— Une médaille de saint Christophe. Elle était à ma grand-mère. Elle disait que cela portait chance.

— Je me demandais ce que c'était que ce ruban… Je ne t'avais jamais vue avec ça.

— Je ne le portais pas. Mais cette année a été différente des autres, pas vrai ? J'ai beau ne pas être sûre de croire aux porte-bonheur, je me suis dit que ça ne coûtait rien d'essayer.

— Tu ne peux pas me donner ça.

— Si, je peux. Il est à moi, j'en fais ce que je veux, et je choisis de te le donner. Je ne peux pas te garantir ses vertus protectrices, mais ça ne peut pas faire de mal. Tu ne crois pas ?

— C'est vrai.

Il observa la médaille grise au creux de sa main. Le ruban était encore chaud. Il referma ses doigts sur l'objet.

— J'ai quelque chose à te dire. Si je ne le dis pas maintenant, je ne le dirai peut-être jamais.

Elle baissa les yeux en secouant la tête.

— Harry…

— J'ai le droit de passer pour un imbécile, parce que je risque de mourir demain.

— Demain ? À Altrincham ?

— Je parle au figuré.

— Allons, ne dis pas de bêtises.

Emily repoussa ses cheveux derrière ses oreilles et remit son béret. Elle lui sourit, et ses yeux s'arrondirent.

— Et si tu ne meurs pas demain, tu seras content d'être passé pour un imbécile ?

— Emily, je t'en prie. Je suis sérieux. Laisse-moi te parler.

— Non, parce que tu vas dire quelque chose que tu regretteras. Et moi, je dirai des choses que je regretterai aussi.

— Ah oui ?

— Il faut que j'aille prendre mon autocar, trancha-t-elle. Saint Christophe est le protecteur des voyageurs. Maintenant, tu sauras toujours retrouver le chemin qui te ramène vers moi, n'est-ce pas ?

— Oh, que oui. Tu le sais.

— Et n'arrête surtout pas de m'écrire, d'accord ?

— Bien sûr. C'est promis : je n'arrêterai jamais.

# 36

Harry
*Talbot House, Poperinge, septembre 1921*

Commande d'image de site : M. & Mme Reeth désirent des photos du jardin de la Talbot House à Poperinge. Le sergent Claude Reeth (23765) a été déclaré disparu le 28/11/1917. Il avait écrit sa dernière lettre à ses parents depuis cet endroit.

Qu'a pu voir le sergent Reeth ici ? Qu'a-t-il mis dans la lettre à ses parents ? Leur a-t-il envoyé les massifs de rosiers, les géraniums en pots, le désespoir des singes ? Leur a-t-il envoyé le son des pigeons, des abeilles, des cloches de l'église ? Harry revient en arrière et se corrige : il n'y avait pas de cloches d'église là-bas, à cette époque ; on entendait plutôt le grondement des armes, venu de l'est. Il réfléchit à ce que M. et Mme Reeth pourraient aimer voir. Il se demande si la dernière lettre du sergent Reeth – comme le viseur de Harry – a composé des mensonges vertueux. Leur a-t-il parlé de l'odeur des pieds-d'alouette ?

Le jardin est rempli de chants d'oiseaux en cet après-midi, quatre ans plus tard. Des arums fleurissent dans des pots et des salades vertes poussent sous des verrières. Des poules picorent sur le sentier de gravier, une femme chante en passant la serpillière dans le pavillon d'été. Le parfum du lilas flotte dans l'air, capiteux. Il s'assoit sur un banc et regarde les trouées de lumière sur l'herbe, dans l'ombre d'un arbre. Le désespoir des singes projette des ombres semblables à des dents acérées.

« Si ç'avait été moi, aurais-tu écrit à Emily ? », avait demandé Francis. Il l'avait fait, naturellement. Harry tente de se rappeler ce qu'il a dit ce jour-là, avec quelle formulation délicate il a enrobé l'annonce de cette nouvelle. Elle lui avait envoyé des lettres pleines de questions, lui demandant des détails qu'il ne pouvait pas fournir. Elle voulait venir en Belgique. Visiblement, elle ne concevait pas ce qui se passait ici. Ils s'étaient adressé beaucoup de lettres à cette période, puis moins. À l'hiver 1918, leur correspondance avait cessé. Ils n'avaient pas échangé un seul mot pendant un an, jusqu'à ce que Harry voie une femme qui ressemblait à Emily, dans une gare, et se retrouve à bord d'un train partant vers le nord. Avait-elle ressassé ces mêmes questions pendant cette longue période de silence ? Et si tel était le cas, pourquoi ne l'avait-elle pas dit, pourquoi n'avait-elle pas sollicité son aide avant ? Pour quelle raison avait-elle soudain eu besoin de voir une tombe ? Pourquoi un tel besoin de connaître la vérité, tout à coup ? Était-ce simplement parce que l'enveloppe contenant la photo de Francis était anonyme ? Imaginait-elle vraiment que ce soit lui qui ait pu l'envoyer ?

Un merle sautille sur la pelouse. Il incline la tête sur le côté, guettant la présence de vers de terre. Doucement, avec de lents mouvements contrôlés, Harry attrape son appareil. L'oiseau s'envole au bruit du déclencheur. Il n'y aura qu'un flou de plumes sur l'image.

Francis et lui avaient foulé le quai de cette gare le même jour. Guéri de ses blessures, Harry revenait prendre ses fonctions militaires, quand Francis partait en permission à la maison. « Comme les petits personnages des chalets météo », avait-il dit. Il pleuvait sur Poperinge ce jour-là. Le sergent Reeth s'y trouvait-il en même temps ? Sa lettre était-elle pleine d'arbres mouillés ? Il a parlé à Mme Reeth au téléphone, et a bien senti la tristesse dans sa voix comme elle lui disait que son fils avait l'air heureux, dans sa dernière lettre. Harry regrette maintenant de ne pas lui avoir posé davantage de questions concernant cette lettre ; cela lui aurait permis de faire correspondre ses prises de vue avec les mots de Claude Reeth, afin de fournir à sa mère des preuves attestant que ce bonheur était sincère – ce qui aurait peut-être amoindri le chagrin de celle-ci.

Le soleil filtre entre les branches, projetant des motifs mouvants sur un banc. Des roses blanches semblent luire dans l'ombre, derrière, et la lumière brille sur le pavé encore mouillé. Il fixe cette scène sur sa pellicule. Ce faisant, il songe à l'alchimie de la lumière et de la chimie, à sa capacité à capturer un instant, une simple réaction chimique suffisant à immortaliser ce qu'il a sous les yeux. Le visage de Daniel East se trouve toujours dans sa poche. Quelle réaction la vue de cet instant capturé déclenchera-t-elle ? Du bonheur ou de la tristesse ? Il compte développer la pellicule dès qu'il en aura l'occasion. Alors, quand il reverra de ses yeux le visage du fabricant de couronnes, quand il sera en mesure de le comparer avec son souvenir de David West, il décidera s'il doit ou non écrire à Rachel. Il photographie les ombres du hêtre, l'écorce du bouleau argenté et les deux hommes au fond du jardin, qui se passent des cartes à jouer sur une table. Il souhaite offrir à M. et Mme Reeth des images paisibles et éternelles, qui leur évoqueront peut-être l'atmosphère sereine de la dernière lettre de leur fils, qui leur apporteront peut-être un peu de paix. Il est frappé à la fois par l'impression de permanence et de fragilité qui émane de la scène devant lui.

Il était affreusement conscient de la présence du ruban rouge autour de son cou, quand il avait croisé Francis sur le quai de la gare. Avait-il une raison valable de se sentir coupable ? Ce n'était pas vraiment une trahison envers son frère. Il se rappelle encore le contact de ce pendentif au creux de sa main, quand elle l'y avait posé. Il revoit Emily le retirer de son cou, souriant entre ses cheveux. « Pour te porter chance », avait-elle dit. Francis aurait-il eu plus de chance si Harry le lui avait donné, ce jour-là ? Il n'est pas sûr de croire à ce genre de choses. Il se demande où est ce ruban aujourd'hui. A-t-il survécu quelque part, lui aussi ?

Un homme ratisse les sentiers de gravier. Il effleure son chapeau pour saluer Harry à son passage. Un gramophone joue à l'intérieur de la maison blanche. Les fenêtres sont ouvertes, un rideau s'en échappe sous un courant d'air. Les cloches du carillon sonnent. Il aimerait pouvoir envoyer tout cela à M. et Mme Reeth.

# 37

Harry
*Gare de Poperinge, septembre 1917*

— Francis !

Harry vit son frère de l'autre bout de la gare. Celui-ci était monté sur le toit d'un wagon et braquait son objectif vers les hommes grouillant sur le quai. Ils étaient nombreux, et brandissaient tous leurs papiers de permission en direction de Francis. Il leva un pouce en l'air, et une clameur monta de la foule.

— Il devrait faire gaffe. Il va avoir des ennuis, si ça continue.

Pembridge était accoudé contre une rambarde. Son sourire s'élargit comme Harry se tournait vers lui.

— Jack ! Bon Dieu, ça fait plaisir de te voir !

Il prit la main tendue de Pembridge et l'attira contre lui pour lui donner l'accolade.

— Tu as l'air en forme, Harry. Alors, ça y est, ils t'ont recousu comme il faut ?

— Quelques cicatrices en souvenir, mais à part ça, frais comme un gardon. Tu as une perme aussi ?

Pembridge brandit son papier blanc.

— Sacré veinard.

— Il en a besoin, dit Pembridge avec un signe de tête vers Francis, qui descendait du wagon.

Harry fit de grands signes à son frère.

— Quand es-tu arrivé ici ?

— Il y a deux jours seulement. On est restés à l'ouest d'Arras pendant deux semaines, à nous préparer pour « les conditions prévalant dans le secteur de Passchendaele ».

Il mima les guillemets avec ses doigts et imita le ton d'un officier.

— C'est-à-dire ?

— La gadoue. On nous a fait de longs discours sur la façon de prendre soin de nos pieds.

La pluie était de retour, dispersant rapidement la foule des hommes. Harry alla se mettre à l'abri. Une colonne de transport se frayait un chemin sur la route derrière eux.

— Où est le camp ?

— Au nord-ouest. C'est assez animé. Il y a des entrepôts de ravitaillement et des décharges de munitions tout autour. Ils ont commencé à le pilonner. Il faut voir un peu les routes – on dirait Piccadilly Circus.

— Tu as déjà mis les pieds à Piccadilly Circus, Pembridge ?

Harry se retourna en entendant la voix de son frère. La pluie rebondissait sur son chapeau.

— Francis. Content de te voir.

Ils échangèrent une poignée de main.

— Ça n'avançait pas sur la route, quand on est arrivés. Il vaut mieux partir dans notre direction que dans la tienne.

Harry fut frappé de voir à quel point son frère semblait avoir vieilli. Il y avait des creux nouveaux à ses joues, et ses paupières s'étaient affaissées. Lorsqu'il porta une cigarette à ses lèvres, Harry vit de la crasse profondément incrustée sur ses doigts. Un bref instant, il imagina ces doigts sur la gorge d'albâtre d'Emily.

— Un nouvel appareil photo ?

— C'était celui de Rose.

— Moi, il ne m'a jamais donné de matériel photo, ronchonna Pembridge. Juste une corvée de latrines, la semaine dernière.

Harry partit à rire.

— Tu as dix jours, c'est ça ?

— Ouaip, répondit Francis. Je pense que je ne vais pas sortir du lit.

Il imagina Francis, dans quelques heures, assis à table en face d'Emily. Les mains de Francis dans ses cheveux. Francis et elle dans le même lit.

— Passe mes amitiés à Emily, lui dit-il.

— Noté.

Francis leva les yeux vers ceux de son frère pour la première fois.

— Tu l'as vue ?

Harry pensa soudain au ruban autour de son cou. Francis l'avait-il remarqué ?

— Qui, Emily ?

Francis opina du chef, et Harry sentit le poids écrasant de son regard scrutateur sur lui.

— Elle est venue me voir une fois à l'hôpital. Elle m'a apporté des fleurs et un paquet de bonbons à la réglisse, mais c'est elle qui a tout mangé – les bonbons, je veux dire, pas les fleurs.

Pembridge rit tandis que Francis détournait les yeux vers la voie ferrée.

— Mange donc un morceau en ville avant de partir, dit Pembridge. On trouve de tout, ici.

— Et envoie-nous une carte postale, ironisa Francis.

— Tu as hâte d'y être ?

— À ton avis ?

— Bon, on ferait bien de monter dans notre train.

— Allez-y. Je suis content de t'avoir vu, dit Harry.

— Fais gaffe à toi.

Francis lui serra la main. Il y avait quelque chose d'étrangement définitif dans la façon dont il avait dit cela. Comme si Francis ne comptait pas revenir.

— *Au revoir**, lui dit Harry.

— Sauf changement de programme.

Francis regarda par-dessus son épaule au moment où Pembridge et lui traversaient la voie ferrée. Harry n'avait aucune raison de se sentir coupable. Alors pourquoi ce regard lui donnait-il l'impression d'avoir trahi son frère ?

# 38

Emily
*Ypres, septembre 1921*

Elle le voit par la vitre du train qui ralentit. Son profil. Son visage qui se tourne. Il est là, sur le quai. Elle s'entend inspirer brièvement et revient s'adosser dans son siège en s'écartant de la fenêtre. Parce que, pour l'instant, c'est *lui*. C'est Francis. Et puis, quand elle regarde à nouveau, l'homme a avancé, et c'est Harry, qui se trémousse d'un pied sur l'autre en scrutant la longueur du train, concentré et nerveux. Ses traits s'illuminent d'un coup quand il la voit.

— Laisse-moi prendre ta valise.

— Comme je suis contente de te voir !

Est-ce le soulagement qui la pousse à l'étreindre si fort ? Elle le serre contre elle tandis que le train s'éloigne et que la foule des voyageurs s'amenuise autour d'eux. Le visage plaqué contre la poitrine de Harry, elle sent l'odeur de propre de sa chemise, ses bras refermés sur elle, et elle a dix-huit ans à nouveau, elle est en sécurité, sûre d'elle, et rien de tout cela n'est arrivé. Elle n'a aucune envie de rompre cette étreinte et de revenir dans cette vie d'après.

— Je crois que je viens d'entendre une de mes côtes craquer.

Elle le sent rire. Elle entend le rire dans sa voix. Et elle est follement heureuse d'être avec lui.

— Pardon. J'avais peur que tu ne sois pas là. Je suis tellement soulagée de te voir.

Elle s'écarte un peu. C'est une joie immense pour elle que de voir ce sourire qu'il ne semble plus pouvoir effacer de ses lèvres ; elle a envie de poser un doigt sur cette bouche frémissante, mais se contente de lui presser la main avant de remettre ses cheveux en place tout en hochant la tête.

— Viens, lui dit-il.

Elle le regarde en même temps qu'ils marchent sur le quai. La dernière fois qu'elle l'a vu, c'était il y a quatre mois. Quatre mois au cours desquels elle a eu besoin de lui, douté de lui, et s'est inquiétée pour lui. Elle ne sait pas bien pourquoi le sol semble un peu se dérober sous ses pas – est-ce le fait de se trouver enfin sur le quai de la gare d'Ypres, ou de revoir le visage de Harry ?

— Tu ne manges pas assez. J'ai senti tes côtes. Pas étonnant que je t'en aie cassé quelques-unes.

Il paraît fatigué aussi, comme s'il n'avait pas dormi, mais il se tourne vers elle en souriant.

— C'est délicieux de me faire à nouveau réprimander par toi. Une vraie joie. Ne te retiens surtout pas de me gronder.

Mais son sourire s'évanouit sitôt qu'ils parviennent aux marches du parvis de la gare, et elle est bien obligée de regarder autour d'elle, à son tour.

— Oh, mon Dieu. Je savais que ce serait terrible, mais pas à ce point… On ne se rendait pas compte, chez nous, dit-elle. Vraiment pas. Tu as dû nous détester.

Elle pose les yeux sur lui, espérant un commentaire, une explication au désastre de la ville devant eux, mais Harry secoue simplement la tête.

— Je ne m'attendais pas à ça, ajoute-t-elle pour dire quelque chose. Même si je ne sais pas vraiment à quoi je m'attendais.

Elle pose une main sur son épaule comme ils descendent les marches.

— Ça ne t'ennuie pas ? J'ai peur que mes jambes me lâchent d'une seconde à l'autre.

— Ne t'inquiète pas, on ne va pas loin et j'ai réussi à trouver un hôtel avec des murs – et même un toit.

— C'est la première fois que tu reviens ici ? demande-t-elle.

— Oui, ça fait presque trois ans maintenant. En fait, on dirait que c'est en pire état aujourd'hui qu'à l'époque. Je crois que c'est dû au fait que les gens vivent parmi tout ça, qu'il y ait à nouveau des boutiques, des écoliers et des rideaux aux fenêtres. Ça souligne les destructions, d'une certaine manière.

De multiples bâtiments sur la rue de la gare ont perdu leurs étages supérieurs. Il n'en reste que des fragments de façades. Un couple bras dessus, bras dessous marche devant eux avec un chien noir dont la queue frétille. Ils doivent constamment descendre du trottoir pour éviter les tas de briques.

— On dirait un décor fantastique, dit-elle. Hors du temps, sur une autre planète. Je suis horrifiée et fascinée à la fois. J'ai envie de parler et, en même temps, je ne trouve pas les mots… C'est une réaction inappropriée, d'après toi ?

Il hausse les épaules.

— Je ne sais pas s'il existe une bonne façon de réagir à ça.

— J'ai l'impression de débarquer en Afrique, tellement je me sens ailleurs.

Elle regarde les chaussures de Harry à côté des siennes. Elle se sent plus solide en voyant ces souliers robustes et serviables avançant droit devant eux, mais elle a tout de même l'impression que le sol tremble sous ses pas.

— Je suis allée jusqu'à Poperinge, dit-elle.

Elle ne sait pas trop par où commencer, alors elle dit cela, même si ces mots ressemblent à un aveu de faiblesse.

— J'avais l'intention de venir ici. C'était prévu, j'avais même acheté mon billet de train. Je suis restée sur le quai de la gare de Poperinge et j'ai regardé partir le train pour Ypres. J'ai été prise d'une sorte de panique. Tu peux comprendre ça ? Je n'ai pas trouvé le courage de venir ici toute seule, et après ça, je me suis empressée de rentrer à la maison. C'est terriblement lâche, n'est-ce pas ?

— Non. Je ne crois pas que tu sois comme ça.

Il pose les yeux sur elle avant de regarder ailleurs.

— Je suis navré que tu aies dû venir ici, dit-il. Navré de ne pas avoir pu faire ça pour toi. De ne pas avoir pu te donner davantage de réponses.

— Je ne sais plus vraiment quelle est la question. Ou quelle réponse j'aimerais avoir, exactement.

— Au téléphone, tu as dit qu'il y avait un endroit que tu voulais voir.

Elle n'est pas prête pour la question, mais elle sent qu'il a besoin de la poser.

— Oui. J'aimerais que tu m'emmènes à cet endroit.

— Quel endroit ?

— Le dernier où tu l'as vu.

— Pourquoi ?

Elle réfléchit.

— Parce que.

— Si c'est ce que tu veux.

— Oui, c'est ce que je veux.

Il y a des zones de démolition récente de chaque côté de la route, remarque-t-elle. D'étranges broussailles ont déjà envahi les lieux, entre les orties et les chardons. Un chat se faufile entre les décombres.

— Cette photo de Francis…, commence Harry.

Elle le regarde et devine qu'il ne sait pas trop où il va.

— Tu y as vu quelque chose de particulier ? Quelque chose qui t'aurait poussée à venir ici ?

Que peut-elle lui dire ?

— Je crois qu'elle a pu être prise ici, répond-elle.

— Ici, à Ypres ?

— Au début, j'ai cru que c'était à Arras. Il m'a semblé reconnaître les bâtiments en arrière-plan – il se trouve sur une place en ruine, tu te rappelles ? Mais en fait, non. Tout semble maintenant désigner Ypres.

— Et tu n'as rien reçu d'autre, depuis ? Pas d'autres photos ? Pas de lettres ?

— Non, et c'est bien le plus frustrant, dans l'histoire. Pourquoi ce courrier anonyme ? Pourquoi tant de mystère ? Il pourrait venir de n'importe qui, non ?

— En effet.
— Est-ce que ce sont les Halles aux draps ?
Le beffroi est dissimulé par des échafaudages. Elle a vu des photos de ces fameuses Halles aux draps dans les journaux, mais cela ne l'a guère préparée à affronter l'ampleur de la destruction qu'elle a maintenant sous les yeux. Il n'en reste plus rien. Une grande partie de ce qui tient encore debout à Ypres est soutenue par des étais. La plupart du temps, ce sont de simples façades, qui lui évoquent un décor de théâtre. On les croirait à la merci du premier coup de vent.
— Ça l'était, oui.
— On dirait des ruines romaines, dit-elle. Un site de l'Antiquité. Je m'attends presque à voir des touristes chics écrivant de la poésie parmi les pierres tombées.
— « Voyez mon œuvre, ô puissants, et désespérez » ?
— Exactement !
Partout, des tas de pierres anciennes brisées, de pierres de taille flambant neuves, des piles de poutres en bois, en métal, de tuiles. Tout cela attend sur les bords de la route. Il y a tellement à faire.
— Tu es ici depuis longtemps ? s'enquiert Emily.
— Non, je suis arrivé ce matin seulement.
— Je ne te débauche pas de ton travail, au moins ?
— Oh, que si. Et j'en suis ravi.
— C'est lourd à porter, alors ?
Elle le voit sur son visage.
— Je regrette surtout de ne pas pouvoir en faire plus pour les familles. Quand je les rencontre, quand je leur parle, je me rends compte de l'ampleur de la faille que le deuil a créée dans leur vie. Comment quelques photos pourraient-elles combler ce vide ? J'aimerais avoir davantage de temps à leur consacrer. Pouvoir leur expliquer le pourquoi, le comment, et les réconforter. Mais je ne peux pas.

Elle le regarde et devine le poids de ce fardeau pour lui. Il ne devrait pas avoir à porter un tel poids, se dit-elle. S'est-elle montrée égoïste en lui demandant de répondre à sa question, elle aussi ?

— Tu sous-estimes l'importance de ton travail. Je suis sûre que le fait d'avoir ces photos leur apporte un grand réconfort.

— Sachant que leurs fils, leurs maris ou leurs frères sont bel et bien morts ?

— Ça compte énormément malgré tout. Ils doivent être heureux de savoir que les informations qu'on leur a transmises sont justes, et que leurs proches ont eu une sépulture décente.

— Décente ? Je ne suis pas sûr que ce soit toujours le cas.

— Quand bien même.

Ils poursuivent leur marche. Emily s'arrête quelques instants devant la vitrine d'une pâtisserie. Il y a des tours de sucreries empilées, des chocolats bien rangés dans leur boîte et une maquette en pain d'épice de la Halle aux draps telle qu'elle devait être autrefois. Le mur au-dessus de la vitrine a été entièrement détruit et révèle l'intérieur du logement du premier étage qui semble avoir été affreusement violé, avec son papier peint à motif exposé à la vue de tous et ses rideaux désormais décolorés et déchirés par le vent.

— En mai, tu m'as dit que tu ne pouvais pas venir ici, dit-il. Qu'il t'était impossible d'effectuer ce voyage. Est-ce que je peux te demander ce qui t'a fait changer d'avis ?

— Je commençais à me demander si tu allais te décider à me poser la question.

— Bien sûr que oui.

— Je le sais. Je te taquine.

Elle lui sourit et se réjouit de voir qu'il lui rend ce sourire.

— Une lettre m'attendait, quand je suis rentrée à la maison. Elle venait d'une de tes connaissances, je présume. Une femme nommée Rachel. Elle me disait que je devais découvrir ce qu'il était advenu de Francis, d'une manière ou d'une autre, puis refaire ma vie. À la première lecture, j'avoue avoir été un peu choquée. Qu'une parfaite inconnue se permette de me dire *ça* ! C'est tout de même un peu présomptueux, non ? J'ai chiffonné la lettre et failli la jeter au feu. Le ton était un peu trop directif à mon goût.

Elle ignore qui est cette Rachel mais, de toute évidence, celle-ci compte pour Harry. À vrai dire, elle avait aussi éprouvé une pointe de jalousie en lisant les propos de cette inconnue lui enjoignant d'avoir plus de respect pour les tendres sentiments de Harry.

Il rit doucement.

— Ça ne m'étonne pas. Rachel cherche son mari, elle est déjà venue trois fois dans la région. Elle ne parvient pas à accepter l'idée qu'il soit mort, elle n'est pas convaincue que ce soit vrai, mais chaque fois qu'elle vient, elle a l'impression d'avoir de moins en moins de chances de le retrouver. C'est une sorte de quête impossible, sans fin.

— À t'entendre, on dirait une épreuve sortie tout droit de la mythologie grecque.

— Je crois qu'elle en a assez de tout ça. Et qu'elle se sent seule. Elle aimerait juste avoir une tombe sur laquelle poser des fleurs afin de pouvoir refaire sa vie, elle aussi.

Quelque chose passe sur le visage de Harry au moment où il parle de cette Rachel et de sa solitude ; mais Emily ne parvient pas à identifier ce dont il s'agit. Est-il en train de sous-entendre qu'Emily devrait se retrouver dans la quête de cette femme ?

— Je me demandais si c'était à cause de cette photo de Francis, dit-il.

— Celle arrivée par la poste ?

Il scrute son visage et, pour une obscure raison, elle a le sentiment qu'il teste sa façon de répondre.

— Qu'est-ce que tu veux dire par là ? demande-t-elle.

— J'ai pensé que c'était le fait d'avoir reçu cette photo qui avait pu te pousser à venir ici.

Elle sent le poids du regard de Harry sur elle et doit baisser les yeux vers le sol avant de les relever à nouveau.

— Tu veux dire, l'idée que ce soit Francis lui-même qui ait pu l'envoyer ?

— Oui.

Elle se sent à la fois troublée et soulagée qu'il ait pu formuler cette pensée à haute voix.

— Et toi, tu crois que c'est possible ? Est-ce que Francis aurait pu l'envoyer ?

— Tu sais bien que c'est impossible.

— Vraiment ?

Ils continuent d'avancer dans les rues encombrées de gravats. Un groupe d'écolières en corsages blancs et chapeaux verts marche sur le trottoir devant eux. Emily regarde les petits chapeaux tourner comme les enfants contemplent ce qui les entoure, guettant leur réaction face à cette ville délabrée qu'elle ne veut pas regarder elle-même. À l'angle, un homme actionne la manivelle d'un orgue de barbarie. Il lève son chapeau au passage des écolières, mais semble invisible à leurs yeux.

— Nous y voilà, dit Harry.

Des drapeaux sont accrochés sur la façade de l'hôtel, avec un air de victoire absurde dans ce décor.

— Ça t'arrive, parfois, de surprendre ton reflet dans un miroir et de te demander comment tu as atterri ici ?

Elle regarde devant elle et voit leurs reflets côte à côte dans la vitre d'une boutique – elle et lui, encadrés dans une corniche moulurée aux effets gothiques. On dirait le portrait de deux grands inquiets. Ils fixent ce reflet.

— Souvent, oui, répond Harry.

# 39

Harry
*Ypres, septembre 1921*

Harry est allongé sur le lit de sa chambre d'hôtel. La femme au comptoir de la réception leur a vanté l'eau chaude et la lumière électrique de l'établissement, mais les murs de sa chambre sont rapiécés de bouts de papier kraft. Cela lui rappelle une comptine enfantine – avec Jack et Jill qui dégringolent de la colline, et du vinaigre pour nettoyer leurs plaies. Il entend Emily défaire sa valise dans la chambre voisine, ses pas qui vont et viennent entre le lit et l'armoire. La lumière passe au travers d'un raccord dans le papier peint, occultée de temps à autre par les mouvements d'Emily.

— Je crois qu'on peut parler à travers les murs, dit-il.

— En effet, répond-elle.

— J'entendais des ronflements qui venaient de la chambre de Francis, à la maison. Ce n'était pas toi, j'espère ?

— Tu verras ça ce soir.

Il s'efforce de ralentir le rythme de sa respiration, encore stupéfait qu'elle puisse être là, tout près, dans la chambre d'à côté. Il ne s'attendait pas à ce qu'elle le prenne dans ses bras, à la gare. Il n'était pas préparé à cela, et avait eu toutes les peines du monde à rompre l'étreinte. Il doit se montrer joyeux et léger maintenant, plaisanter, la taquiner, afin qu'ils redeviennent enfin frère et sœur, parce que cela pourrait trop facilement, trop rapidement, tourner à autre chose. Il s'interdit de regarder par le raccord du papier peint.

La cage d'escalier est plongée dans l'obscurité. Il suit la lumière, en bas, et la voit apparaître dans le tournant de l'escalier. Comme convenu, elle l'attend près de la porte. Il la regarde un moment avant qu'elle ne se rende compte de sa présence. Sa silhouette se dessine de profil devant la fenêtre ; elle a les yeux baissés sur sa main posée sur une chaise. La pose rappelle à Harry celle d'une femme qu'il a vue saluer un mémorial de guerre, il y a quatre jours. Seule la cheville en mouvement d'Emily atteste qu'elle n'est pas une allégorie de béton. Comme la figure du mémorial, elle regarde dans le vague ; son visage donne l'impression que ses pensées sont ailleurs. Soudain, un papillon de nuit vient voleter contre la vitre, et le battement insistant des ailes semble la ramener à l'instant présent. Elle effleure la vitre du bout des doigts.

— « Et quand les phalènes reprirent leur vol, et les étoiles filantes s'éteignirent, je lâchai la baie dans le torrent, et attrapai une truite d'argent. »

— Harry ! C'est toi. Je ne t'avais pas vu, dit-elle en se tournant. C'est un poème de Yeats, non ?

Son sourire modifie complètement son visage.

— La truite devient ensuite « une pétillante fille, des fleurs de pommier aux cheveux, qui appela mon nom puis s'en fut, disparut dans les brumes de l'aube ».

Ils sortent dans le soir. Les hirondelles filent dans le bleu du ciel. D'un seul coup d'ailes, elles virevoltent entre les toits de fortune.

L'hôtel se trouve à quelques pas de la place. C'est une grande place qui a dû jadis être prospère, mais est entièrement démolie désormais. Il est à nouveau surpris, lorsqu'ils y dirigent leurs pas, de voir le peu qu'il en reste. C'est beaucoup moins que dans son souvenir de 1917. Avec ces bâtiments nivelés, rabaissés, aplatis, le ciel semble immense et lourd au-dessus de leurs têtes.

— On dirait une cité romaine à moitié fouillée, remarque Emily. Tu ne trouves pas ? Où sont les bains publics ? Dans quelle direction sont les casernes ? Où est le fossé pour empêcher les barbares d'entrer ? Tu n'as pas l'impression qu'on pourrait revenir très vite à cette situation ?

— Oui.

— Cela ressemble aux vestiges d'une civilisation ancienne, continue-t-elle. À tout ce qu'il reste après l'effondrement d'une civilisation. Je sais que je regarde tout ça, et, en même temps, j'ai le sentiment que je ne devrais pas regarder, comme si c'était impoli de laisser mes yeux s'attarder sur ces choses. Irrespectueux, presque. J'ai même envie de parler tout bas. Je devrais ?

Il secoue la tête.

— Tu penses que c'est la place qu'on voit sur la photo ?

— Oui, c'est celle-ci.

Des couronnes ont été déposées contre les ruines de la cathédrale, lui conférant un air de tombeau. Elle est encerclée de fil barbelé. Ils s'approchent pour lire le panneau qui a été placé là. « Ceci est un lieu sacré, lit Harry à haute voix. Aucune pierre de cet édifice ne doit être prise. Il s'agit d'un héritage pour tous les peuples civilisés. »

Emily arque un sourcil.

— Quelqu'un aurait-il idée de faire ça ? Sérieusement, tu imagines quelqu'un empocher un bout de gravats en guise de souvenir ? Personnellement, je trouve que ce spectacle incarne l'inverse du sacré. Et le mot « civilisé » me paraît un peu abusif également.

— Peut-être.

— Tu étais déjà affecté ici quand Francis est rentré en permission ?

— Pas loin d'ici. Nous étions dans un camp au nord-ouest.

— Je regrette de ne pas avoir compris, sur le moment, de ne pas m'être rendu compte de l'ampleur des dégâts dans cet endroit.

— Et quand Francis est rentré ?

— Je n'ai pas réussi à renouer un vrai lien avec lui. C'était comme si une partie de lui avait déjà disparu. Peut-être que cette partie se trouve ici ? Si j'avais vu ça, peut-être que je l'aurais mieux compris... Peut-être que j'aurais su comment entamer une conversation.

— Mais tu n'aurais pas pu arranger les choses, quoi qu'il en soit.

— Je ne sais pas.

Les lumières commencent à s'allumer dans les cafés, qui semblent fournir un gros effort pour paraître joyeux. Bars et hôtels affichent leur volonté de résilience avec des noms grandiloquents – Grand Hôtel, Café de la Victoire, le Splendid, l'Excelsior. Harry a le net sentiment que tous surévaluent leur classe. Ils prennent une table en terrasse et commandent des bières. Emily lui sourit entre deux gorgées. Il a l'impression qu'elle aussi fait un effort pour être joyeuse ; il voit ses mains trembler quand elle prend son verre.

— Tu ne dessines plus ?

— De temps en temps. Je passe ma vie avec des appareils photo maintenant. À côté d'eux, mon œuvre d'imitateur paraît bien dérisoire.

— Tu avais de l'ambition, avant. Tu étais bien plus qu'un « imitateur ».

— Tu veux bien m'écrire cette phrase, s'il te plaît ?

Il se frotte les mains avec un sourire espiègle. Emily secoue la tête à sa plaisanterie, mais il ne sourit plus quand elle pose à nouveau les yeux sur lui.

— Tu veux bien me montrer la photo ? demande-t-il. J'aimerais la revoir.

— Bien sûr.

Elle sort une enveloppe brune de son sac et la pose sur la table devant Harry.

— Je continue de regarder à l'intérieur de l'enveloppe, au cas où je serais passée à côté d'une lettre, mais il n'y a rien.

— C'est un tampon français. Saint-Christophe de quelque chose ? C'est flou... Je n'arrive pas à lire le reste.

— Sais-tu combien de villages en France s'appellent Saint-Christophe ? Je l'ai montré au bureau de poste d'Arras. Il faudrait dix ans pour faire le tour de tous ces endroits.

La photo glisse de l'enveloppe. Il est étrange de revoir le visage de Francis dans cet endroit, en étant assis à une table à côté d'Emily. C'est une version du visage de Francis que Harry a tenté d'oublier, celle qu'il voulait qu'Emily ne voie jamais.

— Il se photographie lui-même.

— Il l'a prise ici, n'est-ce pas ?

Harry se lève avec le cliché et pivote jusqu'à ce que le décor corresponde à ce qu'il voit.

— Oui.

Il entend Emily inspirer nerveusement.

— Il fait plus vieux, tu ne trouves pas ? Beaucoup plus vieux.

Il se souvient de la pluie ruisselant sur les joues de Francis. Du blanc des yeux de son frère se tournant vers lui quand ils étaient allongés dans un trou d'obus. Il se souvient du bruit du barrage, de la vibration qui se faisait sentir jusque dans son corps, et de la façon dont les lèvres de Francis tremblaient.

— C'est vrai.

— Mais je l'ai vu en septembre 1917, Harry. Et il a été déclaré disparu fin octobre. Certes, il n'avait pas une mine radieuse quand il est rentré, en septembre – j'ai été choquée en le voyant –, mais le visage sur cette photo n'a pas juste un mois de plus que l'homme qui était chez moi cette semaine-là. Celui-ci a des années de plus.

Il la regarde. Comment lui dire ?

— Elle a dû être prise vers la fin.

— J'ai du mal à y croire.

La bière tremble dans son verre comme elle le porte à ses lèvres.

— Je suis pleine de reconnaissance pour celui qui l'a envoyée. Je ne peux pas dire que j'aime cette photo, ou qu'elle ne m'a pas choquée, mais à choisir, je préfère l'avoir que non. Je regrette seulement de ne pas savoir qui l'a envoyée, et pourquoi.

Elle prend l'enveloppe et la remet dans son sac.

— Pas toi ? Tu ne te demandes pas ce que ça signifie ?

— Il y a parfois des choses qui refont surface, comme ça.

Il se demande ce qui fait trembler les mains d'Emily, ce qui a refait surface pour elle avec cette photo, et pourquoi elle le dévisage de cette manière.

— J'ai vu ça, avec Rachel. Il existe des salles remplies d'effets personnels des soldats. On pourrait remplir des cathédrales avec tous ces trucs. Il faudra des décennies avant que chaque chose retrouve son propriétaire.

— Ta Rachel m'a envoyé une carte postale d'une cathédrale.

— Je lui ai dit que tu aimais les images de sites remarquables.

— Sauf que celle-ci était en ruine. Tu as reçu de drôles de courriers… Le facteur doit se demander ce qui se passe. Il y a un type, quelque part en France, qui t'envoie des photos de mémoriaux de guerre.

— Ce doit être Gabriel.

— Et une autre femme qui t'a envoyé une carte coquine. Il y a un poème en français d'écrit au verso. J'ai compris quelques mots ; c'est terriblement vulgaire.

Harry se met à rire, et se réjouit de voir enfin un sourire se dessiner sur les lèvres d'Emily.

— Ce n'est rien. Cassie était infirmière.

— Qu'est-ce que ça change ? Et ça, alors ?

Elle fouille à nouveau dans son sac et pose une carte sur la table.

— Qu'est-ce que c'est que ces bêtises obscures ?

C'est une carte postale d'une aquarelle de William Blake montrant un berger et son troupeau, une image issue de *Chants d'innocence et d'expérience*, pense-t-il. Il sourit et la retourne. Au verso, il est écrit : « Je vous avais bien dit que je pourrais vous être utile, non ? Votre mystérieux plafond se trouve à Ypres. Demandez L'Ange bleu. »

— Tu y comprends quelque chose ?

— Rien du tout. Le mari de Cassie travaille pour le service des cimetières militaires. Il mène des enquêtes pour moi. Je dois l'appeler à la fin du mois.

Emily hoche la tête sans paraître convaincue.

— C'est très gentil de sa part.

Ils mangent un steak et des pommes de terre frites. Emily chipote dans son assiette, accusant la viande d'être du cheval. Le serveur leur apporte une bouteille de vin sans étiquette et sert madame, puis monsieur, avec une certaine cérémonie. Le vin est curieusement aigre. Ils le boivent quand même. Voyant qu'Emily frissonne, Harry lui passe sa veste. Le café a un avant-toit en tôle ondulée, tout y semble installé de manière provisoire. Il se nomme le Grand Hôtel et a visiblement de hautes aspirations – ou bien, beaucoup d'humour. La silhouette de la cathédrale se dresse, sinistre, derrière Emily. Des choucas des tours croassent en haut des ruines.

— Je n'ai jamais cru qu'il allait revenir, dit-elle brusquement, sa fourchette immobile dans la main. Je n'avais pas de doutes. Ça ne m'était jamais venu à l'esprit. Mais tout a changé quand cette enveloppe est arrivée. Maintenant, je sursaute dès que quelqu'un frappe à la porte. Quand le téléphone sonne, je m'attends à entendre sa voix. Quand le train est entré dans la gare, ici, je m'attendais à le voir sur le quai. Pas toi ? Je n'arrive plus vraiment à croire que Francis n'est pas ici, que tout ce qu'il était a été balayé. Anéanti. Annihilé. Tout de même, ce n'est pas possible… Si ?

— Je suis désolé…

— Il n'est pas ici ? Il ne reviendra pas ?

Harry fait non de la tête.

— Je ne vois pas comment.

— Je veux aller à l'endroit où il a été blessé, et au cimetière de Tyne Cot. Les gens ne cessent de me dire que s'il est enterré quelque part, ce doit être là-bas.

— C'est ce qu'on m'a dit également. Et j'ai déjà parcouru tous les registres. Il n'y est pas. Son nom ne figure pas sur la liste.

— Mais tu disais qu'il y avait de nombreuses tombes anonymes… En me rendant sur place, je saurai peut-être s'il s'y trouve. Peut-être que je le *sentirai.*

— Tu le crois franchement ?

— Ne me regarde pas comme si j'étais idiote.

— Ce n'est pas ce que je pense. Vraiment pas.

Un bruit de vaisselle et de chaises raclant le sol leur provient de l'intérieur du restaurant. À la table voisine, la serveuse balaie les miettes de pain sur la nappe et verse du sel sur une tache de vin rouge. Elle fredonne, la bouche fermée. En vérité, quand il est ici, Harry voit Francis partout. Son frère est là, dans tous les coins d'ombre, derrière les volets fermés, en mouvement, en souvenir, jusque dans son propre reflet. Le prénom de Francis est même sur le mouvement silencieux des lèvres de la serveuse. Mais il ne peut dire cela à Emily.

— Tu avais raison sur un point : je pense effectivement que c'est lui qui a envoyé cette photo. Tu ne penses pas la même chose, toi ?

— Non.

— Tu es en sûr ? Comment peux-tu le savoir ?

— Emily. J'y étais.

Un papillon tourne autour de la flamme de la bougie. Elle mouille ses doigts et éteint la mèche.

— Bien sûr… Tu sais, parfois, je me demande si je ne suis pas en train de perdre les pédales.

Ils repartent dans les rues obscures en marchant lentement. Les garçons de café empilent tables et chaises pour les rentrer et vident les seaux à glace dans les plantes en pot. Le soir, avec le peu de fenêtres allumées, la ville est encore plus fantomatique. Les chauves-souris filent entre les ruines, décrivant des arcs sur la voûte bleu marine de la nuit. Ils écoutent les bruits de la ville : un moteur s'allume, des volets se ferment, le vent produit une sorte de bourdon en se faufilant entre les bâtiments effondrés. Ils sont seuls dans la rue.

— Vingt mille personnes habitaient ici, avant, dit Harry.

— Ce calme est assez glaçant, tu ne trouves pas ?

— Oui.

Elle dit être heureuse de ne pas se trouver seule ici en ce moment. Elle lui dit qu'elle a besoin qu'il soit là. Elle le remercie sur le seuil de sa chambre.

Harry fixe le plafond. Un véhicule passe soudain avec fracas, ses phares balaient les murs de la chambre. Il se tend quelques instants. Une fois le véhicule passé, Harry aperçoit une fine bande de lumière au travers du papier peint. Il entend Emily pleurer de l'autre côté de la cloison. Il doit mobiliser toute sa volonté pour ne pas s'approcher de ce mur.

# 40

Emily
*Ypres, septembre 1921*

— As-tu bien dormi ? s'enquiert Harry.

— Pas très bien, non. Mon cerveau était en ébullition. J'avais l'impression d'entendre en permanence des pluies d'obus et des bruits de bottes. Il y a peut-être des armées de soldats fantômes, par ici ?

— Juste des armées de bâtisseurs.

Elle l'écoute lui parler des maçons, des charpentiers et du concert de burins et de scies qui se sont immiscés dans ses rêves dès 6 heures du matin, mais il ne semble pas avoir beaucoup dormi, lui non plus.

— Un thé nous fera du bien. J'ai le droit de te materner, un peu ?

Quand il se penche vers elle, Emily sent son odeur de menthe et de savon à barbe – l'odeur déjà lointaine de la peau de son frère. Un bref instant, elle est saisie de l'envie de fermer les yeux et d'enfouir son visage dans le cou de Harry, de respirer cette odeur et d'oublier tout le reste.

— Qu'est-ce que tu as dit ? demande-t-il.

Elle secoue la tête et le regarde plier son journal pour le poser.

— Tu as laissé des miettes de pain à l'intérieur. Tu comprends ce que tu lis, au moins ?

— Un peu. Une partie. Mon français est assez basique, malheureusement. Je suis plus armé pour les menus de restaurant que pour la politique internationale.

— C'est typique de toi que de vouloir essayer, en tout cas.

Le thé est brûlant et presque insipide.

— Les feuilles de thé sont toujours rationnées ici, on dirait ?

— En effet. On en viendrait rapidement à préférer le café.

Le cliquetis de la petite cuillère de Harry résonne douloureusement dans la tête d'Emily. Elle se demande si elle a trop bu la veille. L'homme à l'orgue de barbarie a repris du service. La valse soufflée est un brin trop rapide, et beaucoup trop répétitive.

— Strauss ? C'est encore autorisé, de jouer Strauss ?

La serveuse fredonne en débarrassant la table voisine. Emily se rappelle le jour où elle était assise dans un café, à Arras, convaincue que Francis pouvait encore s'y trouver. Y a-t-il davantage de chances qu'il se trouve ici ? En face d'elle, Harry déchiquette son pain en petits morceaux. Elle remarque qu'il n'en a pas du tout mangé.

Leurs yeux se croisent.

— À quoi tu penses ? lui demande-t-il.

Elle hausse les épaules et baisse les yeux vers ses mains.

— Tu ne manges rien. Tu devrais manger un peu. J'ai peur que tu négliges ta santé.

— C'est le cas, je l'avoue. Mais ne t'inquiète pas pour moi.

Il repousse l'assiette pleine de morceaux de pain.

— Tu veux aller à Tyne Cot aujourd'hui ?

Le thé trop chaud brûle la langue d'Emily.

— Ils sont bien synchronisés.

D'un signe de tête, elle désigne un coin de la rue où une femme balaie le trottoir devant sa boutique ; les coups de balai suivent le rythme de la valse.

— Pour moi, ce ne sera réel que lorsque je verrai une tombe. Je n'arriverai pas à y croire, sans ça. Ton amie Rachel avait raison à ce sujet.

— Veux-tu que ça devienne réel ?
— Est-ce que ça peut être réel demain ? Si on allait plutôt se promener, aujourd'hui ?

Ils gravissent les remparts et contemplent le panorama. Des herbes s'élèvent entre les pierres, adoucissant les irrégularités du décor. Du trèfle pousse dans les gravats de mortier. Buissons et arbrisseaux envahissent les remparts. Elle est frappée par la façon dont la nature semble vouloir reprendre possession des lieux. La ville – ce qu'il en reste – s'étend devant eux.

— « Peu de noms évoquent autant de souvenirs que celui d'Ypres, lit Harry dans son guide, ville d'une splendeur incomparable au Moyen Âge, et dont il ne demeure aujourd'hui qu'un tas de ruines. Il existe peu d'exemples, dans l'histoire, d'une telle grandeur suivie d'une destruction aussi rapide et aussi totale. Ypres n'est désormais plus qu'un souvenir. »

Elle se tourne vers lui.

— Quand je pense aux souvenirs que vous devez avoir… Je me sens un peu piteuse. Je ne sais même pas comment envisager une fraction de tout cela.

Quels souvenirs reviennent-ils à Harry quand il contemple ces douves ? Quelle version de Francis revoit-il parmi ses souvenirs ? Elle ne peut s'empêcher de croire que Harry préfère s'abstenir de lui en raconter certains. Côte à côte, ils regardent les hirondelles filer au-dessus de l'eau. Dans une barque, un homme trouble l'onde de ses rames silencieuses. Harry jette un caillou au-dessus de l'eau. Il ricoche trois fois.

— Trois petits canards, dit-il.

Au-delà des remparts se trouve une zone de nouvelles habitations – un bidonville de cabanes, aux murs de bois jaune et aux toits goudronnés. Ces rues ont l'air de constructions en allumettes, songe-t-elle, de celles qu'un fort coup de vent pourrait emporter.

— On l'appelle *la Plaine d'amour**, lui dit-il. Rien de très aimable à première vue pourtant, non ?

— J'ai lu quelque part que tout cela allait être préservé, dit-elle.

Elle a suivi tous les articles sur Ypres dans les journaux, sachant que c'était la zone où Francis se trouvait.

— Ils veulent laisser les ruines telles quelles afin que la ville devienne un symbole, un souvenir et un mémorial de guerre.

— Mais des gens vivaient là, avant. Ils auraient aimé retrouver leur foyer, plutôt qu'un site touristique pour les Britanniques. J'ai lu hier dans le journal que cinq mille hommes travaillaient actuellement à reconstruire Ypres.

— Les maçons et les charpentiers ont de beaux jours devant eux, dit-elle tandis que ses pieds heurtent un morceau de métal. Tiens, qu'est-ce que c'est que ça ?

— Un puits d'aération.

Emily s'accroupit pour regarder dans l'ouverture. Elle n'y voit que du noir, et il s'en échappe une odeur de renfermé.

— Les remparts étaient pleins de galeries, explique Harry. On s'est abrités ici une nuit, en 1917. Je me souviens d'une cave au sol de terre battue, avec un fauteuil en velours, une horloge comtoise et des alphabets en broderie sur les murs.

Les yeux arrondis, il sourit.

— Cette nuit-là a été longue. J'étais là avec un Australien, un second lieutenant de Melbourne qui jurait chaque fois que l'horloge sonnait le quart d'heure, et n'arrêtait pas de se lever pour aller redresser les cadres. On a fini une bouteille de bénédictine ensemble, parlé de cricket, de perroquets, de fleurs sauvages, pendant que les obus pilonnaient les murs, dehors.

— *On ?* Francis était là ? Avec toi ?

— Non. C'était après.

— Après, répète-t-elle.

Elle ne sait plus trop ce que signifie cet *après*. Quelque part, l'horloge d'une église sonne l'heure.

— Tu veux bien me le raconter encore ? Le dernier jour, je veux dire…

— Emily, s'il te plaît…

— C'est tout ce que j'ai.
— Je te l'ai déjà raconté cent fois.
— Mais on est peut-être passés à côté de quelque chose. Une possibilité que tu aurais négligée, et qui pourrait me sauter aux yeux la cent et unième fois.
— Emily, il était mourant. Il avait des blessures par balle à la poitrine. On nous a ordonné d'avancer. Il n'y avait personne pour l'aider. Et c'était trop tard… Sur le moment, je n'avais aucun doute sur ses chances, sans quoi je ne l'aurais jamais laissé. C'*était* trop tard.
— J'ai envie de me saouler, dit-elle.
— Je peux faire ton portrait ?
— Voilà bien longtemps que tu ne m'avais pas demandé ça.
— Oui, hein. Bien trop longtemps. En souvenir du bon vieux temps, alors ?
— Je n'ai plus dix-huit ans, Harry.
— Et je ne suis plus le garçon de dix-sept ans qui ose te regarder dans les yeux uniquement quand il a la permission de dessiner ton portrait.
Il la regarde en face.
— Mais je préfère éviter de me rappeler ces souvenirs. Pitié. Je ne suis pas sûr que ce soit très viril de rougir.
Elle sourit, opine du chef, et il commence à la dessiner ici, dans le café. Elle regarde Harry, ses mains qui bougent, comme elle l'a fait tant de fois par le passé.
— C'est le carnet de croquis que je t'ai offert, non ? Je croyais que tu avais tout perdu.
— C'est la seule chose que je n'ai pas perdue. Il était dans ma poche au moment où tout le reste a disparu.
Il lève les yeux et referme le carnet.
— Que m'avais-tu dit, déjà ? « Tu me le rendras un jour, quand il sera rempli de dessins » ?
— C'est vrai ! Tu le feras ? Tu permets ?
Il lui donne le carnet, qu'elle ouvre à la première page. Sa silhouette y apparaît.
— Denham Hall ?

C'est elle, debout dans l'encadrement de la porte de la galerie rouge.

— Il y a quatre ans déjà ? Ça me paraît tellement loin…

— C'est vrai.

— Décidément, tu as toujours eu le coup de crayon flatteur.

— Pas du tout.

— « Si je me tiens à toi, tu voudras bien m'aider à ne pas rebondir vers les bas-fonds ? »

Elle sourit en se rappelant sa voix.

— C'est ça, non ? C'est bien ce que tu avais dit ?

Il la dévisage.

— Tu t'en souviens encore ?

— Bien sûr.

Elle feuillette le carnet et y découvre à nouveau son visage. Ici, là, et là, et encore là. Tellement de fois. Elle relève les yeux, croise ceux de Harry et, soudain, ce contact lui paraît compliqué. Pourquoi a-t-elle l'impression de l'avoir surpris en train de murmurer un secret ? Comme si elle l'écoutait faisant une confession ?

— Je n'avais pas d'autre femme à dessiner, dit-il. J'aime les visages féminins, et j'ai dessiné le tien tellement de fois que je peux le faire de mémoire maintenant.

— Je comprends.

Elle considère Harry, sa gêne évidente, et sent qu'elle doit se montrer prudente dans la suite de la discussion.

— On était une bande d'affreux jojos, tu aurais vu ça… Pas un pour rattraper l'autre. Rien que des sales gueules.

Il fait tourner le vin dans son verre, évitant désespérément son regard ; elle se sent profondément navrée pour lui en cet instant.

— Dommage que vous n'ayez pas vu davantage de jolies infirmières, de serveuses, de filles de ferme ou même de religieuses.

— Des religieuses ?

Enfin, il ose la regarder et lui sourit, mais alors qu'elle pose le carnet sur la table, voilà que le vent s'engouffre dans les pages et affiche le visage de Francis.

— Je ne lui ai pas dit que j'étais venue te voir à l'hôpital, avoue-t-elle. Je ne sais pas pourquoi. Mais c'était un oubli, pas un mensonge – et de toute façon, nous n'avions rien fait de mal, pas vrai ?

Elle tourne le portrait de Francis vers Harry.

— Non.

— Quand as-tu dessiné celui-ci ?

— Peu de temps après mon retour d'Angleterre. Nos chemins se sont croisés. Je l'ai vu à la gare quand il partait en permission. C'est la dernière fois que je l'ai dessiné.

— Ce devait donc être… en septembre ?

— Oui. Vers la fin du mois.

Elle regarde attentivement le dessin de Harry et ne peut s'empêcher de penser que ce n'est pas le même homme que celui sur la photo. Francis serait déclaré disparu un mois après que Harry avait dessiné ce portrait, or l'homme sur la photo n'a pas juste un mois de plus. Elle se penche vers Harry et pose une main sur la sienne.

— Il te manque, n'est-ce pas ?

— Bien sûr.

— C'est que… tu n'as pas eu l'air surpris en voyant cette photo.

— Celle que tu as reçue par la poste ?

— Oui. Tu n'as pas eu l'air surpris par son apparence.

Il y avait quelque chose d'étrange dans la façon dont Harry avait regardé la photo. Lorsqu'elle la lui avait montrée, en mai, elle l'avait observé la regarder en la tournant vers la lumière. Pourquoi n'avait-il pas paru au moins un peu décontenancé, comme elle ? Pourquoi n'avait-il pas relevé que le Francis de cette photo semblait bien plus âgé ? Pourquoi avait-il paru connaître ce visage ?

Il secoue la tête, comme s'il ne savait pas trop quoi répondre à cela.

— Nous nous sommes vus dans les pires états possibles.

Elle accuse réception d'un hochement de tête, n'osant le pousser dans ses retranchements. Mais cela n'apaise en rien ses questionnements.

Il revient du bar, un papier à la main. Il le pose devant elle sur la table en même temps que leurs consommations.

— Qu'est-ce que c'est ?

— L'Ange bleu. Mon mystère. Apparemment, c'est un genre de boui-boui.

— C'est l'endroit que tu ne reconnais pas sur les photos de Francis ? Tu penses qu'il aurait pu être là, qu'il y aurait passé un moment en octobre ?

— C'était une cave pleine de pochtrons à l'époque, et visiblement, c'est encore le cas aujourd'hui.

— Tout ce que j'aime, dit-elle.

Il trouve la rue dans son guide touristique et lit la description à haute voix :

— « Les belles maisons à double pignon illustrent bien la transition entre les styles architecturaux du XVe et du XVIe siècle – arcs irréguliers aux niveaux inférieurs, demi-cercles complets encadrant les fenêtres traditionnelles au-dessus. Aujourd'hui, il ne reste que des gravats. »

— Très XXe siècle, tout ça.

De toute évidence, les maçons et les charpentiers n'ont pas chômé pendant les deux ans qui se sont écoulés depuis la publication du guide. Des bâtiments en bois se dressent maintenant dans nombre d'emplacements qui devaient autrefois accueillir les admirables bâtisses de pierre. Les quelques vieux murs qui subsistent sont étayés et montrent des plâtres en piteux état.

Aucun panneau n'indique qu'il s'agit d'un débit de boissons – de quelque nature que ce soit –, mais il reste un semblant de peinture écaillée autour des ailes sculptées au-dessus de la porte.

— C'est un club secret, tu ne crois pas ? demande-t-elle. Est-ce qu'on est censés chuchoter un mot de passe, ou serrer la main de quelqu'un de telle ou telle façon ?

— Rien de si pittoresque, à mon avis.

Le noir succède brusquement à la vive lumière de l'extérieur, les laissant aveugles quelques instants.

— Je n'y vois rien, dit Harry.

Là, dans le noir, elle a l'impression d'entendre la voix de Francis à ses côtés, cette voix qui lui avait autrefois parlé sans qu'il se laissât voir entre les rayonnages de la bibliothèque ; mais, très vite, il craque une allumette et la lumière révèle un plafond en voûte, un escalier en pierre, et Harry est à nouveau là.

— Heureusement que tu es là, dit-elle.

Il part devant. Elle sent la température baisser à mesure qu'ils descendent.

L'escalier tourne et débouche sur ce qui semble être une cave. La lumière vacille sous un plafond en voûte et l'humidité luit sur les murs de briques rouges. Il pourrait aussi bien être minuit dehors. L'air est saturé de fumée de cigarette et il y flotte une odeur aigre-douce de vieille saleté. Une douzaine d'hommes sont assis à des tables, éclairés par des bougies, penchés au-dessus de leurs verres. Personne ne parle. Un gramophone joue un morceau de jazz dont la gaieté frénétique paraît totalement déplacée dans un tel contexte. Emily sait de quelles photographies parle Harry – elle reconnaît la courbe du plafond et les tables encombrées de bouteilles. Elle imagine le flash de l'appareil photo de Francis et doit attraper le bras de Harry pour garder son équilibre. Harry s'est-il penché sur ces photos, lui aussi, sans pouvoir les dater et les localiser ? A-t-il lui aussi cherché un sens et une explication à ces images ?

Un homme assis près du gramophone lève les yeux vers eux. Il semble être le seul à avoir remarqué leur présence. On dirait que tous les autres clients dans cette salle sont hypnotisés. Savent-ils que la guerre est finie, qu'on est en 1921 et que, dehors, c'est l'été ? Emily a l'impression d'avoir pénétré dans une photo de Francis. Les visages pourraient tout à fait être les mêmes. Mais pourquoi est-il venu ici ? Que faisait-il, qu'éprouvait-il dans cet endroit ? Et pourquoi cela paraît-il tellement important pour Harry ?

— Je ne saurais pas dire s'il s'agissait d'une chapelle ou d'une cave à bière, initialement, dit-il.

Elle hoche la tête. Autour d'eux, des colonnes de pierre en torsade, en haut desquelles sont sculptés des grappes de raisin, des céréales, des anges et des saints dans les bossages.

— Qu'est-ce qu'il faisait ici ? demande-t-elle.

— Je ne sais pas.

— Ce que je sais, en tout cas, c'est qu'il n'aurait pas dû être là.

L'homme du gramophone pose une bouteille et des verres sur leur table et retourne à ses disques. Un blues s'élève maintenant dans la salle. Des cuivres pleurent une complainte, évoquant un enterrement à La Nouvelle-Orléans. Emily trinque avec Harry. Elle imagine la lumière des bougies vaciller et la poussière tomber du plafond sous les coups de l'artillerie pilonnant les rues en surface ; elle imagine le sol trembler et les bouteilles tinter ; elle voit Francis chanceler. Quand elle pose à nouveau les yeux sur Harry, elle remarque que le vin ondule dans son verre.

— C'est une marche funéraire ?

— On le dirait bien.

Harry a les yeux rivés sur la table en bois lacérée, comme s'il s'attendait à y trouver quelque signification. Il y a des noms gravés dans le bois, des initiales, des traces de brûlures ; il en effleure le relief. S'attend-il à trouver les initiales de Francis ? Que cherche-t-il réellement, ici ?

— Bon sang, souffle-t-elle en posant son verre. Ce doit être l'endroit le plus déprimant où j'aie jamais mis les pieds. Tu en as vu assez ?

— Plus qu'assez.

Harry rapporte la bouteille à l'homme au gramophone et lui dit le nom tout en déposant des pièces dans le creux de sa main.

— Connaissez-vous un Blythe ?

L'homme ne relève pas le nez de son journal.

— Francis Blythe, précise-t-il.

— Demandez à Dillon. S'il est venu ici, Dillon le saura.

— Dillon ?

— Le *Wunderkammer* – c'est un magasin, le « cabinet de curiosités » de M. Dillon, dit l'homme en ricanant avant de se replonger dans son journal.

Ils clignent des yeux en retrouvant la lumière du jour, qui leur paraît trop vive. Emily entend Harry prendre une profonde inspiration comme il ferme les paupières. Que voit-il derrière ses paupières closes ?

— Pourquoi est-ce que Francis est venu ici ? Est-ce que c'est important ? Il avait des ennuis ? Est-ce qu'il en a encore ? Dis-moi.

Harry secoue la tête. Ce n'est pas la réponse qu'elle attendait.

## 41

Harry
*Ypres, septembre 1921*

Emily passe sa manche sur la vitrine de la boutique. L'étage supérieur est en travaux, et toute la poussière de l'ancienne Ypres tombe en bas.

— C'est ouvert ?

— Il y a une lumière allumée dans le fond.

Par la vitre, Harry distingue un curieux assortiment d'objets à vendre : guides touristiques, cartes, anciens ouvrages sur la région, éléments d'architecture, pièces d'uniformes, douilles d'obus, casques de toutes les nationalités et fragments de verre coloré. Un panneau écrit à la main déclare : *Souvenirs d'Ypres. Authenticité garantie. Toutes monnaies acceptées. Il y en a pour toutes les bourses et pour tous les goûts !* On dirait le résultat d'un coup de filet lors d'un raid dans une tranchée. Il sursaute au bruit du carillon comme Emily pousse la porte.

À l'intérieur, les articles sont rangés par catégories. Sur la première table, on trouve des têtes en pierre, des fragments de sculpture et des éclats de marbre où sont taillées des lettres, qui ressemblent à des morceaux d'un tombeau éventré. Emily porte un morceau de vitrail à la lumière. Il est d'un bleu vif, et le plomb qui l'entoure est affreusement tordu et déformé.

— Très joli, ce bleu, dit-elle. Un bleu ecclésiastique ? Un fragment de ciel, à ton avis, ou le voile de la Vierge Marie ?

Un triangle de lumière bleue réfractée tremble sur la gorge d'Emily. Il faut toute sa volonté à Harry pour ne pas tendre un doigt et le toucher.

— Un bleu surnaturel. Les vitraux de la cathédrale, je suppose.

Elle hausse un sourcil.

La table suivante propose des dizaines de variations autour des douilles d'obus. On en a fait des ronds de serviette, des cendriers, des tirelires, des vases, des pots à tabac, des pots à lait, des encriers, des gongs de table et des crucifix. Ils sont gravés, martelés, embossés en motifs et ornés de slogans. On ne saurait reprocher aux métallurgistes d'Ypres de manquer de créativité ou d'inventivité, semble-t-il. Les piles de bracelets conducteurs en cuivre et de pointes d'obus en aluminium (en promotion à deux francs la pièce) ressemblent presque à de l'art abstrait.

— C'est moi qui déraille, ou tout cela est assez sinistre? demande Emily.

— Tu ne dérailles pas du tout.

Un peu plus loin, des objets plus petits sont proposés aux clients ayant des budgets plus modestes. En regardant Emily toucher les broches, bagues et bracelets, il se rappelle le contact des mains de Rachel, avec ses bagues.

— Qui peut vouloir de ça, maintenant?

Emily grimace en portant des boucles d'oreilles de chaque côté de son visage. Elles sont faites en douilles de balles et ornées des mots *Vive la France** !

Il plonge la main dans un bol de boutons en laiton (*bon marché**, annonce un carton: *50 centimes*), et en sort un frappé de l'insigne du régiment du Yorkshire. Au fond, une table à tréteaux est couverte de casques, de baïonnettes à la lame rouillée et de toute une collection de morceaux de métal plus ou moins tordus. Emily secoue la tête et se détourne.

— Vous ne voulez pas un souvenir, *Pickelhaube*? Pas même un joli petit bout de shrapnel?

Elle passe devant Harry et ralentit pour jeter un coup d'œil aux vitrines sur le côté droit de la pièce. Elle se tient sur la pointe des pieds, et se penche pour regarder de plus près ; il voit son reflet et son souffle embuer la vitre. Les vitrines sont pleines d'objets personnels récupérés. Il y a des pipes et des boîtes à tabac, des étuis à cigarettes, des rasoirs et des stylos à bille. Il y a des canifs, des chapelets, et toute une rangée de lunettes, d'une fragilité poignante. Avec la lumière qui se réfléchit sur leurs yeux aveugles dénués de propriétaires, ces lunettes ont quelque chose qui émeut profondément Harry. Le regard d'Emily se porte sur les épingles à cravate, les photographies encadrées et les alliances. Elle se tourne vers Harry et fronce le nez. Il repense à Rachel se déplaçant dans la pièce des objets à identifier. Quel prix obtiendrait-elle pour ses bagues ? Ces objets sont-ils également la propriété d'hommes disparus ? Il cherche – sans vouloir en voir – des objets qui auraient pu être les siens.

— Je peux vous aider, m'sieurs dames ? lance un homme dans le fond de la pièce.

Emily sursaute puis lâche un petit rire nerveux.

L'homme sort de l'ombre et avance vers eux en souriant. Il porte un manteau de l'armée sur une veste de soirée élimée. Il lèche l'intérieur de ses mitaines, lisse ses cheveux jaunes en arrière puis tend la main à Harry, qui sent la laine humide au creux de sa paume.

— Michael Dillon, à votre service. Deux rouquins dans le coin, tiens donc… Ça fait plaisir !

Il ricane entre ses dents et pose un poing complice sur la poitrine de Harry.

— C'est un souvenir pour votre jolie fiancée que vous cherchez ?

— Pas vraiment, répond Harry.

— Je peux vous trouver tout ce que vous voulez. Un bibelot ? Un bijou ? Un souvenir ? Ou quelque chose de plus personnel, peut-être ? Je ne donne pas dans l'exotique ou dans le coquin, c'est ma limite. On est en train de rebâtir le monde, alors autant le faire tel qu'on souhaite qu'il soit.

Les yeux de Michael Dillon se plissent comme il sourit.

— En fait, on nous a dit que vous pourriez peut-être nous fournir des informations, dit Harry.

Emily s'approche. Il sent la pression de sa main sur son épaule.

— Des informations ? De quel genre ?

— Sur quelqu'un que vous pourriez connaître, intervient Emily. Ou que vous pourriez *avoir connu.*

Dillon hoche la tête.

— Eh bien, c'est possible ! Cette personne a-t-elle un nom, ou bien s'agit-il d'un jeu de devinettes ?

— Francis Blythe... ça vous dit quelque chose ?

— Blythe ?

Dillon répète lentement le nom. Harry regarde sa bouche le prononcer. Il lève les yeux au plafond. Ses lèvres semblent sur le point de répondre, mais il finit par faire non de la tête.

— Nous pensons qu'il était ici en octobre 1917 – qu'il a fréquenté L'Ange bleu.

— Désolé. Il y a eu tellement de noms, de visages... Blythe ? Octobre 17, vous dites ? Sale période... Non, je ne remets pas de visage sur ce nom. Pourquoi est-ce que vous voulez le savoir ?

— Juste pour assembler une pièce à un puzzle.

— Je comprends, répond Dillon en souriant.

Harry sent la main d'Emily se détacher. Elle se détourne et s'éloigne déjà.

— Je peux peut-être vous laisser l'adresse de notre hôtel, au cas où quelque chose vous reviendrait ?

— J'en doute, mais ça ne coûte rien.

Dillon a de longs ongles jaunes, constate Harry en lui tendant un bout de papier. Il le plie et le glisse dans la poche de sa veste de soirée avec un clin d'œil à son interlocuteur.

— Harry ?

Il se retourne. Emily montre du doigt quelque chose dans la vitrine.

— Regarde. C'est ma médaille, dit-elle.

Elle appuie sur la vitre du bout de son index. Juste en dessous, un losange de métal gris accroché à un ruban marron en piteux état.

— Ce n'est pas possible, dit-il.

— Vous voulez voir ça de plus près, mademoiselle ?

Dillon ouvre la vitrine avec une clé et prend l'objet, qu'Emily contemple comme s'il s'agissait d'une amulette aux pouvoirs extraordinaires.

— C'est la mienne, Harry. C'est ma médaille de saint Christophe.

Dillon enroule le ruban autour de son doigt. Il le fait tourner à la lumière, laissant apparaître le relief du métal. Pour une raison qu'il ne s'explique pas, Harry éprouve une forte répulsion envers cet objet.

— Le saint patron des voyageurs – apparemment, il a retrouvé son chemin jusqu'à vous, mademoiselle. Vous voulez que j'aille voir le prix ?

— Elle peut avoir appartenu à n'importe qui.

Harry regarde au loin tandis qu'Emily semble hypnotisée par la médaille.

— Ce n'est pas la tienne, affirme-t-il.

— Tu penses qu'il sait quelque chose, n'est-ce pas ?

Le carillon sonne derrière Emily comme ils sortent dans la rue.

— Oui.

— Pourquoi est-ce que tu tiens à le savoir ? demande Emily, faisant écho à la question de Dillon. En quoi est-ce si important, cette histoire d'Ange bleu ? Qu'est-ce que tu veux savoir, exactement ?

— Il y a eu un temps, vers la fin, où je ne savais pas où était Francis. J'aimerais savoir où il est allé. À qui il a parlé. Dans quel état d'esprit il se trouvait. Et pour quelle raison il est venu à Ypres – s'il y est bien venu. Cela satisferait ma curiosité, d'avoir toutes les pièces du puzzle.

— Eh bien, je crois que ton puzzle vient de se compliquer un peu plus encore. C'était ma médaille, tu le sais très bien.

# 42

Harry
*Ypres, septembre 1921*

— Quand l'as-tu perdue ?

Harry fait tourner son verre. La table est crasseuse. Emily pose une main sur l'autre côté du verre, bloquant son mouvement pour le forcer à relever les yeux. Derrière elle, la tour à moitié détruite arbore une forme médiévale, telle une ruine du XIIe siècle. Tout cela semble si loin déjà.

— En octobre 1917.

Il se souvient de la sensation du ruban autour de son cou, quand elle le lui avait passé. Ce ruban se trouvait sur sa peau à elle quelques instants auparavant et était encore imprégné de sa chaleur, se rappelle-t-il. Est-il possible que ce soit le même ? À la gare de Poperinge, il s'était senti rougir sous le regard de son frère – d'un rouge semblable à celui du ruban. En s'éloignant de la voie ferrée, il l'avait ôté de son cou pour le ranger dans son sac musette.

— Ça ne peut pas être la tienne, assène-t-il encore.

— Comment peux-tu en être tellement sûr ?

Il n'en est pas aussi sûr qu'il le dit.

Elle met une main en visière sur ses yeux et cesse de le dévisager. Il suit son regard. Une fête foraine s'est installée sur la place au cours de la journée. Il y a des chars à bancs venus d'Ostende et un spectacle ostensiblement gai et animé.

Des enfants font des tours de manège. Des chevaux verts aux naseaux d'un rouge éclatant montent et descendent sur les notes métalliques d'une vieille chanson parlant d'amour, de roses et d'une Colinette aux yeux bleu de mer. Des hommes tentent leur chance au stand de tir. Les détonations de leurs fusils font sursauter Harry.

— Détends-toi, dit-elle en lui souriant.

Elle s'étire des pieds à la tête, offrant tout son corps au ciel d'un bleu absolu, aussi pur et intact qu'un œuf de rouge-gorge.

— Tu aurais une cigarette ? Je te permets de m'amadouer avec une cigarette.

— Tu n'en achètes donc jamais ?

— Non.

— Tu as vu ses ongles, tout à l'heure ? Ce type me fait penser à un rat. Je parie qu'il trouve tout ça par terre, lui-même. J'imagine très bien ses mains gratter le sol.

— Tu ne l'aimes pas beaucoup, je me trompe ?

— Tous ces objets appartiennent à d'autres gens. J'avais presque l'impression de le sentir farfouiller dans ma propre tombe.

— Sauf que tu n'es pas dans une tombe, autant que je sache.

Une chanson napolitaine s'échappe du manège. Il se rappelle la voix de Caruso montant du gramophone pour venir planer sur l'étang. Les doigts d'Emily marquent le rythme sur son verre.

— Ne t'inquiète pas, je n'ai pas l'intention de t'inviter à danser.

Elle tourne son verre, dont les prismes se modifient. Une échoppe vend des gaufres et répand une odeur de sucre et de graisse brûlée qui lui donne légèrement la nausée.

— On dirait un peu un carnaval dans un cimetière, tu ne trouves pas ?

— Estime-toi heureux qu'il n'y ait pas de fanfare et de clowns.

Il entend des accents américains par-dessus la musique. Des sourires bien blancs se rassemblent devant l'objectif d'un appareil photo. Il ne peut s'imaginer avoir envie de prendre une photo d'Emily dans un tel endroit. Une guêpe se noie lentement dans le fond de son verre. Il la jette par terre, rince son verre avec de l'eau puis le remplit de vin.

— Tu bois beaucoup en ce moment, dit-elle.

— Toi aussi, rétorque-t-il en venant entrechoquer leurs verres.

— Plus que d'habitude, c'est vrai, concède-t-elle en levant le sien. Harry, qu'est-ce qu'on va faire ?

Elle exhale un soupir. Il regarde la fumée sortir de sa bouche.

— Je ne sais pas.

Ils laissent de la monnaie sur la table et partent en direction de l'hôtel. Ils se passent un cornet de frites, et Emily prend le bras de Harry. Ses paupières sont un peu lourdes, et il se demande si elle n'est pas un peu ivre. Devant eux, une femme pousse un homme en chaise roulante.

— « C'est une chose noble, juste et honorable pour une veuve que de s'occuper d'un homme abîmé, récite-t-elle. D'accepter cet arrangement pour un bénéfice mutuel, de lui promettre une existence attentionnée, comme il le mérite. »

— Où as-tu lu ça ?

— Dans un journal. Tu crois qu'ils se disputent ?

— Parfois, sûrement. Mais ils ont aussi probablement besoin l'un de l'autre.

— Je l'aimais, tu sais, dit-elle. Je n'ai jamais cessé de l'aimer. Mais il avait changé, quand il est rentré en permission. C'était dur. On ne savait plus comment se parler. Quand j'ai lu le mot « abîmé » dans le journal, récemment, j'ai tout de suite pensé à lui, cette semaine-là. Je veux dire, ça ne signifie pas seulement qu'on trimballe des béquilles ou une chaise roulante, n'est-ce pas ? Je me trompe ou pas ?

— Non. Je comprends. Je sais comment il était à cette période, et j'étais inquiet pour toi quand il est parti. Je me doutais que ça n'avait pas dû être simple.

— Cela dit, ça ne signifie pas que je voulais que ce soit ainsi.

Elle agite une frite devant elle avec véhémence.

— On aurait sûrement trouvé le moyen de traverser tout ça. Je me serais occupée de lui. Si je le voyais venir vers moi dans cette rue, maintenant, c'est ce que je ferais.

Elle prononce ces mots avec un peu trop de fougue pour qu'ils soient convaincants. Les maisons alentour ont toutes été sécurisées avec des étais et des échafaudages.

— Bien sûr.

— J'ai fondu en larmes dans un grand magasin quand la lettre est arrivée, quand ils m'ont dit que Francis ne reviendrait pas. Il y avait un vase avec des iris sur le comptoir et, tout à coup, je me suis dit que plus jamais je ne le reverrais, un bouquet de fleurs entre les mains. Et le parfum de ces fleurs ! La pauvre caissière ne savait plus où se mettre.

Il pense aux iris bleus dans sa cuisine. Combien de temps après la lettre a-t-elle pris la décision de commencer à s'acheter elle-même des fleurs ? Il regarde Emily et se demande ce qu'une telle décision a pu recouvrir.

— Francis n'aurait pas voulu que tu pleures, dit-il, tout en se demandant si cela est bien vrai.

— Parfois, quand je te regarde, c'est lui que je vois. Ça me sidère à chaque fois. J'ai tendance à oublier à quel point vous vous ressemblez.

Ces mots prennent Harry au dépourvu ; il baisse les yeux. Quand il se rase, il prend conscience de ses os, de la façon dont ils sont plus visibles maintenant, dont ils déterminent plus clairement la forme de son visage. Il voit Francis dans la forme de ses os, dans l'angle de ses pommettes et la ligne de sa mâchoire. Il songe à ce à quoi ressemblerait Francis aujourd'hui, quatre ans plus tard. Cela le trouble plus que cela ne le rassure de voir Francis dans ses propres traits à lui.

— De temps en temps, poursuit Emily, sous une certaine lumière, c'est comme si tu étais lui.

— Je suis désolé.

Il est surpris de la voir rire.

— Désolé, encore ? Pourquoi es-tu désolé ?

— De ne pas être lui.

— Ça s'arrête là, tu sais. Les os et les muscles se ressemblent, mais vos expressions sont totalement différentes – ce qui se passe sous la surface est totalement différent. Le pire, c'est que je ne sais même pas si je dois m'en réjouir ou non.

Elle le dévisage comme si elle attendait son jugement. Il garde les yeux baissés sur la barquette de frites.

— Mon Dieu… Je crois que j'ai trop bu, soupire-t-elle.

— C'est cet endroit.

Il a remarqué qu'elle le regardait beaucoup. Il la surprend de loin en loin, capte le reflet de ses yeux qui le suivent dans des miroirs ou des vitres. Il fait la même chose de son côté. Parfois, il a peur de découvrir qu'elle n'est plus là, s'il la quitte des yeux trop longtemps.

— On devrait rentrer chez nous, dit-elle, et faire comme si rien de tout cela n'était jamais arrivé. Ne pas regarder en arrière. Refuser de se souvenir. Être sourds aux doutes. Et entamer une toute nouvelle vie.

Lorsqu'elle se tourne vers lui, ses cils sont chargés de larmes. Elle cligne des yeux, et les larmes tombent.

— Il faut que tu dormes.

Ils s'arrêtent en bas de l'escalier, et elle pose la tête contre son épaule. Il sent le rythme de sa respiration ; il voudrait à la fois s'écarter d'elle, et rester ainsi pour toujours. Il se rappelle la bouche d'Emily éclatant de rire dans un jardin d'autrefois, et la confusion de sentiments qui s'était emparée de lui à cet instant. Il n'y a pas l'ombre d'un sourire dans le visage qui scrute maintenant le sien, de tout près. Cherche-t-elle Francis quand elle le regarde de la sorte ?

— Je dois téléphoner à M. Lee ce soir, dit-il.

Emily opine lentement de la tête.

— Fais ce que tu as à faire.

Il s'adosse contre le mur sitôt sorti de l'hôtel et s'allume une cigarette. L'allumette tremble entre ses doigts. Il donne un coup de pied contre le mur.

La voix lointaine de M. Lee lui indique des noms, des matricules de régiments et des adresses de cimetières. Harry dessine des chevaux de manège et des anges autour des noms et des numéros. Il trace des points d'interrogation autour du prénom de Francis.

La respiration d'Emily se fait de plus en plus lente – il l'entend à travers la faille dans la cloison, cette fine ligne entre ses rêves et elle ; il marche doucement sur le parquet afin de ne pas perturber son sommeil. Mouvements prudents. Souffle régulier. Quand il ferme les yeux, il voit les vitrines pleines de photos encadrées, de nécessaires de rasage et de canifs. Il voit les photographies de Francis, son rasoir, son couteau – et le porte-bonheur qui aurait peut-être dû lui revenir.

# 43

Harry
*Ypres, septembre 1921*

*Harry taille un crayon en pointe et va chercher le carnet de croquis dans sa couchette. Il marche prudemment dans les escaliers. Il fait sombre dans l'abri, et il tâtonne pour repérer les murs. Il jure en se cognant dans un tabouret renversé, puis dans les tibias suspendus d'Alfred McCabe.*

*Il fait un bond en arrière. Pendu à la poutre, sa ceinture autour de la gorge, Alfred McCabe grince. Sa langue lui sort de la bouche. Il y a une croûte de sang dans sa barbe. Ses yeux sont exorbités, mais dépourvus de la moindre lueur de vie. Seul le ruban rouge enroulé entre les doigts morts de McCabe bouge encore. Faisant tournoyer une médaille de saint Christophe en argent.*

*Harry vomit. McCabe est leur vieux briscard, leur repère, leur cheval de guerre ; il n'est que fanfaronnades et jargon de soldat, toujours à parler des Boers, de cavalerie et des médailles de Mafeking sur sa poitrine. Il ne semble pas normal que McCabe soit mort. Harry se redresse et s'essuie la bouche sur sa manche. C'est comme s'ils étaient tous morts, maintenant. « Les vieux soldats ne meurent jamais », murmure-t-il. « Et les jeunes appellent la mort de leurs vœux. »*

*L'ampoule électrique clignote et grésille et, soudain, Harry se rend compte que ce n'est pas le visage de McCabe, mais celui de son frère. Francis Blythe est là, pendu dans un abri souterrain au sud de Cambrai. Harry le regarde fixement. Il a le souffle coupé, des frissons dans le dos, le sang bat à ses oreilles, mais son cerveau et ses yeux ne parviennent pas à se mettre d'accord. La gravité vacille. Il est pétrifié par le visage de ce frère mort depuis quatre mois, peut-être. Il jette un regard circulaire dans l'abri. Tout est inchangé : les parois plaquées de fer, les étais de bois, le sol de terre compressée, le miroir avec ses pin-up et les poèmes postés, et les godillots de McCabe, qui pendent toujours à vingt centimètres au-dessus du sol. Il entend l'eau goutter, sent l'odeur de la glaise humide et le goût du sang là où il s'est mordu la lèvre.*

*Il avance d'un pas incertain. Les lèvres de Francis sont gercées et grisâtres. Mais elles sont entrouvertes, comme s'il avait encore quelque chose à dire. Harry ne veut pas entendre ce que cette bouche morte a peut-être envie de dire. Il ne veut pas regarder de près ce visage mort, comme il le fait, mais la peur le cloue sur place. Les cheveux de Francis sont collés à son front en boucles moites. La saleté accentue les reliefs de ses joues. La fatigue lui creuse les yeux. Tout à coup, les paupières de Francis s'ouvrent sur ses pupilles dilatées, et ses grands yeux bleus aux cils bruns se fixent dans ceux de son frère.*

Harry pousse un cri. Il hurle sa terreur, avant d'éprouver le choc d'un silence noir. Ce noir est celui d'une pupille dilatée à quelques centimètres des siennes. Quand il reprend son souffle, la buée embue le miroir. Ses yeux refont la mise au point, et le miroir se brise. Il regarde la fissure s'étendre. C'est d'abord un soupir, puis un craquement, et finalement un fracas épouvantable. Le reflet de son visage s'effondre en mille morceaux.

— Harry !

C'est la voix d'Emily à travers la cloison.

— Harry, qu'est-ce qui se passe ?

Il se laisse glisser à terre et s'assoit parmi les éclats du miroir. Il y en a partout. Les lignes obscures de la pièce lui paraissent étrangères quelques instants. Il met sa tête entre ses genoux et tente de se rappeler comment respirer. Il entend

Emily ouvrir sa porte et venir tambouriner à la sienne. Il regarde la poignée tourner en vain. Elle ne cesse de tambouriner. Il sent sa tête tourner et essaie de se ressaisir.

— Harry ! S'il te plaît, ouvre-moi.

Il se coupe la main sur la glace en se relevant. Il y a du sang sur sa chemise, et maintenant l'empreinte rouge de sa main sur la porte. Emily semble blême sous la lumière électrique. D'autres voix et d'autres visages apparaissent dans le couloir. Elle le pousse à l'intérieur et referme la porte derrière eux.

— Harry, que s'est-il passé ?

Elle lui prend les mains et l'emmène vers le meuble de toilette. Là, elle prend le broc et verse de l'eau dans la cuvette. Le sang de Harry teinte l'eau en rose dans la cuvette blanche. L'eau est froide. Il a les mains qui tremblent. Il entend Emily respirer.

— Harry ?

— Désolé, dit-il.

Elle sort ses mains de l'eau et les essuie avec une serviette. Elle les retourne, les palpe, et retire un éclat de verre de sa paume. Il voit que ses doigts tremblent aussi, et elle expire en même temps que lui, comme si elle éprouvait la même douleur vive. Il y a une trace rouge sur le bout de verre. Il se rappelle ce moment, un peu plus tôt dans la journée, où elle tenait un bout de verre bleu dans la lumière, et du triangle de lumière azur frémissant sur sa gorge.

— Tu trembles. Parle-moi, dit-elle.

— J'ai cassé le miroir.

— Pourquoi ?

— Je ne l'ai pas fait exprès.

Il pense au visage de Francis dans le miroir de la maison mise à sac, à leurs yeux se croisant dans le reflet, puis aux colifichets et aux violettes qui lui étaient tombés dessus. Ce simple souvenir lui donne envie de plaquer ses mains sur son crâne pour se protéger. « Ne fais pas cette tête, dit la voix de Francis. C'est pour Emily. »

— J'ai fait un rêve… Un cauchemar. Je dois être somnambule.

— T'es-tu fait des coupures aux pieds ?

Elle tire son châle sur ses épaules. Il est brodé de fleurs, de style indien. Les franges du châle effleurent sa main avec douceur. Harry s'imagine pouvoir sentir le parfum musqué des roses.

— Je ne crois pas, non.

Il s'assoit au bord du lit tandis qu'elle lui lave les pieds. Ses yeux ne cessent de se fermer. Il se demande s'il ne s'est pas rendormi malgré lui. Elle rassemble les bris de glace et les enferme dans du papier journal. Il a mal à la main, à l'endroit d'où elle a retiré un éclat. Elle lui soulève les pieds et tire les draps sur lui. Puis elle pose un doigt sur ses lèvres, et il n'y a plus que du noir.

— Ça va aller, murmure la voix d'Emily.

Il ferme les yeux et la croit, un bref instant.

# 44

Harry
*Camp militaire, ouest d'Ypres, octobre 1917*

— Aucune nouvelle de lui ? demanda le capitaine Rose.

— Rien. La dernière fois que je l'ai vu, c'était à la gare de Poperinge – il partait en perme.

Rose prenait des notes dans un carnet. Harry voyait qu'il avait dessiné des yeux et un chien dans la marge. Le chien avait un regard abattu et la queue entre les pattes.

— Donc ce devait être le 24 septembre, c'est bien ça ?

— Oui, chef, je suppose. Ça fait presque trois semaines maintenant.

— Dans ce cas, comment se fait-il que le caporal Butterworth me dise l'avoir vu à proximité du camp, il y a dix jours ?

Rose vérifia les notes dans son carnet.

— Butterworth jure l'avoir vu là-bas le quatre octobre – le jour où il devait rentrer de sa permission. Il prétend que votre frère est venu au camp, et en est reparti aussitôt, ou presque.

Harry n'était pas au courant de cela.

— Je ne sais pas quoi vous dire, chef. Peut-être que Butterworth s'est trompé ?

— Il a prêté serment. Et il affirme avoir vu Francis franchir les grilles – pour sortir.

Harry secoua la tête.

— Pourquoi revenir au camp et repartir si vite ? demanda Rose.

— Je n'arrive pas à imaginer pourquoi il ferait cela. Il y a quelque chose qui cloche. Comme je vous l'ai dit, je n'ai eu aucune nouvelle de lui.

Rose releva les yeux.

— C'est bon, Harry. Je vous crois. Par contre, ce n'est pas bon pour lui… On ne peut pas tolérer que des hommes se promènent de la sorte.

— Je comprends, répondit Harry tout en se demandant comment pourrait se traduire cette non-tolérance.

— Aviez-vous des inquiétudes sur sa santé mentale, quand il est parti ? Le première classe Blythe était-il tout à fait lui-même ?

Harry avait oublié ce changement de grade. L'espace d'un instant, il s'était demandé qui était ce soldat de première classe.

— Je n'avais pas remarqué de changement récent, répondit-il tout en se demandant si c'était exact.

Il pensa au visage de son frère à la gare. Comme il lui avait paru plus vieux. Comme ses yeux ne semblaient pas être là. Comme il s'était inquiété à l'idée que cet homme rejoigne Emily. Devait-il s'inquiéter pour elle, maintenant ?

Rose remit le capuchon sur son stylo-plume. Il avait de l'encre sur les doigts, et des éléments d'appareil photo sur son bureau. Le capitaine possédait un Autographic tout neuf qu'on lui avait envoyé d'Angleterre, Harry le savait, et avait dernièrement donné son vieux Kodak à Francis. Rose lui-même ne serait-il pas au courant si Francis n'était plus tout à fait lui-même, si quelque chose s'était détraqué dans sa tête ? Le militaire repoussa son carnet et regarda Harry dans les yeux.

— Si vous deviez prendre des paris, où diriez-vous qu'il puisse se trouver ?

— À la maison. Avec sa femme. C'est absurde de penser qu'il soit revenu ici pour repartir aussitôt.

— Je peux cacher ça au capitaine Frean pendant trois jours de plus. Vous comprenez la gravité de la situation, j'espère ?

— Absolument, capitaine.

— Très bien. Alors espérons que le train du première classe Blythe aura juste été retardé… de dix jours.

Harry retourna dans le champ. Un groupe jouait derrière les baraquements, sous le regard d'autres hommes attroupés.

— « Elle attend près des peupliers, chantaient-ils en chœur, Colinette aux yeux bleu de mer. Elle attend patiemment, le regard perdu sur la longue route blanche. »

Deux hommes en kilt riaient en s'essayant à un pas de danse compliqué. Derrière eux, le ciel qui avait déversé la veille une pluie d'obus s'affichait désormais rose et parfaitement serein. En d'autres temps, Harry aurait peut-être dessiné cette scène.

— Alors, qu'a dit Rose ? s'enquit Pembridge.

Assis sur les marches du baraquement, il décrottait la semelle de ses chaussures à l'aide d'un bâtonnet.

— Que Francis est dans de sales draps.

— Tu crois qu'il est toujours en Angleterre ?

Il se demanda s'il devait écrire à Emily. Francis pouvait-il être avec elle ? S'il perdait un peu la tête, quelles conséquences cela aurait-il pour elle ? Pourrait-il trouver le moyen de lui faire passer un message afin de s'assurer que tout allait bien ? Mais si Francis était là-bas et ne tenait pas à ce qu'on le retrouve ?

— Quelque part, j'espère plutôt qu'il s'est faufilé dans un bateau et qu'il est déjà à mi-chemin de l'Argentine.

Pembridge ne parut pas convaincu par l'hypothèse. Il tendit une cigarette à Harry et haussa les épaules. Armstrong, appuyé contre l'encadrement de la porte, émit un sifflement.

— Il aime le corned-beef à ce point-là ?

— En tout cas, il est sûr de perdre ses galons, au minimum, dit Pembridge.

Harry était assis sur son lit de camp. Rose leur avait annoncé qu'ils risquaient de monter au nord la semaine prochaine, plus haut que Langemark, dans une zone de marécage où l'ennemi utilisait les gaz asphyxiants. Peut-être que Francis avait eu raison de partir, finalement ? Harry n'aurait pu lui en vouloir si son frère avait simplement pris la décision de déserter.

Dehors, les hommes entonnaient le refrain de leur chanson. Il n'y avait aucun bruit de fusils ou de canons et les étoiles commençaient à apparaître dans le ciel teinté de rose. Harry aurait aimé s'asseoir sur les marches et dessiner tout cela, fumer les cigarettes de Pembridge sans avoir d'autre préoccupation en tête que la justesse de son trait et l'équilibre de sa composition. Il palpa le carnet de croquis dans sa poche. Celui qu'elle lui avait offert. Mais si Francis était avec elle en ce moment, et pas dans son état normal, Harry ne devrait-il pas faire quelque chose ? Ne devrait-il pas au moins s'assurer que rien de fâcheux ne s'était produit ? Il fallait qu'il écrive à Emily. Il tendit un bras sous son lit pour attraper son sac. Il avait dû être poussé plus loin. Il s'agenouilla sur le plancher et jeta un œil sous le cadre métallique. Sa main tendue ne trouva qu'une vieille couverture. Il craqua une allumette, qui n'éclaira qu'une toile d'araignée et une cuillère oubliée.

Toujours sur les marches, Pembridge chantait les roses et la rosée du matin.

— Jack, mon sac a disparu.

— Ne dis pas de bêtises.

Ils cherchèrent dans les placards, les latrines et même à l'arrière du poêle. Harry pensait à ses carnets, à ses crayons, à ses lettres, à son journal intime autour duquel était noué le ruban rouge d'Emily. Ils fouillèrent ensuite le baraquement de repos, les cuisines et la laverie. En vain.

— Envolé, constata Harry. Un fumier me l'a fauché.

— Quand l'as-tu vu pour la dernière fois ?

— Je ne sais pas… Il y a une semaine, peut-être ? Je ne l'ai pas cherché, je n'en avais pas besoin.

— Ne t'en fais pas, mon gars, on va tous se cotiser pour te faire une cagnotte et arranger ça.

Harry songea à ses dessins, à ses mots intimes et au porte-bonheur qu'elle lui avait donné. Comment une cagnotte pourrait-elle remplacer tout cela ?

— Tu devrais aller le signaler à Rose, dit Pembridge. Ton sac a dû être embarqué par accident, à moins qu'un petit con ait voulu te piquer ton fric et tes clopes, et qu'il ait largué le reste je ne sais où.

Le regard de Harry balaya le champ qui s'assombrissait devant lui. Le groupe avait fini de jouer et les hommes qui les écoutaient – des visages qu'il connaissait, d'autres non – s'éparpillaient maintenant. Il scruta ces visages avec une suspicion nouvelle.

Pembridge posa un bras sur son épaule comme ils revenaient en direction de leur baraquement.

— Ça te dit, de faire un tour au village ? Je te paie une bière, pour te remonter le moral.

Harry était sur le point de lui répondre quand quelqu'un cria depuis le baraquement – il reconnut l'accent d'Armstrong :

— Pas de nouvelles du sac de Blythe, par contre, son frangin vient de se pointer !

— Eh ben, tu vois ? La chance tourne vite ! lança Pembridge en lui décochant une tape dans le dos.

Harry fut incapable de répondre. Il avait l'impression que les lueurs du camp se mettaient soudain à tourner autour de lui.

# 45

Harry
*Ypres, septembre 1921*

Commande de photo : Mme Alice Gray désire une photo de la tombe de son mari, le soldat Percy Gray (46389, 15e forestier de Sherwood, mort de ses blessures le 30/10/1917). Tombe no 153.

— Je l'ai achetée, annonce Emily.

La médaille est posée sur la table du petit déjeuner. Il trouve qu'elle a l'air peu hygiénique et éloigne sa tasse de café.

— Comment ?

— *Comment ?* Je n'ai pas eu besoin de tuer des lions ou de traverser des ponts en feu. Je suis simplement allée au magasin, tout à l'heure, et j'ai donné de l'argent à ce type en échange.

— Je ne veux même pas savoir combien il t'a fait débourser pour ça.

— Ne fais pas cette tête. Je vais la nettoyer. Tu as fait moins de manières pour me l'enlever des mains, l'autre fois.

— Mais ce n'est pas la tienne, Emily. Ce n'est pas possible. Tu ne comprends donc pas ? Ça ne tient pas debout.

— Il y a tellement de choses qui ne tiennent pas debout.

Elle mord dans sa tartine de pain et détourne la tête.

— Emily ?

— Quoi ? Il faut vraiment que tu aies toujours raison ?

— Pas vraiment, dit-il. Mais j'ai perdu ma médaille à vingt-cinq kilomètres d'ici, il y a quatre ans. Elle doit être ensevelie sous la terre depuis, toute rouillée, en train de se décomposer.

Il fixe l'objet sale et terne posé sur la nappe blanche.

— C'est probable, en effet, concède Emily.

— Franchement, la probabilité est infime.

La serveuse se présente avec une cafetière et remplit leurs tasses. Emily glisse la médaille dans sa poche et s'excuse.

— Non, c'est moi qui m'excuse, dit Harry.

Elle secoue la tête.

— Comment va ta main maintenant ? demande-t-elle.

Elle tend le bras par-dessus la table et prend sa main, qu'elle retourne dans la sienne.

— Ça te fait mal ?

— Non, ce n'est rien.

Sans la trace ensanglantée sur le mur et l'absence de miroir dans sa chambre, il aurait pu croire que ce sinistre moment n'avait été qu'un mauvais rêve.

— Je me suis coupé davantage en essayant de me raser sans miroir ce matin.

— Je vais leur demander s'ils peuvent le remplacer. J'ai remarqué que tu avais du savon à barbe dans une oreille, effectivement.

Elle rit quelques instants puis reprend son sérieux.

— Ça t'arrive souvent ?

— Quoi, de me couper en me rasant ?

— De faire des cauchemars.

— Non.

— Non ? J'ai du mal à te croire.

Elle étrécit les yeux pour manifester son incrédulité.

— Tu sais ce qu'on dit quand on casse un miroir : sept ans de malheur.

Ce n'est pas le premier miroir cassé, mais, dans ses cauchemars, Harry se trouve généralement dans les bois. Les images lui reviennent avec la nuit, avec le noir, et défilent comme des films d'actualités. Il se retrouve dans une lumière tout en noir et vert, sous la canopée, parmi des choses brisées et tordues, avec les vivants, les morts, et ceux de l'entre-deux. Dans la forêt de ses rêves, les morts déambulent, estropiés et lugubres, en haillons, maculés de sang noir. Il avance péniblement, avec eux ou en s'éloignant d'eux, entre les broussailles et les racines dénudées des arbres. Emily n'a pas besoin de savoir à quelle fréquence il fait maintenant ce cauchemar, de quelle façon il traverse la nuit, ni le nombre de fois où il se réveille en hurlant.

— Tu m'as fait peur, hier soir, dit-elle. J'ai eu peur pour toi.

— C'est le fait de revenir ici.

— Bien sûr. Je comprends.

Elle fait tourner sa tasse de café et relève les yeux pour le dévisager.

— Tu as rêvé de Francis la nuit dernière, pas vrai ?

— Qu'est-ce qui te fait dire ça ?

— Ça se voyait presque dans tes yeux. Et puis… j'ai rêvé de lui, moi aussi.

Il considère Emily. Quelle image de Francis a-t-elle vue en rêve ? Qu'a-t-elle vu de Francis dans ses yeux à lui ? La seule image présente en cet instant dans les yeux d'Emily est le reflet de Harry.

— Tu veux aller à Tyne Cot aujourd'hui ?

Elle fait non de la tête.

— Tu comptes toujours y aller, ou pas ?

— Oui, mais pas aujourd'hui.

— Tu n'es pas obligée, tu sais. Comme tu le disais hier soir, on pourrait aussi rentrer chez nous et essayer d'oublier.

— Tu crois qu'on y arriverait ? Quel genre de vie aurait-on, si on ne sait jamais ? Quelles décisions pourrait-on baser sur un doute pareil ?

— Il est possible qu'on ne sache jamais.

— Il faut que j'essaie, répond-elle.

Il dépose les fleurs sur la tombe de Percy Gray, ainsi que l'a souhaité l'épouse de celui-ci. Emily le regarde prendre la photo.

— Pauvre garçon, dit-elle. Quel âge avait-il ?

— Vingt-six ans, comme moi aujourd'hui. J'ai parlé avec sa femme. Il avait deux enfants.

— Quelle tristesse pour eux. Je me demande s'ils viendront jusqu'ici, un jour, quand ils seront grands.

Il y avait des sacs en toile de jute au bord de la route, à l'extérieur du cimetière. Harry y avait aperçu des bouts de cuir qui auraient pu être des chaussures, des épaulettes de second lieutenant, des bouts de ferraille non identifiables, et ce qui ressemblait affreusement à une mâchoire inférieure. Il avait tenu Emily à l'écart de ce spectacle. Il espère que sa photographie suffira aux enfants de Percy Gray et qu'ils s'abstiendront de venir ici, si c'est pour voir de telles choses. Il espère que ce cliché suffira à réduire au silence les questions qu'il avait entendues dans la voix de la femme du soldat. Il espère également que le fait de voir ce cimetière passera à Emily l'envie de se rendre à celui de Tyne Cot.

Il a lu des choses sur les cimetières blancs – *les acres de Dieu*, comme les appelait l'article de journal –, mais c'est le premier qu'il voit de ses yeux. Il est frappé par la propreté de la pierre nouvellement taillée, par la netteté de l'ensemble. Ils ont fière allure, ces hommes, fixés pour l'éternité en ordre de parade, bien habillés et suivant les règles du jeu. Il se souvient qu'il y a quatre mois, il se tenait aux côtés d'Emily près du portail, à regarder le cimetière envahi par la végétation près du réservoir. Les tombeaux du vieux cimetière étaient sculptés d'anges endormis, de feuilles d'acanthe et de lierre – symbole de fidélité. Du lichen poussait sur les *In memoriam* et les *Loving Memories*. Harry revoyait tout cela aussi clairement qu'une photographie, il sentait encore l'odeur des bonbons à la menthe dans la bouche d'Emily et celle du savon à la verveine sur sa peau. Il la regarde maintenant arpenter la ligne blanche et se demande ce qu'elle tient tellement à retrouver, au bout du compte.

Ils parcourent les rangs ensemble. Des fleurs de jardins anglais sont plantées autour des tombes – pensées, campanules et ancolies. Elles paraissent étranges ici, ces plantes que l'on trouve habituellement en bordure des cottages, sur des pelouses bien taillées, curieusement étrangères, résolument anglaises, mais aussi presque inconvenantes, d'une certaine manière. Peut-être est-ce dû à la plantation en ligne droite et à la terre impeccable dans les intervalles. Il y a des rosiers au bout des rangs, avec un fort parfum. Harry s'interroge : est-ce que Francis a lui aussi une pierre blanche et propre et le parfum des roses, maintenant ? Quelque chose dans cet endroit lui donne le sentiment d'un mensonge blanc.

— Ils ont commandé cinq cent mille stèles, dit-il à Emily. Toutes doivent venir d'Angleterre. Ils coulent une poutre en béton dans le sol et les pierres s'y emboîtent parfaitement, afin de ne pas risquer de se renverser. Je suppose que sans cela, les stèles pourraient toutes s'effondrer comme un jeu de dominos.

— Je ne suis pas sûre d'avoir envie de le savoir.

— Il y a quelque chose d'un peu trop propre, trop net, trop décent dans tout ça. Tu ne trouves pas ?

— *Décent ?* Tu veux dire que ça devrait l'être moins ?

— « Les pierres tombales dureront à tout jamais et susciteront l'étonnement et le respect des générations futures. » J'ai lu ça quelque part. Ça m'a frappé.

Des rangées de jeunes arbres chétifs sont plantées en bordure du cimetière. Au-delà, on aperçoit d'autres arbres, tordus, cassés, certains avec des bouts de métal coincés dans leur tronc. Ces arbres obstinés sont à la fois beaux et hideux ; à la fois témoins innocents et résistants acharnés. De nouvelles pousses émergent des troncs scarifiés, déjà plus âgés que les frères de Harry ne le seront jamais.

Une croix se dresse à l'avant du cimetière. Ils s'arrêtent pour la contempler quelques instants. Emily passe son bras sous celui de Harry. Au pied de la croix, on peut lire : *Leurs noms vivront éternellement*. Il se rappelle Francis sur le piquet, pieds et poings liés, la forme de son corps évoquant à Harry un tableau de la crucifixion qu'il avait vu autrefois. Il revoit les bras écartés de son frère et son visage à ce dernier moment. C'est cette image-là de Francis qui restera à tout jamais gravée dans son esprit. Et cette image-là, Emily ne doit jamais la connaître.

— Allons-nous-en, lui dit-il.

# 46

Harry
*Camp militaire, ouest d'Ypres, octobre 1917*

Il y avait un tableau de la crucifixion à Denham Hall. Harry l'avait contemplé pendant un certain temps. Il s'agissait d'un panneau doré qui faisait partie d'un retable du XV^e^ siècle, lui avait dit un des employés ; il avait été rapporté par un membre de la famille deux siècles plus tôt, en souvenir d'un grand voyage à Sienne. Harry avait admiré les collines bleues qui semblaient s'éloigner du regard, la courbe des vallées et leur fond où coulait une rivière. Il y avait beaucoup de sérénité dans ce paysage si ancien. En arrière-plan, c'était un décor paisible dans lequel il aurait aimé se promener avec une bouteille Thermos lors d'un jour de repos. Au premier plan, des personnages en robes vermillon et outremer semblaient gesticuler avec véhémence. Au centre, le Christ était un simple homme mortel, mince, sur une croix trop petite pour inspirer la crainte. Sur son visage aux yeux baissés, on lisait une immense fatigue.

Harry n'avait rien vu de divin dans cette peinture, qui ne lui avait inspiré aucun sentiment de courage ou de vertu ; il avait juste éprouvé de la pitié pour ces pauvres bras en croix et pour la tristesse muette qui transparaissait dans ces yeux cernés. Aujourd'hui, en regardant par la fenêtre de Rose, au travers de laquelle il voyait son frère effondré sur la croix, il éprouvait à nouveau de la pitié, mais également une colère qui était, elle, totalement absente du tableau.

— Ils lui ont retiré ses galons, dit Rose.

— *Ils ?* Ce n'est pas vous, alors ?

— J'ai pris sa défense, Harry. Je leur ai dit qu'il était sous tension et que cela ne lui ressemblait pas du tout.

— C'est barbare.

— Deux heures par jour… ce n'est pas comme s'il se faisait fouetter, non plus.

— Tout ça parce qu'il a enfreint le règlement. Deux heures par jour, peut-être, mais pendant trente-cinq jours ! C'est humiliant. Vous avez vu son expression ? C'est l'incarnation de la honte.

— Malheureusement, tel est le but recherché. C'est un spectacle. On fait de lui un exemple, pour les autres.

— Il ne me dira rien.

— Je suis navré, Harry, mais il faut bien qu'il y ait des règles. Il a été absent sans permission pendant dix jours. Si Francis n'est pas puni pour ça, qu'est-ce qui empêchera les autres d'aller se prendre quinze jours de vacances quand ça leur chantera ? Qu'est-ce qui nous empêchera de rentrer chez nous, tous autant que nous sommes ?

— Mais il est revenu, non ?

— Ce n'est pas la question. Et vous le savez parfaitement.

— Vous a-t-il dit pourquoi il n'est pas revenu dans les temps ? Savez-vous où il est allé ?

— Il n'a quasiment rien dit quand ils l'ont interrogé. Ils auraient peut-être été plus cléments si Francis s'était montré plus bavard. Son silence a irrité Frean au plus haut point. Il a pris cela pour de l'insolence.

Harry baissa les yeux vers le bureau de Rose. Parmi les papiers qui s'y trouvaient, il y avait une boîte de sprats et de pâte d'anchois. Rose tordait des papiers d'emballage de caramels mous entre ses doigts.

— Cela ne faisait que deux mois que Frean lui avait donné cette promotion. À votre instigation.

— Et je n'ai aucun regret : il la méritait. Je considère Francis comme un ami. Je le respecte. Je pense que c'est un bon soldat. Vous n'imaginez tout de même pas que cette histoire me fait plaisir, Harry ?

— Nous nous sommes engagés volontairement. Et il est revenu *volontairement.*

— Je le sais.

Rose poussa des papiers sur son bureau et se leva. Harry crut sentir l'odeur du whisky dans son haleine.

— Si vous voulez savoir la vérité, nous pensons partir d'ici dans quelques jours. Je ne devrais pas vous le dire, et je tiens à ce que cela reste entre nous, mais nous allons monter vers le front la semaine prochaine. Il n'aura pas trente-cinq jours de punition. Cette histoire tombera aux oubliettes.

— Non, il ne l'oubliera pas. Et je ne l'oublierai pas non plus.

— Nous devons tous faire des efforts, dit le capitaine.

Ils l'avaient attaché au poteau, les poings liés derrière le dos, les jambes contraintes au niveau des chevilles. Le camp grouillait de monde, mais on aurait dit que Francis dégageait une énergie négative qui créait un cercle d'espace vide tout autour de lui. Harry pénétra dans le cercle.

Il avait crié, au début. Harry l'avait entendu. Ils s'étaient levés pour regarder par la fenêtre du baraquement tandis qu'on emmenait Francis dehors. Toute colère semblait désormais l'avoir quitté. Il avait la tête basse. Les yeux presque clos. Il paraissait aussi honteux, humilié et déshonoré qu'un homme puisse l'être.

Harry sentit son frère frémir comme il posait une main sur son épaule. Il continua de regarder ailleurs.

— Encore vingt minutes, dit Harry en avisant sa montre. Rose pense que ça s'arrêtera la semaine prochaine, de toute façon, parce qu'on va bouger.

Francis semblait à peine remarquer la présence de son cadet. De profonds cernes noirs bordaient ses yeux. On aurait dit qu'il n'avait pas dormi et ne s'était pas lavé depuis des jours.

— Tout le monde oubliera cette histoire, Francis, si tu ne la prends pas trop à cœur.

Il eut un rire sans joie et détourna le visage.

— Où étais-tu, dis ? Pourquoi est-ce que tu as fait ça ?

Francis ferma les yeux et appuya sa tête contre le poteau.

— Écoute, Francis, je suis désolé... J'aimerais juste que tu me parles. Et pouvoir faire quelque chose pour toi.

— *Désolé* ? dit Francis.

Ses paupières s'ouvrirent soudain, et Harry vit des veines rouges dans le blanc des yeux de son frère.

— Tu es *désolé* ?

En vérité, au-delà de sa pitié, Harry ne savait pas tout à fait pourquoi il était « désolé ». Le doute l'habitait toujours – avait-il des choses à se reprocher ? Mais le regard que Francis lui jeta lui donna le sentiment clair de l'avoir trahi. Francis le dévisageait maintenant. Et son regard était impossible à soutenir. Harry tourna les talons et s'en alla.

# 47

Emily
*Ypres, septembre 1921*

Elle observe l'homme qui rôde dans la rue, en bas, allant et venant devant l'hôtel. Lorsqu'il lève la tête pour scruter les étages supérieurs, elle le reconnaît et comprend immédiatement ce qu'il fait ici ; instinctivement, elle s'écarte de la fenêtre.

Elle se doutait qu'il n'avait pas tout dit. Quelque chose avait traversé le visage de Michael Dillon lorsque Harry avait prononcé le nom de Francis. Elle se demandait s'il allait le lui dire, quand elle était retournée au magasin pour acheter la médaille de saint Christophe. C'était d'ailleurs en partie pour cela qu'elle y était retournée. Elle avait alors demandé à Dillon comment il s'était procuré cet objet ; avec un petit sourire espiègle, il s'était contenté de répondre que ces choses-là venaient à lui. Mais elle est sûre maintenant qu'il en sait davantage.

Emily s'approche des rideaux et jette un nouveau coup d'œil en bas. Il est toujours là, et pousse la porte de l'hôtel. Elle s'assoit sur le lit et se prépare à entendre le bruit de ses pas dans l'escalier, puis des coups frappés à la porte. Mais pourquoi son cœur se met-il soudain à battre si vite ?

Elle se lève, se dirige vers la cuvette et trempe ses mains dans l'eau froide. La femme pâle qui apparaît dans le miroir la regarde dans les yeux, ajuste sa robe et lisse ses cheveux d'un geste de la main. Elle se dit qu'elle est prête, qu'elle saura affronter ce qui va venir. Qu'elle en est capable.

On frappe à la porte plus vite qu'elle ne l'aurait cru. À peine a-t-elle le temps de se calmer qu'il est déjà là et s'invite à entrer en semblant déjà inventorier tout ce qui se trouve dans la chambre. Emily oscille entre crainte et indignation, elle regrette de n'avoir pas verrouillé sa porte – cela lui aurait au moins permis de reprendre son souffle et d'avoir son mot à dire, peut-être, sur la suite des événements.

— Monsieur Dillon ?

— Madame Blythe – chère, charmante madame Blythe ! Veuillez excuser mon irruption, mais la jeune femme à la réception a eu la gentillesse de m'indiquer le numéro de votre chambre.

— Ah oui ?

— Vous ne le prenez pas comme une intrusion, j'espère ? Sinon, veuillez me pardonner.

Il la fixe en souriant. Elle ne sait pas pourquoi, mais le sourire de Michael Dillon lui donne des frissons.

— Avez-vous quelque chose à me dire, monsieur Dillon ? Vous n'avez pas tout dit l'autre fois, n'est-ce pas ?

— Eh bien…

Il hausse les épaules, ôte son chapeau et le fait tourner dans ses mains.

— Ça ne vaut peut-être plus grand-chose aujourd'hui.

C'est à ce moment seulement qu'elle remarque le sac accroché à son épaule. Un sac musette kaki, du même genre que celui qu'avait Francis en rentrant lors de sa permission. Elle le revoit posé dans le couloir de la maison. Il l'avait balancé là sitôt qu'il avait franchi la porte, et elle avait à peine osé le toucher au cours des jours suivants. Se pouvait-il que ce soit le même ? Si Dillon l'avait en sa possession, alors il avait certainement connu Francis. Pourrait-il savoir où il se trouve aujourd'hui ?

— C'est le sien ? demande-t-elle.

Il décroche le sac de son épaule et le lui tend. Cette fois encore, elle a peur de le toucher.

— Je ne sais pas, mademoiselle.

— L'homme qui vous a donné ce sac… savez-vous où il est ?

Elle regarde le sac se balancer entre eux. Dillon finit par le poser par terre.

— Le jeune type avec qui vous étiez, c'est son portrait craché, pas vrai ? Un moment, j'ai cru que c'était l'autre qui entrait dans ma boutique.

— Vous avez donc rencontré Francis ?

Ses yeux se posent sur le sac au sol.

— Il est ici ? Vous l'avez vu récemment ?

— Non, madame Blythe. Ne vous méprenez pas. Je tenais une boutique qui vendait un peu de tout, à l'époque – lames de rasoir, stylos, papier à lettres, pains de savon, barres chocolatées, bref, tout ce dont un soldat peut avoir besoin, vous voyez ? On faisait tous ce qu'on pouvait pour s'en sortir. J'achetais, je vendais et je faisais un petit bénéfice au passage. Je crois me rappeler que votre homme me l'a échangé contre une bouteille de bière, mais ce n'était pas équitable. Pas une bonne affaire pour moi. C'est qu'il n'y a que des papiers là-dedans, vous voyez ? À part votre vieux saint Christophe, pas un seul objet de la moindre valeur… C'était à vous cette médaille, pas vrai ? Alors, vous l'avez retrouvé, votre homme ? Il est revenu ? Vous me direz peut-être que je suis sentimental, mais j'aime les histoires qui se finissent bien.

— Quand avez-vous vu Francis ?

Dillon se passe une main dans les cheveux avant de secouer la tête.

— S'il vous plaît, essayez de vous rappeler.

— Fin 1917, peut-être ? Ou début 1918 ? C'était pendant la période noire, en tout cas. Je passais de cave en cave. Ah, quelle triste époque…

Il pose les yeux sur elle.

— Je l'avais dans ma boutique depuis un bail, mais voilà d'où elle vient, votre médaille, alors je me suis dit que c'était peut-être important pour vous de le savoir. Que ça avait peut-être une *valeur* sentimentale pour vous.

En regardant Dillon, elle comprend qu'il s'attend à ce qu'elle le rétribue pour sa démarche. Elle avise le sac par terre, le sac de Francis. Elle n'est pas sûre d'avoir envie de le posséder.

— 1918, dites-vous ? Est-ce que vous en êtes sûr ?

— Oh, quelque chose dans ces eaux-là. En tout cas, je suis heureux de pouvoir rendre un trésor à son propriétaire.

— L'avez-vous revu ? L'homme qui vous a donné ce sac, je veux dire. L'avez-vous revu ensuite ?

— Pas autant que je me souvienne, mais j'ai vu passer tellement de monde, si vous saviez…

— Savez-vous où il est allé, après ?

— Où est-ce qu'ils allaient, tous ces gars-là, d'après vous ?

Elle sent qu'il ne lui en apprendra pas davantage et n'a plus qu'une idée en tête : qu'il s'en aille. Elle se souvient de l'impression qu'il avait faite à Harry et songe qu'il avait raison – cet homme est un rat.

— Tenez. Pour vous remercier.

Elle prend un billet dans son porte-monnaie et le pose dans la main tendue de Dillon.

— Il n'y a pas de quoi, ma petite dame. Ravi d'avoir pu vous être agréable. C'est toujours plaisant de voir quelqu'un retrouver un objet perdu.

Il sourit en s'inclinant, puis lui adresse un clin d'œil en se redressant. Un bref instant, cet œil qui cligne est celui de Francis, en noir et blanc sur cette dernière photo, puis un œil bleu qui s'était jadis posé sur elle au travers d'un rayonnage de bibliothèque. Francis la regarde-t-il depuis le début ? Est-il là, à la regarder, en cet instant même ? Elle considère la musette sur le sol et, tout à coup, l'hypothèse lui paraît bien plus plausible.

Une fois la porte close, elle reste plantée devant le sac posé sur le tapis élimé. Elle a envie de se jeter dessus pour en extirper le contenu et savoir ce que disent ces papiers ; et, en même temps, elle voudrait ne jamais avoir à le toucher. L'attirance est aussi forte que la répulsion. Elle se laisse glisser au sol et se couvre le visage de ses mains jusqu'à ce que les murs cessent de danser autour d'elle.

# 48

Harry
*Ypres, septembre 1921*

Son regard embrasse le paysage au-delà du plan d'eau. Les vieilles portes de la ville ne sont plus qu'un tas de pierres où prolifèrent les herbes folles. Il a lu quelque part que l'on va rebâtir ici une grande arche qui passera au-dessus de la route, avec les noms de tous les disparus répertoriés gravés dans la voûte. Harry imagine le nom de son frère à cet endroit, à côté de celui de David West et de tant d'autres. Le fait de les graver dans le marbre sous l'appellation de « disparus » implique que, désormais, on ne les retrouvera plus jamais, suppose-t-il. Cette inscription dans un mémorial a quelque chose de définitif. C'est un parti pris délicat. Comme un trait tiré. Comment le dépasser, ensuite ?

Des grenouilles coassent dans l'eau, un peu plus bas. Il distingue des pièces de métal entremêlées dans l'étang, des pierres effondrées et des branches d'arbres. Il pense à l'eau de chaque côté des caillebotis. Il y avait des corps gonflés dans cette eau. Quantité de corps. Il se demande comment les noms de tous les disparus vont pouvoir s'accorder à la largeur de la rue derrière lui. Et combien de vies à tout jamais bouleversées y a-t-il eu, au-delà de ce décompte ? Combien de projets anéantis ? Combien de questions restées sans réponse ? Combien d'années d'attente ?

Il a vu un panneau indiquant Boësinghe sur la route. Qu'existe-t-il encore, là-bas ? Deux jours après que Francis avait été attaché au poteau, ils s'étaient retrouvés dans des wagons ferroviaires, en chemin pour cette destination. Le village n'était plus que ruines, cerné de terre retournée et de pierres brisées. Le paysage dévasté ne recélait aucun mystère, et ils n'avaient échangé que quelques mots en remontant ensuite vers le nord, à pied, le long de la voie ferrée.

Francis marchait devant lui. Harry avait vu les marques rouges à ses poignets, à l'emplacement de ses entraves. Il avait envie que le capitaine Rose les voie aussi, qu'il constate les stigmates de la honte laissés sur la peau de Francis, qu'il partage sa colère. Il aurait aussi aimé voir la colère de son frère. Au lieu de quoi, celui-ci paraissait absent. Leurs regards ne se croisaient jamais. Non que Francis l'évitât. Il était simplement ailleurs.

Un homme passe à bicyclette et lève une main pour le saluer. Les routes sont criblées de nids-de-poule. Harry regarde la bicyclette s'éloigner en slalomant. Un panneau publicitaire sur le bord de la route propose des petits déjeuners anglais et des visites du saillant d'Ypres en automobile.

Seul le poteau indicateur planté en bord de route – *Ici était Langemark* – leur avait signalé qu'ils étaient parvenus à destination. Hormis cela, l'endroit avait été tout bonnement rayé de la carte. Rien ne laissait suggérer qu'une ville s'était autrefois dressée ici. Il n'y avait pas un bâtiment, pas un arbre, juste une vaste étendue de désolation. Harry se demande ce qu'il y a à voir là-bas pour les touristes, aujourd'hui.

Ils avaient été pilonnés au cours de leur avancée pour relever les tranchées de première ligne. Dans la confusion générale, ils avaient progressé accroupis, ou en rampant, parmi les hurlements. Devant lui, il avait vu Francis avancer avec raideur et détermination. Il ne vacillait même pas quand la terre était soulevée autour de lui, quand le métal volant poussait son cri strident, quand les ondes de choc se propageaient dans l'air. C'est à ce moment que Harry avait compris : son frère se moquait de tout désormais. Cette prise de conscience l'avait empli d'un immense besoin de protéger Francis.

Il se tient maintenant devant l'hôtel et lève les yeux vers la fenêtre d'Emily. Sa chambre n'est pas allumée, mais il croit voir un visage s'éloigner de la vitre. À cet instant, il éprouve à nouveau un immense besoin de la protéger, elle aussi.

« On pourrait rentrer chez nous et essayer d'oublier », lui avait-il dit le matin même, répétant ses propres mots.

Il ne lui a jamais parlé des marques aux poignets de Francis, et s'est toujours dit que ceux qui les auraient vues ne risquaient guère de lui en parler. Devait-il vraiment essayer d'oublier cela ? Seraient-ils un jour capables d'oublier et de passer à autre chose, ainsi que Rose l'avait suggéré ?

Il s'arrête devant la porte d'Emily. Aucune lumière ne luit à ses contours, mais il entend ses pas de l'autre côté. La porte s'entrouvre comme il frappe, alors il entre et voit sa silhouette à contrejour devant la fenêtre.

— Emily ?

Elle ne lui répond pas. Elle reste là, nimbée de mystère dans l'obscurité. Il n'y voit pas assez pour se faire idée de l'expression de son visage. Il lève la main vers l'interrupteur.

La lumière inonde la pièce, et il le voit tout de suite. Il lui saute au visage. Il y a des papiers partout, sur le plancher, sur le lit, sur la commode de toilette. L'espace d'un instant, il se retrouve dans la maison saccagée, à enjamber des récits de voyage en Arctique et des cartes d'Abyssinie. Mais ce n'est pas ce que contiennent ces pages-là, et Francis n'est pas dans la pièce d'à côté, dans une chambre pleine de plumes. Ces pages-là sont couvertes d'écriture, d'images du passé et de portraits au crayon. Le visage de la fille aux cheveux roux est omniprésent. Francis est omniprésent. Voilà bien longtemps qu'il n'avait pas vu ces images, mais Harry reconnaît immédiatement son trait de crayon.

— Comment… ? dit-il seulement.

— Ce n'est pas son sac. C'est le tien, répond-elle.

# 49

Harry
*Ypres, septembre 1921*

— Mais, comment... ? demande-t-il encore.

— Bonne question, effectivement ! dit-elle avec un rire sans joie.

Ses joues sont striées de lignes rouges, comme si elle s'était griffé le visage. Il voudrait poser une main douce et affectueuse sur ces marques, mais le rire d'Emily l'en dissuade.

— C'est Dillon qui l'avait ?

Tout semble être là, l'intégralité du contenu de son sac musette, tout ce qu'il avait perdu : ses dessins, ses notes, les lettres d'Emily, son journal intime. Harry voit sa vie privée étalée devant lui, illustrée par une ribambelle d'instants immortalisés – à l'encre, au graphite, à l'aquarelle, ou avec des mots. Il y a Will, à dix-huit ans, dessiné au sépia, et Emily, avec des yeux au bleu céruléen. Il y a des croquis de forêts dévastées, de villes ravagées, de tranchées, de caves, de casernes, de groupes de visages autrefois familiers, et celui d'Emily, partout. Il trouvait du réconfort dans l'acte de dessiner ses traits, encore et encore, comme on réciterait des vers appris par cœur. Tout cela lui paraît à la fois très éloigné et terriblement proche.

— Tu te souviens de ce que tu as écrit ? demande-t-elle.

Elle avance vers lui, son journal à la main.

— Tu te souviens de ce que tu as noté là-dedans ?

Il essaie – et craint – de se rappeler. Le visage d'Emily est farouche. Jamais il ne l'a dessinée avec cette expression. Il la regarde feuilleter les pages.

— Comment Dillon s'est-il procuré mon sac ?

— À ton avis ?

Ses doigts s'immobilisent. Elle lève les yeux de la page.

La vérité devient soudain une évidence.

— C'est Francis, dit-il.

— Ça ne t'était jamais venu à l'esprit que ce soit lui qui l'ait pris ? C'était assez évident, pourtant. Il a donné ton sac à Dillon, déclare-t-elle d'une voix blanche. Francis a dû aller au camp te le prendre, puis il est revenu ici pour tout lire, a appris ce qu'il voulait savoir et a dit à Dillon d'en faire ce qu'il voulait.

— Il te l'a dit ?

Elle opine du chef sans relever les yeux du carnet. Il imagine Francis en train de lire les mots qu'elle parcourt maintenant. Bien sûr, il avait pensé un instant que ce pouvait être Francis qui lui avait pris sa musette, mais il avait refusé d'y croire. Cela expliquait-il ses jours d'absence au début du mois d'octobre ? Était-ce là ce qu'il faisait à L'Ange bleu ? Avait-il vu le ruban à son cou à la gare de Poperinge, et compris que c'était celui d'Emily ? Il y a un portrait de lui au crayon sur le lit – Francis sous son meilleur profil, dessiné dos à Emily. À l'idée que son frère ait épluché tous ces papiers et tout compris, Harry a envie de se recroqueviller dans un coin.

— « Quel dommage que les choses ne soient pas autrement », lit Emily.

Elle se racle la gorge et arque les sourcils avant de reprendre, telle une comédienne déclamant un texte :

— « Pendant quelques minutes, cet après-midi, j'ai pensé à ce qui pourrait se passer s'il ne revenait pas. Suis-je un salaud d'avoir de telles pensées ? »

Elle relève les yeux et le dévisage. Elle n'a plus rien d'une comédienne.

Il se souvient du jour où il avait couché cette pensée sur le papier. C'était celui où ils avaient dansé sur l'herbe, à

Denham Hall. Francis avait-il lu ces mots, deux mois plus tard ? Avait-il visualisé toute la scène ?

— Je suis désolé.

— Tu es *désolé* ? Mais enfin, Harry, comment as-tu pu être aussi bête ? Aussi imprudent ?

— J'étais prudent. Je ne pensais pas qu'il le lirait.

— Sauf qu'il l'a fait ! Et que moins d'un mois plus tard, il avait disparu.

Elle lui tourne le dos. Il tend une main vers elle. Elle frémit à son contact.

— Tu n'as pas de raison de te sentir coupable, argue-t-il. Tu n'as rien fait de mal. Nous n'avons jamais rien fait de mal.

— Peut-être, mais je ne lui ai pas dit la vérité, et après avoir lu ça, il le savait forcément. Je ne lui avais pas dit que j'étais allée te voir à l'hôpital… Et s'il savait que j'avais choisi de ne pas le lui dire, dans son esprit, je pouvais aussi bien mentir sur quantité d'autres choses !

Elle se retourne et brandit devant elle les pages couvertes de l'écriture de Harry. « J'ai bien peur d'être amoureux de la seule femme que je n'ai pas le droit d'aimer », y est-il écrit.

— Pas étonnant qu'il n'ait plus été capable de te regarder en face, assène-t-elle. Je ne suis pas sûre de pouvoir encore le faire moi-même. Francis m'a soupçonnée de quelque chose que je n'avais pas fait. Tu m'as rendue coupable à ses yeux.

— Je suis le seul à être coupable de quoi que ce soit – et seulement par la pensée, ne l'oublie pas. Dans tout ce que j'ai écrit, rien n'indique que mes sentiments étaient réciproques. N'est-ce pas ?

— Sauf qu'ils l'étaient, gémit-elle. C'est bien ça, le pire.

Il regarde Emily, cernée par les ruines de sa guerre à lui. Les choses auraient-elles vraiment pu être différentes ? Le pourraient-elles encore ?

— Emily…

Elle repousse sa main.

— S'il te plaît, Harry, laisse-moi seule.

Que ressent-elle en lisant les pensées secrètes de Harry ? se demande-t-il. Sent-elle qu'il l'épie ? Se rend-elle compte que tous ces mots lui sont adressés ? Qu'il lui écrivait tous les jours, à sa manière ?

Il la regarde à travers la faille dans la cloison cependant qu'elle lit les mots qu'il n'a jamais pu – et ne peut toujours pas – lui dire en face. Elle est assise sur le lit. Presque immobile. Le seul mouvement est celui des pages qu'elle tourne.

Lui pardonnera-t-elle, une fois qu'elle aura tout lu ? Est-elle capable de comprendre ce qu'il ressentait ? Et de lui rendre son affection ? La seule satisfaction de Harry est que son journal se termine avant le retour de Francis, avant qu'il ait été mis en croix et se soit effondré. Elle n'a pas besoin de connaître cet épisode.

À plusieurs reprises, elle relève la tête des pages, comme pour réfléchir à ce qu'elle vient de lire. Elle regarde en direction de la fenêtre et il aperçoit son profil, mais elle se détourne de lui. De temps en temps, elle pose un doigt sur la page et il se demande quels mots ce doigt vient souligner.

Elle se lève et se sert un verre d'eau. Son visage apparaît dans le miroir comme elle y contemple son reflet et se passe les mains dans les cheveux. Il appuie sa joue contre le mur et la regarde dans la glace. Il entend son propre cœur battre dans le silence de sa chambre. Il tremble.

Il imagine Francis à L'Ange bleu. S'est-il posé dans cette cave pour lire le journal de son frère, au milieu du tintement du verre et du plâtre tombant du plafond ? Est-ce à cause de ce journal qu'il a fini attaché à une croix ? Est-ce que ce sont les mots de Harry qui ont été la source de l'humiliation de son frère ? Ou bien est-ce à cause du ruban qu'Emily avait noué autour de son cou ? Il se rejoue le scénario mentalement. Tout ce qui vient après n'est qu'un flou insupportable.

Il a mal aux jambes à force de rester accroupi. Il la regarde tout de même, jusqu'à ce qu'elle éteigne la lumière.

# 50

Harry
*Ypres, septembre 1921*

Harry remue le bout des doigts, touche le plancher, puis son poignet. Il tourne la tête sur le bois frais. Il a mal partout, comme après une journée de marche forcée, et sa tête lui semble aussi fragile que du verre. Il se sent vidé. Les rideaux ondulent, illuminés par le soleil, et il entend un bruit de vaisselle, en bas. Il se redresse précautionneusement. Lorsqu'il porte un œil à la faille dans le papier peint, il n'y voit qu'une chambre bien rangée, mais vide.

Il s'asperge le visage d'eau à la cuvette et regarde son reflet dans le nouveau miroir. Que doit-il dire à Emily, aujourd'hui ? Doit-il lui parler des mots qu'elle a déjà lus ? Ou bien, comme elle les a lus, doit-il s'efforcer d'oublier tout ce qu'il a ressenti pour elle ? Il enfile une chemise propre, mouille ses cheveux et tente de les aplatir. Va-t-elle pleurer ? Lui faire une scène ? Ou aura-t-il droit à une journée d'horrible silence ?

Lorsqu'il ouvre sa porte, tout est là, dans le couloir – les papiers empilés bien comme il faut et rangés dans la musette. Comme avant, le ruban est noué autour du journal. Mais Emily, elle, n'est pas là.

L'autobus cahote sur la route. Harry regarde par la fenêtre dans l'espoir de reconnaître des endroits familiers. Il n'y a malheureusement pas grand-chose à voir – rien que des étendues de cultures avec, çà et là, des toits rouges et neufs. Le vent dessine des vagues dans les champs de blé. Des rangées de betteraves se succèdent. Des vaches paissent entre des casemates effondrées.

La femme à la réception l'avait regardé froidement quand il lui avait posé la question. Elle lui avait dit qu'Emily avait réglé sa chambre et était partie de bonne heure avec sa valise, ce matin. Il avait couru jusqu'à la gare. Le train était parti deux heures plus tôt. Il avait alors songé que, plutôt que de prendre directement le train, elle allait peut-être venir ici d'abord. Avait-il encore une chance de la trouver à Tyne Cot ?

Il sait que c'est l'endroit le plus probable. C'est ce que tous lui ont dit, et c'est ce qu'il a dit à Emily, lui aussi. Tous les morts enterrés à la hâte derrière la voie ferrée ont été transférés dans ce cimetière. Il regarde les notes prises de la main d'Emily sur cet endroit et se demande comment elle a pu soupçonner que ce soit Francis lui-même qui ait envoyé cette photo. Avait-elle vraiment un doute ? Est-ce réellement pour cette raison qu'elle a entrepris ce voyage ? Le cas échéant, elle tiendra sûrement à éteindre ce doute avant de rentrer chez elle ?

Des camions sont garés au bord de la route ; des groupes d'hommes creusent dans les champs, un peu plus loin. Il pense à Ralph, conscient que ces coups de pelle n'ont rien à voir avec l'agriculture. Il descend de l'autobus à Zonnebeke et s'oriente grâce à un atlas de la ligne de front qu'il avait acheté à Tidworth pour deux shillings en 1916. La ligne représentée en couverture évoque l'histoire antique ; ce pourrait aussi bien être une carte de Carthage. Il se souvient de Francis consultant cet atlas en 1916, tout excité, alors qu'ils roulaient vers l'est dans des camions à bestiaux. Il imagine Francis, dix-huit mois plus tard, tournant les pages de son journal intime.

La route est flanquée des habituels arbres sentinelles, qui montrent le tracé de la voie. Harry se rappelle avoir lu un article sur la prise de ce village, quand il attendait le train qui le ramènerait à Londres en 1917. Ce n'est maintenant plus qu'un tas de ruines – des piles de tuiles et de gravats sur le bord de la route, entrecoupées d'un bout de vieille sculpture et de touffes d'herbe jaune. Le nom du cimetière ne figure pas sur sa carte – une chance qu'Emily lui ait donné les indications. Une totale désolation règne aux alentours, comme si l'on avait délibérément voulu tout rayer de la carte. Les rares panneaux de repère indiquent des choses qui n'existent plus à ce jour.

Il franchit les grilles du cimetière. Les croix y sont droites, bien alignées, et s'étendent sur une longue distance. Il commence à compter les rangées puis abandonne. Il y a des milliers de tombes. Peut-être des dizaines de milliers. Même après avoir vu quantité de morts et quantité de sépultures, leur nombre ici le choque. Au milieu des tombes, on trouve une position de tir, un reste de bunker dont le béton s'effrite. Il a lu que c'était l'unique position fortifiée des Allemands qui demeurerait autorisée à rester debout sur le sol de Flandres, afin de ne pas oublier. Il se demande comment on pourrait oublier, avec le nombre de croix qui l'entoure.

La plupart des sépultures de cet endroit n'ont pas de nom, constate-t-il. Tous ces hommes ont été avalés par la terre, en même temps que leur identité et leur avenir. Ils ont perdu leurs os, leur sang et le nom qui concentrait tout leur être, qui faisait d'eux des individus singuliers. Dorénavant, ces hommes ne sont plus que des points d'interrogation. D'où l'importance que quelqu'un pose la question, recherche ces hommes anonymes – mais quelle question vertigineuse ! Il pense à la quête de Rachel, si vaste qu'elle en est presque impossible. En cet instant, elle ressemble à la définition de l'espoir. En regardant toutes ces croix, dans ce lieu regorgeant de terribles questions (n'apportant qu'ordre et netteté en guise de réponse), il espère plutôt qu'Emily n'aura pas mis les pieds ici.

D'autres silhouettes se meuvent entre les tombes. Il regarde les femmes, courbées sous le poids des larmes, murmurant des mots intimes, portant des fleurs – mais aucune d'elles n'est Emily. Les ombres des croix pivotent comme il marche dans l'allée. Il pense aux bras écartés de Francis, à l'ombre infâme de la croix à laquelle il était entravé, et se réjouit que, quoi qu'il arrive par la suite, elle n'ait jamais à voir et à savoir cela.

Il se souvient avoir regardé Francis dans les yeux, à la fin, au dernier moment, de ces yeux remplis de suspicion et des mots qu'il avait volés à Harry. Son frère pourrait-il être ici ? Gît-il quelque part au milieu de toutes ces sépultures anonymes ? Le retrouver parmi tant d'hommes, tant de noms et d'absences de noms, semble être une quête irréalisable. Toutes les pistes administratives qu'il a suivies ont avorté. Il se sent dans un cul-de-sac.

A-t-elle parcouru ce cimetière quelques heures avant lui ? S'est-elle tenue là où il se trouve maintenant, en exprimant sa culpabilité et son innocence face à quelque tombe dénuée de nom ? Serait-elle vraiment capable de sentir la présence de Francis s'il était enterré là ? Tout ce que Harry ressent, lui, c'est un vide atroce.

Au travers de son viseur, le rectangle est rempli de croix, formant une image semblable à celle d'une carte postale que son frère lui avait envoyée, il y a longtemps. Les croix se superposent dans le cadre et s'étendent bien au-delà. Harry se dit qu'il est censé avoir eu de la chance, mais, en cet instant, il ne parvient pas à éprouver le moindre sentiment positif. Il appuie sur le bouton de l'obturateur. Il pleure.

# 51

Harry
*Forêt de Houthulst, nord d'Ypres, octobre 1917*

Le ciel commençait maintenant à s'éclaircir et Harry distinguait plus clairement la ligne de démarcation déroulée sur le sol boueux. Il y avait quelque chose de presque risible dans la précision de cette bande blanche. Elle semblait faible et fausse – une toute petite chose absurde et dérisoire par rapport à l'immense étendue du paysage qu'elle délimitait sous les trombes d'eau. On avait du mal à lui accorder la moindre forme de crédit. Malgré cela, ils avaient docilement suivi les bandes, passant devant les mules et les hommes morts, en priant pour que la pluie d'obus qui fendait le ciel en hurlant les épargnât.

D'autres lignes de soldats avançaient dans le sens opposé, suivant eux aussi les bandes. Harry ne voyait pas leurs visages dans la pénombre et sous la pluie – ils étaient des hommes anonymes, invisibles, qui n'existaient que par leurs cris, le bruit de leurs bottes et de leur souffle. Il aurait aussi bien pu s'agir d'une armée de fantômes battant en retraite. Les caillebotis, les mortiers et les bandes étaient les seuls éléments permettant de différencier la scène d'une vision sortie de l'Ancien Testament. Armstrong avait déclaré que c'était comme traverser les neuf cercles de l'enfer de Dante – ce à quoi Summerfield avait rétorqué que ce Dante avait une imagination fort malsaine. L'air nocturne soufflait le froid, le chaud, et empestait le soufre. Cela avait rappelé à Harry une illustration de *La Divine Comédie* de William Blake – un tourbillon frénétique emportant des amants maudits. Il avait gardé l'œil sur Francis, qui marchait devant lui, suivant la bande dans ce déluge de pluie, de feu et de ténèbres.

La bande de démarcation avait été posée par les ingénieurs à l'avant de la ligne de front. Ils étaient tapis là-bas depuis 2 heures du matin. Harry se dit que cela créait une étrange illusion, comme s'il s'agissait là du départ d'une course – sauf qu'il n'y aurait pas de trophée rutilant ni de goûter anglais d'offerts au premier homme à avoir franchi la ligne d'arrivée. Summerfield tapota le cadran de la montre que sa mère lui avait envoyée. Tate testa son fusil, l'embrassa et cracha. Son arme n'avait cessé de s'enrayer avec l'humidité, et, depuis quelque temps, il la manipulait sans cesse, comme on peut avoir un tic nerveux. Des lueurs vives s'allumaient de temps à autre à l'avant. La dernière ligne visible était celle de la forêt, juste après le croisement des routes, à environ un kilomètre devant eux. Ils attendaient que le barrage rampant se mette en branle. Harry voyait Francis, quelques dizaines de mètres sur sa gauche. Celui-ci n'avait toujours pas parlé.

Harry s'était efforcé de ne pas trop regarder son frère. Lorsque leurs yeux se croisaient, il voyait bien que son attention n'était pas la bienvenue, mais il lui était difficile en cet instant de ne pas le suivre du regard. Il avait toutes les raisons de croire que Francis ne serait pas prudent. En se lançant dans l'offensive, il savait qu'il avait deux peaux à surveiller, et non seulement la sienne.

— Ras le bol de cette foutue pluie, maugréa Armstrong.

Devant eux, les cratères d'obus remplis d'eau scintillaient et ondulaient par vagues sous la mitraille de la pluie. Ils attendaient que vienne le tour des vagues d'artillerie.

— Combien de temps encore ? s'enquit Tate.

— D'un moment à l'autre.

Une fraction de seconde plus tard, ils entendirent le rugissement des canons derrière, puis les obus exploser. La terre s'ébranla, quelques dizaines de mètres devant eux. D'énormes volumes de terre, de bois et d'eau se soulevèrent avant de retomber. Harry s'aperçut qu'il avait plongé en arrière. Telles des serres, ses mains s'enfonçaient vainement dans un sol liquide et froid – il n'y avait rien de solide à quoi s'agripper, lui semblait-il. Il regarda la ligne d'artillerie tirer à nouveau. À côté de lui, Summerfield hurlait, mais Harry n'entendait rien de ce qu'il disait. Le vacarme de l'éruption du barrage dominait tout. On aurait dit que le ciel s'effondrait dans un fracas épouvantable.

Le lieutenant O'Kane donna un coup de sifflet, auquel une bonne partie de l'artillerie ne parut pas répondre. On leur demanda d'avancer et, quelques secondes plus tard, de reculer.

— Si tu avances et tu recules, comment veux-tu... ? cria Armstrong dans l'oreille de Harry.

Il rit, sans trouver ça drôle. Par-dessus le vacarme assourdissant du bombardement, il entendait son propre cœur lui battre dans les oreilles. Sa tête entière n'était qu'une pulsation. Sa gorge était sèche, ses yeux le brûlaient. Il jeta un regard vers Francis, qui en fit de même. Était-ce enfin de la peur qu'il lisait dans les yeux de son frère ?

— En avant ! cria le sergent Foy.

Harry se redressa, mais le sol céda sous ses pieds, l'entraînant dans la panique. Ils avançaient maintenant, accroupis, trébuchant, maudissant leur artillerie qui tirait trop court. Les obus semblaient tomber tout autour d'eux plutôt que devant. Le sol s'effondrait, les éclats volaient en tous sens. Ce n'était que terre retournée, projectiles tranchants et fumée noire. Son instinct lui disait de prendre ses jambes à son cou, mais dans quelle direction courir ?

— Deux cent trente mètres ! cria O'Kane.

— Alors, combien ?

— Seulement trente minutes, dit Summerfield en désignant sa montre.

Ils s'étaient livrés à quelques exercices de mathématiques en attendant près des bandes. En se basant sur l'avancée moyenne du barrage, Harry avait calculé qu'il leur faudrait quatre-vingts minutes pour atteindre la ligne ennemie. Devant eux, au-delà du barrage, ils ne voyaient que de la terre volant dans les airs et une ligne d'arbres, au loin, derrière la crête. Cela pouvait-il réellement durer cinquante minutes de plus ? Sur le moment, la chose paraissait impossible.

— Ta montre a dû s'arrêter, cria Harry.

Francis se trouvait de l'autre côté de Pembridge. Il avançait de son mieux, comme les autres, les yeux rivés sur la crête face à eux. L'avion sembla surgir de nulle part. Il passa en rase-mottes, décochant une rafale de tirs sur son passage le long de la bande. Harry plongea face contre terre. Un obus tomba quelque part devant lui, retournant tout alentour pour laisser un cratère béant et fumant. Harry sentit la terre se soulever et se releva. Il vit que Summerfield était toujours couché. Il avait un bras tendu, le verre de sa montre était brisé. Francis se tenait debout, parfaitement immobile, et regardait le ciel.

La fureur monta encore d'un cran lorsqu'ils franchirent la crête. Les tirs de mitrailleuses venaient de l'avant et de l'arrière des lignes de chemin de fer, sur la droite. Harry était à nouveau à terre, Pembridge aplati à ses côtés.

— Bon Dieu, dit son camarade. On est vraiment censés aller là-dedans ? Quelqu'un peut me dire *comment* ils veulent qu'on fasse ?

Harry le regarda et vit que ses lèvres tremblaient. Derrière Pembridge, Francis était toujours debout. Il s'apprêtait à sauter par-dessus Pembridge et à aller empoigner son frère quand le caporal Allan les attrapa tous deux pour les remettre sur pied.

— On avance, on ne recule pas, ordonna-t-il sans réelle conviction.

Sur sa gauche, Harry vit le capitaine Rose à quatre pattes, crachant ses dents et du sang.

Ils couraient en avant, courbés en deux, quand Pembridge fit un brusque bond en arrière. Harry regarda par-dessus son épaule et vit le visage brisé et arraché de son camarade.

Le lieutenant O'Kane s'époumonait.

— Notre flanc droit est trop faible ! vociféra-t-il avant de tomber soudain, en portant ses mains rouges sur sa poitrine.

Harry trébucha dans un trou d'obus et laissa ses jambes y glisser. Les tirs de mitrailleuse venaient maintenant de la gauche également. Ils semblaient être cernés – et désormais bien peu nombreux à avancer. Il y eut une éclaboussure dans son dos. Se retournant, il vit Francis qui se traînait péniblement pour venir s'allonger à côté de lui. Il l'entendait haleter par-dessus le vacarme des échanges de feu. Pendant un instant, il se rappela leurs courses de vitesse près du réservoir, puis Francis haletant à côté de lui, couché dans l'herbe, sourire aux lèvres. Ce sourire paraissait bien lointain. Harry toucha l'épaule de son frère, qui tourna la tête vers lui. Il avait de la boue plein le visage. Ses lèvres s'écartèrent, révélant ses dents, mais il s'agissait davantage d'un rictus que d'un sourire. Ses lèvres gercées tremblaient. Ses paupières battaient follement. Son souffle chaud et âcre sifflait par sa bouche entrouverte.

Un lourd projectile atterrit derrière eux, projetant de la terre sur la surface de l'eau du trou d'obus. Il entendit la respiration de Francis se couper. C'est à ce moment-là seulement, quand Harry releva les yeux, qu'il le vit. Le couteau que tenait Francis scintilla sous les feux qui fendaient le ciel. Le rythme de sa respiration s'accéléra. La lame blanche bougea rapidement. Les doigts noirs de Francis agrippaient le couteau braqué vers Harry. Pendant quelques instants, il sentit son tranchant glacial contre sa gorge, à l'endroit même où le ruban d'Emily avait brûlé. Il s'entendit bloquer son souffle. Mais si le geste était menaçant, il n'y avait pas la même menace dans les yeux de Francis.

— Je le sais. Je l'ai toujours su. Tu l'aimes ? demanda-t-il.

Harry porta une main à celle de son frère et desserra ses doigts du manche du couteau.

— Oui, avoua-t-il.

Il n'y avait aucune poigne, aucune détermination dans la main de Francis. Le canif lui tomba des doigts. Harry replia la lame. Il regrettait presque qu'il n'y eût pas eu davantage de force et d'assurance dans le geste de son frère. Il regarda le couteau. C'était le canif avec lequel ils avaient gravé leurs initiales dans le mur d'une grange ; trois séries de lettres jointes, côte à côte, il y a longtemps déjà.

— Oui, répéta-t-il. Je l'ai toujours aimée.

Était-ce du chagrin, du soulagement ou simplement de la fatigue que Francis avait pu lire dans ses prunelles à ce moment-là ? Harry hocha la tête et ferma les yeux. Les coups de feu faisaient sauter des mottes de terre en bordure du trou d'obus. Francis ne cillait même pas. Leurs initiales seraient-elles encore dans le plâtre une fois qu'ils seraient tous morts ? Emily se retrouverait-elle complètement seule ? Finalement, quelle importance s'ils l'aimaient tous deux ?

Francis roula sur le ventre et posa la joue contre la terre. Harry se demanda s'ils pouvaient encore rester ici, dans leur trou, s'ils pourraient ramper vers l'avant ou vers l'arrière plus tard, quand cette folie furieuse aurait trouvé sa résolution dans un sens ou dans l'autre. Il régnait dans ce trou une odeur pire que dans des latrines et le froid commençait à engourdir ses jambes, mais il ne voulait pas en partir. Il regarda le visage comme endormi de son frère. Harry aurait voulu dormir, lui aussi, d'un sommeil profond, sans rêves. Il aurait voulu se blottir à côté de son aîné et dormir tout son soûl avec lui. Mais soudain, le caporal Brady se mit à beugler, et une baïonnette vint l'aiguillonner entre les omoplates.

— Debout, racaille !

Des postillons volèrent jusque dans le dos de Francis comme le caporal lui hurlait dessus.

Harry prit son frère par le bras et ils sortirent de leur trou, bon an mal an. Tout de suite, il sentit l'air vibrer sous les ondes des tirs de balle. Francis chancelait, mais Harry le tenait. Ils titubèrent ensemble, ébranlés par les feux nourris et les explosions tout autour d'eux. Soudain, Francis parut reprendre le contrôle de ses pieds et se posta devant son frère pour le dévisager. Harry soutint son regard, à quelques centimètres de ses propres yeux. Il mit une main sur l'épaule de Francis afin de le repousser, de le mettre à l'abri des balles en s'interposant entre lui et le danger, mais Francis avait lâché son fusil et écartait maintenant ses bras en croix. Harry vit ses pupilles se dilater. Il le sentit soupirer contre sa poitrine. Il sentit également le choc de la balle. La puissance de ce choc le surprit. Francis se mit à convulser et s'effondra. Harry tomba à terre avec le poids d'un frère mort entre ses bras.

# Deuxième partie

# 52

Harry
*Amiens, septembre 1921*

— Vous n'avez pas l'air bien, dit Cassie. Pas bien du tout.

— Ça va, ça va.

Harry lui tire une chaise et lève une main pour appeler le serveur.

— Vous êtes sûr ? Ce n'est pas l'impression que j'ai eue, au téléphone.

Il avait téléphoné le 15 du mois, comme convenu. Il comptait parler de Francis à Ralph, mais avait fini par parler d'Emily à Cassie. Face aux questions et à l'inquiétude de celle-ci, il avait cédé et tout déversé dans le combiné. La voix à l'autre bout du fil était calme, bienveillante, mais elle se trouve maintenant assise devant lui. Il y a des pagodes japonaises dans l'imprimé du corsage de Cassie, une plume d'autruche à son chapeau, et elle le regarde de sous le bord de cet élégant couvre-chef.

— Alors, elle est partie ?

— Envolée. Comme si elle n'avait jamais été ici. J'aurais aussi bien pu tout imaginer.

— Mince alors, fait Cassie en posant des yeux déçus sur son chapeau, qu'elle tient maintenant sur ses genoux. Elle en caresse machinalement les plumes, comme s'il s'agissait d'un chat.

— Je suis navrée de l'apprendre, Harry. *Sincèrement.* Et je dois vous transmettre les excuses de Ralph : il est désolé de ne pas être là et de n'avoir pas pu vous aider.

— Il n'a rien trouvé ?

— Rien de plus que ce que vous savez déjà. Il a passé de nombreux coups de fil, écrit je ne sais combien de lettres, sollicité tous ses contacts, mais il n'a rien trouvé d'autre que ce que l'on vous a déjà dit. Il n'existe pas de tombe portant le nom de votre frère, mais il ne semble pas non plus avoir refait surface vivant.

— Malheureusement, je ne suis pas très surpris. Je vais être obligé d'admettre que nous n'irons jamais plus loin, que c'est fini. Je ne vois pas comment nous pourrions obtenir davantage d'informations.

— Je suis navrée que nous n'ayons aucune réponse à vous apporter. J'imagine que c'est à désespérer de savoir que faire ensuite…

— On peut dire ça, oui.

Il tire de sa poche le ruban avec la médaille et le montre à Cassie.

— C'est à elle ?

— Oui.

— Saint Christophe, le patron des voyageurs ? Comment dit-on, déjà ? « Le monde entier n'aurait pu peser plus lourd que vous sur mes épaules » ? Il ne semble guère vous avoir porté chance, je me trompe ?

Il enroule le ruban autour de son doigt et remonte le temps. *Ça ne peut pas faire de mal, n'est-ce pas ?* avait-elle dit en le lui donnant dans l'allée de l'hôpital. Les choses se seraient-elles passées autrement si elle ne l'avait pas fait ? Francis aurait-il jamais mis les pieds à L'Ange bleu ? Si elle l'avait donné à Francis et non à Harry, où seraient-ils tous, aujourd'hui ? Francis serait-il rentré à la fin de la guerre, redevenu un mari pour Emily, devenu père, peut-être ? Tout ce mal avait-il eu lieu à cause de ce simple geste ? Harry secoue la tête.

— Je ne compte pas accuser une babiole pareille.

— Mais vous ne lui en voulez pas un peu, tout de même ?

— À qui, à Francis ?

Il baisse les yeux vers son verre.

— Comment pourrais-je lui en vouloir ? Il n'était pas bien, je le comprends maintenant. Il ne pensait pas rationnellement. Tout prenait des proportions démesurées à ses yeux. Ce n'est qu'aujourd'hui que je comprends à quel point il allait mal et que, dans un tel état d'esprit, une suspicion infondée soit devenue une obsession, au point de le détruire. Peut-être que j'aurais dû prendre plus soin de lui. En faire davantage. En tout cas, s'il y a un coupable, c'est moi seul, à ceci près que je n'ai commis aucune faute autrement que par la pensée, occasionnellement.

— Occasionnellement ? relève Cassie en arquant un sourcil.

— Mais je n'ai rien fait. Je n'aurais pas osé. Je n'ai jamais rien dit à Emily. Enfin, pas vraiment… Je n'aurais jamais trahi mon frère, ni encouragé Emily à faire quoi que ce soit qu'elle puisse regretter. Ce ne serait jamais arrivé.

— Vous semblez avoir beaucoup souffert.

De l'autre côté de la fenêtre de la brasserie, une femme pousse un homme en fauteuil roulant sur la place. Elle lève un bras, désignant l'architecture ; il garde les yeux baissés sur la couverture qui enveloppe ses jambes.

— Non, dit Harry. Pas si on regarde les choses dans leur ensemble. Des trois, je suis le seul à en être sorti, n'est-ce pas ? Je suis à peu près en forme et sain d'esprit. Je ne pense pas avoir le droit de me plaindre.

— Ne soyez pas si affreusement raisonnable.

Il rit. Elle roule des yeux et tend la main vers son paquet de cigarettes.

— Alors, qu'allez-vous faire maintenant ?

— J'ai une liste d'une vingtaine de tombes à photographier.

Cette liste, dans sa poche, lui paraît lourde à porter en ce moment. C'est tellement plus qu'un simple bout de papier – il y a là les espoirs, les craintes et les attentes de tant de personnes. Il éprouve le poids de cette charge plus que jamais, actuellement.

— Oh, Harry… Vous êtes vraiment obligé ?

— C'est différent pour Ralph, n'est-ce pas ?

— Ralph agit par choix personnel. C'est une mission pour lui, plus qu'un travail. Il a la conviction intime de faire quelque chose de juste. Parfois, je me demande si ce n'est pas aussi une forme de pénitence – se consacrer à une tâche purement morale –, mais je ne lui dirais jamais cela et, quel que soit son raisonnement, il ne le ferait pas sans cela.

Elle sirote sa boisson et regarde Harry par-dessus le bord de son verre.

— Les choses sont loin d'être revenues à la normale, vous ne trouvez pas ? On dirait que tous ces débris continuent de retomber sur nous. On regarde tous où l'on met les pieds, en essayant d'avancer entre les ruines.

— Sauf qu'en ce qui me concerne, je ne sais même plus par où aller. Quelle direction je dois prendre maintenant.

Il repousse le ruban sur la table.

— Je voudrais faire ce qui est juste, mais je ne sais plus ce qui l'est ou non.

— Vous semblez avoir grand besoin d'une boussole.

Cassie écrase sa cigarette et le regarde à travers sa frange.

— Vous devriez aller la voir.

— Pour lui dire quoi ?

— Soyez franc. Dites-lui ce que vous éprouvez.

— Elle le sait déjà, et elle a choisi de s'en aller. Je crois que ça suffit, comme réponse.

La femme qui accompagne l'homme invalide se démène pour faire passer le fauteuil par la porte de la brasserie. La main de l'homme est coincée entre le fauteuil et la porte, et Harry le voit grimacer de douleur. Lorsque ses traits reprennent leur place, on lit un profond abattement sur son visage. Un serveur se précipite pour les aider. La femme sourit au jeune homme, mais une grande fatigue se lit également autour de ses yeux. Peut-être Emily a-t-elle fait le bon choix en partant, songe Harry.

— Vous avez dit qu'elle vous avait laissé la photo.

— Pardon ?

— La photo de Francis. Celle qu'un inconnu lui a envoyée.

— Ah, oui. Tenez, je vais vous la montrer.

L'enveloppe se trouvait sous le journal intime. Harry avait été peiné de voir qu'elle l'avait laissée avec le reste. Se sentait-elle trahie par eux deux ? Il se rappelle ses doigts blancs touchant la bordure du portrait de Francis.

— Sacré bon sang, lâche Cassie avant de retourner la photo. Pauvre garçon. Quel triste visage… C'est un appel à l'aide, non ? Pas étonnant que ça l'ait chamboulée.

— Je crois qu'elle s'est convaincue que ce cliché a été pris après 1917, qu'il pourrait être plus récent. Je n'ai pas pu me résoudre à lui dire qu'il avait déjà cette tête-là, à la fin.

— Vous voulez dire qu'elle croit que la photo a été prise après qu'il a été déclaré disparu ?

— Oui, et que c'est peut-être Francis lui-même qui l'aurait envoyée.

— Juste ciel. Elle pense qu'il est peut-être encore vivant, et qu'il lui aurait envoyé un appel à l'aide ? demande Cassie avec des yeux ronds.

— Elle avait l'air effrayée quand je l'ai retrouvée à la gare. Je ne m'y attendais pas. Quand nous étions à Ypres, elle ne cessait de regarder autour de nous, comme s'il pouvait être là, à nous observer.

— Êtes-vous absolument certain qu'elle se trompe ?

— Je le pense, oui.

— Vous n'avez pas l'air à cent pour cent convaincu.

Cassie souffle sur sa frange pour l'écarter de ses yeux et pose la photo.

— Pauvre Emily… Quelle torture. C'est triste qu'elle n'ait pas voulu la garder, mais je peux tout à fait le comprendre.

Elle tourne l'enveloppe et étrécit les yeux en regardant le tampon sur le timbre.

— Saint-Christophe-du-Quercy ?

— Ah oui ? Je n'ai pas réussi à le lire. Comment y arrivez-vous ?

— Trois années comme secrétaire d'un médecin. C'est un nom qui vous évoque quelque chose ?

Il fait non de la tête. Puis, se rappelle une chose.

— Attendez… J'ai rencontré quelqu'un qui venait d'un endroit appelé Calvaire-du-Quercy.

Il a encore l'adresse de Gabriel dans sa poche.

— Il y a quelques semaines. Un inconnu que j'avais croisé dans un cimetière.

— Cet inconnu aurait-il pu connaître votre frère ?

— Non, je ne vois pas comment.

— C'est pourtant la même région. Avec un nom pareil, je suppose que c'est dans le Sud-Ouest. Vous devriez aller voir.

Il pense à la photo qu'il a prise de Gabriel. Pourrait-il exister un lien entre lui et le portrait de Francis que Cassie a entre les mains ?

— Oui. Je le crois aussi.

— Écoutez, je n'ai aucune envie de vous mettre une chose de plus sur les épaules, mais j'ai quelque chose pour vous, de la part de Ralph.

Elle fouille dans son sac à main et pose une enveloppe crème sur la table.

— Qu'est-ce que c'est ?

Elle plisse le nez et pince les lèvres.

— Vous lui aviez donné le nom d'un autre soldat disparu. Il a eu plus de chance avec celui-là. Voilà ce qu'il a trouvé.

— Vous parlez de David West ?

— Oui, c'est son nom.

Harry prend l'enveloppe et la soupèse. Il pense à Rachel, au fait que son sort dépende du contenu de cette enveloppe. Il pense à l'homme qui tressait des couronnes de fer, dont l'image non développée dort encore sur la pellicule dans son sac.

— J'espère qu'il y a une adresse à l'intérieur ?

Cassie baisse les yeux sur sa plume d'autruche.

— Désolée. Je crois que c'est l'adresse d'un cimetière.

# 53

Emily
*Amiens, septembre 1921*

Emily avait regardé Harry sortir du cimetière. Elle l'avait vu marcher entre les tombes, où elle se trouvait elle-même quelques minutes auparavant, et avait deviné que lui aussi essayait de sentir si Francis était là. Elle avait vu ses yeux errer, ses lèvres bouger. S'adressait-il à Francis ? Parlait-il avec colère, avec regret ? Demandait-il pardon, présentait-il des excuses ? Elle aurait aimé entendre ce qu'il disait, et voir plus distinctement l'expression de son visage.

Des gouttes de pluie percutent brusquement la vitre et elle regarde dehors, au-delà de son reflet ; il y a des pommeraies, des pâturages, des champs de betteraves, de pommes de terre et d'orge. Ici, la nature de Picardie est redevenue fertile, productive. Les champs sont verts, ils regorgent d'une vie humide, et Emily est frappée par le contraste entre ces terres voisines. Là-bas, au nord d'Ypres, ce n'était que terre retournée et travaux de terrassement, comme si une région entière avait été rasée pour repartir de zéro. Il n'y régnait cependant aucun esprit de renouveau – l'ambiance n'avait rien d'optimiste, elle ressemblait plutôt à une entreprise d'assainissement et de réappropriation. Ces terres avaient-elles autrefois été aussi radieuses et généreuses que le paysage qui défilait maintenant sous les yeux d'Emily ?

Quand elle était montée dans l'autocar pour Ypres, l'homme devant elle lui avait montré un morceau de métal tordu.

— Du plomb, avait-il dit. Il vient du toit de l'église.

Elle avait regardé les doigts de l'homme manipuler l'objet, s'attardant sur les endroits où le métal en fusion avait coulé. À lui seul, cet objet recelait tellement de chaleur et de violence qu'Emily s'était rappelé malgré elle toutes les horreurs qu'elle avait vues dans la boutique de Dillon.

— Vous l'emportez chez vous ?

— Oui, il n'y a pas de problème, j'ai demandé l'autorisation. C'est un souvenir, avait dit l'homme.

Il était alors venu s'asseoir à côté d'elle et lui avait raconté qu'il était en vacances, qu'il prenait ici ses quinze jours de congés de son bureau de comptabilité. Il était à Passchendaele en 1917 et était revenu voir les lieux. Emily ne comprenait pas qu'on puisse vouloir revenir dans un tel endroit. Le choisir comme destination de vacances. Passer quinze jours en compagnie de livres de compte lui paraissait infiniment préférable. En contemplant le paysage traumatisé bordant cette route fraîchement refaite, elle avait eu l'impression de regarder la pellicule d'un film : ce qui défilait de l'autre côté de la vitre était irréel, surnaturel, un noir et blanc cinématographique qui risquait de sauter à tout instant. Une nouvelle fois, elle se dit qu'elle avait peut-être été égoïste de demander à Harry de revenir.

— *S'il vous plaît** ?

Elle montre son billet au contrôleur tandis que le train ralentit en pénétrant dans les faubourgs. Des voies de garage, des terrasses et un canal défilent dans le flou. Des ateliers, des entrepôts et des jardins familiaux s'éloignent. Elle voit des clochers d'église, des cheminées d'usine et des rues intactes à l'allure médiévale. Quelle chance a cette ville, avec ses ponts solides et son architecture inchangée. Quelle chance d'être de retour derrière cette ligne.

Douze mille hommes sont enterrés à Tyne Cot, dont huit mille sans nom. Emily avait lu cela, elle connaissait ce chiffre depuis longtemps. Malgré tout, elle s'était dit que si Francis se trouvait là, elle le saurait. Peut-être pas au point de marcher directement vers sa croix, mais elle sentirait qu'il était proche. En réalité, perdue au milieu de tant de croix, elle n'avait ressenti qu'un sentiment de choc, d'horreur, de confusion. En présence de la taille du cimetière, l'échelle de cette hécatombe défiait presque l'entendement. Tous ces soldats inconnus pouvaient être Francis, comme il pouvait n'être aucun d'entre eux. Elle n'avait pas ressenti de connexion particulière avec la moindre sépulture. Juste une terrible tristesse, et de la colère pour tous ces hommes perdus.

Le train s'arrête dans une gare où Emily voit le panneau d'Amiens. Elle regarde les passagers monter et descendre, les touristes, les pèlerins et les veuves qui s'installent, guides de voyage et valises à la main. Derrière les échafaudages, la pierre du bâtiment de la gare a été fendue et consolidée. Rien n'est tout à fait intact, tout à fait comme avant. Aucun endroit n'a entièrement échappé au désastre.

Par contraste, l'agitation de cette foule la renvoie à l'immobilité d'un champ de croix et au visage figé de Francis sur la photo. Selon Harry, cette dernière photo de lui devait avoir été prise en octobre 1917. Il avait juré que ça ne pouvait pas être plus tard. Comment cela pouvait-il être vrai ? Francis avait partagé le lit d'Emily en septembre. Comment un visage pouvait-il autant se transformer en quatre semaines ? Que s'était-il passé pendant ce laps de temps ? Elle repense à Francis lors de son retour en permission, à la façon dont il s'était replié sur lui-même, loin d'elle, et avait passé des heures à fixer le feu dans la cheminée. En le regardant, elle se demandait quelles terribles pensées pouvaient passer derrière ces yeux hagards. Elle s'aperçoit désormais que ce devait être la jalousie et la suspicion – en partie, au moins – qui le torturaient de la sorte. À quel moment avait-il nourri ses premiers doutes ? Était-ce en voyant le ruban au cou de son frère ? Ou parce qu'elle écrivait aussi à Harry ? Pourtant, Francis avait bien dû lire ces lettres, et se rendre compte qu'elles étaient innocentes.

Plantée au milieu des tombes de soldats non identifiés, elle leur avait dit que, quoi que Francis ait pu supposer sur Harry et elle, ce n'était pas vrai – que rien ne s'était passé –, et qu'il s'était fourvoyé à ce sujet. Jamais elle ne l'aurait trompé, se dit-elle. Pas à cette époque. Quels que fussent ses sentiments pour Harry, elle ne serait jamais passée à l'acte, et, même si le futur avec Francis s'était révélé difficile, elle se serait adaptée. Elle aurait fait ce qu'il fallait, au mépris des difficultés. Elle aurait essayé. C'est ce qu'elle se dit. Elle l'avait également dit au champ de croix.

« J'ai semé mes rêves sous tes pas, murmure sa voix d'un autre temps. Marche doucement, car tu marches sur mes rêves. »

Était-ce normal d'avoir éprouvé de la colère face aux tombes parmi lesquelles se trouvait peut-être celle de Francis ? Était-ce mal de sa part de s'être sentie victime d'une injustice ? Celle d'avoir été jugée et condamnée sans avoir eu l'occasion de se défendre ? Elle avait décroché la broche épinglée à sa veste en se remémorant les mots de Francis : « Ce n'est qu'une babiole. De la pacotille, mais ce sera joli sur toi, tu ne crois pas ? » Elle avait vu la scène à travers les yeux de Harry quelques heures plus tôt, en visitant cette maison saccagée dans son journal intime. Elle savait maintenant, pour la boîte à colifichets, les violettes et le brusque accès de violence de Francis, et elle s'était rappelé le moment où il avait posé cette broche dans sa paume en refermant les doigts sur sa main. Peu après, elle s'était demandé si ce n'était pas sa réaction qui avait tout gâché entre eux. Mais peut-être la médaille de saint Christophe était-elle davantage responsable ? Ou elle, directement ? Emily avait regardé les croix les plus proches, les mots *Connu de Dieu seul*, et enfoncé la broche dans le sol.

Un coup de sifflet retentit sur le quai, on annonce le départ du Calais-Maritime et, bientôt, elle voit défiler les toits d'ardoise, les bouches de cheminée rouges, et les tours de la cathédrale d'Amiens s'éloignent. Elle laisse tout cela derrière elle, les squelettes d'églises et les cathédrales mutilées, les ruines et les cimetières. Elle imagine Harry marchant à Ypres ce matin et souhaite, pour son bien, qu'il puisse laisser tout cela derrière lui également. Courir constamment après des morts ne peut pas être bon, pour qui que ce soit.

Elle repense à la nuit où il a cassé le miroir. Quand elle était entrée dans sa chambre, ses yeux papillonnaient sans pouvoir s'arrêter sur quoi que ce soit, comme s'il n'était pas vraiment là; puis, ses pupilles s'étaient dilatées et immobilisées en rencontrant les siennes. Au moment où sa tête avait retrouvé l'oreiller, il avait un visage de mort. Elle avait senti sa joue froide et humide de larmes contre la sienne. Elle avait alors posé un doigt tremblant sur ses lèvres blêmes, et il n'y avait eu aucun questionnement, aucun doute en cet instant – juste la nécessité de prendre soin de lui. Elle avait regardé son torse se soulever au rythme anarchique de sa respiration, et aurait aimé pouvoir lui offrir son propre souffle. En éteignant la lumière, elle avait jeté un dernier regard par-dessus son épaule; là, couché sur son lit avec les mains croisées sur la poitrine, Harry ressemblait à un soldat de marbre sur un cénotaphe. Une fois retournée dans sa propre chambre, les yeux grands ouverts dans le noir, elle avait vraiment failli aller le retrouver pour se coucher à ses côtés. Ce qui aurait peut-être rendu les choses encore plus compliquées aujourd'hui. Elle avait sûrement bien fait de s'abstenir.

Emily pense à lui et se dit qu'il ne faut pas. Elle a pris la décision de couper tout contact avec lui, sachant l'effet que lui ont fait les mots lus dans son journal, sachant qu'elle était à un cheveu d'être la femme que Francis la soupçonnait d'être. Elle ne peut pas être avec Harry sans avoir l'impression de justifier ces soupçons. Et pourtant, elle rentre chez elle, dans la maison de la mère de Harry. Dans la maison de Harry, donc. Peut-elle continuer à vivre là-bas désormais, entourée de la vaisselle et des photos de famille d'une autre femme? Comment pourrait-elle vivre avec les photos des trois frères sur la cheminée, sachant ce qu'elle sait aujourd'hui? Les choses ne seront plus jamais comme avant. Tout cela lui paraît déjà bien trop compliqué, rien qu'en regardant les toits de la ville d'Amiens.

Jardins potagers et cours d'eau se succèdent. Puis, le paysage se fait plus vaste et un jeune homme s'excuse en s'installant sur le siège devant Emily. Trop jeune pour avoir été un *poilu**, il ouvre un magazine où s'affichent des stars américaines. Si ses pensées s'envolent vers Rudolph Valentino et Mary Pickford, il a les mains d'un garçon de ferme, se dit-elle. Il pose un doigt sur la ligne qu'il lit quand il relève la tête pour voir passer les granges, les bottes de foin et le bétail à l'abri des haies d'aubépine.

Elle a touché les mots inscrits sur une croix : *Un soldat de la Grande Guerre, connu de Dieu seul.* Ce geste lui revient en mémoire. Elle a touché la terre qui recouvrait ce soldat. Enfoncé ses doigts dans l'humus, en direction de ses os. Et si c'était Francis, là, quelques dizaines de centimètres en dessous ? Était-il seulement enterré quelque part ? Elle en avait douté, depuis un mois, et n'avait rien senti de lui en enfonçant sa main dans cette terre. Emily appuie sa tête contre la vitre du train et laisse son regard se poser sur les fermes, les champs de blé et les haies. Huit mille questions sans réponse se bousculent dans sa tête. Elle sent la distance s'installer. C'est alors seulement qu'elle pleure.

— *Tout va bien, madame** ?

Le jeune homme au magazine se penche vers elle.

— Non, rien ne va, répond-elle.

# 54

Harry
*Amiens, septembre 1921*

Harry vide son sac musette et en dépose le contenu sur son lit. Ces objets autrefois si vitaux et familiers lui paraissent soudain étranges. Il effleure doucement son ancien matériel – un ensemble de couverts, son rasoir coupe-choux, une boîte de cirage à chaussures, un canif (toujours affûté), une montre à gousset (arrêtée) et un briquet (sans pierre à feu). Il se sent à la fois très proche et très éloigné de ces objets. Certains d'entre eux, trouvés et récupérés, ont auparavant appartenu à d'autres, ce sont des souvenirs d'autres vies que la sienne, peut-être plus que de la seconde main. Ce n'est pas si différent du fait de regarder dans les vitrines de Dillon, ou de voir les mains de Rachel manipuler les objets perdus par des hommes disparus.

Entre ces objets, il y a ses papiers. Une enveloppe remplie des lettres d'Emily et le carnet de croquis qu'il avait acheté à Morecambe, dans lequel il a consigné tout ce qui a suivi. Les pages se détachent, la couture centrale ayant cédé depuis longtemps, si bien que toutes les images sont maintenant dans le désordre. Entre les paysages terrestres et marins mal ordonnés et les vues de villes d'autrefois, il y a beaucoup de portraits d'Emily. Leur quantité le surprend – le choque, même. Et puis, il y a son journal, tenu en secret et réservé aux yeux de son seul auteur, qu'Emily vient de lire. Comme avant, son ruban est noué autour des pages. Il devrait lui rendre son saint Christophe, songe-t-il. Il y a trois jours seulement, elle a éprouvé le besoin de le retrouver. Le rejetterait-elle demain, s'il le lui envoyait par la poste ?

Il y a aussi une poignée de crayons, plus ou moins bien taillés. Certains ne font plus que deux ou trois centimètres de long. Il se souvient de sa quête perpétuelle de crayons, de l'importance cruciale que revêtait à ses yeux l'acte d'écrire, et qu'Emily lui a jeté à la figure son inconséquence à ce propos. « Comment as-tu pu être aussi bête, Harry ? Aussi imprudent ? » Mais comment aurait-il pu tenir le coup, sans cela ? Il teste la mine des crayons, écarte ceux qui ne valent plus rien et taille une mine avec son canif tout en repensant à un couteau identique que son frère avait un jour mis sous sa gorge.

Il s'assoit devant la coiffeuse ; sa main droite se reflète dans le petit miroir à bascule. Lorsqu'il relève la tête entre deux phrases, il est obligé de se regarder dans les yeux. Il se rappelle le visage de Francis réfléchi dans le miroir de la maison saccagée, leurs regards qui se croisent et, juste après, l'explosion de violettes et de colifichets sur lui. Il a revisité cette scène dans son journal aujourd'hui, inquiet qu'Emily l'ait maintenant lue, elle aussi, mais il se réjouit de tout ce que ce journal ne lui a pas dit. Conscient qu'il lui reste cependant certaines périodes à relater, et qu'Emily aura encore des questions sans réponse, il prend maintenant son crayon et lui livre une version de ce qui s'est passé dans les jours avant et après la mort de Francis. Il plie le ruban autour de la médaille et le glisse dans la lettre. Une idée lui vient après coup, et il y ajoute une photo de Will et Francis à Boulogne, hilares, au tout début de la guerre.

Il scelle l'enveloppe et en ouvre une autre. Il relit la note que Ralph lui a adressée. Entre des parenthèses ressemblant à une forme d'excuses se trouve l'adresse d'un cimetière. Le message est sans équivoque. Ralph dit qu'il n'y a pas de doute possible. S'il dit juste, le visage qui dort sur sa pellicule est une méprise. Harry regarde son reflet tout en se demandant comment entamer sa lettre à Rachel. Elle lui a dit qu'elle serait soulagée de savoir, mais il n'arrive pas à croire que cela puisse être vrai. En lui communiquant ces faits, il mettra un terme à ses recherches et à son espoir. Est-ce un acte cruel ou bienveillant ? Il aimerait pouvoir le lui dire plutôt que d'avoir à l'écrire, mais il serait également très difficile de lui annoncer de vive voix. Il hésite dans le choix des mots, réfléchit à la meilleure tournure, s'imagine prononçant ces phrases en présence de Rachel. Il a beau savoir que les yeux de sa lectrice vont faire l'impasse sur ses politesses, il s'efforce de formuler cela en termes attentionnés. Il pense aux yeux de Daniel East et froisse la lettre dans sa main. Quand il relève la tête, il voit le reflet de son appareil photo dans le miroir. Il se rappelle l'œil insistant de l'appareil de Francis dans le miroir de la maison saccagée. Il a dû appeler M. Lee cet après-midi – résultat des courses : cinq noms de plus sur sa liste de tombes à photographier. Il se demande s'il en aura un jour fini avec les sépultures.

Il se lève de la coiffeuse et prend l'appareil photo entre ses mains. Celui-ci heurte le mur avec un bruit mat, imprimant une marque de plus dans le plâtre déjà abîmé. Il y a à nouveau du verre brisé sur le plancher. Il pense à Emily en train de retirer un éclat de verre de sa paume et se détourne.

# 55

Emily
*Plage de Calais, septembre 1921*

Elle sursaute au bruit du verre brisé. Le vent souffle sur la terrasse du café et a renversé des verres. Un serveur accourt avec une pelle et une balayette et débarrasse les débris tandis que les clients gesticulent autour de leurs apéritifs gâchés.

— *Quelle catastrophe*[*] *!* lance une femme vêtue de crêpe de soie noire en riant.

— En effet, confirme Emily.

— Mais bien sûr, vous êtes anglaise, dit la femme en noir en s'appuyant à la rambarde. Je m'en doutais, en voyant la couleur de vos cheveux.

On stabilise la table, on remplit à nouveau les verres, et tous d'applaudir le serveur. Plus loin, la promenade grouille de badauds admirant les flots et les propriétés du remblai. Les demeures en front de mer arborent le style maritime des maisons de vacances, avec des colombages, des balcons et des toits en forme de tourelles. Il y a des balustrades peintes en blanc, des palmiers et des citronniers en pot. Les promeneurs montrent du doigt les dahlias, les bougainvilliers et les volets joliment vernis, comme si leurs commentaires à ce propos étaient de mise. Emily contemple le sable et se demande comment elle a pu se retrouver là, à regarder des promeneurs et à recevoir des commentaires sur sa couleur de cheveux à Calais.

— Pardonnez-moi. Qu'ai-je fait de mes bonnes manières ? Je me présente : Clara Lawrence.

Elle tend la main à Emily.

— Enchantée. Emily Blythe.

La femme mange une barquette de coques ; Emily sent l'odeur du vinaigre.

— Vous en voulez ?

Emily secoue la tête.

— Non, merci.

Elle sent aussi l'odeur des gaufres et du caramel chaud. Cela lui rappelle Ypres et lui donne une légère nausée. Elle se rend compte qu'elle n'a rien mangé depuis la veille.

— Vous êtes ici en vacances ? demande Clara, visiblement décidée à entamer une conversation.

— Non, hélas. Je reviens d'Ypres. Je pensais que mon mari avait pu être enterré là-bas.

La chose semble presque impolie à dire, comme si elle révélait les aspects les plus sinistres de sa vie privée à un inconnu qui n'a rien demandé.

— Mon Dieu. Quelle tristesse. Si je comprends bien, vous ne l'avez pas retrouvé ?

— Non.

Emily porte une main en visière au-dessus de ses yeux. Elle se demande si Clara Lawrence, dans ses habits de deuil bien coupés, possède une expérience en la matière.

— Je veux dire, je ne l'ai pas retrouvé. Et vous ?

— Je suis en vacances. Une petite pause… J'ai pris les eaux au Touquet, et je me sens plus liquide que solide à présent. Si le soleil tape trop fort, je risque de commencer à m'évaporer !

Emily marche le long de la plage avec la femme en crêpe de soie noire. Sur le sable, il y a des tentes à louer à la journée, rayées de rose, de jaune et de vert, et de petits chalets en bois avec des corniches chantournées et des parapets à pointe qui rappellent à Emily les mausolées bourgeois qu'elle a vus dans les cimetières français. Les familles qui louent ces chalets s'assoient sur les marches, installent leurs serviettes avec des airs de propriétaires et boivent le thé dans des tasses en porcelaine. Les frères et sœurs s'amusent à s'enterrer dans le sable, rient, se battent et conspirent les uns contre les autres. Les pères relâchent leur col tandis que les enfants se déchaînent. Les auvents se tendent sous le vent et les cordes claquent sur le bruit de fond permanent de la mer.

— Ce doit être dur pour vous de ne pas avoir de tombe où vous recueillir.

Clara plisse les yeux sous le soleil avant de les poser sur Emily.

— De plus en plus, oui, répond-elle. On pourrait croire que ça se tasse, avec le temps, mais c'est tout le contraire. Le télégramme disait « Disparu, présumé tué ». Ce mot, « présumé », me paraît de plus en plus fragile.

A-t-on le droit de dire de telles choses – à une inconnue, de surcroît ?

Emily ne peut pas s'en empêcher. Les mots sortent tout seuls.

— Je n'en ai jamais autant douté. En quatre ans, je n'ai jamais eu une telle conviction qu'il ne se trouvait pas dans sa tombe.

— Avez-vous une bonne raison de le croire ? Quelque chose qui vous indique que ça pourrait ne pas être le cas ?

— Non, pas vraiment. C'est juste une intuition.

Des femmes marchent avec des ombrelles au bord de l'eau, vêtues de noir ou de blanc. C'est l'un, ou l'autre. Il n'y a pas d'entre-deux. Comme si les femmes, à l'instar des hommes, avaient toutes été classées dans telle ou telle catégorie et possédaient un statut bien défini maintenant que la guerre était finie. En les regardant, Emily se demande dans quel camp est sa place.

— C'est l'incertitude qui est difficile à vivre, n'est-ce pas ? dit Clara. Toutes ces questions que l'on se pose… Le doute qui vous harcèle en permanence. L'impossibilité dans laquelle on se trouve de se concentrer sur autre chose. C'est épuisant, pas vrai ? Je le comprends très bien. Mon père a été déclaré disparu au printemps 1918, nous n'avons eu aucune nouvelle de lui pendant dix mois. Strictement rien. Et puis, un jour, il est apparu dans un camp de prisonniers de guerre. Aujourd'hui, j'avoue que je ne sais pas ce qui a été le pire : le fait de ne pas savoir, ou de le retrouver changé à ce point. C'est horrible à dire, n'est-ce pas ? Cela doit vous choquer. Mais il est interné en hôpital psychiatrique maintenant. Il est peut-être revenu, mais le père que je connaissais a bel et bien disparu.

Emily secoue la tête.

— Je suis vraiment navrée.

Elle regarde la femme en noir à son côté et se rend compte que c'est une autre sorte de deuil.

— Il ne me reconnaît plus. Il ne sait même plus comment il s'appelle. Les docteurs disent qu'il passera probablement le reste de sa vie à l'hôpital.

Clara regarde la mer, puis Emily, et hausse les épaules.

— La guerre de mon père n'aura sûrement pas de fin, et je ne peux rien faire à cela.

Il y a un ton de conclusion dans la voix de Clara, comme si elle avait mis longtemps à en venir là.

— On ne devrait pas s'attarder à ces endroits quand on n'y est pas obligé… Ne laissez pas le doute vous dévorer. Je sais que ce n'est pas facile, mais essayez de penser à autre chose. Occupez-vous. Cherchez des choses positives et allez de l'avant. Cette guerre nous a déjà trop pris, vous ne pensez pas ?

Des enfants pêchent dans les creux avec des épuisettes. Un groupe prenant des cours de natation rit et s'éclabousse. Un bateau aux voiles orange accoste, des hommes le tirent sur le sable. Des ânes parcourent encore et encore le même chemin aller et retour sur la plage. Seuls les enfants perchés sur leur dos changent. Docilement, ils marchent en mettant leurs pas dans les traces de leurs sabots. Emily songe que cette Clara a peut-être raison.

— Vous partez aujourd'hui ?

Elles regardent un bateau à vapeur s'éloigner de la jetée, laissant une colonne de fumée dans son sillage. Emily baisse les yeux vers ses pieds mouillés et s'interroge : doit-elle faire la traversée ? Le vent plaque ses cheveux contre son visage et elle sent un goût de sel sur ses lèvres. Dans le ciel, des mouettes volent et crient. Aller de l'avant signifie-t-il aller vers le nord ou vers le sud ? Dans quelle direction est-elle censée avancer ? Peut-elle vraiment laisser Harry de ce côté de la Manche, condamné à ne jamais passer à autre chose, à ressasser ses souvenirs ? Mais après tout ce qui s'est produit, après tout le chaos et le mal qu'ils ont créé, elle sait que leurs chemins doivent se séparer ici.

— Oui. Mon bateau part à 17 heures.

Clara presse affectueusement le bras d'Emily.

— Ne regardez pas en arrière, lui dit-elle.

# 56

Harry
*Amiens, septembre 1921*

L'aube est envahie de chants d'oiseaux. On dirait quelque chose de neuf, quelque chose qui permettrait d'y mettre un peu d'espoir. Mais Harry est à court d'espoir. Il tire à pile ou face dans le hall de la gare et, sa décision ainsi prise, échange sa pièce contre une carte postale. Il informe Emily de son départ pour le Sud-Ouest et lui indique l'adresse que Gabriel lui a donnée. À part ça, il ne voit pas quoi lui dire. Il ignore ce qui l'attend à Saint-Christophe-du-Quercy, mais son intuition lui souffle que ce ne sera peut-être pas une découverte très heureuse. Ralph avait conclu son message en lui répétant le même conseil : si Francis avait été tué, il avait de grandes chances d'être enterré parmi les multiples anonymes de Tyne Cot. Et s'il ne l'était pas ? Si Francis se trouvait à Saint-Christophe-du-Quercy, si cette possibilité existait réellement, pourquoi aurait-il voulu laisser Emily croire qu'il était mort, depuis tout ce temps ? Et pourquoi lui rappeler son existence maintenant ? Trouvera-t-elle de nouvelles enveloppes en rentrant chez elle ?

Le train est bondé. Il parvient à trouver une place assise, mais se retrouve coincé entre une veuve obèse et un homme amputé. Dans une telle promiscuité, Harry ne peut s'empêcher de poser les yeux sur l'ourlet retenu par une épingle à mi-hauteur de la jambe du pantalon bleu de son voisin. Il regarde ensuite sa propre main, avec sa cicatrice blanche en travers de la paume. Une fois, il y a bien longtemps, Emily lui avait montré quel sillon était censé être la ligne de vie. Il s'en était souvenu le jour de sa sortie de l'hôpital, quand la sœur en charge de sa chambrée lui avait dit, en plaisantant, de se méfier dorénavant des diseuses de bonne aventure. Il entend encore son accent chantant de Dublin, et la revoit cligner son œil brun et malicieux. Sa ligne de vie est coupée en plein milieu. Cela marque-t-il le début d'une deuxième partie de son existence ? Il pense aux doigts d'Emily suivant cette ligne dans sa paume. À ces mêmes doigts touchant la photo de Francis. Il n'est pas sûr d'avoir envie de vivre ce deuxième acte si elle n'y joue pas un rôle.

L'air du wagon est étouffant et saturé de bavardages étrangers. Une mouche pilonne la vitre de la fenêtre. De l'autre côté, il y a un groupe d'hommes avec des pelles. Ils font une pause dans leur travail et regardent le train. Derrière eux, on remplace un champ de croix par des lignes de stèles blanches. Tandis que le train s'éloigne, Harry se demande jusqu'où vont ces cimetières. Il songe aux lignes de démarcation, aux lignes de chemin de fer, et se dit qu'il connaît bien peu de choses de ce pays. Emily est-elle dans un train en Angleterre, en ce moment ? Se dirige-t-elle vers le nord au moment où lui part vers le sud ? Des odeurs se succèdent : celle des bords de rivière humides, des fumerolles d'une verrerie et, à 9 heures, pendant l'arrêt en gare d'une petite ville de province, celle du pain frais. La lumière du matin est une lanterne sur les châtaigniers.

Il cherche dans son atlas le nom des gares qu'ils traversent, mais le train se trouve déjà bien au-delà de ce que les pages contiennent. Il est sorti de la carte, entré dans l'inconnu. Harry se rappelle un trajet en convoi militaire, aux côtés de Francis, et de cette impression d'être propulsé malgré lui qu'il avait ressentie comme ils descendaient vers la Somme. Il ressent à nouveau cette impression ; sauf que ce n'est pas sa destination qu'il redoute aujourd'hui, mais une sorte de détresse à l'idée que la distance se creuse à toute vitesse entre Emily et lui. Il a le sentiment qu'il n'y aura plus de retour en arrière. Que c'est fini. Il pose l'atlas sur la place désormais vide à côté de lui – il sait qu'il n'en aura plus jamais besoin.

L'homme amputé descend dans une gare sans nom et laisse son journal derrière lui. Seules les images sont intelligibles, mais elles en disent suffisamment. On y voit des hommes regroupés devant des mémoriaux de guerre flambant neufs, des femmes près de plaques de noms taillés dans la pierre, et des plans de construction censés recueillir l'approbation du public. Il prend brusquement conscience que ces choses-là ne sont pas l'apanage du Nord. Cela se produit partout dans ce pays, dans les hameaux et villages, dans les petites communes et les grandes villes – partout, on rend hommage, on commémore dans la pierre et le métal, comme s'il s'agissait d'un point de repère à partir duquel la vie peut recommencer. Dans tout le pays, des hommes comme Gabriel doivent maintenant sculpter l'histoire, en trouver une expression appropriée. Il se représente cela comme une onde de choc partant du cimetière avec la position de tir en son centre. L'onde se propage à partir de cet endroit, par-delà les pages de son atlas, et s'exprime sous forme de monolithes, de mausolées, de menhirs, d'arches, d'obélisques, de catafalques et de croix – et, dans leur multiplicité, ces choses signifient tout et rien à la fois. Il replie le journal.

L'après-midi, le paysage change. La voie ferrée suit une rivière au cours vigoureux sous une surface lisse et paisible. Ici, les saules l'effleurent en tremblant, là, un homme pêche depuis la berge. Le temps se déforme. Il accélère et traîne en longueur, son rythme brouillé par le tempo soutenu du train. Un père et sa fille, assis face à Harry, murmurent et s'endorment, dorment et murmurent. Harry envie leur douce proximité. Le ciel arbore des teintes d'aquarelle.

Il passe la nuit dans un hôtel où l'oreiller sent le savon et où les murs sont solides. Il ouvre les volets et laisse pénétrer la lumière du soir. Il n'a personne avec qui partager la couleur chaude des toitures en tuile, la silhouette du beffroi ou la manière dont les hirondelles tournoient, alors, une fois encore, il dépose tout cela sur le papier. De ses fenêtres, la vue affiche toutes les couleurs d'une peinture de Matisse, et pourtant il regrette le papier peint terne et le bruit de la respiration d'Emily dans la chambre voisine. Il met dans une lettre les tuiles de terre cuite, le beffroi et les hirondelles. Il sait qu'il est possible qu'elle ne la lise jamais, que sa description et ses dessins resteront probablement muets, mais il a besoin de cette tentative de communication avec elle. Sans quoi, ces choses-là pourraient bien, elles aussi, ne pas exister.

Il s'assoit au bord du lit et regarde par terre, devant ses pieds. Les lattes du plancher se sont écartées avec le temps. Elles ont gondolé par endroits, sous l'effet de l'eau ou de la chaleur. On y voit des marques en creux – des arcs, des courbes – dont la répétition donne une impression de frénésie, de lutte, de panique. En fait, c'est seulement qu'on aura poussé les meubles sans précaution, se dit-il. Ces planches racontent une histoire, mais une histoire à bas bruit, sans crescendo, sans points d'exclamation. Elles n'ont jamais été ébranlées par des explosifs. Elles n'ont jamais été violentées au point de faire tomber le plâtre des plafonds et des murs. Les ondes de choc ne vont pas aussi loin. Le clocher de l'église sonne. Des ombres se lèvent dans les coins de la pièce. Harry pleure sur l'oreiller qui sent bon le savon.

# 57

Emily
*Lancashire, octobre 1921*

Les cloches de l'église sonnent douze notes. Emily lève les yeux de la tombe. Appuyée sur sa pelle, elle contemple son ouvrage. Elle a dû creuser bien plus profond qu'elle le pensait – ils ne voulaient pas se mettre comme il faut, et elle n'avait pas le cœur de leur casser les ailes. L'air d'une comptine lui revient avec la mélodie des cloches :

— « Tous les oiseaux du ciel tombèrent, qui en soupirant, qui en pleurant », chantonne-t-elle à la tombe des corbeaux.

Devrait-elle prononcer quelques paroles solennelles ? Quelque formule pour leur souhaiter bon vol, là où ils vont désormais ? En regardant la petite croix de bois qu'elle a bricolée, elle se demande si elle doit rire ou pleurer.

Ils s'étaient révélés bien plus légers qu'elle ne l'aurait cru, beaucoup moins denses que ce que leur présence laissait suggérer, et surtout, affreusement fragiles. Cette fragilité, alliée à une impression de puissance réprimée, l'avait remuée. En dépit de leur aspect clairement mort et desséché, elle s'attendait presque à sentir les ailes battre sous sa main.

Emily avait fortement senti la présence de Will en descendant les corbeaux du placard. C'était son œuvre. En les enlevant de là, en effaçant leur présence, le rejetait-elle, lui aussi ? Elle s'était surprise à évoquer à haute voix la mémoire de Will, dans une conversation au cours de laquelle elle se rappelait une croix, en France. Elle lui avait même posé des questions au sujet de Francis. Will en savait-il plus qu'elle à son sujet ? Francis était-il avec lui de l'autre côté ?

Les corbeaux semblaient moins menaçants, une fois relégués dans une boîte en carton. Là, sous ces angles n'ayant rien de naturel, ils paraissaient moins susceptibles de revenir à la vie. Il demeurait toutefois quelque chose d'inquiétant en eux. Comme un doute sur le fait qu'ils n'avaient peut-être pas tout à fait dit leur dernier mot, et n'étaient pas encore tout à fait privés de leur capacité à manifester, à coups d'ailes, leur protestation. Emily avait tenté de se rappeler que ce n'était que le fruit de son imagination. Cette imagination lui aurait-elle joué des tours concernant Francis, également ?

Il n'aurait pas été correct de les laisser au chiffonnier du coin, et les brûler lui aurait paru trop proche d'un acte de sorcellerie ; elle avait donc pris une pelle et creusé un trou dans le jardin. Ceci étant maintenant fait, elle se trouve soudain stupide et ridicule.

— Si tu me voyais ! lance-t-elle en imaginant le visage de Harry, avant de se dire qu'il vaut mieux pour tous deux qu'il ne puisse pas la voir.

Sur un coup de tête, elle coupe un bouquet d'œillets et les dépose dans la tombe des corbeaux en manière d'excuse vis-à-vis de son plus jeune beau-frère. Un merle distille son chant liquide depuis les branches du lilas. Voilà une élégie plus élégante que tout ce dont elle aurait pu rêver. Elle reprend sa pelle et, avec douceur, dépose sur eux les premières pelletées de terre. Elle œuvre avec révérence, précautionneusement d'abord, mais bientôt, elle s'aperçoit qu'il n'est pas si aisé de recouvrir les dernières plumes. Le bout d'une aile dépasse encore du sol. Elle n'osera jamais appuyer dessus avec sa chaussure.

Ses mains fourmillent une fois la tâche accomplie, et elle a de la terre dans les plis des paumes. Elle pense à un geste que Francis a eu devant une tombe, relaté dans le journal de Harry. Elle pense à eux en train d'enterrer Will. Elle pense à la cicatrice dans la paume de Harry. Elle se souvient d'une plume noire sur la tombe de Will, que Harry n'avait pas mise là. Ses doigts trouvent le ruban dans sa poche.

Emily contemple le jardin et écoute le bourdonnement des insectes. Il est envahi par la végétation maintenant ; des coquelicots ont poussé et le liseron se faufile entre les buddleias. En 1917, Mme Blythe l'avait aidée à arracher la pelouse et elles avaient planté des rangées de pommes de terre, de choux et de carottes. Comment tout cela a-t-il pu se dégrader à ce point ? Comment se fait-il qu'elle n'ait pas remarqué que les mauvaises herbes regagnaient du terrain ? Elle se dit qu'elle devrait se remettre à l'ouvrage et rattraper cette négligence. En son for intérieur, elle s'assène des injonctions d'efficacité et d'autosuffisance ; elle va faire un grand feu et bêcher la terre. Elle coupera les buddleias et s'attaquera aux rosiers envahissants avec un sécateur. Elle doit anticiper pour le printemps prochain. Commander des graines. Élaborer un plan. Planter des lupins, des fèves et des campanules. Il est sain d'avoir des projets concrets, se dit-elle. Et pourtant, en s'imaginant creuser des rangées de pommes de terre et de légumes verts de printemps, elle est prise d'un brusque sentiment d'aliénation. Ce jardin appartient désormais à Harry. C'est sa maison à *lui*. Peut-elle encore s'y sentir chez elle ? Comment peut-elle envisager son avenir ici ?

Elle remarque une paire de chaussures d'homme dans l'allée. Du lichen commence à apparaître sur le cuir, et les semelles sont pleines de mousse. Elle se rappelle vaguement leur présence ici, sans pouvoir dire auquel des trois frères elles appartenaient. Les pieds-d'alouette ont poussé autour, dans cette allée où il y en a toujours eu. Mme Blythe disait que les pieds-d'alouette représentaient l'inconstance, dans le langage des fleurs. Leur odeur ramène Emily dans une chambrée d'hôpital et dans un café d'Arras où le visage de Francis attend sur un mur d'hommes disparus. Tout cela relève-t-il d'une forme d'inconstance ?

Elle se lave les mains à l'évier de la cuisine. L'eau souillée de terre décrit des cercles avant d'être engloutie, et elle se rappelle le moment où elle a lavé les mains de Harry, dans la chambre d'hôtel à Ypres. Sa souffrance avait été telle que l'éclat de verre aurait aussi bien pu se trouver dans sa propre paume. Elle avait éprouvé une infinie tendresse pour cette peau entaillée, en cet instant. Elle s'appuie contre l'égouttoir et regarde les lettres de Harry sur la table.

Ces lettres l'attendaient derrière la porte quand elle était rentrée. Elle avait posé sa valise dans le couloir et ramassé les enveloppes pour les déposer dans la cuisine. La carte postale était une vue de la cathédrale d'Amiens, cernée de sacs de sable. Elle était passée devant quelques heures auparavant. Il lui écrivait depuis la gare, en attendant un train qui l'emmènerait dans le sud-ouest de la France. Avaient-ils failli se croiser, une nouvelle fois ?

Elle avait ouvert en premier la lettre avec le cachet d'Amiens, et avait entendu la voix de Harry formuler des excuses, des appels. Les larmes lui étaient venues en voyant la photo de Will et Francis en train de rire, et en retrouvant la médaille de saint Christophe au creux de sa main. La deuxième lettre de Harry venait d'une autre région et était pleine de ciels bleu azur, de toits aux couleurs chaudes et de regrets. Visiblement, il est loin maintenant, et il va s'éloigner plus encore. Elle n'aurait su dire si c'était le soulagement ou le regret qui l'avait emporté en constatant qu'il n'y avait pas de lettre de Francis derrière la porte.

Elle prépare du thé et s'assoit devant la table. La cuisine est différente sans les corbeaux. Plus claire. Emily se sent plus observée. En même temps, il y a moins de traces d'eux désormais – de Will, de Francis et de Harry –, et elle le regrette un peu. Elle pose la photo de Will et de Francis contre la bouteille de lait. « Il était en train de mourir dans mes bras », avait écrit Harry, mais elle ne parvenait plus à y croire. Le Francis décrit dans le journal de Harry était bien loin de l'homme aux cheveux d'or qu'elle avait aimé, et elle n'était plus sûre de connaître encore ce narrateur, lui non plus. « On nous a donné l'ordre d'avancer, écrit-il maintenant. Je n'ai pas pu rester avec lui. Je n'avais pas le choix. Laisser Francis à ce moment-là a été la chose la plus difficile de toute ma vie. Mais crois-moi, Emily, il ne se serait pas relevé. C'était fini. Je sais que tu espères qu'il puisse en avoir été autrement, que tu as envie de croire qu'il existe une chance pour qu'il soit en vie, quelque part, mais ce n'est pas réaliste. Il faut que tu me croies, Emily, pour ton propre bien. »

Elle regarde la réponse qu'elle a commencé à écrire à Harry. « Alors, qui était vraiment mon mari ? demande-t-elle. Et où est-il maintenant ? » Emily ne compte pas envoyer cette lettre, elle ne sera jamais postée, alors elle lui raconte qu'elle a enterré les corbeaux, que cela s'est révélé plus dur qu'elle ne l'aurait cru, combien la cuisine est différente désormais ; elle parle de ses projets pour le jardin et de ce que cela lui fait de tenir à nouveau sa médaille au creux de sa main. Bien que ce soit lui qui prenne des trains, Emily a l'impression d'être encore en voyage, et le fait de tenir son saint Christophe lui donne une impression de stabilité. Pourtant, n'est-ce pas cette médaille qui a déclenché tout cela ? Son stylo confesse qu'elle aimerait que Harry soit là, et non en train de s'éloigner, mais qu'elle ne peut pas être la femme que Francis la soupçonnait d'être, qu'elle a honte, qu'elle se sent coupable – et qu'elle ne parvient pas à croire Harry quand il déclare que Francis est bel et bien mort.

# 58

Harry
*Quercy, octobre 1921*

Dans le bourg, il y a une église romane dont les gargouilles sont devenues encore plus grotesques avec le passage du temps, des soucis dans des pots en terre cuite et des lapins dans des clapiers. Sous la chaleur du soleil de midi, Harry marche dans des rues aux volets fermés. Il regarde le plan que l'employé du guichet de la gare lui a dessiné ; chaque village est illuminé par les détails de son architecture et la silhouette de ses arbres, mais ce plan ne fournit aucune indication sur la présence de gargouilles ou de peupliers. La feuille de route de Harry ressemble à un colloque d'hommes saints, chaque commune portant le nom de l'un d'entre eux, et il se demande si Emily a déjà ouvert son enveloppe et vu qu'il lui avait rendu son saint Christophe. Il imagine la médaille dans sa main mais ne parvient pas à se figurer l'expression de son visage. Il pense à un village appelé Saint-Christophe, où quelqu'un a conservé la dernière photographie de son frère. Quel est le lien entre Francis et cet endroit ?

Sur le versant sud de Saint-Jean, il étudie son parcours. La vallée forme une cuvette devant lui. Les collines d'un bleu éteint semblent reculer, comme dans l'arrière-plan d'une scène de crucifixion de Sienne. Le paysage tombe à pic à ses pieds, et Harry s'aperçoit qu'il se tient au sommet d'une falaise. Il se demande ce qu'il éprouverait s'il faisait un pas en avant, s'il plongeait dans ce paysage. Il se sent attiré vers lui, comme dans un vertige, et se voit dans un éclat de lumière vive et définitive où le sol n'existe plus, où les ténèbres l'invitent à se fondre. Soudain, un chant de femme sur les terrasses en contrebas, et des rires dans les champs, un peu plus loin. Il prend une grande inspiration et s'adosse quelques minutes contre un mur. Il tremble.

Il descend du village en traversant une forêt de pins et de châtaigniers. Ses pieds adoptent un rythme militaire et, pendant un moment, il est à nouveau en marche sur les routes, Will et Francis à ses côtés. Il surprend un chevreuil dans l'ombre des bois et se fige en le voyant. Le présent reprend ses droits, et il n'y a aucune voix sur aucune route pour le rappeler à l'ordre. Lui poser de questions. Se plaindre de cette distance interminable. Il tend l'oreille, mais non. Il n'y a que le chant des oiseaux et cette lumière changeante sur le chemin devant lui. Plus loin, la forêt cède le pas à des vergers de noyers et à des clairières défrichées. Après l'ombre des bois, la lumière agresse ses yeux.

La route de Saint-Laurent suit la vallée, laquelle suit la rivière. Des peupliers aussi hauts que des clochers d'église ponctuent le décor, indiquant le cours de ses méandres. Il lève les yeux vers des feuilles, leur éclat chatoyant l'étourdit. Battant des paupières, il se rappelle les souches d'arbres le long des routes du Nord où il avait marché en compagnie de Gabriel. Était-ce un paysage semblable à celui-ci, avant la guerre ? Dans les champs alentour, on manie activement la faucille – c'est la saison des foins. Les travailleurs agricoles s'arrêtent et se redressent, se tournent vers lui à son passage. Espèrent-ils voir revenir d'autres hommes disparus par ce chemin ? Il se demande combien de fois sa démarche et ses traits ont causé des déceptions.

La vallée le conduit à Saint-Pierre, où, fidèle au plan du guichetier, se dresse une tour flanquée d'ifs. Du linge sèche, suspendu à des fils qui traversent les rues, et des canaris sommeillent dans des cages. Une vieille femme assise sur un seuil pose son ouvrage de couture et s'adresse à lui dans une langue qu'il ne comprend pas. Cela mis à part, les rues sont désertes. Il ne croise que des femmes âgées dans ces villages.

Il suit la grand-rue qui traverse Saint-Pierre jusqu'au bout du bourg avant de bifurquer à droite, où il retrouve la rivière. Calvaire, la commune de Gabriel, est tout en tuile rouge et vieille pierre couleur de miel. Son église est un patchwork d'époques et de techniques architecturales. La Vierge Marie, avec son sourire de plâtre innocent, est protégée derrière du grillage à poules. À ses pieds, on a déposé des offrandes de fleurs, des petits cailloux et des boutons de vêtements militaires.

Harry a envoyé une courte lettre à Gabriel quand il était à Amiens, l'informant qu'il arriverait cet après-midi. En regardant la place où se dressera le mémorial, il se demande si Gabriel a reçu son courrier. Le chantier de préparation a déjà commencé ; un ouvrier est en train de couler un rectangle de ciment pour ce qui sera sûrement le socle du monument.

Gabriel lui a dit qu'il y aurait une plate-forme, posée sur un mur de pierre de taille et ceinte d'une clôture en fer forgé afin de tenir à distance les animaux et les comportements inconvenants. Sur la base carrée, les noms seront gravés – *À nos morts**. La municipalité fait pression pour que le monument soit inauguré le 11 novembre, lui a dit Gabriel, lorsqu'il y aura des trompettes, et du silence, et que l'on rendra hommage à ceux qui sont revenus et à ceux qui ne sont pas revenus. Trois ans après la fin de la guerre, elle sera solennisée. Dans six semaines, le mémorial conférera à cette place une nouvelle perspective. Harry prend brusquement conscience de l'énormité et de l'importance de la tâche de Gabriel.

Il observe l'ouvrier qui mélange le ciment. Le travail lui semble accompli de main de maître. Harry couche la scène sur le papier : le bruit mouillé du mélange gris, la chaleur du soleil de l'après-midi sur ses mains, le vol des hirondelles dans le ciel violet. Il dessine tout cela dans une lettre à Emily, qu'elle n'ouvrira peut-être jamais. *N'arrête pas de m'écrire*, lui avait-elle dit un jour. Comment a-t-elle pu imaginer qu'il puisse arrêter ? Il contemple les pages d'écriture sous ses yeux, le papier trop blanc. Sa peau tiraille sous le soleil.

Le garçon du café d'à côté apporte une bière à l'ouvrier. L'homme se redresse, arque son dos et lève son verre en direction de l'autre bord de la rue. Harry regarde des hommes aller et venir ; ils paraissent tous trop occupés pour se poser des questions, approuver la création en cours ou distraire le maçon de son travail, au risque que le ciment sèche. L'ouvrier essuie la mousse de sa moustache et adresse un geste de remerciement vers le café voisin. On lui tape dans le dos comme il vient rapporter son verre vide. Il serre la main d'un jeune homme en costume noir. Le jeune homme s'approche de la table de Harry, qui reconnaît les yeux de Gabriel sous le bord de son chapeau.

— C'est en cours. Déjà.

Gabriel hoche la tête.

— Je suis heureux de vous voir, dit-il.

La route qui sort du village monte puis descend parmi les chênes jusqu'à la ferme. Gabriel ôte son chapeau et essuie la sueur qui perle sur son visage. Harry remarque que ses yeux verts sont bordés de rouge.

— Alors, c'était comment ? demande-t-il.

— Le retour, vous voulez dire ?

— Oui.

— Ma mère a pleuré, mon père ne me connaît plus, mon frère est – et n'est pas – partout, et Madeleine fait les foins. Et vous ? Comment ça s'est passé, à Ypres ?

— Trop de souvenirs. Mon frère est – et n'est pas – partout, lui aussi. Nous n'avons rien trouvé.

— Et Emily ?

— Elle est partie.

— Partie ?

— Elle est rentrée en Angleterre, je pense. Je ne sais pas si je la reverrai.

— Pourquoi donc ? Que s'est-il passé ? Vous ne pouvez pas en rester là.

— Je ne suis pas sûr d'avoir le choix.

— On a toujours le choix.

— Je crois qu'elle pense réellement que mon frère peut encore être vivant.

Ils se tiennent à un embranchement sur la route. Gabriel secoue la tête.

— Connaissez-vous un village qui s'appelle Saint-Christophe-du-Quercy ? s'enquiert Harry.

— Bien sûr. C'est au sud d'ici. À une heure de route environ.

— Vous voudriez bien m'y emmener ?

— Si vous le souhaitez. Mais pourquoi voulez-vous y aller ?

— Parce que j'ai besoin de savoir si, oui ou non, mon frère est vivant.

Gabriel montre du doigt la maison qui était autrefois la sienne. C'est un bâtiment de ferme carré avec, plus bas, dans la vallée, des champs de tabac. Harry regarde les pieds de Gabriel à côté des siens et se demande s'il a retrouvé le lien avec sa terre ; et la maison vers laquelle ils marchent, s'y sent-il chez lui ? L'expression qu'il lit sur son visage semble indiquer que non.

— *Et voilà*[*], dit Gabriel en arrivant au portail. Il faut que je vous présente ma mère.

De la lumière blanche s'immisce à travers les volets, mais la pièce est plongée dans l'obscurité. Il faut quelques instants à Harry pour que ses yeux s'y habituent. Des braises luisent dans un coin, révélant l'emplacement d'une cheminée. Une femme s'en détourne brusquement, l'air surpris, comme si elle attendait quelqu'un d'autre. Elle prononce quelques mots comme ils entrent, que Harry ne saisit pas. Lentement, les détails se font jour : il discerne une grande table, une série de chaises et quelques autres meubles. Une chaleur étouffante règne dans cette pièce. Il baisse les yeux vers ses chaussures et se demande ce qu'il fait là. Que fait-il chez ces étrangers, dont il ne comprend même pas la langue ? Pourquoi est-il parti vers le sud et non vers le nord ? Mais comment pourrait-il aller vers le nord tant qu'il ne saura pas si Emily a raison ?

— Elle dit que vous avez l'air perdu, traduit Gabriel en riant.

— Ça se voit à ce point-là ?

Il tend à Harry des couvertures pliées et le guide à travers la cour, jusqu'à la grange, en lui conseillant de s'installer dans le grenier plutôt qu'en bas – à cause des souris.

Là-haut, Harry se fait un petit matelas de paille, dont l'odeur lui rappelle l'inconfort de ses cantonnements de soldat. Il aligne ses quelques possessions sur un linteau, en une sorte de petit autel avec, en guise d'offrande, ses cigarettes, ses crayons et le portrait d'Emily. Il se rappelle les nuits passées dans d'autres granges, le rythme de la respiration de ses frères et la forme de leurs initiales jointes, gravées dans un mur de plâtre.

À la tombée de la nuit, Gabriel le rejoint avec une bougie, du pain et du bouillon.

— Ma mère me gronde comme un gamin, se plaint-il.

Harry soupçonne Gabriel de lui envier son petit coin à part et les ombres du grenier.

— On jouait souvent dans cette grange, quand j'étais petit, dit-il en regardant Harry manger. Alors, est-ce que vous lui avez écrit ?

— Tous les jours.

La lumière décline peu à peu. Il fait bon dans la grange, et la vieille paille est douce. Harry trouve le sommeil rapidement, épuisé par sa journée de voyage, mais il s'éveille avec les étoiles. Au niveau du toit, il y a une forme blanche qui est peut-être une chouette, ou le fantôme d'une chouette. Elle s'étire, hurle, et la nuit disparaît. Pendant un moment, il retourne dans des forêts de cauchemars.

Gabriel le réveille à l'aube. Il s'affale près de lui dans la paille et soupire en regardant les poutres du toit.

— Madeleine est partie. Elles sont déjà dans les champs. Elle dit que les femmes n'ont plus besoin des hommes, maintenant. C'est la même chose partout, selon elle. On est obsolètes, mon ami. Une espèce s'est éteinte. On ne vaut pas mieux que des dinosaures.

Il s'allume une cigarette et rit comme s'il ne se prenait pas vraiment au sérieux en disant cela.

Harry se demande si Emily partage cet avis. Est-elle en train de faire des projets dans la maison de sa mère, en ce moment, sans prendre en compte l'existence de Harry ?

Il se passe la tête sous la pompe ; l'eau fraîche le débarrasse de la chaleur du sommeil et de ses ruminations sur Emily. Derrière la grange, ils descendent par une route qui traverse la forêt de chênes pour rejoindre la vallée. Les pruniers sont lourds de fruits déjà trop mûrs. Leurs branches sont couvertes de lichens leur donnant l'apparence d'arbres morts. Les villageois s'organisent pour relancer l'exploitation des fruitiers détruits pendant la guerre, lui explique Gabriel. Harry pense à George Bartley cajolant sa branche de pommier et au cercle de pépins de pomme qu'il a laissé autour de sa tombe.

Tout en marchant, Gabriel lui montre ses croquis de la veille. Il a dessiné un soldat affalé contre un mur. On sent un poids écrasant dans ses bras, dans l'affaissement de ses épaules et l'angle de sa tête penchée.

— C'est trop morbide, commente Harry. Vous allez faire pleurer tout le village chaque fois qu'ils passeront devant le monument. Ils finiront par éviter cette place. Ce ne sera pas bon pour les affaires du bar.

Le carnet de croquis de Gabriel est rempli de dessins de son frère, Marcellin – bras ballants, fantomatique, gesticulant, agonisant, christique, mourant.

— Quand devez-vous soumettre votre proposition ?

— Je suis déjà en retard. Le projet doit être validé à la fin de la semaine.

Dans le champ, Madeleine, sa sœur Thérèse et Mme Bousquet avancent en ligne, maniant la faux et couchant l'herbe étincelante. C'est un tableau de tout âge – à ceci près qu'il n'y a que des femmes. Madeleine a la peau mate et des yeux clairs. Elle s'appuie sur sa faux à leur approche, comme prête à s'en servir contre Gabriel.

Harry regarde Gabriel jouer les serviteurs galants dans le pré de fauche, mais il est clair que Madeleine ne se prête pas au jeu. Il affûte une faux pour Harry avec une pierre à aiguiser et lui montre la façon de procéder. En grande partie à l'attention de Madeleine, remarque Harry. Gabriel rit de la maladresse de son camarade – il espère que celui-ci compensera par la sueur ce dont il manque en dextérité, dit-il –, mais Madeleine ne sourit toujours pas. Gabriel tente de l'amadouer et de la dérider en se moquant gentiment de l'incompétence de Harry, mais les yeux clairs l'ignorent obstinément. Harry est frappé par la manière dont Gabriel tente de capter son attention. Elle ferme les yeux sous le soleil pour ne plus voir ses facéties.

Ils trouvent un rythme et travaillent jusqu'à ce que l'horloge du clocher sonne les douze coups de midi. Ils lâchent alors les faux, les abandonnent sur place et regagnent l'ombre de la ferme. Harry s'assoit avec hésitation ; on a apporté un tabouret à trois pieds pour lui, alors qu'il reste une chaise vide autour de la table. Est-ce la place de Marcellin ? Est-ce que personne d'autre n'a le droit de s'asseoir là ? Ils mangent une soupe enrichie de morceaux de pain et de bouts de fromage de brebis, que chacun avale dans un silence religieux. Gabriel est le seul à essayer de faire la conversation, mais ses efforts suscitent peu d'enthousiasme. Il laisse les chiens lui lécher les doigts et leur sourit, ravi de leur attention. Seuls les chiens semblent heureux de le voir ici.

Harry pense aux photos de ses frères enrubannées de noir et imagine une autre réalité, où ils seraient tous revenus de la guerre et réunis autour de la table de cuisine de leur mère. Mais il ne parvient pas à imaginer quelles seraient leurs expressions ou leurs conversations. Il ne se figure que leurs visages photographiés, un silence pesant et Emily seule à cette table familiale désormais entourée de chaises vides. Est-elle assise là, en ce moment même, avec des iris bleus et des corbeaux noirs en arrière-plan ?

Ils retournant aux champs à contrecœur. La sueur pique les yeux de Harry. Il a la gorge qui brûle et des ampoules plein les mains.

Gabriel arrache une feuille de noyer.

— Tenez, un marque-page pour votre carnet. Comme ça, vous vous souviendrez de moi quand vous partirez.

Les mains de Gabriel, déjà calleuses et couvertes de cicatrices, n'ont pas d'ampoules.

— Quand je partirai ?

— Vous devez continuer. Vous n'êtes pas encore au bout du chemin.

— Je peux vous demander de m'emmener à Saint-Christophe-du-Quercy, la semaine prochaine ?

— Bien sûr, si vous voulez. J'aurais pu vous emmener hier, si vous l'aviez voulu.

— Je n'étais pas prêt. Mais je le suis, maintenant.

# 59

Emily
*Lancashire, octobre 1921*

Elle se tient exactement au même endroit. Elle en est certaine. Il y a cinq mois, elle était ici quand elle a trouvé le courage de demander à Harry : « Je voudrais que tu prennes une photo de la tombe de Francis. »

En se retrouvant là, Emily voudrait à la fois retirer ces mots et les dire à nouveau, avec davantage d'insistance. De conviction. Et d'incertitude aussi. En formulant cette requête, elle s'était demandé si elle n'imposait pas à Harry une mission impossible. Cinq mois après, l'idée que Francis se trouve dans une tombe lui semble encore plus improbable. Mais quelle est l'alternative ?

— Je voudrais que tu prennes une photo de la tombe de Francis.

Quand elle les prononce à haute voix, les mots ne lui paraissent guère plus convaincants. Elle imagine le visage de Francis, âgé de quatre ans de plus, retrouvé et enfin capturé par le viseur de Harry.

— Et après ? se demande-t-elle.

Elle regarde en direction du réservoir. Ils se sont souvent promenés par là ensemble, à regarder l'eau côte à côte, Francis lui parlant de géants, de sorcières et de voies romaines. Une fois, il avait sorti de ses poches des fragments de poterie et lui avait parlé d'un village recouvert par les eaux, de maisons, d'un pub, d'une chapelle méthodiste, tous submergés lorsque la vallée avait été inondée pour constituer ce réservoir d'eau. Emily s'était demandé ce que les familles avaient pu éprouver en voyant les eaux monter, en voyant ces planchers, ces cheminées et ces murs si familiers disparaître dans cet univers liquide. Elle avait imaginé leur désarroi. Elle éprouve un sentiment similaire maintenant en contemplant les murs de la maison de Harry. Aujourd'hui, elle a eu l'impression que ces murs se resserraient sur elle, au point qu'elle s'est sentie obligée de sortir un moment.

Elle a reçu une nouvelle lettre de lui ce matin. Il lui parle d'un mémorial de guerre, de fenaison et d'un Français amoureux de la veuve de son frère. Elle ne sait pas vraiment ce qu'il espère lui faire ressentir avec cette dernière anecdote. Quelle émotion souhaite-t-il susciter en elle en lui parlant de cela? Ses lettres irradient le soleil, la chaleur, mais aussi la tristesse. Elle y répond en évoquant les pénuries dans les commerces, le prix du charbon, et en soulevant des questions. Elle garde ces lettres avec celles de Harry en les rangeant les unes sur les autres, comme s'il s'agissait d'une conversation. Mais elle ne les lui enverra pas. Cette conversation restera à tout jamais à sens unique.

Des couples se promènent au bord de l'eau aujourd'hui, ils sourient en contemplant la surface étincelante sous le soleil, dans ce paysage silencieux. Un groupe d'enfants en habits du dimanche emmène un cheval. Deux jeunes filles font tourner des ombrelles dont l'ombre ondule sur la lande. Elle ferme les yeux sur ce tableau et écoute le cri des vanneaux.

— Emily, c'est bien ça?

Elle sursaute. L'espace d'un instant, c'est la voix de Francis. C'est toujours la voix de Francis, l'espace d'un instant, mais quand elle rouvre les yeux, c'est le marinier qui se trouve à côté d'elle. Il jette sa cigarette et lui tend la main.

— Madame Blythe? Je ne suis pas doué pour reconnaître les visages, mais vous êtes la femme de Francis Blythe, pas vrai?

— Oui, dit-elle en se tournant vers lui.

Elle est bien la femme de Francis. Elle sera toujours la femme de Francis. Elle regrette seulement de ne plus être sûre de ce que cela signifie désormais.

— C'est bien ce que je me disais. À cause des cheveux, dit l'homme avec un signe de tête. Je pense souvent à lui. Je le voyais souvent dans le coin, avec son appareil photo.

— C'est vrai.

Emily se souvient des photos de la machinerie de la station de pompage, de l'herbe à coton et des pierres rainurées de l'ancien chemin pour les chevaux de trait. Francis aimait l'histoire et la technologie, il cherchait toujours à comprendre le paysage qui l'entourait. Il avait besoin de connaître le nom des plantes, la géologie des collines et la raison pour laquelle les pierres étaient usées de la sorte. Il n'était ni inconséquent ni maladroit. Pas homme à se laisser aller par paresse ou par négligence. Il y avait tellement de choses qu'il voulait encore apprendre et découvrir.

— J'étais dans le même bataillon que lui. J'ai été navré d'apprendre la nouvelle.

— Quelle nouvelle ?

Elle regarde l'homme. Il est bien plus vieux que Francis. Bien plus vieux, même, que le Francis sur cette photo.

— Qu'est-ce que vous avez appris *exactement* ? Vous voudriez bien me dire ? Vous étiez là-bas en octobre 1917 ?

— Oh, oui. Et je peux vous dire que c'était une foutue boucherie.

Il grimace en la regardant.

— Pardon. Excusez mon langage, madame.

— Avez-vous vu son corps ?

L'homme détourne les yeux et recule d'un pas.

— Désolée. Je ne devrais pas vous demander cela, mais j'ai tellement de questions qui me taraudent… Vous n'avez pas vu Francis, je suppose ? L'avez-vous vu mort ? Ou bien, avez-vous entendu dire qu'il était bel et bien mort ?

Le marinier secoue la tête. On dirait qu'il ne sait pas quoi répondre à cela. Qu'il n'a pas envie de répondre à cela.

— J'ai vu trop de choses que j'aimerais oublier, ce jour-là. J'ai juste entendu dire qu'il était sur la liste des victimes.

— La liste des victimes ?

— Désolé, madame Blythe, c'est tout ce que je peux vous dire. Mais vous le saviez déjà, non ?

L'homme a les yeux creusés de cernes profonds. Des yeux qui évitent maintenant le regard d'Emily. La main qui porte l'allumette à sa cigarette est agitée d'un léger tremblement. Emily se rappelle les mains de Harry, qui tremblent de la même manière. Il souffle sa fumée et réitère ses excuses.

Un vanneau crie tandis qu'elle regarde l'homme s'en aller tout en s'interrogeant : comment le fait que Francis figure sur la liste des victimes peut-il être synonyme du statut de disparu, présumé tué ? Comment cela s'explique-t-il ? Pour être une *victime*, il faut sûrement un corps, qu'il soit blessé ou mort ? Un disparu peut-il réellement être considéré comme une victime ? Se pourrait-il que le marinier se trompe ? Qu'il ait confondu les événements, ou pris Francis pour quelqu'un d'autre ?

Le réservoir est un miroir empli de ciel bleu, mais la rambarde est froide sous ses mains. Emily contemple l'eau et, un bref instant, dans l'ondulation de sa surface, Francis est là, à côté d'elle. Fugitivement. Certainement. Possiblement. Son pouls s'accélère. Elle a le vertige et la nausée. Elle s'agrippe à la rambarde, se force à regarder à nouveau – non, il n'y a que le reflet de son visage à elle, sur l'eau. Est-ce de l'exaltation ou de la peur qu'elle ressent ? Du chagrin ou du soulagement ? Un désir ou de la folie ? Elle se concentre sur sa respiration, repousse cette impression et se dit que c'est seulement sa mémoire, sa conscience ou la lumière sur l'eau qui lui joue des tours. Forcément, non ?

Le vent souffle sur le plan d'eau et elle resserre sa veste sur elle. Harry avait lui aussi été dans ces eaux, se souvient-elle. Elle ne sait pas pourquoi elle s'en rappelle maintenant, mais elle entend leurs deux voix lui conter l'anecdote, et leurs voix se mêlent, et les lèvres de Francis murmurent l'histoire à son oreille, et Harry est là également. À l'hiver 1907, ils s'étaient aventurés ensemble sur la glace. Encore garçons, les trois frères s'étaient mis au défi mutuellement, se poussant à y aller. Harry lui avait raconté avoir entendu la glace crisser sous ses chaussures, vu des bulles d'air bouger sous la surface, et, brusquement, il y eut le craquement. Francis lui avait dit que, tout à coup, Harry n'était plus là, qu'il l'avait appelé en hurlant, et que son bras avait frénétiquement sondé l'eau avant de trouver enfin la main de son frère. Elle s'imagine leur panique, la peur fulgurante, et le moment où leurs mains se sont trouvées. Harry s'agrippant à la vie, à son frère. La bouffée d'air avide qu'il a dû prendre en remontant à la surface. Les émotions que leurs yeux ont échangées à cet instant. Et si Francis ne s'était pas précipité à son secours ? Si Francis ne l'avait pas sorti de l'eau glacée ? Elle imagine Harry se débattant lentement contre les algues ondulantes, la lumière s'éloignant peu à peu de ses mains implorantes. Elle le voit figé dans la glace, tel un insecte dans de l'ambre, ou comme un sourire sur une photo. Harry doit bien se souvenir de ce jour, lui aussi ? Comment aurait-il pu lâcher son frère après cela ?

— Madame Blythe ?

Le marinier est revenu.

— Il y a autre chose, n'est-ce pas ? Vous avez dit la liste des victimes… Pas celle des disparus.

— Je ne sais pas ce que je peux vous dire, murmure-t-il, les yeux baissés vers ses mains. Je n'ai pas grand-chose à vous offrir, mais vous avez probablement le droit de connaître le peu que je sais.

— Oui ?

Elle le regarde se trémousser d'un pied sur l'autre et est saisie d'une brusque impatience en même temps que d'un sentiment de honte à l'idée de le mettre dans un tel embarras.

— Tout ce que je sais, c'est que votre mari a été emmené au poste de premiers secours. C'est Rose en personne qui l'y a emmené. Il paraît qu'il l'a même porté dans ses bras. C'est la seule chose que je peux vous dire. Je ne sais rien de plus. C'est tout ce que j'ai entendu dire.

— Rose ?

— Le capitaine Rose. Michael Rose. Ils étaient amis, Francis et lui, avant que tout ça commence.

— Mais le capitaine Rose m'a écrit. Il m'a envoyé une lettre à la fin de la guerre, et m'a dit que Francis était déclaré disparu. Comment a-t-il pu disparaître si Rose l'a emmené au poste de secours ? Il n'a pas parlé de ce poste… Pourquoi ne l'a-t-il pas mentionné dans sa lettre ?

— Ça, je ne sais pas.

L'homme regarde ailleurs, comme s'il regrettait d'avoir rejoint Emily.

— Je n'en ai aucune idée. Mais ne vous méprenez pas : le poste de premiers secours, ce n'était qu'une simple casemate, et ça faisait une cible très visible, si bien qu'il a été bombardé, après. L'ennemi n'a pas cessé de le pilonner. Ce n'est pas parce que Rose a emmené Francis là-bas qu'il n'aura pas disparu au bout du compte. C'est difficile d'expliquer comment c'était, vous savez…

— Le capitaine Rose est décédé, je crois ?

Le marinier secoue la tête.

— J'ai entendu dire qu'il vivait dans le Cheshire après la guerre. Si vous contactez le régiment, ils pourront vous informer.

— Bien sûr. Merci pour votre aide.

— Je ne suis pas sûr de vous avoir aidée, mais bon…

Elle fait le tour du circuit et retourne au déversoir. Un arc-en-ciel se forme dans la cascade, mais le bruit de l'eau précipitée dans la pente fait frémir Emily. Cinq mois auparavant, Harry a pris une photo, juste à cet endroit. Il avait opiné de la tête quand elle avait parlé de la tombe de Francis, puis trois mois s'étaient écoulés sans qu'il donne la moindre nouvelle. Que signifiait ce silence ? Lui cachait-il quelque chose ? Il n'est pas avare de mots dans ses lettres, maintenant, mais elle sait qu'il ne lui a pas tout dit. Elle l'avait sentie, à Ypres, cette hésitation. Quand elle lui avait demandé de retrouver Francis, elle pensait que cela finirait par faire taire ses doutes et ses questionnements. Et pourtant, elle en a plus que jamais aujourd'hui.

# 60

Harry
*Quercy, octobre 1921*

Harry grille une cigarette dans l'air frais du soir. La falaise rougeoyante semble luire derrière le pré des oies, et, à l'avant, la silhouette de Gabriel se détache à contre-jour dans la lumière du crépuscule. Son regard se perd dans la verdure. Harry vient s'appuyer sur la clôture, à côté de lui, et lui offre une cigarette.

— C'est la maison de Madeleine. Et de Marcellin, mon frère.

D'un geste, il désigne le bâtiment devant lui. Une lampe éclaire de jaune un carré de fenêtre.

— C'est la *lanterne des morts**.

— La lanterne des morts ? Pour ramener Marcellin chez lui, ou pour montrer le deuil de sa veuve ?

Gabriel hausse les épaules. L'allumette trahit le tremblement de ses mains comme il allume sa cigarette, note Harry.

— Les deux, peut-être. Madeleine déteste mon cœur, mon sang et mon souffle. Elle m'en veut d'être revenu alors que lui, non. Je lui aurais volontiers donné mon sang et mon souffle, avant. Mais maintenant, elle me dit que j'arrive trop tard.

— Est-ce vrai ? Peut-être a-t-elle seulement besoin de temps ?

Harry souffle sa fumée vers le rose du ciel.

— Non. Je n'aurai pas assez de temps, de toute ma vie.

— Peut-être que revenir n'est pas la meilleure chose à faire, dit Harry. Peut-être que nous en attendons trop. Peut-être serait-il préférable de passer à autre chose ? Et peut-être que tu n'en es pas encore là ?

— Peut-être, peut-être, répète Gabriel en écrasant son mégot. Je ne sais pas si j'ai bien fait de revenir. Je ne sais pas si j'ai encore une place ici. Je ne sais pas ce que je vais devenir.

— Il faut que tu lui parles. Que tu lui dises ça.

Gabriel acquiesce d'un hochement de tête.

Harry écrit de nouveau à Emily ce soir-là. Il lui adresse des mots et des images : la signification d'une lanterne devant une fenêtre, les efforts de Gabriel afin de trouver le bon projet artistique pour le mémorial, la façon dont il regarde Madeleine. Il lui envoie des dessins de l'or des foins, de l'ombre de son grenier et de la brillance des tresses de Madeleine ; il dessine les ondulations des champs, la silhouette des noyers, la façon dont le soleil luit sur la falaise rouge derrière la maison ; il lui confie le ballet des chauves-souris contre le ciel bleu-noir, l'éclat des papillons de nuit aux ailes fantomatiques. Il veut permettre à Emily de voyager avec lui. Il veut qu'elle voie tout cela, partager tout cela avec elle, même si cela ne signifie rien pour lui tant qu'elle n'est pas à ses côtés. Il veut qu'elle sache qu'il lui donnerait encore son sang et son dernier souffle.

Le troisième jour, les meules de foin arrivent dans une charrette grinçante, brinquebalante et surchargée. Ils déchargent le foin pour le stocker dans le grenier, où les enfants l'aplatissent en sautant dessus. Le vert et l'or montent jusqu'aux poutres du plafond – le refuge de Harry n'est plus. Il y a quelque chose de beau et de gai dans ce spectacle, se dit-il. Quelque chose d'intemporel. Quelque chose qui durera. Il pense qu'à la place de Gabriel, il resterait peut-être, qu'il fournirait cet effort, qu'il essaierait de se faire un avenir ici.

Gabriel l'aide à débarrasser la vieille paille et les outils dans une maison en ruine derrière les granges. Il parle des outils et de la terminologie de sa nouvelle mission.

— Je ne m'attends pas à prendre goût à la statuaire, dit-il.

— Et Madeleine ?

— J'ai une idée de petit pèlerinage, confie-t-il à Harry avec un sourire. Je compte emmener Mado voir Marcellin ; on irait au cimetière ensemble, se confronter à sa mort, ce qui nous permettrait peut-être d'envisager l'avenir, ensuite. Je lui parlerai. Je lui montrerai. Nous avons tous les deux perdu Marcellin. Il nous éloigne et nous lie à la fois. Nous devons trouver un nouvel avenir.

En balayant le sol griffé de son nouveau logement, Harry réfléchit à la manière dont il pourrait composer un portrait de Gabriel et Madeleine. Il a déjà commencé à se figurer leurs gestes, leurs mouvements, la façon dont leurs yeux se connecteront sur le papier. Il dessine Gabriel et Madeleine parce qu'il a cessé de dessiner le visage d'Emily. Il a fait un pacte avec lui-même, parce qu'il faut qu'il en soit ainsi. Parce qu'il doit arrêter. Il doit oublier. Parfois, maintenant, quand il rêve d'elle, les traits de son visage se font moins nets. Emily commence à devenir floue. Elle s'éloigne de son viseur. Ce visage imprécis le met à l'agonie, mais c'est un mal nécessaire.

# 61

Emily
*Lancashire, octobre 1921*

Ces détails ne figurent pas dans la lettre de Rose. Emily la relit encore et encore, quoique cela ne soit guère utile ; elle connaît déjà par cœur ces quelques lignes, elle pourrait reproduire l'écriture du capitaine ou reconnaître sa façon de s'exprimer par écrit. Parmi toutes ses gentillesses et paroles délicates, il n'y a aucune mention d'un poste de premiers secours ou d'un trajet retour. Mais si Rose avait fait cela, s'il avait lui-même porté Francis, ainsi que le déclare le marinier, il l'aurait sûrement mentionné ? Or, aucune allusion à un tel trajet n'existe dans cette lettre. Il n'y a que cette formule à la fois brutale et insuffisante « Disparu, présumé tué », qu'on a tenté d'adoucir avec des mots de regret typiques d'une notice nécrologique bien intentionnée. Ça ne colle pas. Pourquoi ne lui aurait-il pas dit le reste ? Pour quelle raison s'est-il abstenu de lui fournir toutes les informations ? Ou serait-ce la mémoire du marinier qui serait défaillante ? Aurait-il pris quelqu'un d'autre pour Francis ?

Elle retourne encore une fois la photographie entre ses doigts. Elle a passé tellement de temps à ne penser qu'à cette autre terrible image, depuis cinq mois, qu'elle en a oublié que celle-ci existait. Francis porte un appareil photo sur ce cliché. Un arbre projette des ombres sur son visage, mais Emily reconnaît bien son expression. Elle regarde de près les mains qui lui étaient autrefois aussi familières que les siennes, et l'éclat capturé dans les yeux de Francis. Il ressemble bien plus à l'homme qu'elle connaît. C'est presque comme s'il existait deux versions différentes de lui, songe-t-elle. Se peut-il que cette version-ci n'ait pas survécu ?

C'est Rose qui lui avait envoyé cette photo, pliée dans sa lettre fatidique. Il l'avait prise lui-même dix-huit mois plus tôt, près de Béthune, lui avait-il dit. Il avait récemment donné son ancien appareil à Francis et les deux hommes comptaient faire une sortie à Ypres ensemble. « Pour photographier les paysages », disait-il dans son courrier. Emily pense aux paysages d'Ypres. Elle imagine Francis préparant son excursion photographique. Est-ce si improbable que cela ? A-t-il vraiment pu capituler alors qu'il avait encore des projets ? Ne devrait-il pas – ne pourrait-il pas – plutôt être encore en train d'en faire d'autres, ailleurs ?

Les lettres de Francis sont étalées sur la table. En sortant la boîte, Emily s'est rendu compte qu'elle ne les avait pas lues depuis longtemps. Presque deux années se sont écoulées depuis la dernière fois qu'elle est allée chercher ce carton de lettres sous le lit. Comment a-t-elle pu accepter le funeste verdict pendant tout ce temps ? Comment se fait-il qu'elle n'ait pas pensé plus tôt à y rechercher des clés, des indices ? La dernière lettre de Francis date de septembre 1917 ; elle est brève, raisonnée, pleine de détails concernant le trajet pour sa permission et de plaintes à propos de la nourriture du camp. Quand Emily la lit à haute voix, elle ne parvient pas à se figurer dans quelle humeur il était. Elle n'y entend pas sa voix. Elle pense à l'homme qui est venu ici en permission, qui a occupé sa maison sans rien dire pendant la dernière semaine de septembre, et elle regrette de ne pas l'avoir davantage poussé à parler. Soupçonnait-il déjà, à ce moment-là, qu'il puisse y avoir quelque chose entre elle et Harry ? Elle pense maintenant que ce devait en effet être le cas, mais quand ses doutes avaient-ils commencé ? D'où étaient-ils venus ? L'avait-il observée, cette semaine-là, guettant des signes ? Voyait-il de la culpabilité, de la trahison dans tous ses mots, dans tous ses gestes ? Avait-il déjà l'intention de s'emparer du journal de Harry en revenant au camp ? Savait-il ce qu'il ferait ensuite ?

Lorsque le télégramme était arrivé, fin octobre, elle s'était doutée de son contenu. Il émanait de Francis quelque chose d'anormal lors de son retour en permission ; une forme d'inconséquence et de fragilité à la fois, comme s'il avait déjà commencé à capituler. Mais peut-être avait-elle mal senti les choses ? Elle ne se souvient que de peu de mots de lui, cette semaine-là ; en revanche, elle se rappelle très bien ce qu'il lui a dit en s'apprêtant à partir : « Tout ça sera fini dans un an, et je prendrai un nouveau départ. » Elle avait eu du mal à le croire, sur l'instant, juste avant qu'il ne parte pour la gare. Elle avait douté de sa conviction. Mais se pouvait-il qu'elle l'ait mal compris ? Elle avait vu l'inquiétude sur ses traits, et l'avait interprétée comme une simple réticence à repartir à la guerre ; en réalité, peut-être était-ce sa confiance en Emily qui commençait à mourir ? Était-il en train de renoncer à elle, à ce moment ? Pouvait-il déjà imaginer une autre suite à leur relation ? Avait-il vraiment dit « je » et non « nous », et, le cas échéant, quel poids cela avait-il ?

Les lettres de Harry se trouvent dans la même boîte. Elle n'a pas l'intention de les relire. Même son écriture est bien différente de celle des lettres de Francis. Harry lui écrivait infiniment plus de choses. Il lui parlait vraiment dans ses lettres, alors qu'après la mort de Will, Francis avait toujours semblé répéter un script. Au sommet de la pile, le post-scriptum de Harry la remerciant pour les crayons : « Je vois les endroits où tu les as taillés avec un couteau. Je t'imagine sur le pas de la porte de la cuisine, avec l'éplucheur. Je serai triste quand je devrai les retailler. » Voilà comment ils étaient l'un avec l'autre, Harry et elle. Ç'avait toujours été ainsi, et ni l'un ni l'autre n'aurait voulu que cela se transforme en quelque chose dont ils auraient eu à se sentir coupables. Ni l'un ni l'autre n'aurait voulu blesser Francis. Jamais ils n'avaient eu besoin de parler des limites à ne pas franchir ; chacun en avait pleinement conscience. Seulement, Emily comprend maintenant que Francis les observait. Qu'il les écoutait. Et que naturellement, il n'avait pas connaissance de cette limite tacite. Jusqu'où avait-il pu penser que cela était allé ?

Elle sort la carte de sa poche et la consulte à nouveau. Elle s'est rendue au quartier général du régiment, la veille ; la femme à l'accueil a souri face à sa requête et lui a gentiment inscrit l'adresse figurant dans son registre à l'arrière d'une carte de visite. Le capitaine Michael Rose vit à Alderley Edge. Il n'est pas mort à Cambrai, ainsi que Harry le lui avait dit. Depuis que cette femme lui a souri et donné l'adresse, Emily se demande pour quelle raison Harry a menti. Et pour quelle raison Rose ne lui a pas dit toute la vérité. Elle ne peut s'empêcher de penser qu'il existe un lien entre ce mensonge et cette omission, mais quel sens cela peut-il avoir ?

Elle remet la carte dans sa poche et range les lettres de Harry. C'est la même voix qui lui écrit maintenant, à ceci près que le ton est différent. Comme si l'orchestre avait changé de tonalité. « Ça ne passera pas », dit-il aujourd'hui. « Je ne peux pas tourner la page. Je ne sais pas comment faire pour que ça passe. »

— Je ne sais pas comment faire pour que ça passe, dit-elle à haute voix.

N'a-t-elle pas pleinement le droit de questionner Rose ? Il lui semble tout de même légitime de chercher à savoir comment Francis a pu passer du poste de secours au statut de disparu, n'est-ce pas ? Elle s'approche de la table, prend son stylo et, une fois encore, se demande par où commencer sa lettre. Mais déposer ces questions dans une enveloppe ne suffit pas. Elle tâte la carte dans sa poche. N'a-t-elle pas aussi le droit d'entendre le capitaine lui dire tout cela de vive voix ?

# 62

Harry
*Quercy, octobre 1921*

Gabriel l'emmène jusqu'au cheval attelé à la carriole.

— Tu veux que je vienne avec toi ?

— Non, merci. Ne perds pas ton temps... C'est probablement peine perdue. Je ne sais même pas vraiment ce que je cherche.

Saint-Christophe-du-Quercy possède déjà son mémorial de guerre – un obélisque dressé avec des feuilles de palmier et les noms de vingt-huit hommes fraîchement taillés dans la pierre. Harry fait le tour du monument. Il lit les vingt-huit noms, imagine qui pouvaient être ces Édouard, ces Auguste, ces Jean-Baptiste, à quoi ils pouvaient ressembler. Aucun de ces noms ne lui est familier. Comment un portrait de son frère a-t-il pu atterrir dans ce vieux village éloigné de tout ? Quel lien y a-t-il entre Francis, cet endroit inconnu et cette liste d'étrangers ?

Il y a des remparts à l'entrée de la petite ville, mais la guerre a depuis longtemps ébranlé les pierres de cet endroit. Des arcades entourent la grand-place et des halles en bois qui pourraient bien dater du Moyen Âge. Mais les lieux sont déserts. D'une main, Harry protège ses yeux du soleil. Il n'y pas âme qui vive sur la place, juste Harry et les vingt-huit hommes qui ne sont jamais revenus. D'autres sont-ils revenus ?

Il fait le tour des arcades et contemple la place ensoleillée avec le mémorial en son centre. Le monument est désormais le pivot au centre du village. Tout doit tourner autour de lui. Il se demande si cela repousse ou attire les gens. Aujourd'hui, cela ne semble attirer personne. La cloche de l'église sonne et résonne sur la place, en vain. Il marche jusqu'à ce qu'il entende des voix.

Harry s'arrête au café pour prendre une bière. Une femme nettoie des verres avec un chiffon blanc, puis les lève dans la lumière avec un hochement de tête avant de les poser sur l'étagère. Un vieil homme sifflote en passant la serpillière dans l'arrière-salle. À part eux, le café est vide.

— Savez-vous si un Anglais vit dans ce village ? demande-t-il avant de se rendre compte que la femme ne le comprend pas. *Il y a un Anglais qui habite ici** ?

— *Un Anglais** ?

La femme le regarde et pose ses verres.

— *Il n'y a que l'homme qui prend des photographies**.

— Un homme qui prend des photographies ?

Le verre de Harry refuse de rester immobile dans sa main.

Il avait senti son cœur battre la chamade en regardant la femme lui dessiner le plan. Tous les rythmes de son corps semblaient s'accélérer tandis que le crayon traçait une série de flèches aboutissant enfin à une croix. Il suit ces flèches maintenant, et avise la longue perspective de la route étroite devant lui. Une sorte de vertige le prend, et il doit poser une main contre un mur pour conserver son équilibre. Qu'y a-t-il, là où se terminent tous ces pointillés ?

La femme a pris soin de marquer tous les commerces bordant la route, mais son sens de l'échelle se révèle plus qu'approximatif, s'aperçoit Harry. Le dessin l'invite à quitter la route pour prendre des sentiers sinueux qui se resserrent puis s'élargissent à nouveau, à passer devant l'arrière d'une boulangerie où un jeune se tient dans l'encadrement de la porte, bras croisés, puis d'une boucherie, où un homme au tablier taché de rouge salue Harry en portant la main à son béret. Il marche rapidement mais, en regardant la croix tracée sur le plan, il ne sait plus trop s'il devrait courir dans ce sens-là ou en sens inverse ; il est tiraillé entre un sentiment d'urgence, celui de savoir, et la peur. Il franchit bientôt l'enceinte de la petite ville, passe un pont, traverse un champ, et aperçoit le bâtiment. C'est une maison à façade symétrique, avec deux fenêtres de part et d'autre d'une porte surmontée d'une marquise, plantée au beau milieu d'un jardin. Mais l'ordre s'arrête là. Il constate que le jardin est envahi par la végétation et que la peinture s'écaille des grilles métalliques qui entourent la propriété. Les volets sont fermés. L'endroit semble à l'abandon.

Il a la main posée sur le portail quand il voit l'homme. Celui-ci se trouve dans le champ voisin et s'éloigne, portant vraisemblablement un trépied et un appareil photo. Sa démarche est particulière. Il marche d'une manière bancale, saccadée, comme s'il avait autrefois subi une blessure à la jambe ; mais sa façon de bouger est familière à Harry, qui se met à le suivre.

C'est une chaude journée d'automne, et Harry transpire dans sa chemise. L'homme, lui, est vêtu comme on le serait en décembre. Il porte un manteau noir et un chapeau mou en feutre qui ne date pas d'hier. Il s'arrête régulièrement et regarde autour de lui. Harry suppose qu'il cherche un bon angle pour prendre sa photo.

Il se réfugie dans l'ombre d'un mur tout en continuant d'observer la progression de l'homme dans le champ. Plus bas, la vallée se creuse et se resserre en un entonnoir de verdure. Il y a un frêne solitaire en face, un arbre noble et ancien. Si Harry devait prendre une photo, il centrerait la composition sur cet arbre. En regardant l'homme installer son trépied et son appareil, il ne peut s'empêcher d'approcher. C'est un appareil photo à plaque, vieux mais de qualité, semble-t-il.

Il ne se trouve maintenant qu'à quelques mètres derrière l'homme. Il l'entend respirer et sent son haleine. Harry se rend compte qu'il retient son souffle. Des mains – familières ?

– procèdent aux réglages. L'homme recule pour changer la plaque et, ce faisant, se retourne à demi.

— Qui est là ? dit une voix que Harry reconnaît.

Il ne sait pas exactement ce qui le pousse à courir de la sorte, mais, quelques instants plus tard, Harry se voit détaler à travers les rues du village, passer en trombe devant le boucher, le boulanger et les vingt-huit noms, le cœur battant à tout rompre, pour fuir le plus vite possible.

# 63

Emily
*Cheshire, octobre 1921*

— Le capitaine Rose ? Désolée, il n'est plus là depuis longtemps.

La femme s'appuie dans l'encadrement de la porte. C'est d'une main tremblante qu'Emily vient de sonner, elle a été saisie d'un léger vertige quand la porte s'est ouverte, et maintenant, tandis que cette femme remonte ses lunettes sur son nez, Emily se rend compte qu'elle doit avoir l'air bien bête.

— Il est mort ? demande-t-elle.

— Mort ? Grands dieux, non ! Qu'est-ce qui vous fait penser cela ?

La femme rit avant de s'excuser.

— Je voulais juste dire qu'il était parti vivre ailleurs. À Altrincham, pas dans l'au-delà.

— Pardonnez-moi. Je n'étais pas sûre… Veuillez excuser le dérangement.

Elle se tourne pour partir. Pendant tout le trajet, elle a ressassé ses questions, répété une partie de la conversation, réfléchissant aux diverses directions que celle-ci pourrait prendre ; et voilà que tout cela s'écroule, et qu'elle a maintenant du mal à articuler une phrase complète.

— Je… je suppose qu'il ne vous a pas laissé sa nouvelle adresse ?

— Juste ciel, vous êtes affreusement pâle, jeune femme. Eh bien, si, justement, ils m'ont laissé une adresse où faire suivre leur courrier – il a emménagé avec sa sœur. Je vais vous trouver ça, si vous avez cinq minutes… Mais entrez donc prendre un verre d'eau, voulez-vous ? On dirait que vous venez de voir un fantôme.

Des portraits sinistres d'enfants de l'époque victorienne tapissent les murs du salon. Des bébés aux joues rouges versent des larmes de verre et des nourrices sanglotent au-dessus de pots de lait renversés. Emily s'était préparée à découvrir une maison pleine de cuir et de laiton poli, de boussoles, de binoculaires et d'objets militaires. Elle est un peu déstabilisée par ces bambins inconsolables, la collection de carlins en porcelaine et tous les coussins brodés de citations de la Bible. Elle pousse de côté celui mentionnant *Tu seras sauvé* et s'installe sur le canapé à la place offerte par son hôte.

Tout en regardant la femme chercher dans les papiers d'un secrétaire, Emily se demande à nouveau pourquoi Harry a préféré lui mentir de la sorte. Pourquoi tenait-il à lui faire croire que le capitaine Rose était mort ? Pourquoi, ce faisant, l'a-t-il empêchée d'aller lui parler ? Elle présume que Harry ne veut pas qu'elle connaisse les parties de l'histoire qui manquaient à la lettre du capitaine. Mais quel sens cela a-t-il ? Que pourrait lui apprendre cet homme ?

— Pardonnez-moi pour ce désordre. C'est terriblement embarrassant… Je sais qu'elle est quelque part, par ici.

— Je vous en prie, c'est moi qui vous demande pardon de surgir chez vous sans prévenir. C'est très aimable à vous de m'accorder un peu de temps.

Tout en sirotant son verre d'eau, Emily s'imagine diverses scènes dans lesquelles Francis passe du poste de premiers secours à l'hôpital, puis en établissement de convalescence, puis… où ? Elle se figure la chaîne de décisions qui a pu se dérouler dans sa tête, et aboutir au choix de ne pas rentrer chez lui. Est-il vraiment convaincu qu'elle l'a trompé ? Est-il encore en colère contre elle ? A-t-il simplement décidé qu'il n'y avait plus rien à sauver ? A-t-il refait sa vie ? Trouvé une autre femme ?

— Le problème, c'est que mon mari sort régulièrement tous mes papiers et ne pense jamais à les remettre tels que je les avais laissés. On dirait que ça l'amuse, ce jeu de cache-cache permanent. Vous croyez que c'est typiquement masculin ?

— Je ne saurais dire.

Emily balaie le salon du regard et imagine une maison où Francis et elle seraient à nouveau mari et femme, où les biens seraient à nouveau communs et les conversations équilibrées. S'il lui paraît facile de se représenter leur vaisselle quotidienne imaginaire, les couverts, le tissu d'ameublement ou le motif du papier peint, elle peine en revanche à imaginer quel visage aurait son mari. Les deux versions de Francis sont trop différentes. Doit-elle retrouver l'homme aux yeux tristes, alors qu'elle préférerait mille fois retrouver le garçon aux rimes et au sourire radieux ? Elle se sent stupide de divaguer ainsi. Stupide, et pitoyable – et pourquoi choisirait-il de revenir auprès d'une femme aussi navrante ? Elle imagine alors une réalité alternative dans laquelle Francis aurait fondé un foyer avec une autre femme. Est-ce cela, la jalousie ? Est-ce là le goût de la trahison ?

— Ah ! Je savais que je l'avais.

La femme se retourne et lève une loupe sur le petit papier entre ses mains. Emily aperçoit des lettres tout en boucles et arrondis, parmi lesquelles se trouve un prénom féminin.

— Vous disiez que le capitaine Rose vit avec sa sœur ?

— Oui, une dame absolument charmante. D'excellentes manières. Nous les avons rencontrés tous les deux avant leur départ d'ici. Le capitaine est un gentleman également, bien sûr, et un officier décoré… Hélas, les nerfs de ce pauvre homme ont terriblement souffert.

— Est-ce lui qui vous l'a dit ?

La femme secoue la tête et tapote un coussin où sont écrits au point de croix les mots *Ne fais pas à autrui…*

— Non, les voisins. Des bruits, la nuit.

— Oh.

Emily se rappelle le fracas des frayeurs et des sanglots de Harry, puis le froid de sa joue mouillée contre la sienne. Elle n'est pas sûre d'avoir envie d'entendre parler de ces bruits dans la nuit.

— C'est terrible, n'est-ce pas ? Ils m'ont dit que c'était un homme tout à fait charmant en journée, aussi doux qu'un agneau, mais tellement de choses traumatisantes se sont produites... Alfred prétend qu'aucune médaille ne pourra jamais venir à bout de ce qu'un homme comme lui peut avoir dans la tête. Je suppose que c'est pour cette raison que sa sœur a voulu s'occuper de lui.

— Bien sûr.

Est-ce à cause de ses nerfs que Harry a pleuré en pleine nuit ? À cause des choses traumatisantes qu'il a vécues ? Pendant un moment, elle ne demandait qu'à s'occuper de lui, mais est-il vraiment l'homme qu'elle le croyait être ?

— Mais je vous embête, avec mes histoires. Vous êtes encore bien pâle, madame Blythe. Désirez-vous un verre de sherry ?

— Non, merci, je dois y aller. Auriez-vous l'amabilité de me recopier l'adresse ?

— Vous comptez donc rencontrer le capitaine Rose ? demande la femme en relevant les yeux de son secrétaire.

— Rien n'est sûr, mais je pense, oui. J'aurais quelques questions à lui poser.

— Faites attention, ma chère.

— Pourquoi cela ?

— Oh, tous ces hommes et leurs souvenirs... Pour beaucoup d'entre eux, tout cela n'est pas encore fini.

# 64

Harry
*Calvaire-du-Quercy, octobre 1921*

— Ce n'est pas elle ?
— Non. C'est l'écriture de Rachel… Une amie.
Harry reconnaît l'écriture de plusieurs femmes maintenant, chacune avec leurs boucles, leur inclinaison, et la façon dont elles disposent les lignes sur une enveloppe. Mais aucune enveloppe d'Emily ne lui est parvenue.
— Lis-la si tu veux, dit Gabriel. Je vais préparer le café.
Il s'assoit à table et ouvre la lettre de Rachel. C'est la deuxième qu'elle lui envoie, ce mois-ci. Elle s'est rendue sur la tombe de David. Elle était déjà allée dans ce cimetière avant, écrit-elle. Elle ne sait pas comment elle a pu passer à côté de lui, si près, sans savoir qu'il se trouvait là. Elle va maintenant retourner en Angleterre. Rouvrir les volets, redémarrer sa machine à coudre, créer une affaire et se donner un but dans l'existence. Harry ne saurait dire quelles émotions il sent entre les lignes. Le ton paraît déterminé, mais il est empreint d'autre chose. Il pense que, peut-être, Rachel n'éprouve pas le soulagement qu'elle avait espéré. Que l'émotion qui l'a frappée est peut-être une autre que celle à laquelle elle s'était préparée. Il se rappelle son profil sur le bateau, quand elle récitait des poèmes, et se demande quels vers lui viendront quand elle effectuera le trajet retour.

— Ton amie va bien ? s'enquiert Gabriel en posant la cafetière sur la table.

— Je le pense, oui. Je l'espère.

— C'est la grande dame ? L'Amazone ?

— Non, répond Harry en riant. Tu parles de Cassie. Ses lettres à elle sont pleines de conseils ou de remontrances : elle me dit toujours qu'il faut que j'écrive à Emily.

Il n'a pas besoin des encouragements de Cassie ; ses lettres ont beau demeurer sans réponse, il continue d'écrire. C'est un peu comme si, en consignant le détail de ses journées, en soumettant ces faits et ces images aux yeux d'Emily, il vérifiait que tout cela est vrai. Mais il ne lui a pas parlé du photographe. Et il n'a pas tout dit à Gabriel à ce sujet-là, non plus. Il ne sait pas encore comment mettre cela en mots, et a maintenant l'impression de ne plus pouvoir se fier à ses propres yeux ou à son esprit.

— Sait-elle seulement combien de lettres tu as envoyées à Emily ?

— Il faut croire que non.

Gabriel hausse les épaules et s'installe sur la chaise en face de lui. Il a de la peinture sur les mains. Il a montré une toile à Harry, la veille, et lui a demandé son avis. Au début, Harry n'y a vu que du noir, suggérant un ciel nocturne. Il a regardé Gabriel, interdit, avant de se concentrer davantage sur l'œuvre. En se rapprochant, il a vu qu'il s'agissait d'un paysage, comme voilé, hachuré de petites croix blanches ; des champs remplis de morts. Harry avait reculé, mais les morts, désormais perceptibles, refusaient de s'éclipser. En arrière-plan, il y avait une silhouette dont le visage était creusé d'ombres vertes et grises, avec une bouche béante comme s'il refaisait surface après avoir failli se noyer, et des yeux clairs dévorés de tourment. C'était une lamentation. Gabriel lui avait dit qu'il s'agissait d'un portrait de Marcellin et de tous les morts de France.

— Madeleine a acheté les billets de train pour Chaulnes. Ça ne te dérange pas qu'on parte ?

— Bien sûr que non.

— Nous serons de retour samedi.

— Ne vous pressez surtout pas pour moi. Je pourrai aider ta mère.

— C'est ça, et je suis sûr que j'en entendrai parler, après, dit Gabriel en riant et en levant les yeux au ciel.

— J'ai développé de nouvelles photos, lui dit Harry. À ton avis, je fais bien, ou pas ?

— Tu te sentiras mieux une fois que tu auras fini ?

— Je n'aurai jamais fini.

— Tu en as fait assez.

— Tu penses ? J'aimerais pouvoir le croire.

Il avait laissé son appareil photo en morceaux sur le sol d'une chambre d'hôtel à Amiens. Il ne se souvient plus du nom de l'hôtel, mais il se souvient de ceux de tous les hommes qui figuraient encore sur sa liste.

— Je vais poster à M. Lee les photos que j'ai prises. Les familles ont payé. Il faut au moins que je fasse ça.

La semaine précédente, il avait commencé à installer ses plateaux de produits chimiques sur la table devant laquelle il se trouve en ce moment, et à suspendre les tirages humides aux poutres ; tout ce temps, il avait pensé à Francis et au lieutenant Rose, quand ils avaient transformé une cave d'Arras en chambre noire. Emily voudrait-elle encore avoir une photo de la tombe de Francis, à ce jour ? Est-elle prête pour l'alternative ?

Après une soirée sous la lumière rouge, il avait rêvé de la galerie rouge de son lieu de convalescence. Il la traversait de nuit, les tableaux des murs sombres et silencieux dans les dorures de leurs cadres. Il avait du verre brisé sous les pieds mais continuait de marcher, encore et encore, et c'était une spirale, un cercle. Puis elle était là, brièvement, dans l'encadrement de la porte au bout du couloir. Elle dansait avec quelqu'un, mais la silhouette masculine demeurait anonyme. Elle avait souri à Harry par-dessus son épaule. Il avait marché vers elle, mais, en dépit de tous ses pas, il ne parvenait pas à s'approcher d'elle. Le bruit de l'obus qui arrivait résonnait dans sa tête.

— Alors, tu dois finir ce travail, dit Gabriel avec un hochement de tête. Tu as la photo de la tombe de Marcellin ?

— Oui.

Harry va chercher la pile de photos dans le buffet. Gabriel se poste à ses côtés tandis qu'il les parcourt une à une, et il apparaît bientôt à côté de la tombe de son frère. Harry lui tend le cliché. Sur la photo, Gabriel arbore l'expression de rigueur quand on se tient devant une tombe, avec son visage sépia, solennel et noble. Le visage présent à côté de Harry en cet instant semble moins solide. Songe-t-il à retourner à cet endroit, accompagné de Madeleine ? Gabriel se frotte les yeux ; Harry se détourne.

Il regarde l'image suivante, où l'on ne voit qu'un mur. Il l'avait fixée longuement cependant que celle-ci apparaissait peu à peu dans le bain de révélateur. Il avait essayé de se souvenir pourquoi il avait pris une photo de ce mur. Ce n'est que quelques heures plus tard qu'il était parvenu à resituer l'emplacement et la signification de ce pan de pierre. Quelqu'un était assis là. Il avait parlé à cet homme, lui avait dit son nom, lui avait serré la main. Après, dans la lumière rouge, Harry s'était posté devant le miroir. Il s'attendait presque à ce que son propre reflet ait disparu. Mais, à la différence de celui de Daniel East, le visage de Harry était toujours là.

— Ma mère ne fera jamais le voyage, dit Gabriel. Je suis content de pouvoir lui montrer cette image. Souviens-toi de ça quand tu enverras tes photos : tu as fait acte d'altruisme et de générosité en les prenant.

Aurait-il posté le portrait de Daniel East à Rachel ? Il pense au visage de cet homme, aussi réel que le sien dans le miroir. Sur la photo, le seul indice témoignant de sa présence est une couronne de fil métallique appuyée contre le mur. Rien de plus. Il pense à Rachel et à son discours sur les voyantes et autres médiums qui invoquent les esprits pour apaiser les âmes endeuillées. Daniel East était-il juste le fruit de son imagination ? Il avait failli parler de lui à Rachel quand ils étaient sur la crête de Vimy. S'il l'avait fait, cela aurait orienté les recherches de Rachel dans une mauvaise direction, et lui aurait donné un faux espoir.

— Merci, dit-il à Gabriel.

— Tu vas retourner à Saint-Christophe ? J'ai discuté avec Lucien Delbos, le patron du bar. Il m'a dit qu'il y avait un Anglais qui habitait dans le coin.

Harry tente de se rappeler les traits du photographe, mais son souvenir reste flou. Il sait qu'il y avait chez cet homme quelque chose de familier, sans pouvoir se remémorer les détails. L'image qu'il a en mémoire n'est pas assez précise. Comme avec Daniel East, s'est-il simplement mépris ?

— Je ne sais pas, répond-il.

Il s'assoit à table après le départ de Gabriel et fixe la photo de l'absence de Daniel East. Est-ce l'appareil photo ou son esprit qui lui a joué ce tour ? Il se demande presque si, en détournant les yeux du cliché pendant quelques instants, l'homme n'y apparaîtra pas quand il le regardera à nouveau. Mais s'agira-t-il cette fois de Daniel East, contre ce mur, ou du visage du photographe de Saint-Christophe ? Il s'efforce de se rappeler les traits de ce dernier. Il l'a forcément vu, et il devait forcément le connaître, mais aucun visage ne revient à sa mémoire. Il contemple la photographie. Il n'est pas question de laisser ce doute l'envahir, se dit-il. Il faut tirer cela au clair. Il va retourner à Saint-Christophe.

Lorsqu'il reprend la photographie fantôme, elle tremble obstinément entre ses doigts. Pourquoi une telle agitation ? Il tente de la plaquer sur la table, mais ses mains refusent d'obtempérer. La photo tombe par terre et il croise les bras sur sa poitrine. Harry tente de se calmer, d'apaiser son agitation, de refouler ce tremblement à l'intérieur de son corps.

# 65

Emily
*Denham Hall, Cheshire, octobre 1921*

— Il n'y a que des fantômes ici, maintenant, lui dit l'homme devant le portail. Vous connaissiez les lieux ?

— Pas très bien. J'y suis venue une seule fois, en 1917. Mon beau-frère y était hospitalisé.

Emily ne pensait pas revenir dans cet endroit, mais il se trouve à un arrêt d'autobus de la rue où habite le capitaine Rose et, dès qu'elle a aperçu les murs familiers de la demeure, l'envie l'a prise d'y retourner. Son intention n'était pas d'y entrer, elle désirait simplement s'appuyer contre ses grilles et mieux s'en souvenir, revoir la maison derrière le plan d'eau et essayer de tout remettre en place, mais maintenant que cet homme tourne la clé dans la serrure, elle se dit qu'il n'y aurait pas de mal à aller revoir tout cela de plus près.

— J'ai vu le panneau. C'est à vendre ?

— Elle sera mise aux enchères à la fin du mois, avec tout son contenu. Le moindre objet a été catalogué – chaque serviette, chaque bougeoir, chaque cuillère à soupe. Pardon, je ne me suis pas présenté : Alastair Bowen, agent immobilier.

Elle serre la main tendue de l'homme.

— Quelle tristesse pour la famille.

— Ils se sont installés en ville. Ces vieilles demeures sont trop compliquées à entretenir – trop de fenêtres à nettoyer, trop de marches à monter, et la toiture aurait besoin d'être refaite. La pluie commence à s'infiltrer partout. Cela deviendra sûrement un institut quelconque, à moins que le bâtiment ne soit divisé en plusieurs appartements, ou rasé pour construire de nouvelles maisons. C'est comme ça que l'on fait, de nos jours.

Des herbes ont envahi l'allée de gravier et la nature a repris tous ses droits sur le jardin. Le liseron étouffe les rosiers ; la pelouse autrefois impeccable n'est plus qu'une prairie jaune parsemée de coquelicots.

— Tout était tellement soigné et parfaitement entretenu, avant…

— Ce n'est plus le cas depuis longtemps.

Les rhododendrons ont grandi, les ormes et les frênes ont pris de la hauteur, mais, derrière eux, la maison est toujours là, à se refléter dans l'étang. Les fenêtres du haut ont été barricadées et les volets fermés à celles du bas ; c'est le même bâtiment, mais comme aveugle, désormais. Il n'y a pas d'hommes en train de chanter sur les marches. Pas de musique de gramophone qui flotte dans le jardin. Tout est aussi calme et immobile que dans une peinture impressionniste. Seule la lumière vibre.

— Les vents de l'hiver dernier n'ont pas été tendres, ajoute l'agent.

Un arbre est tombé, réduisant le fond du jardin d'hiver en un amas de verre et de métal tordu. Emily se rappelle des hommes convalescents dans des fauteuils de rotin derrière ces grandes vitres, qui semblaient attendre là. Où sont tous ces hommes aujourd'hui ?

— La nature reprend ses droits à une vitesse folle.

Les rosiers grimpants n'ont pas été taillés et se balancent loin du mur sous le vent. Le lierre a pris possession de la balustrade et s'apprête à envahir le mur de pierre et les fenêtres.

— Je l'ai déjà arraché deux fois de la porte, dit Bowen. Il a émoussé mon sécateur. On dirait que ce lierre cherche à sceller cette maison, comme on referme un couvercle sur un mausolée.

Emily le regarde tourner la clé et pousser la porte.

— J'espère que vous n'êtes pas trop impressionnable ?

— Non, je ne pense pas.

— Bien. Les derniers patients sont partis il y a deux ans et la famille n'est jamais revenue vivre ici. Il n'y a plus que de l'écho et des souris, maintenant. Je ne saurais vous dire le nombre de fois où j'ai sursauté à cause d'un volet qui grince ou d'un petit bruit dans les murs.

Emily entre parmi les feuilles mortes qui jonchent le sol et se rappelle avoir foulé ce carrelage, quatre ans plus tôt. Elle avait été impressionnée par la magnificence des lieux. Le puits de lumière projette des teintes jaunes et bleues autour de ses pieds, mais, en relevant la tête, elle constate que le verre est encrassé et que des silhouettes de branches tombées rompent la symétrie du vitrail.

Bowen désigne une rangée de caisses d'un mouvement de tête.

— Quelques derniers effets personnels qui attendent de partir. Je dois monter à la bibliothèque. Voulez-vous m'accompagner à l'étage ?

Emily se rappelle très bien ce grand escalier, et le nœud qu'elle avait dans le ventre en gravissant ces marches derrière l'infirmière. Elle craignait que ses jambes ne cèdent sous elle. Elle avait peur, en cet instant.

La peinture du plafond s'est écaillée et est tombée en flocons dans l'escalier, comme si des poignées de confettis y avaient été jetées. Il flotte dans l'air une odeur de moisi et d'humidité. Comment tout cela a-t-il pu se dégrader autant en quatre ans seulement ? On dirait que cette demeure est abandonnée depuis des décennies.

La lampe de Bowen éclaire leur passage dans le couloir, révélant des abat-jour moisis et des piles de vieux magazines. Elle éclaire une cage à oiseaux, une caisse de vaisselle et un fauteuil roulant plein de toiles d'araignée.

— Ici, c'était le salon, puis c'est devenu une chambrée pour les malades pendant la guerre, dit-il en poussant la porte. Mais vous le savez peut-être déjà ?

— Oui.

Emily s'aperçoit qu'elle retient son souffle.

Comme il lui est étrange de franchir à nouveau cette porte. Tout lui semble à la fois très semblable et très différent. En pénétrant dans cette salle, elle se rend compte du nombre de fois où elle s'est repassé ce souvenir, de la façon dont elle en a mémorisé tous les détails. Les lits sont toujours là, quoique réduits à leur simple structure métallique. Sans l'odeur du désinfectant et les uniformes bleus, ce sont juste des lits de garçons dans un dortoir. Le papier peint se décolle du haut des murs et retombe en longs lambeaux.

— On dirait que cette maison est en train de muer, dit-elle. Comme c'est dommage.

— Je ne suis pas sûre qu'elle ferait un endroit très hygiénique, de nos jours.

Elle avait regardé tous les hommes dans leur lit, un à un, guettant le visage de Harry, et tous l'avaient regardée en retour, sans être lui. Elle avait peur de découvrir la gravité de ses blessures. Francis lui avait expliqué que Harry avait été pris dans une explosion au milieu des barbelés, et qu'il avait quantité de vilaines coupures. Elle avait scruté les hommes au visage bandé en se demandant si elle le reconnaîtrait. Emily parcourt à nouveau la longueur de cette pièce. Un bref instant, elle retrouve la froide lumière du jour, l'odeur des pieds-d'alouette et les yeux de Harry qui croisent enfin les siens.

— J'espère que votre beau-frère est sorti d'ici en meilleure santé ?

La voix de M. Bowen la ramène à l'instant présent.

— Oui. Il est photographe maintenant.

— Formidable. Nous avons de la chance, nous autres, et devons profiter de chaque jour qui nous est donné.

Elle distingue mal son visage dans la lueur mouvante de la lampe, mais elle perçoit une once de mélancolie dans sa voix. Combien de secrets tous ces hommes gardent-ils pour eux, aujourd'hui ? Elle se tourne vers le couloir qui part de la grande salle.

— Vous permettez ?

— Bien sûr. Attendez, je vais ouvrir ces volets.

Au bout du couloir, la pièce est plongée dans le noir. Elle s'imagine Harry sur son seuil. En franchissant celui-ci, elle a l'impression d'accomplir une sorte de rite.

— Tout va bien ? On dirait que quelqu'un vient de marcher sur votre tombe, fait soudain la voix de Bowen à ses côtés. Je crois que c'était une galerie d'art, ici. Il y avait un collectionneur dans la famille.

Il n'y a pas de lumière dans la pièce, mais Emily connaît la couleur de ses murs. Une forme pâle apparaît dans un coin. Elle la regarde par deux fois avant de se rendre compte qu'il s'agit d'une statue recouverte d'un drap.

— Vous pouvez ouvrir d'autres volets si vous le souhaitez. Je vais dans la bibliothèque, juste à côté. Ne vous en faites pas : si vous voyez un fantôme, je vous entendrai crier.

Les volets sont durs à ouvrir, mais elle parvient à les pousser suffisamment pour y voir clair. Les chaises sont maintenant empilées, les tables poussées sur les bords, la chaise longue chargée de couvertures pliées, mais ce sont les murs qui la frappent le plus par leur différence. Là où étaient anciennement accrochés les tableaux, où l'on voyait autrefois des montagnes violettes et des falaises bleues, il n'y a plus désormais que des rectangles de peinture d'un rouge plus sombre.

— Ils sont tous partis, dit-elle.

Bowen se retourne au niveau de la porte.

— Les tableaux ? Oui, tous vendus l'année dernière. Beaucoup d'œuvres ont été cédées l'une après l'autre, au fil du temps, mais cela n'a pas suffi à couvrir les frais pour les propriétaires.

Emily pose une main sur le marbre frais du manteau de cheminée. Pendant quelques instants, il est là, près d'elle, à la guider entre ces murs.

« Tout va aller comme sur des roulettes maintenant, tu vas voir. C'est peut-être le plus beau jour de ma vie », dit la voix de Harry dans son souvenir.

Le plâtre du plafond s'est effondré par endroits, laissant apparaître les lattes de bois en dessous. Était-il déjà en mauvais état, à l'époque ? Cette dégradation devait déjà avoir commencé à faire son chemin. Peut-être ne s'en était-elle simplement pas aperçue ?

« Si je me tiens à toi, tu voudras bien m'aider à ne pas rebondir vers les bas-fonds ? », entend-elle Harry lui demander.

Une musique s'élève soudain, la faisant sursauter. Bowen avait-il raison quand il parlait de fantômes ? On joue un air de jazz, quelque part dans la maison. Elle entre dans la bibliothèque et voit l'agent immobilier relever les yeux du gramophone.

— Je ne vous ai pas fait peur, au moins ?

— Un peu. Brièvement. Bravo, en tout cas, si telle était votre intention.

Le gramophone crachote l'air de « Crazy Blues ». C'est le même appareil que celui que les hommes avaient sorti sur les marches – elle le reconnaît. Elle frémit et remonte le col de sa veste.

— Mamie Smith et ses Jazz Hounds.

Bowen feuillette ses papiers et sourit.

— Je trouve que ça égaye un peu les lieux… Que ça les ramène un peu dans le XXe siècle. Pardonnez-moi. Je ne vais pas m'éterniser, de toute façon.

— Je n'aimerais pas être ici toute seule.

— Vous comprenez mieux pourquoi j'ai sauté sur l'occasion d'avoir votre compagnie ?

Il y a des livres partout sur le sol de la bibliothèque. Bowen s'excuse pour le désordre. Emily marche entre des tas d'œuvres de Shakespeare et de livres de comptabilité ; elle pense à Francis et Harry dans une maison saccagée, en train d'enjamber des recueils de poésie et des cartes d'Abyssinie.

— Si vous voulez emporter un souvenir, je ferai comme si je n'avais rien vu, dit Bowen en hochant la tête vers la pile de disques. Personne ne le saura, et je ne dirai rien. Il y a d'assez bonnes choses, dans tout ça.

— C'est gentil mais non, merci.

Elle s'assoit sur une chaise et ferme les yeux. Pendant quelques instants, tout tourne autour d'elle et ils dansent à nouveau sur la pelouse. Elle voit de tout près le visage de Harry, celui d'autrefois. Elle voit aussi la photo qu'il lui a envoyée la veille. Elle a eu un choc en voyant cette image de Tyne Cot tomber de l'enveloppe, puis elle s'est rappelé qu'il lui avait promis de le faire. Il dit qu'il suppose qu'elle n'est pas encore allée là-bas. Que c'est ce qu'il a de mieux à lui offrir.

« Tout m'est revenu en étant sur place, en voyant cela de mes propres yeux, lui a-t-il écrit. J'ai revécu ces derniers moments. J'ai revu ses paupières qui papillonnaient, j'ai entendu son souffle s'arrêter, j'ai senti son poids dans mes bras. » En visualisant maintenant cette scène par les mots de Harry, en se sentant si proche du visage de Francis mourant, elle a envie de croire qu'il ne ment pas. Seulement, elle est allée elle-même dans ce cimetière, parmi les huit mille morts anonymes, et elle sait que Francis ne fait pas partie du lot. Elle sait également que ce moment n'était pas le dernier de son mari. Où est passé le trajet jusqu'au poste de secours dans les bras de Rose ? Pourquoi cette scène ne figure-t-elle pas dans les lettres de Harry ? Elle aurait aimé qu'il ne mente pas, mais elle est désormais sûre du contraire.

— Je serai triste quand cet endroit disparaîtra, dit Bowen en refermant à clé la porte de Denham Hall. Ce serait vraiment dommage que tant d'histoire tombe sous les coups d'un boulet de démolition.

Côte à côte, ils contemplent le reflet de la maison dans le plan d'eau. Elle fait tourner sa médaille de saint Christophe dans sa poche. Si elle ne l'avait pas donnée à Harry ce jour-là, si elle l'avait plutôt confiée à Francis, les choses seraient-elles différentes aujourd'hui ? Est-ce vraiment ce simple geste qui a entraîné tant de mal ?

« Ça ne peut pas faire de mal, pas vrai ? » Elle se rappelle sa propre voix et a l'impression, au contraire, d'avoir fait beaucoup de mal.

Les ondulations que la médaille provoque sur l'eau n'ont rien de tragique – pas même une bulle remontant en surface. Emily n'éprouve ni le sentiment d'exorciser un fantôme, ni de réparer une faute.

— Il doit y avoir une jolie quantité de pièces au fond de cet étang. Vous avez fait un vœu ?

Le sourire de Bowen n'est pas plus authentique que celui de Francis sur le papier photo, mais tout cela lui semble soudain très, très lointain. Infiniment fugace, fragile.

— Je ne sais pas vraiment que faire, comme vœu, répond Emily.

# 66

Harry
*Saint-Christophe-du-Quercy, octobre 1921*

Cette fois, Gabriel le conduit jusqu'à l'enceinte du village.

— Tu es sûr que tu ne veux pas que je vienne avec toi ?

— Sûr. Comme je te l'ai dit, passe simplement me récupérer ici dans deux heures, si tu le veux bien.

Harry traverse à nouveau le pont, le champ, et vient poser ses mains sur les grilles de la maison. L'herbe est à hauteur de genoux dans le jardin, et les pommiers comme abandonnés à leur sort. Des guêpes bourdonnent autour des fruits tombés, et il pense à un lointain verger sacrifié, à l'odeur douceâtre du bois fraîchement coupé, et à son frère dormant dans l'herbe, à côté de lui. N'est-il pas censé dormir encore, et pour toujours ? Qui vit derrière ces grilles ?

Il referme le portail derrière lui. Des herbes ont envahi le chemin de gravier et une treille de glycine a pris possession d'un côté de la maison. En se rapprochant, il voit des bouteilles vides rassemblées dans une caisse près de la porte, et un fauteuil en rotin noirci par les intempéries. Le bourdonnement d'une guêpe est amplifié par une bouteille qui la retient prisonnière. Un volet est de guingois.

Il regarde par la fenêtre, mais il fait très sombre à l'intérieur. Il voit des meubles couverts de draps qui lui évoquent des fantômes dans un mélodrame victorien. Il y a un vase contenant des hortensias secs de l'autre côté de la vitre, ainsi qu'un livre ouvert. Il se dresse sur la pointe des pieds pour mieux voir et déchiffre les premiers vers d'un poème : « Je dois reprendre la mer, retrouver la triste mer et le ciel... » Harry entend la voix de Rachel prononcer ce vers et se retrouve projeté sur le bateau, avec un goût de sel sur les lèvres. « "Disparu", ce n'est pas suffisant », avait-elle dit.

Il recule un peu trop brusquement. Une bouteille tombe et se brise. Un rat détale.

— *Monsieur** ?

Il se tourne, s'attendant à voir l'homme au chapeau mou et au visage flou.

— *Je peux vous aider** ?

C'est une femme. Cheveux blancs. Robe noire. Croix en or autour du cou. Elle tient devant elle ses mains ouvertes, comme si elle faisait une offrande dans une église, comme si elle s'apprêtait à s'agenouiller devant un autel. Il y a quelque chose d'humble et de tendre dans ce geste, et Harry a instinctivement envie de prendre ces mains dans les siennes.

— Je peux vous aider ? répète-t-elle en anglais.

Elle déverrouille la porte et Harry entre derrière elle. Elle se présente – Marie-Thérèse – et s'excuse pour l'état du sol.

— Je m'occupais de la maison et du *monsieur. Il était anglais, ce monsieur*, ajoute-t-elle. *Comme vous** ? La maison est de nouveau à louer, mais je ne pensais pas avoir de visite aujourd'hui. *J'ai honte de ce bordel ! Tout sera bien propre**.

Elle va ouvrir les volets. La lumière inonde la pièce, et Harry voit des chiens en porcelaine qui pourraient lui être familiers, et des bibelots de bergères qui ont moins de chances de l'être. Plusieurs pendules, toutes arrêtées à des heures différentes, affichent leur mensonge sur le temps qui passe. Il découvre également tout un matériel de photographie – des rouleaux de pellicule, des pièces d'appareils photo, des piles de plaques de verre et des boîtes de produits chimiques. Il y a des photos partout. Des fils de fer ont été tirés entre les poutres, il reste des pinces à linge là où les images étaient suspendues pour sécher. Il n'en reste qu'une d'accrochée : une vue de la vallée, avec la ligne effilée des arbres et le frêne au milieu. L'odeur du produit révélateur ramène Harry dans la cave d'Arras.

— *Voyez** ! Ce n'était pas facile de s'occuper de ce monsieur, dit Marie-Thérèse.

Elle rit, lève les mains en l'air puis fronce les sourcils.

— *Pas facile**, répète-t-elle avec emphase.

— En effet, répond Harry en regardant autour de lui. Je vois.

Les murs sont entièrement couverts de tirages photographiques, qui frémissent sous le vent pénétrant maintenant par la fenêtre ouverte. Harry reconnaît de nombreuses vues, prises dans les alentours – les arcades de la place du village, les grosses poutres des halles du marché, les allées et les murs en ruine de la bastide. La vallée en contrebas de la maison est un sujet récurrent. Le frêne s'y dresse dans le brouillard, sous la pluie ou sous la neige.

Marie-Thérèse tend un doigt et sourit, révélant une bouche aux dents gâtées. Elle désigne son portrait parmi toute une série d'autres. Elle y figure assise, le dos bien droit, fière et endimanchée, les mains croisées sur ses genoux. Autour d'elle, des visages de fermiers, de bergers, d'artistes de cirque, de vieillards, d'enfants et de femmes en habits de deuil. Il y a quelque chose de paisible et de digne dans ces portraits. Tous ceux qui ont pris la pose semblent recéler une forme de fierté. Le photographe leur a donné à tous de la noblesse.

— Ma fille, dit-elle en indiquant une jeune fille aux cheveux tressés.

Harry opine du chef. Ce sont des portraits de qualité. Vifs. Francs. Les regards retiennent l'attention. Ces modèles privés de voix sont éloquents à l'image. Il songe à tous les visages qu'il a dessinés. Tous ces yeux brillants, tous ces sourires qu'il a essayé de fixer sur le papier ont laissé quelque chose derrière eux et reviennent le visiter dans ses rêves. Parfois, il imagine l'ensemble de ces visages de papier flotter derrière lui, dans son sillage. Parfois, il se demande ce que sont devenus les sourires de ces soldats rentrés chez eux. Sont-ils encore exposés sur des murs de chambre et des buffets de cuisine, ont-ils été remplacés par d'autres, ou évoquent-ils déjà des choses lointaines et difficiles à croire ? Il pense à toutes les fois où il a dessiné le visage de Francis, et se dit que ce souvenir lui paraît en même temps très lointain et étrangement proche, en cet instant.

Harry regarde le mur du fond et Marie-Thérèse agite une main devant son visage en tournant le dos.

— Ça, je ne regarde pas, dit-elle.

Encore des visages. Tous masculins, cette fois ; certains souriants, semblant plaisanter dans la cour d'une ferme, d'autres barbus, sales, aux yeux cernés. Il y a des visages que Harry ne connaît pas, mais quantité d'autres lui sont familiers. Will marchant sur les mains dans un pré du Yorkshire. Pembridge en train d'échanger des cigarettes avec un soldat français. Wilkinson qui jette un regard noir en direction d'un bidon de poudre insecticide. Bartley dans le verger. Harry à côté de Francis sur les quais de Boulogne. Francis, partout.

Il entend des pas derrière lui et se retourne. Marie-Thérèse ouvre une porte, entre dans une cuisine et invite Harry à le suivre.

— *C'est trop, tout ça**, dit-elle. Trop. Il faut essayer d'oublier. Il faut penser à demain, pas à hier.

Elle prend une bouteille sur une étagère, remplit deux verres et presse le bras de Harry. Il la regarde s'affairer dans la cuisine. Son balai traque les toiles d'araignée dans les coins. Il y a une odeur de rance, une marque de rouille au fond de l'évier et des cadavres de mille-pattes sur le carrelage. Elle les rassemble avec une balayette et une pelle avant de déclarer en se redressant :

— C'est trop triste.

Harry scrute tout ce qui l'entoure – la série de cuillères en bois et la cafetière au motif floral, les casseroles suspendues au plafond et le pain de savon qui s'est desséché et fissuré sur le bord de l'évier. Qui est la dernière personne à l'avoir fait tourner dans ses mains ? Chez qui se trouve-t-il ? Il y a des os d'oiseaux et des coquilles d'escargots sur le bord de la fenêtre, un morceau de quartz, une pipe en terre et une collection de silex. Harry pense à l'esprit qui a récupéré et disposé ainsi ces petits trésors. Il revoit son frère, il y a bien longtemps, retirer un biface triangulaire de la paroi d'une tranchée et se tourner vers lui, la main tendue : « Regarde ! », fait la voix lointaine de Francis.

Il lève les yeux en entendant du bruit à l'étage.

— *Ce ne sont que les souris qui dansent**.

Marie-Thérèse rit de l'inquiétude de Harry.

— Quand le chat n'est pas là, les souris dansent, ajoute-t-elle.

Harry vide son verre d'un trait. L'eau-de-vie est forte et lui brûle la gorge. Il se met à tousser, sous le regard amusé de Marie-Thérèse. Elle fait tinter son verre – désormais vide également – contre celui de Harry et croise les bras sur sa poitrine.

— *Alors**, vous désirez voir la maison, *monsieur** ?

Harry se sent brusquement coupable d'une violation de domicile.

— Non. Je vous remercie, mais je ne préfère pas. Je ne pourrais pas. L'Anglais est sorti ? Il n'est pas là, aujourd'hui ? *Le monsieur, il n'est pas ici** ?

Marie-Thérèse le dévisage pendant un moment avant de répondre. Elle compte sur ses doigts et en montre cinq.

— *Le capitaine Rose est décédé**. Il est mort, *monsieur**. Depuis cinq mois.

C'est dans un autre état d'esprit qu'il retourne dans la pièce pleine de photographies. Harry se rappelle l'étreinte de la main de Rose sur son bras quand ils étaient devant la tombe de Will. Il se rappelle le visage du capitaine à côté de Francis, riant tous deux dans la lumière rouge de leur cave servant de chambre noire. Il est certain d'avoir lu quelque part que Rose avait été tué à Cambrai. Il y a tellement de déclarations erronées. Tellement de gens qui ne sont pas ce qu'ils devraient être. Tellement de choses sens dessus dessous.

Il balaie à nouveau la pièce du regard et voit Francis partout. Comment a-t-il pu croire que son frère pouvait se trouver à Saint-Christophe-du-Quercy ? Et pourtant, de toute évidence, il est là.

— *C'était un vrai gentleman, le capitaine Rose. Sympathique. Très gentil**, dit Marie-Thérèse.

— C'est vrai, approuve Harry.

Rose les avait rejoints quand ils étaient en formation à Morecambe. Francis et lui s'étaient rencontrés devant la vitrine d'un studio de photographie. Ils avaient entamé une discussion tandis que leurs reflets se mêlaient aux flashs et aux rouleaux de pellicule exposés en devanture. Était-ce ainsi que leur histoire s'était aussi terminée ?

— Mais ces voyages ! *Cette lourde tristesse** *!* C'était très difficile, vous savez. *Cette affreuse guerre.*

— Ces voyages ?

Les mains de Marie-Thérèse miment un mouvement de va-et-vient.

— Chaque mois. Du nord au sud, et *du sud au nord**. Et toutes ces terribles nouvelles, ajoute-t-elle en cherchant des qualificatifs en anglais. Des horribles nouvelles.

— Pardon ? Je ne suis pas certain de vous suivre.

— *Ses gars. Ses soldats**. Vous êtes un de ses soldats ?

Il comprend mieux ce qu'elle veut dire quand elle lui montre le mur. Marie-Thérèse le fait revenir dans la cuisine, il passe devant les silex, le quartz et la cafetière fleurie qui auraient pu appartenir à Francis dix minutes auparavant ; devant les cuillères, le savon et les coquilles d'escargots, que Harry avait clairement visualisés entre les mains de son frère. La pièce qui s'ouvre après la cuisine devait autrefois être une salle à manger – on y trouve un grand buffet rempli de carafes et de soupières –, mais aujourd'hui, elle ressemble davantage à un centre de commandement. La table est couverte de grandes cartes militaires, lourdement annotées. Harry se penche et reconnaît des noms de villages ; autour d'eux, des listes de noms et de numéros. Il lui faut quelques instants pour comprendre à quoi correspondent ces numéros.

Il se tourne vers Marie-Thérèse.

— Ses hommes tués ? Nos victimes ?

Elle hoche la tête.

Le sol semble bouger sous ses pieds comme Harry examine les cartes. Marie-Thérèse tire une chaise et l'invite à s'asseoir. Elle retourne dans la cuisine et en revient avec la bouteille d'eau-de-vie.

Harry connaît les villages, les bois, les terrains et les noms, et il ne lui faut pas bien longtemps pour saisir l'intention et le code du capitaine. Les noms des hommes disparus sont inscrits à l'encre rouge ; les morts confirmés, à l'encre noire. Visiblement, Rose s'était assigné la tâche de faire passer tous les rouges au noir.

Marie-Thérèse remplit le verre de Harry.

— *Il disait que c'était son devoir**. Sa responsabilité.

Il pense à Ralph Fielding et à son besoin de faire ce qui lui semble juste pour tous les hommes qu'il a perdus. À ce besoin de réparer les choses pour eux, d'une manière ou d'une autre. Sa pénitence, avait dit Cassie. Était-ce également le sentiment de Rose ?

— Il essayait de les retrouver, tous ?

— Ça a marché, quelques fois. *Il a retrouvé beaucoup de ces disparus**.

— *Disparus** *?* répète Harry. Il a retrouvé des disparus ?

Il n'y a qu'un seul nom qu'il tient à repérer sur une carte.

— *Il y a une carte de la région d'Ypres** *?* demande-t-il en cherchant sur la table.

— *Je ne sais pas. Mais il y a son mur**, dit-elle en tendant une main.

C'est alors seulement que Harry découvre qu'il y a également un mur de visages dans cette pièce. Un peu à la manière des croix qui ont brusquement surgi de la toile de Gabriel. À l'instar de ces ombres inintelligibles qui prennent sens en un instant, grâce à un simple changement de mise au point. Le mur derrière Harry est tapissé de photos de visages.

— *Ses gars**, répète Marie-Thérèse.

Les yeux de Harry ne savent où se poser. Il voit Bartley, et Pembridge, et Fearnley. Ici, Summerfield et Wilkinson, et le lieutenant O'Kane. Tant d'entre eux lui sont familiers. Et tant d'autres oubliés.

— William, dit-il en reconnaissant l'expression de son cadet.

C'est un nouveau choc de le voir ici.

— *Mon frère**, ajoute-t-il à l'intention de Marie-Thérèse.

— *Le pauvre**.

— Et le cimetière, ici.

Il se rapproche du mur. Là, à côté du sourire de Will, se dresse la croix de Guillemont au pied de laquelle Harry s'est agenouillé deux mois plus tôt. Il constate que c'est la même chose pour tous ; à côté de la photographie de chacun de ces hommes se trouve un cliché de sa tombe.

— *Et ceux qu'il n'a pas trouvés**. Les soldats… perdus, explique-t-elle en cherchant ses mots.

D'un doigt, elle désigne le second groupe. Ceux-ci n'ont que des visages. Pas de tombe pour les accompagner. Mais ils sont bien trop nombreux. Et les yeux de Harry pas assez rapides au moment de tous les parcourir du regard.

— Il n'y est pas.

— *Pardon** ?

— Francis.

Il sonde maintenant le visage de Marie-Thérèse, qui ne réagit pas à ce nom.

— Francis Blythe ? Il y a sa photo partout dans l'autre pièce. Est-ce que M. Rose a retrouvé Francis Blythe ?

Le temps semble se figer avant que l'expression de Marie-Thérèse change enfin. Et qu'elle lui désigne l'emplacement sur le mur.

# 67

Emily
*Cheshire, octobre 1921*

— Vous cherchez le capitaine Rose ? demande la femme.

— Oui. Excusez-moi de vous déranger. Je cherche Michael Rose. On m'a donné cette adresse.

Emily se sent maintenant très embarrassée et prise d'une curieuse envie de partir à toutes jambes. A-t-elle le droit de questionner cet homme ? Est-il correct d'obliger cet inconnu à solliciter des souvenirs qui lui sont forcément très pénibles ? En avisant la mine renfrognée de la femme qui se tient devant elle, Emily sent qu'elle a commis une erreur en venant ici.

— Désolée. Il n'est plus là.

— Ah ?

C'est presque un soulagement.

Peut-elle tourner les talons maintenant, et partir en courant ?

— Dans ce cas, veuillez m'excuser. On a dû me fournir une mauvaise adresse.

— Non, c'est la bonne adresse, répond la femme.

Elle regarde Emily, puis détourne les yeux.

— Je suis Louisa Davies, la sœur de Michael Rose. Mais malheureusement, mon frère est décédé.

— C'était il y a cinq mois, explique Louisa Davies. J'ai reçu un appel de la gendarmerie française. C'est très difficile d'apprendre que votre frère s'est suicidé quand on vous le dit dans une langue étrangère… On se débat pour traduire, ce qui ne laisse guère de place pour les euphémismes. Il s'est pendu.

— Mon Dieu. Ç'a dû être terrible pour vous.

Louisa secoue la tête.

— Terrible pour lui, surtout, mais honnêtement, je ne pourrais pas dire que cela m'a surprise. Mon frère n'allait pas bien, voyez-vous. Avec le recul, je me rends compte que cela couvait depuis un bon moment déjà. On se demande parfois comment on a pu passer à côté de certains signes, vous ne trouvez pas ?

Emily insiste pour aider Louisa à préparer le thé. En découvrant la cuisine de cette inconnue, avec ses cuillères à café émaillées portant le blason de la ville d'Arras et son sucrier orné d'une image d'Ypres, elle prend conscience de tout ce qu'elles ont en commun. Mais combien d'autres liens ne seront jamais mis en lumière, maintenant ? Il y a eu tant de signes manqués, d'occasions manquées. Elle voulait voir le capitaine Rose de ses propres yeux, entendre le récit de sa bouche, savoir si Harry avait menti et s'il y avait vraiment une chance pour que Francis soit encore vivant. Elle a désormais la conviction qu'elle ne le saura jamais.

— Nous pensions déjà l'avoir perdu, il y a longtemps. Mon frère a été gravement blessé à Cambrai, dit Louisa tandis qu'elles passent au salon avec le plateau.

— À Cambrai ? Oui, je crois en avoir entendu parler.

— Il a été hospitalisé, inconscient, pendant des mois, et je doutais qu'il s'en sorte. Nous avions mis de l'ordre dans tous ses papiers ; ma mère et moi avions même discuté des hymnes que nous choisirions pour son enterrement. C'est affreux quand j'y repense, maintenant ! Parce qu'un matin, nous sommes allées le voir dans son lit de malade, et il avait à nouveau les yeux ouverts. Comme ça, d'un jour à l'autre. À partir de là, il a récupéré lentement mais sûrement, mais le Michael que j'ai retrouvé n'était pas celui que j'avais connu avant la guerre. Un jour, en plaisantant, il m'a dit qu'il avait regardé le « grand architecte » dans le fond des yeux.

Je suppose que c'était dû au fait qu'il soit passé si près de la mort… En tout cas, c'est ce que je me suis dit. Le frère qui m'est revenu n'avait plus tous ses esprits. La guerre me l'avait rendu, mais elle avait gardé son âme. Il était obsédé, pour tout vous dire.

— Obsédé ?

— Par ce qui s'était passé. Et par le besoin de rectifier le tir, si j'ose m'exprimer ainsi.

Louisa souffle sur son thé, dont la surface ondule. En regardant par-dessus le bord de sa tasse, Emily voit clairement la douleur dans les yeux de Louisa.

— Je crois que Michael se sentait coupable, et qu'il avait le sentiment de ne pas avoir été à la hauteur de ses responsabilités. Pendant son séjour à l'hôpital, il a établi une liste des hommes de son unité qui ont disparu, et il s'est donné pour mission de tous les retrouver.

— Tel un berger cherchant à rassembler son troupeau ?

Dans un cadre, une photo d'un jeune homme est posée sur la cheminée. Appuyé contre le portail d'une ferme, il porte une veste en tweed et tient dans sa main une casquette. Ses cheveux lui tombent sur le front, on discerne de l'amusement dans ses yeux pétillants. Il ressemble un peu à Louisa Davies, songe Emily, on retrouve un air de famille, mais elle reconnaît surtout les traits – quoique un peu plus jeunes – qu'elle a aperçus sur certaines photos prises par Francis. C'est bel et bien l'homme avec qui elle aurait eu besoin de parler. Mais il est trop tard maintenant.

— Oui, quelque chose de cet ordre-là, répond Louisa. Un berger qui a perdu ses brebis et tient fermement à les ramener au bercail. Il a donc fait une liste de tous les hommes décédés, et une autre de ceux disparus. Il tenait à s'assurer que ceux du premier groupe avaient bien une tombe à leur nom, et voulait à tout prix retrouver ceux du second. Seulement, c'était une tâche démesurée, et impossible à accomplir.

— Absolument impossible, oui.

Emily repense à Tyne Cot et aux mots inscrits sur toutes ces croix ; à tous ces hommes *Connus de Dieu seul.*

— En fait, je crois que Michael savait que c'était impossible. Il le savait même probablement dès le début, mais il n'a jamais voulu renoncer. Il a commencé à retourner là-bas. Il y allait pendant des semaines, sur le terrain, et retournait tout, au propre comme au figuré. C'était comme une plaie qu'il refusait de laisser cicatriser. Il est parti avec une pelle, vous imaginez cela ? Il creusait partout, dans ces endroits horribles. C'était dangereux et mauvais pour sa santé. Il n'a jamais été en très grande forme après sa sortie de l'hôpital, et cela ne faisait qu'aggraver son état. J'ai bien essayé de la raisonner… Oh, que oui. Je l'ai supplié d'arrêter, d'abandonner ces recherches, mais je crois qu'il ne pouvait pas faire autrement. C'était une torture pour lui, et une torture pour moi de le voir ainsi, mais il en avait besoin, au niveau le plus profond de son être. Du moins, il avait besoin d'essayer.

— A-t-il retrouvé certains des hommes qu'il cherchait ?

Emily imagine le jeune homme en veste de tweed dans ce paysage désolé. Elle l'imagine avec sa pelle, en train de creuser, sans la moindre lueur d'amusement dans ses yeux. Elle a besoin de savoir ce qu'il cherchait, et ce qu'il a trouvé.

— Oui, et c'est ce qui lui a donné d'autant plus de raisons de continuer, je suppose.

Elle regarde Emily.

— Pourquoi désiriez-vous parler à Michael, si je puis me permettre ?

— Parce que mon mari a disparu. Je pensais que votre frère pourrait m'éclairer sur certains détails. Surtout, dites-moi si cela vous paraît incorrect, mais… pourrais-je consulter les papiers de Michael ?

Louisa hésite.

— Puis-je vous demander le nom de votre mari ?

— Francis Blythe.

Louisa acquiesce d'un hochement de tête.

— Pour une obscure raison, je m'en doutais un peu. Je connais son nom. Il revenait souvent dans les lettres de Michael.

— C'est vrai ?

— Eh bien, ils étaient amis, non ? C'est bien le jeune homme qui faisait de la photo avec lui, je ne me trompe pas ? Son nom est le dernier que Michael ait rayé sur sa liste. Je crois qu'après avoir retrouvé Francis Blythe, il a eu le sentiment d'en avoir fait assez.

— Il a retrouvé Francis ?

— Oh, mais qu'est-ce que je vous dis, moi… Pardonnez-moi, Emily, ma formulation était affreusement maladroite. Michael a retrouvé *la tombe* de Francis.

Emily se met alors à pleurer comme jamais elle n'a pleuré, pas même le jour où le télégramme est arrivé, pas même celui où elle a reçu la première lettre de Michael Rose. Parce que c'est la fin. Parce que, ça y est, enfin, c'est vrai. Louisa vient enlacer Emily, en larmes, et Emily sent que Louisa pleure aussi. Lorsque c'est terminé, lorsque Emily n'a plus aucune larme à verser, Louisa écarte les cheveux humides de son visage, la regarde droit dans les yeux et lui sourit.

— Pardonnez-moi, bredouille Emily.

— Ne vous excusez pas. Ne vous excusez jamais pour ça. Vous avez toutes les raisons de pleurer, et ça fait tellement de bien quand ça sort, pas vrai ? Que diriez-vous d'un petit remontant ?

— Votre frère m'a écrit deux fois, vous savez, dit-elle à Louisa tandis que celle-ci remplit les verres. Il m'a envoyé une lettre en novembre 1917, pour me dire que Francis était déclaré disparu, présumé tué. Je lui étais reconnaissante d'avoir pris le temps de m'écrire, et en des termes si gentils… Et puis, plus tard, j'ai appris que Michael avait emmené Francis jusqu'au poste de premiers secours, qu'il l'avait porté là-bas lui-même. Je n'ai jamais réussi à comprendre comment Francis pouvait être porté disparu alors qu'il avait été secouru.

— Je suppose qu'il s'agit du poste de secours de la forêt de Houthulst ?

— En effet.

Louisa secoue la tête.

— Beaucoup d'hommes ont disparu de ce poste, je suis au courant. C'est que, voyez-vous, il s'agissait juste de quelques casemates, de simples abris en béton, et l'ennemi ne cessait de les bombarder. On transportait les hommes là-bas en espérant les mettre en sécurité, mais ils sont morts quand même. Cet endroit hantait les cauchemars de Michael, ce qui ne l'a pas empêché d'y retourner encore et encore. Il se sentait obligé d'y retourner. Beaucoup de noms de sa liste sont liés à ce poste de premiers secours.

— Mais pourquoi ne m'a-t-il pas dit qu'il avait pris la peine d'y emmener Francis ? Je l'aurais remercié, si je l'avais su.

— Peut-être parce qu'au bout du compte, il n'a pas pu sauver votre mari ? Parce qu'il avait l'impression d'avoir échoué ?

Emily regarde le jeune homme qui sourit sur la cheminée ; elle imagine le poids du corps de Francis sur le dos de ce jeune homme et l'effort que cela a dû représenter – tout cela pour rien. Elle ne sait plus trop qui est le plus à plaindre.

— Vous disiez que mon frère vous a écrit deux fois ?

— Oui. Il m'a envoyé un paquet plein de photos prises par Francis, quelques semaines après sa première lettre. Principalement des photos qu'ils avaient prises ensemble. C'était gentil de sa part. J'étais heureuse de les avoir.

Elle pense à l'autre photo, la dernière à avoir franchi sa porte, en mai. Si ce n'est pas Francis qui l'a envoyée, est-il possible que ce soit Michael Rose qui l'ait alors contactée, une troisième fois ?

— On m'a adressé une photo il y a quelques mois – une photo de mon mari. Elle est arrivée par la poste, mais il n'y avait rien d'autre dans l'enveloppe. Pas de lettre. Aucune information sur l'expéditeur. Et depuis, j'ai fini par me convaincre que c'était Francis lui-même qui l'avait envoyée.

— Où a-t-elle été postée ? demande Louisa.

— En France.

— Comment était l'enveloppe ?

— En papier kraft. L'adresse était tapée à la machine à écrire, une machine avec des touches usées. Est-il possible que ce soit votre frère qui l'ait envoyée ?

Louisa pince les lèvres.

— Ce pourrait en effet être la machine à écrire de Michael.

— Vous le croyez ?

— Oui.

— Mais pourquoi m'envoyer cela ? Surtout sans le moindre mot d'explication ?

Louisa fait tourner son verre entre ses doigts avant de relever les yeux.

— Apparemment, Michael a mis de l'ordre dans son bureau, les derniers jours. Il a trié, rangé et classé tous ses papiers. Comme s'il tenait à ce que tout soit clair après lui. Je n'irais pas jusqu'à dire que mon frère était un maniaque de l'ordre, mais, à sa manière, il aimait que chaque chose soit à sa place. Je suppose que son intention était juste de vous la rendre.

— Mais pourquoi ne pas avoir mis un mot ? Ni même une signature ? Pourquoi ne pas m'avoir dit que c'était lui qui l'envoyait ?

— Peut-être qu'il n'a pas réussi à écrire, cette fois ? Peut-être qu'il ne savait pas quoi dire ?

Emily repense à la photo en noir et blanc du visage de Francis, mais elle lui paraît différente, maintenant qu'elle sait qu'il n'est plus de ce monde. Quelque chose a changé, s'est évaporé ; une chose relevant de la peur, de la honte et d'une profonde inquiétude sur sa capacité à faire face, s'il revenait. Elle s'en rend compte maintenant. Désormais, elle se sent juste immensément triste pour l'homme brisé de ce cliché.

— Puis-je vous demander comment est cette photographie ?

Emily avale une gorgée d'eau-de-vie. Voilà six semaines maintenant qu'elle n'a pas regardé cette image, et elle n'aime pas y penser.

— Il se trouve sur une place, tout est en ruine autour de lui. Il n'a pas l'air bien – fatigué, épuisé même, comme s'il avait perdu toute forme d'espoir. On lui donnerait dix ans de plus que son âge.

— Oui, et on dirait qu'il se prend en photo lui-même, c'est bien cela ? demande Louisa. On le voit à l'angle de ses bras. Je pense qu'elle a été prise à Ypres.

— Oui… Mais comment diable savez-vous cela ?

— Je crois que j'ai déjà vu cette photo. Sur le bureau de Michael, me semble-t-il. C'est le genre d'image dont on se souvient. Pas facile d'oublier le visage de ce pauvre homme, une fois qu'on l'a vu…

— C'est vrai.

— Pardonnez-moi. Je n'aurais peut-être pas dû dire cela.

Emily l'excuse d'un signe de tête.

— Mais comment a-t-elle atterri entre les mains de votre frère ?

— Parce qu'ils prenaient des photos ensemble, je suppose ? Vous m'avez bien dit que Michael vous avait envoyé un paquet de photos de Francis, après sa mort ? Qu'il avait développé la dernière pellicule de Francis ?

— En effet. Mais pourquoi aurait-il conservé celle-ci ?

— Pour avoir un souvenir de lui ?

— Curieux choix, vous ne trouvez pas ? Pourquoi vouloir se souvenir de lui dans un tel état ?

Emily se demande où est maintenant cette photo de Francis. Elle espère que Harry ne compte pas garder ce souvenir-là de son aîné.

— Il faut comprendre dans quel état d'esprit était mon frère.

Louisa remplit à nouveau leurs verres et poursuit :

— Il se sentait coupable. Il a été dévasté par certains événements, vous savez. Il avait la conviction qu'il aurait dû faire mieux – être un meilleur chef, un meilleur homme. Malheureusement, il n'a pas pu s'empêcher de se punir pour cela.

— En regardant cette photo de Francis, par exemple ?

— Entre autres, oui. C'est possible, mais je ne suis sûre de rien, en toute franchise. Tout ce que je peux vous dire, c'est que Michael n'allait pas bien.

— Mais pourquoi ne pas m'avoir dit qu'il avait retrouvé Francis ?

— Peut-être que cela lui était simplement insupportable. Par hasard, vous rappelleriez-vous la date sur le tampon de la poste ?

— Bien sûr. Il date du 30 avril.

Louisa hoche la tête.

— Je me demandais si ce serait le cas… C'est le jour où il s'est suicidé.

— Je suis désolée, Louisa. Sincèrement désolée. Le pauvre homme…

— Oui. Les pauvres hommes, tous les deux.

Dans la boîte de photos qu'Emily avait donnée à Harry, il y en avait une montrant Francis et Michael Rose ensemble. Ce cliché a quelque chose de candide, de simple et naturel, qui avait marqué Emily la première fois qu'elle l'avait vu. Francis et Michael se regardent en riant ; ni l'un ni l'autre ne semble conscient de la présence de l'objectif. On dirait deux bons amis sur cette photo. Ils ont l'air heureux. Emily avait presque oublié la forme du sourire de Francis, ces derniers mois, mais elle compte maintenant s'en souvenir. En regardant la sœur de Michael débarrasser les verres, elle décide d'encadrer cette photo quand Harry lui rendra l'album ; elle en fera tirer un autre exemplaire pour l'offrir à Louisa.

— Votre frère habitait ici avec vous ?

— Pendant quelques mois, oui. Je voulais m'occuper de lui, mais il est reparti en France il y a un peu plus d'un an. Je ne voulais pas le laisser partir, je craignais qu'il ne prenne pas soin de lui et cela m'inquiétait beaucoup, considérant son état mental… Vous comprenez ?

— Oui, totalement.

— Mais il était déterminé. Il a loué une propriété dans le Sud-Ouest. Il disait que c'était pour sa santé, pour le climat, mais je pense que c'était surtout parce qu'il ne supportait plus que je sois là, à tourner autour de lui en permanence. Je voulais qu'il arrête, avec ses histoires de tombes, qu'il passe à autre chose, vous comprenez ? Je voulais qu'il se trouve de nouvelles occupations, qu'il oublie la guerre, mais il s'était mis en tête de finir son travail.

— Dans le Sud-Ouest ?

— Oui. J'y suis allée deux fois, quelques jours seulement, mais ce n'était pas une maison pour moi et je ne suis pas sûre que ma présence lui plaisait. C'était dans un village appelé Saint-Christophe-du-Quercy.

— Saint-Christophe-du-Quercy ?

Emily répète ce nom et, brusquement, les caractères brouillés d'un cachet de la poste se précisent et s'alignent sur le nom d'un endroit dont Harry lui a parlé dans ses lettres.

— Ça vous dit quelque chose ?

— Peut-être, oui.

# 68

Harry
*Calvaire-du-Quercy, 11 novembre 1921*

Il fait exceptionnellement froid en ce mois de novembre 1921. Des navires font naufrage dans la Manche, emportés par des tempêtes de neige, les communications télégraphiques sont coupées entre Londres et Paris, et l'eau des fontaines de Trafalgar Square se solidifie. L'herbe givrée craque sous les chaussures de Harry. Aujourd'hui, les arbres ressemblent à des négatifs d'eux-mêmes, et tous les contours du paysage se détachent différemment. Il regarde derrière lui et voit la buée de son souffle flotter dans l'air. En ce jour de commémoration des morts, son corps de survivant semble tenir à se manifester. Il marche sur ce chemin gelé avec une conscience accrue de sa vitesse, de sa masse, de sa chaleur et des pulsations de son corps.

Gabriel l'attend dans le virage, comme convenu. Le service doit commencer à midi. Il tape des pieds par terre et souffle sur ses doigts. L'haleine de Gabriel flotte en brume autour de lui, telle une âme sur une photo truquée.

— Il fait moins dix degrés, dit-il entre ses lèvres gercées. J'ai l'impression d'avaler des aiguilles chaque fois que j'ouvre la bouche.

Des drapeaux et des banderoles bleu, blanc et rouge décorent la place du village. Elles accrochent le vent glacial et semblent souligner le froid. Sous les pavoisements, les villageois sont en noir. Harry se fraie un chemin à travers la foule, aux côtés de Gabriel, en direction du mémorial. Gabriel serre des mains. Beaucoup de mains se tendent vers lui aujourd'hui. Il est cependant nerveux, comme il l'a avoué à Harry en chemin. Il craint que tous ces gens espèrent secrètement que la statue arborera le visage de *leur* fils, *leur* mari, *leur* père, *leur* frère.

Le monument est encore couvert. On a monté un mécanisme qui maintient un tissu noir sur l'œuvre, avec quantité de plis. Grâce à un système de poids et de poulies, celui-ci tombera au moment des douze coups de midi, en même temps que retentiront les trompettes. Aux yeux de Harry, ce dispositif ressemble à une potence.

Il entre dans l'église mais, même ici, il fait aussi froid que dans une tombe. Ses yeux mettent quelques instants à s'ajuster à l'obscurité. Il y a de petites bougies dont la lueur vacille, comme des prières chancelantes. Sur les murs de l'édifice s'étalent l'Ancien Testament et le Jugement dernier, mais au-dessus, ce ne sont qu'étoiles filantes et comètes étincelantes. Le plâtre cloqué du plafond accentue le mystère des cieux ennuagés, et Harry se rappelle un ciel criblé d'étoiles au-dessus de Salisbury Plain, il y a bien longtemps, et le visage de ses frères regardant en l'air. Il se rappelle aussi la première nuit après la mort de Francis, comme ce ciel lui avait paru totalement vide, alors – il avait soudain eu la certitude absolue qu'aucun dieu n'existait, là-haut. Mais Gabriel vient poser une main amicale sur son bras.

— Viens, dit-il. On a besoin d'un *coup de courage**, pas d'une confession.

Il ne fait guère plus chaud dans le café. Tout le monde garde son manteau boutonné. Le serveur essuie un verre et le lève vers le jour. Il n'y a pas beaucoup de lumière, aujourd'hui. Gabriel trinque avec Harry en lui disant :

— Aux amis absents.

Au comptoir, Jacques Delpy disserte sur la signification de ce jour, sur la raison pour laquelle il s'agit d'un début plutôt que d'une fin, même si cela ressemble à une fin. Il dit que tout ira mieux maintenant, qu'on leur a montré la voie, que désormais ce sera la fraternité socialiste et le ventre plein pour tout le monde. L'ancien monde se désagrège, dit-il. Il se fissure de partout.

Marie Leval pleure doucement et prend un cognac pour se calmer. Elle a perdu ses fils, tous tués à Verdun, mais séparément, un par un – et trois à pleurer, au bout du compte. Cela aurait été plus facile, dit-elle, s'ils étaient morts ensemble. Harry réfléchit : sa mère pensait-elle la même chose ?

Cela fait presque quatre ans que la mère de Harry est morte. Il lui avait écrit deux semaines avant son décès pour lui annoncer la nouvelle à propos de Francis. Il n'avait jamais eu de réponse. Il n'y en aurait jamais. Il regarde Marie Leval et pense à sa mère, perdant ses fils l'un après l'autre. Lui seul était revenu de la guerre. S'agissait-il d'une chance ? Le cas échéant, devait-il apprécier cette chance ? Était-ce de l'inconscience, voire un manque de sensibilité de sa part, ne pas goûter cette chance ?

À 11 h 45, la foule quitte le bar pour se rendre devant les barrières du monument. Le maire de la petite commune, Marius Ferniot, a l'air mal à l'aise sous son écharpe tricolore. Ce n'est pas rien de présider un tel événement, et Harry le plaint en le voyant chercher les mots appropriés aux circonstances. Gabriel traduit à son oreille de temps à autre, lorsque les sentiments évoqués résonnent en lui. Nous sommes *orphelins*, dit le maire. Il parle d'*hommage*, de *gloire*, de *patriotisme* et de *sacrifice**. Tous ces mots paraissent encore plus abstraits, encore plus étrangers avec l'accent de Gabriel. Harry pense à la cérémonie autour de la tombe de Will, et se rappelle que, déjà, Francis ne semblait plus être tout à fait là. Il pense aussi à une tombe entourée de béton effondré. En observant attentivement cette photo sur le mur de Michael Rose, il avait vu que le bois de la croix était grossièrement taillé et assemblé, mais que le lettrage était suffisamment clair. C'est en regardant enfin la tombe de Francis qu'il s'était rendu compte que, quoi qu'il en dise, il avait conservé un semblant d'espoir. Mais aujourd'hui, ses deux frères sont morts, et Harry se sent lui aussi orphelin.

Marius Ferniot égrène la liste des noms. Le Calvaire a envoyé soixante-huit hommes au front, dans le Nord, pour se battre pour la France, sur une population d'un peu plus de cent soixante-dix habitants. Cinquante-sept d'entre eux sont revenus. Les statistiques et les calculs sont de Gabriel. La petite ville s'en est bien tirée : elle a déjoué les pronostics, s'est battue et l'a emporté contre les probabilités. D'après la loi des moyennes, ce sont douze hommes qu'ils auraient dû perdre. Marcel Mandelli lève les yeux et hoche la tête lorsque le nom de son fils est prononcé. Gabriel a expliqué à Harry que Guillaume était son aîné, tué à Maurepas, où ils ont chanté la *Marseillaise* et porté les couleurs ensemble. Il est mort depuis cinq ans et n'a jamais été enterré. On honore ainsi onze noms (Harry les compte), qui figurent maintenant dans la pierre fraîchement ciselée, en lignes nettes ; juste en dessous, il y a les *Disparus** – tous ces hommes qui se sont évaporés dans les limbes entre la vie et la mort, et que la pudeur n'autorise pas à distinguer.

Harry songe à un visage qui aurait dû apparaître sur une pellicule photo, mais ne s'y trouve pas – à deux yeux bien particuliers qui ont inexplicablement disparu, eux aussi. Il a écrit une nouvelle lettre à Rachel. Préférerait-elle savoir David disparu ou mort, maintenant ? Quand il regarde la liste des disparus, Harry revoit les yeux pâles du tresseur de couronnes, et il ne comprend pas comment il a pu simplement les imaginer. Un mur couvert de visages autrefois familiers lui vient ensuite à l'esprit face à cette liste. Il ne comprend pas cela, non plus.

Les notes laissées sur le bureau de Rose lui ont appris comment le capitaine avait fait marche arrière après l'échec de leur offensive, et les difficultés qu'il avait rencontrées pour ramener Francis au poste de premiers secours. Rose avait traversé ce terrain infernal en portant Francis sur son dos, tout en étant conscient que celui-ci, déjà mourant, ne s'en sortirait pas. Harry ignorait que Rose avait ramené le corps de Francis, et il a du mal à se figurer comment il a pu y parvenir. Dans ses notes, le capitaine explique avoir laissé Francis au poste de secours sans grand espoir, puis avoir perdu tout espoir quand le bombardement a commencé. En regardant la photo de la tombe de Francis, Harry s'est aperçu que le béton qui l'entoure est tout ce qu'il reste du poste de secours. Il se rappelle les bunkers, le pilonnage d'obus, les cris puis le silence trop éloquent. La confusion qui régnait. La quantité de morts. La vue de cette croix esseulée l'a frappé. Où sont passés les autres ? Combien de disparus gisent encore là-bas, sous terre ? Les ramènera-t-on tous chez eux, un jour ?

En retournant la photo de la tombe de Francis entre ses mains, il avait pensé à tous les clichés qu'il a pris et envoyés à des familles dans le doute, dans l'attente. Ces parents, ces frères et sœurs, ces épouses ont-ils éprouvé la même chose en recevant les photos de Harry ? Quelque chose se termine enfin avec cela, c'en est fini des doutes et des questions incessantes, mais Harry ressent également un nouveau sentiment de deuil. Il a pourtant réussi à dormir, la semaine dernière ; des nuits entières de sommeil profond, sans rêves – comme cela ne lui était pas arrivé depuis des mois, des années peut-être. Il pense à tous les noms sur sa liste et espère que ces hommes reposent en paix, d'un sommeil profondément paisible, et que leurs familles ont aussi cessé de faire des cauchemars.

En regardant les *Disparus**, Harry croit soudain voir Rose apparaître. Le flou de son visage aurait aussi bien pu être celui de Francis, un court instant. A-t-il imaginé cela, aussi ? Le capitaine Michael Alfred Rose s'est suicidé en avril. Francis était le dernier disparu que Rose a retrouvé avant de mettre fin à ses jours, lui a dit Marie-Thérèse. Il se demande ce que le capitaine a pu ressentir, derrière son appareil photo, quand il a réglé son viseur sur la croix de la tombe de Francis. Et au moment où il a posté cette photo à Emily. Harry a discuté avec le prêtre de Saint-Christophe. Celui-ci l'a accompagné jusqu'à la tombe où Rose est inhumé, sans mention de son rang – un Anglais anonyme parmi d'autres. Il s'était pendu au frêne. Harry ne peut s'empêcher d'imaginer encore et encore le jour où Rose a mis le visage de Francis dans une enveloppe adressée à Emily, avant de prendre une corde et un tabouret pour se rendre dans le pré.

La foule agglutinée frissonne. Harry voit presque l'électricité statique qu'elle produit. Il observe le cercle des visages, puis se sent obligé de regarder ailleurs. Il aurait aimé voir celui d'Emily dans ce cercle, partager ce moment avec elle. C'est une étape importante, la fin de quelque chose. Pour tous les gens réunis ici. Le son des trompettes s'élève, suivi du silence. Le tissu noir tombe, petit séisme silencieux. C'est fini.

Ils se dirigent ensuite en bordure de la place et s'appuient sur la balustrade près de l'église. Harry mesure ses pas. Le seul bruit est celui du vent, comme si le village n'osait pas parler, n'osait pas rompre ce silence pour passer à autre chose. Les gens forment de petits groupes noirs et muets. Il n'y a pas de mots.

Harry contemple la vallée. Le brouillard s'accroche à la rivière, mais, pendant une minute, le soleil parvient à s'infiltrer; on distingue soudain les haies, les granges, le vert des champs, puis c'est terminé. Ils regardent le brouillard dissimuler à nouveau les contours de la vallée.

Harry éprouve un mélange de tristesse et de satisfaction en voyant pour la première fois la statue de Gabriel. Les pieds nus de la femme de pierre sont plantés dans une prairie et, de sa main gauche à la paume baissée, elle caresse la pointe des hautes herbes. Elle a la tête penchée vers le bas et sa main droite lui couvre les yeux. Mais on ne saurait s'y méprendre.

— C'est elle. C'est Madeleine, n'est-ce pas?

Harry compare la statue et la jeune femme à quelques pas de lui.

— Oui, c'est elle. Mais c'est aussi la France, répond Gabriel. Elle incarne toutes les mères, les filles, les veuves, les sœurs, leur deuil et le poids de la guerre.

— C'est parfait.

Madeleine s'approche de Gabriel.

— *Tu as froid ?* demande-t-il.

Il lui frictionne les mains, retire ses gants et les lui passe. Il y a une étrange intimité, inattendue, dans ce geste, si bien que Harry se sent obligé de détourner le regard en même temps qu'il voudrait mieux voir cela. Elle est très pâle aujourd'hui – et ressemble d'autant plus à la statue de Gabriel.

— *Il est malade*[*] ?

Elle pose les yeux sur Harry. Elle agite ses doigts rendus démesurés par les gants de Gabriel et lui sourit.

— *Non, c'est ce temps*[*].

— Qu'est-ce qu'elle dit ? s'enquiert Harry.

— Qu'on a tous bien besoin de boire un verre.

La foule ose enfin rompre son recueillement et se retourner pour observer la nouvelle vue sur la place. Mais personne ne s'approche trop près du mémorial ; s'il est approuvé, il inspire aussi une certaine répulsion pour le moment ; on l'évalue de loin, on le jauge, on le commente. Seule Marie Leval ose s'en approcher. Elle va s'appuyer contre la grille et tend un bras à travers les barreaux. La distance a été calculée pour éviter cela, mais, à force de se tortiller et de se distendre, elle parvient à effleurer le nom de son fils sur le socle. Tout le village la regarde, ébahi.

Gabriel pose une main dans le dos de Madeleine comme ils se dirigent vers le café.

— *En avant*[*], dit-il.

Quelque chose a changé entre eux aujourd'hui, Harry le voit. Il se demande si elle se reconnaît dans la femme de pierre du mémorial, et ce que Gabriel a voulu dire par là. Il se demande si Emily a déjà ouvert son enveloppe et compris sa signification. Marie-Thérèse a acquiescé lorsqu'il lui a demandé s'il pouvait prendre une photo de la tombe de Francis, mais il a hésité au moment de la joindre à sa dernière lettre. Emily avait-elle vraiment besoin de voir cela ? Et puis, il s'est dit que, comme pour lui, cela lui permettrait peut-être de tirer un trait définitif sur certaines questions, et de retrouver le sommeil ; que de toute façon, il lui devait cette ultime vérité.

On danse dans le café ce soir-là. On chante des chansons d'avant la guerre, des chansons parlant de l'avenir, et le volume monte en même temps que les larmes. Harry ne prend pas part à la fête, il ne connaît pas les paroles de ces chansons, mais Gabriel lui dit qu'il ne doit pas rester seul ce soir, et Harry sait que son ami a envie qu'il partage ce moment avec eux.

Ils ont chaud maintenant en dansant la gavotte, la valse ou le ragtime, en chantant la fidélité et l'anarchie, les amours perdues, les barricades et les cerisiers en fleur. Harry a la tête lourde du rythme de la musique, du bruit de leurs lamentations et de leurs rires, mais il reste assis près de la fenêtre et regarde la lune qui se lève dessiner des motifs de givre sur la vitre. De minuscules volutes de glace étincelante s'étendent peu à peu, déroulant leur divine géométrie. Tandis que les motifs se multiplient sur le verre, il pense au cimetière avec la position de tir en son centre, aux croix des soldats inconnus qui irradient depuis ce centre. Il se demande à quoi ressemble ce cimetière sous le clair de lune et quel motif les croix doivent former, vues d'en haut. Donnent-elles l'impression d'une onde de choc en train de se propager ? Il revoit la croix de Francis, et Francis attaché sur cette croix, les bras écartés. Il ressent dans sa chair l'onde de choc qui irradie de cette image.

— Harry… ça va ?

— Oui, mais je pense que je vais rentrer.

— Reste donc. Bois. Il ne faut pas faire de rêves, cette nuit.

Le visage de Gabriel semble luire dans l'étrange lumière jaune du bar. Il attrape la bouteille et remplit à ras bord le verre de son ami ; mais Harry n'a pas envie de boire, ce soir.

— Je suis fatigué.

Harry ferme les yeux sur la polka, sur la politique, sur l'alcool, sur Gabriel et Madeleine assis en face de lui, et, dans sa tête, il regarde Emily danser dans la salle rouge. Les danseurs tournent, et il tente de voir le visage de son cavalier. Il voudrait, il s'attend à ce que ce soit Francis mais, comme le couple pivote, il découvre soudain la pâleur glaciale des yeux de l'homme appelé East, le *disparu**, dont l'image ne peut être capturée par un objectif. À cette image, il rouvre aussitôt les paupières. Gabriel a peut-être raison – cette nuit risque d'être remplie de cauchemars. Il descend cul sec son verre de cognac, et les paroles des chansons et des bavardages se bousculent et se mélangent dans son cerveau.

Harry pose la joue contre le froid de la vitre et regarde les fougères de givre qui s'y dessinent. Il sent dans sa tête les pulsations provoquées par le choc entre le chaud et le froid, par la répétition incessante du rythme de la musique, et, pendant un instant, il est Francis à L'Ange bleu, quand soudain apparaît un éclat rouge, quelque part derrière les cristaux de glace.

— On dirait que tu as vu un fantôme.

Les traits de Gabriel sont flous à la lueur des bougies et dans les vapeurs de l'alcool.

— Ça ne va pas, Harry ?

— Je ne sais pas.

Mais Harry reconnaît alors la couleur et, brusquement, toute la musique et les larmes et les rires sont réduits au silence, et elle est là. Harry la regarde fixement et se demande s'il divague. Si c'est encore un tour de son imagination malade. Il ne fait plus confiance à son esprit. À l'instar des yeux du tresseur de couronnes, est-elle un symptôme de sa folie ou un fantôme ? Est-ce du délire ou de l'ivresse ? Il scrute le visage d'Emily. Leurs yeux se trouvent. La bouche d'Emily articule le nom de Harry. Et la main qui agrippe son bras avec force n'est pas issue de son imagination.

# Épilogue

Harry et Emily
*Forêt de Houthulst, nord d'Ypres, mars 1922*

La nuit dernière, Harry a rêvé du réservoir. Voilà bien longtemps qu'il n'avait pas fait ce rêve, que son imagination endormie ne l'avait pas ramené dans cet endroit d'autrefois. Mais hier, dans leur chambre d'hôtel à Ypres, il a pensé au miroir qu'il avait brisé ici, six mois auparavant, au bruit de la glace qui se casse ; peut-être est-ce cela qui lui aura rappelé cette autre glace se brisant sous ses pieds.

Dans son rêve, il est jeune et s'aventure sur le réservoir gelé dans le froid vif et clair, tout de bleu et de blanc. Depuis la berge, Will et Francis s'époumonent pour le pousser à avancer davantage. « T'es pas cap' ! crient leurs voix d'adolescents. Poule mouillée ! » De plus en plus court, son souffle est semblable à de la glace dans la bouche de Harry, mais, comme ses frères crient, il continue d'avancer.

Il entend les craquements avant de les voir, puis, en une fraction de seconde, il les sent sous ses pieds. Il les voit alors se dessiner, se multiplier à toute vitesse, et il esquisse un petit bond avant de s'enfoncer brusquement. Il tente d'attraper la glace, mais elle se rompt et il n'a rien à quoi se raccrocher. Il agite les bras, les jambes, et hurle, mais l'eau noire engloutit ses mots et se rue dans ses poumons. Elle l'emplit très vite, l'engourdit et l'entraîne vers le fond. Il regarde vers le haut et voit la lumière vaciller et s'éloigner en surface tandis que le froid le tire vers le bas.

Personne ne vient troubler la lumière au-dessus de lui. Cette fois, aucune main ne vient le chercher pour le sauver. Les jambes de Harry cessent de battre, il se laisse couler. Le silence de l'eau l'emporte – jusqu'à ce moment, à l'extrême limite entre la vie et la mort, où les mains de Francis fendent la lumière pour extirper Harry de là. À cet instant, Harry a de nouveau treize ans, il regarde son frère et prend une grande goulée d'air.

Curieusement, il éprouve quelque chose d'assez similaire maintenant, devant la tombe de Francis. Il a du mal à croire qu'il se trouve là. Qu'il s'agit réellement de Francis, et que tout s'est terminé ici. Le fait de voir sa sépulture lui coupe littéralement le souffle, et, en dépit de la douceur de cette journée de printemps, il frissonne comme le garçon qui vient juste d'être sorti du réservoir gelé par son frère.

— Tu trembles, dit-elle avant de le prendre par le bras.

— C'est réel, n'est-ce pas ?

— Oui, c'est réel.

Il lui semble pourtant irréel de se retrouver une nouvelle fois à cet endroit. D'être ici, avec elle. Quand il regarde les restes de béton, les rails rouillés de la voie ferrée et les restes des rouleaux de fils barbelés, c'est encore octobre 1917, il suit une ligne de démarcation et Francis est à ses côtés. Il se souvient de tout – la vibration des aiguilles de la montre de Summerfield à l'instant avant que cela ne commence, puis l'eau noire qui sautait de toutes parts et le blanc des yeux de son frère. Debout devant cette tombe, il ressent presque les convulsions du bombardement, et les cris qui déchiraient le lourd silence qui s'est ensuivi. Combien de temps faudra-t-il pour que ces lieux oublient tout cela, pour que les marques et les vibrations s'en aillent toutes, et que le silence redevienne paisible ?

Ce ne sera pas la dernière demeure de Francis. En regardant l'herbe jaune et les gravats de béton autour de lui, Harry ne peut que s'en réjouir. Ralph lui a dit que la tombe allait être déplacée ; ayant maintenant été identifiée, la dépouille de Francis va être exhumée et transportée à Tyne Cot. Mais cela pourra prendre des mois, d'après Ralph. Au vu de toutes les croix éparpillées qu'ils ont aperçues en venant en voiture, Harry pense que cela risque plutôt de prendre des années. Ils ont déjà rempli de multiples papiers en préparation du déplacement de la sépulture. Ils ont dû fournir quantité d'informations sur Francis, définir leur relation avec le défunt, et sont invités à choisir une épitaphe tenant en soixante-six caractères maximum, qui sera gravée à la base de sa nouvelle pierre tombale. Il n'est pas facile de condenser une vie en soixante-six caractères, de réduire une vie et une mort en si peu.

Aujourd'hui, ils ont acheté des violettes à Ypres, les premières violettes de printemps du marché, parce qu'elle avait dit qu'elle voulait les planter là, pour lui. Le parfum des pétales froissés ramène Harry dans une chambre saccagée, mais il refoule cette idée ; il refuse de laisser ce souvenir prendre cette place ; ce n'est pas ce Francis-là dont Harry désire se souvenir. L'odeur des violettes, c'est aussi son odeur à elle et, pour cette raison, ce geste semble juste. Il se rappelle le visage souriant de Francis, les paupières closes, comme il se lovait dans le cou d'Emily. Harry la tient maintenant dans ses bras ; elle pleure. Il voudrait l'emmener loin d'ici et sécher ses larmes, mais il sait qu'elle doit vivre ce moment, qu'il doit la laisser prendre ce temps, le temps de planter des violettes autour de la tombe et de dire à Francis tout ce qu'elle a besoin de lui dire.

Comme il est étrange de creuser autour de la tombe de son frère. Il tient à retourner la terre avant elle, car il a peur de ce que le déplantoir pourrait exhumer.

— Tu veux vraiment le faire ? Tu es sûre ?

Il voit trembler la main d'Emily quand il lui donne la petite pelle.

Elle prend le déplantoir et sent la main de Harry trembler lors de ce bref contact. Elle le regarde. Que peut-il éprouver, en revenant dans un tel endroit ? Face à la tombe de son propre frère ? Elle s'en veut de l'avoir ramené ici et, en même temps, elle est heureuse qu'il soit à ses côtés.

Emily ramène la terre autour des pieds de violettes. Là, agenouillée près de la croix de Francis, elle a du mal à croire que c'est bien lui, que tout s'arrête ici, mais elle sait qu'il se trouve là. Enfin, elle le croit. Enfin, elle le sent. Elle pose une main sur le bois de la croix pour en éprouver la texture. Non pour se rappeler Francis de la sorte, mais pour ne pas oublier. Elle s'assoit sur ses talons et le regarde, entouré de violettes.

Lorsqu'on lui avait annoncé que Francis allait être exhumé, elle n'avait d'abord pas aimé l'idée qu'on le dérangeât une nouvelle fois. Mais une fois venue ici, après avoir vu cette forêt empoisonnée, dénuée de feuillage, affreusement défigurée par le passage de la guerre, elle estime que c'est beaucoup mieux ainsi. Elle se demande si cet endroit pourra un jour retrouver les couleurs de la vie.

Choisir une épitaphe pour Francis, devoir résumer en quelques mots ce qu'il était et ce que signifie son absence, n'a pas été aisé. Finalement, ils ont effectué ce choix ensemble. Finalement, après avoir parlé avec Harry pendant ces quatre derniers mois, après avoir assemblé avec lui toutes les pièces du puzzle, elle se sent en paix avec Francis. Elle s'est adressée à sa mémoire pendant toutes ces longues nuits d'hiver, elle a congédié l'homme lugubre de la photographie et décidé de garder le souvenir du jeune homme qui l'attendait sur les marches de la bibliothèque, parce que c'était celui-ci, et non l'autre, le vrai Francis Blythe. Elle ne veut pas de photo de sa tombe. Ce n'est pas ce dont elle a l'intention de se souvenir.

— Tes mains.

Elle baisse les yeux vers ses mains noircies par la terre de la tombe. Elle en a sous les ongles et sous son alliance. C'est terrible de penser à ce que cette terre contient, mais elle se sent aussi étrangement proche de Francis maintenant, et cela la réconforte.

— Ce n'est pas grave. Ne t'en fais pas.

Elle regarde Harry et lit l'inquiétude dans ses yeux. Elle revoit encore Francis dans ses traits, et elle s'en réjouit, mais elle y voit également autre chose désormais : un avenir. Ses jambes vacillent légèrement comme elle se redresse. Il l'enlace, et elle pose la tête contre sa poitrine.

Harry lui prend des mains le déplantoir noirci de terre. Quand elle s'est assise ici, sur sa tombe, il s'est rappelé Francis devant celle de Will, le creux de ses mains pleines de poussière de brique, et le profond sentiment de pitié pour eux deux qu'il avait éprouvé à ce moment-là. Quand Emily a relevé les yeux vers lui, ses joues étaient striées de larmes, mais elle lui souriait en même temps qu'elle lui prenait la main.

— Ça va aller ?

Elle approuve d'un hochement de tête.

— On rentre à la maison ?

— Oui. Je suis prête, maintenant.

Sdt FRANCIS BLYTHE<br>
RA de MANCHESTER<br>
22/10/1917<br>
25 ANS<br>
DISPARU, RETROUVÉ, AIMÉ

# Chronologie succincte

## 1914

*4 août*

Le Royaume-Uni déclare la guerre à l'Allemagne.

*31 août*

Ouverture du recrutement des premiers *Pals battalions* (bataillons de camarades) de Manchester ; de longues files d'attente de volontaires à l'enrôlement se forment rapidement. L'idée que les amis (et les frères) puissent servir ensemble au lieu d'être séparés est très séduisante, mais la concentration géographique de ces nouveaux bataillons aura des conséquences tragiques.

*22 novembre*

La première bataille d'Ypres s'étant soldée par une impasse, les lignes de front se creusent. Le front occidental des tranchées s'étendra de la côte belge à la frontière suisse. Ypres demeure aux mains des Alliés, mais subit de lourds bombardements aériens et d'artillerie. Le 22 novembre, des engins incendiaires frappent les emblématiques Halles aux draps.

## 1915

*Mars*

Création de la Commission d'enregistrement des sépultures. Outre l'enregistrement et le marquage des tombes, elle commence à envoyer des tirages photographiques en réponse aux demandes des familles britanniques endeuillées. Au bout de compte, ce sont 170 000 de ces photographies qui seront fournies.

## 1916

*27 janvier*

Lancement de la conscription en Grande-Bretagne.

*1er juillet*

Début de l'offensive de la Somme, qui se poursuivra pendant quatre mois et demi. La prise de la ville de Montauban est l'un des rares succès des premiers jours de la campagne, et les hommes des *Pals battalions* de Manchester et de Liverpool sont félicités pour le rôle qu'ils ont joué. Malgré des tentatives répétées, il faudra deux mois de plus pour s'emparer de la ville voisine de Guillemont.

## 1917

*Janvier*

Alors que les Français préparent leur offensive de printemps, les troupes britanniques relèvent les forces françaises dans les tranchées du sud de la Somme.

*16 mars*

Au cours de l'hiver 1916, les troupes allemandes ont préparé une nouvelle ligne de front, la ligne Hindenburg ; de profonds abris et des ouvrages défensifs en béton ont été construits, et un réseau de lignes de ravitaillement a été mis en place à l'arrière. Elles se replient maintenant sur ce front solidement fortifié, incendiant les villages, détruisant les routes et

abattant les arbres dans leur sillage. Les forces alliées qui progressent entrent dans Chaulnes le 17 mars et dans Péronne le 18, et trouvent les deux villes en ruine.

*6 avril*
Les États-Unis déclarent la guerre à l'Allemagne.

*9 avril-17 mai*
Deuxième bataille d'Arras. Le Corps canadien s'empare des hauteurs de la crête de Vimy. Malgré leurs succès initiaux, les Alliés ne parviennent pas à consolider leurs acquis.

*Mai*
La Commission d'enregistrement des sépultures prend de l'ampleur et devient la Commission des sépultures de guerre du Commonwealth (CSGC).

*31 juillet*
Début de la troisième bataille d'Ypres (Passchendaele). Elle durera trois mois.

*22 octobre*
Lancement d'une attaque contre les lignes ennemies dans la forêt de Houthulst, au nord d'Ypres. Il s'agit d'une manœuvre de diversion, destinée à détourner l'attention des préparatifs de l'attaque principale de Passchendaele. Mais face aux bombardements d'artillerie et aux positions dissimulées des tireurs d'élite et des mitrailleuses, tout cela sur un terrain difficile, les Britanniques peinent à avancer.

## 1918

*21 mars*
L'offensive de printemps, dite opération Michael, est lancée par l'ennemi.

*8 août*
Début de l'offensive des Cent Jours – dernière offensive des Alliés sur le front occidental.

*11 novembre*
Les représentants des nations belligérantes signent l'armistice de Compiègne, peu après 5 heures du matin. Les combats cesseront à 11 heures.

## 1919

La Commission des sépultures de guerre du Commonwealth est désormais responsable de plus d'un demi-million de tombes, et de plus de 1 200 cimetières en France et en Belgique. Le travail de consolidation des cimetières commence. En 1923, la Commission expédie en France plus de 4 000 pierres tombales par semaine.

## 1920

La Commission des sépultures de guerre du Commonwealth met un terme à son service de photographie. Comme la demande persiste, des organisations caritatives et des photographes privés prennent en charge ce travail.

## 1927

*24 juillet*
Inauguration de la porte de Menin – un mémorial aux soldats morts sur le saillant d'Ypres, n'ayant pas de tombe connue. 54 896 noms sont gravés dans la pierre, mais la place disponible sur la structure se révèle insuffisante pour y ajouter les noms de ceux portés disparus après le mois d'août 1917. Les noms de 35 000 autres soldats sans sépulture seront mentionnés sur le mémorial de Tyne Cot. Les tailleurs de pierre seront encore à l'ouvrage sur la porte de Menin lorsque l'Allemagne envahira à nouveau la Belgique, en 1940.

# Remerciements

D'abord, un immense merci à ma formidable agente, Teresa Chris, pour avoir cru en cette histoire et l'avoir défendue avec une telle conviction. Teresa, ta détermination est une véritable source d'inspiration, et j'ai infiniment de chance de t'avoir à mes côtés.

J'ai également eu la chance de travailler avec les éditeurs de chez Simon & Schuster et William Morrow. Cette équipe de choc a su dénouer habilement tout ce qui coinçait dans mon texte, repérer les trous dans l'intrigue, insuffler de la vie à mes personnages, et redonner de l'allure à ma grammaire parfois bancale – et ce avec infiniment de patience et de bienveillance. Je remercie chaudement Liz Stein, Jo Dickinson, Alice Rodgers, Emma Capron et Sara-Jade Virtue.

Enfin, et surtout, merci à ma mère et à mon père pour avoir toujours supporté mes élucubrations, et ne m'avoir jamais dit qu'il était temps pour moi de me trouver un vrai travail. Je vous embrasse.

*Cet ouvrage a été composé par*
*Atlant'Communication au Bernard (Vendée)*

*Impression réalisée par*
CPI Brodard & Taupin
*en janvier 2024*
*pour le compte des Éditions de l'Archipel*
*département éditorial*
*de la S.A.S. Écriture-Communication.*

#lisez engagé !
www.lisez.com
Pour plus d'information :
Imprimé sur du papier issu de forêts gérées durablement.

*Imprimé en France*
N° d'impression : 3054816
Dépôt légal : février 2024